I0632275

Katharina

Emilie Sachs

Scent of Rainbow

Buch

Als Gouverneur Louis Mouttet, verwöhnt vom mondänen Kolonialleben, mit seiner Familie 1901 auf der Karibikinsel Martinique eintrifft, erwartet er, die schönste Station seiner Karriere zu erleben. Wohlstand, familiäres Glück und gesellschaftliche Achtung, die sich der Sohn eines Schuhmachers schwer hatte erarbeiten müssen, sollen durch dieses Amt ihren vorläufigen Höhepunkt erfahren. Doch schon bei seiner Ankunft stößt er auf eine gnadenlose Mauer kalter Ablehnung, und es gelingt dem neuen Gouverneur nur mühsam, seine Autorität zu wahren. Als dann auch noch der Vulkan Mont Pelée die Erde erbeben lässt und in zunehmendem Maße die Stadt Saint-Pierre, die „Perle der Antillen", unter seiner Asche begräbt, beginnt die politische Atmosphäre um Louis Mouttet herum zu brodeln. Zunehmend von Paris alleingelassen, gebunden durch die intriganten, politischen Fäden der Dritten Republik, sieht sich der zudem malariageschüttelte Gouverneur vor eine Entscheidung gestellt, die niemals zuvor ein französischer Politiker hatte treffen müssen. Auf ein gutes Ende bauend verkennt er jedoch die Macht des Schicksals. Denn nichts kann von der einst zweifach verfluchten Insel die höllische Gefahr abwenden und die als frevelhaft beleumundete Stadt retten. Eine Katastrophe von nie dagewesenem Ausmaß nimmt ihren Lauf.

<u>Zum wahren Hintergrund:</u> Am 8. Mai 1902 kamen fast alle 30.000 Einwohner von Saint-Pierre durch den Ausbruch des Mont Pelée ums Leben. Die Schuld daran gab man fast ein Jahrhundert lang dem Gouverneur der Insel, Louis Mouttet. Dies ist seine Rehabilitation.

Katharina

Emilie Sachs

Scent of Rainbow

Und tödlichem Schrecken gebe ich Dich preis

Roman

Vibrant **Books**

IMPRESSUM

Scent of Rainbow

von Katharina Emilie Sachs

© 2009 Katharina Emilie Sachs (Originalausgabe)

© 2016 Vibrant Books Verlag, Freiburg im Br.

Alle Rechte vorbehalten.

Autorin: Katharina Emilie Sachs

Verlag: Vibrant Books, Gässle 3, 79111 Freibug

Buchcover: Victoria Davies, England (GB)

www.vibrantbooks.de

Druck: CreateSpace

1. Auflage 2016

ISBN – 13: 978-3-946399-02-5

ISBN – 10: 3946399029

Für Louis Mouttet,

der ein gnädigeres Schicksal verdient gehabt hätte

Katharina Emilie Sachs

Madinina, lange vor Columbus

Es gab kein Entkommen mehr für die noch sehr junge Frau. Seitdem vor drei Tagen die Erde zu beben begonnen hatte, hatte sie sich im Wald versteckt gehalten und war umhergeirrt, immer auf der Suche nach etwas Essbarem, das auch ein wenige Monde altes Kind zu sich nehmen konnte, doch es hatte alles nichts genützt. Das Kind, das hin und wieder verzweifelt an ihrer Brust nach Milch gesucht hatte, war immer hungriger geworden. Kein Wunder, hatte doch nicht einmal ihre gemeinsame Mutter Milch für ihren Sohn gehabt – sie war einfach versiegt, als an einem Berghang eine kurze, heiße Wolke aus der Erde gekommen war, die sie gerade eben verfehlt hatte. Selbst der heilkundige Priester konnte ihre Milch danach nicht mehr zum Fließen bringen und für ihn stand fest: die Feuergöttin hatte ein Zeichen gesandt, das man nicht unbeachtet lassen durfte! Sie wollte den kleinen Jungen, sonst würden fürchterliche Zeiten auf sie alle zukommen!

Dessen Schreien hatte die junge Frau letztlich verraten, so dass die Krieger die junge Frau hatten finden können. Im gespannten Bogen junger Männern, die gerade erst ihre Mannbarkeitsrituale vollzogen hatten, waren jetzt also drei abschussbereite giftige Menschenpfeile aus jeder Richtung direkt auf sie gerichtet. Sie wusste, dass sie ihr das Kind wegnehmen würden, und das, obwohl es ihre eigenen Stammesbrüder waren. Einer der jungen Männer stand unmittelbar vor ihr – ihr ältester Bruder. Sie sah ihm in die Augen, in der Hoffnung, ein wenig Mitgefühl und Verständnis zu finden, doch was sie sah, ließ sie erschaudern. Augen schwarz, kalt und böse, die Mundwinkel voller Verachtung nach unten gezogen. Ihre Rettungsaktion war gescheitert.

Madinina 1492

Tamanaco war wie betäubt. Nur noch die Erinnerung an das Unfassbare durchzog dumpf seinen Kopf. Erst hatte niemand etwas davon gemerkt, dass am Strand unzählige Einbäume angekommen waren, die ein jeder bis zu hundert Mann fassten.

Die ihm versprochene Nachbarin hatte singend, eine aufgespießte Vogelspinne bratend am Feuer gesessen, sein dreijähriger Neffe hatte eben noch gebrüllt, weil ihn ein paar Ameisen gebissen hatten, und seine jüngste Schwester hatte zum Ärger ihrer Mutter einen Tausendfüßler in ein Bananenblatt gewickelt ins Haus getragen. Das freudestrahlende Mädchen konnte selbst mit zwei Händen das Tier angesichts seiner Größe kaum halten. Die Mutter war gerade zu ihrer Tochter gelaufen, um das Insekt wieder aus dem Haus zu tragen, als das Singen seiner Liebsten jäh verstummt war – ein Pfeil hatte sie tödlich getroffen, und die rote Erde unter ihr war noch röter geworden.

Und plötzlich war die Luft erfüllt gewesen von giftigen Pfeilen und Lanzen, und jeder Mann versuchte entweder schnellst möglichst zu fliehen, oder mit seinen Jagdwaffen zu kämpfen. Doch beides war ein hoffnungsloses Unterfangen, denn Krieger waren überall und versperrten ihnen den Weg, ihre Giftpfeile in Anschlag gebracht. Niemals zuvor hatte Tamanaco erlebt, dass jemand eines gewaltsamen Todes gestorben

war. Niemals bis zum Einfallen der Kariben. Sein Großvater war in Frieden gestorben, hochbetagt und nachdem er sich von allen verabschiedet hatte. Außerdem
waren ein paar seiner Geschwister als kleine Kinder
von bösen Geistern besessen gewesen, und selbst der
Schamane hatte sie mit seinen Kräutern, Räucherungen
und Gesängen nicht mehr retten können. Der Tod war
dann auf eine Weise zu diesen Kindern gekommen, als
würde eine Flamme an einem sehr kleinen, dünnen Ast
immer weniger werden und dann irgendwann einfach
verlöschen. Und dann hatte es natürlich noch die rituel-
len Opferungen hoch oben auf dem Feuerberg gegeben.
Opferungen, die durch nichts zu ersetzen und damit
unvermeidbar gewesen waren, denn der heiße, zornige
Atem der Götter konnte schrecklich sein und innerhalb
von Minuten einen ganzen Hang voller Bäume auslö-
schen. Also stiegen einmal im Jahr in einer langen
Prozession alle Mitglieder des Stammes den Berg
hinauf, um dort eine junge, in die Dorfgemeinschaft
nicht so richtig passende Frau, auf einem großen Altar-
Stein zu töten. Der tote Körper wurde dann hinab in die
Pforte der Götterwelt geworfen. Obwohl es niemand
gerne mochte, hätte niemand gewagt, an diesem Ritual
zu zweifeln, alleine schon, weil die Missbilligung des
Opfers das Ausgestoßenwerden aus dem Stamm zur
Folge gehabt hätte. Außerdem war der Berg seit Alters
her ein heiliger Ort gewesen. Niemand hatte ihn jemals
besteigen können, ohne das Gefühl zu haben, den
Göttern nahe zu sein.

Doch so etwas wie er hier erlebt hatte, lag selbst jetzt,
im Nachhinein, jenseits Tamanacos Vorstellungskraft.
Diese Grausamkeit, diese wilde Entschlossenheit, mit
der die Kariben jedes, aber wirklich jedes männliche

Stammesmitglied der Arawaks niedergemetzelt hatten, ohne Rücksicht selbst auf eigene Verluste!

Die Alten seines Stammes hatten von den Kariben immer nur als den »Wurmleuten« erzählt. Die alten Arawak sagten, lange vor ihrer Zeit sei eine Arawak-Frau von ihrer Familie ausgestoßen worden. Die Frau soll in den Busch gegangen sein, um dort zu leben. Dort hätte sie spontan zwölf Kinder empfangen, die sie lehrte, die Arawak zu hassen und zu bekriegen.

Jetzt waren sie also in all ihrem Hass zu ihnen gekommen und hatten jeden Mann und jeden Jungen getötet, der ihnen in den Weg lief. Er hatte schon von ihrem Ruf unerschrockener Grausamkeit gehört, doch entzog es sich seinem Vorstellungsvermögen, was das genau bedeutete. Wie konnte jemand etwas anderes töten als Tiere und sein Leben einer andern Sache widmen, als der täglichen Nahrungsbeschaffung? War der tägliche Kampf, der Natur erst das Land und dann Nutzpflanzen wie den nährenden Mais, die schönheitsverheißenden Tomaten oder den heiligen *Tobaco* abzutrotzen, nicht genug bis ans Lebensende?

Nachdem man Tamanaco bei Morgengrauen zum Fluss gebracht hatte, damit er sich waschen solle, und man ihn anschließend von Kopf bis Fuß mit schwarzer Farbe bemalt hatte, war ihm klargeworden, dass heute der Tag seiner Tötung sein würde. Doch solange der Platz seiner Hinrichtung noch nicht erreicht war, war auch die Angst noch zu ertragen gewesen. Die Angst, die er schon seit seiner von Spottliedern begleiteten Ankunft im Dorf der *Mahotoyana*, der Feuerleute, vor nicht ganz sechs Monden gekannt hatte. Damals hatte man ihm das eine Ende eines festen Stricks um den Hals und das andere in einer Hütte an einen Eckpfeiler gebunden. In der Nacht hatten sie ihm außerdem noch Rasseln um die Fußgelenke gelegt, um den Gedanken an eine Flucht erst gar nicht aufkommen zu lassen. So hatte er darauf gewartet, dass man ihn eines Tages holen würde, um ihn zu töten, zu rösten und anschließend seine Kraft und seinen Mut in Form seines Herzens und des restlichen Körpers zu verschlingen.

Doch jetzt war dies anders. Jetzt war es soweit. Tamanaco fühlte, wie ihm der Magen schwer wurde, wie alles Blut seines Körpers in die Füße zu sinken schien. Seine Beine bewegten sich gerade eben noch irgendwie über den staubigen Boden und alles, was er noch wahrnahm, war der *Massurana*, der Strick um seinen Bauch, dessen zwei Enden jeweils von einem Mann zwei Schritte rechts und links von ihm entfernt festgehalten wurden, sowie die bleierne Schwere seiner Füße auf dem Erdboden. Es war als befände sich zwischen ihm und der Welt eine dicke Nebelwand, die ihn einhüllte und ihm den Atem nahm, so wie die Nebel es taten, die der große Feuerberg gelegentlich ausstieß. Das Gefühl völliger Taubheit überkam ihn.

Ein Krieger überreichte Tamanaco ein Wurfgeschoss zu seiner Verteidigung, und er griff danach. Es kostete ihn seine ganze Mühe, es in der Hand zu halten, obwohl er früher schon viel schwerere Dinge sehr viel behänder hochgehoben hatte. Wo waren seine Kraft und seine Stärke geblieben? Waren sie von ihm gewichen, als man ihn Monate zuvor ans Meer gebracht, hoch oben auf den Klippen entmannt und sein Glied anschließend ins Meer geworfen hatte? Geblieben war ihm nur Taubheit. Tamanaco vernahm die Rufe der alten Frauen, man ließe ihn jetzt die Sonne ein letztes Mal sehen, aus weiter Ferne, wie aus einer anderen Welt. Plötzlich tauchte durch diesen Nebel ein sehr junger, weiß angemalter Mann auf. Er hielt eine große, lange, scharfkantige Keule in den Händen. Dies musste der junge Mann sein, der durch seine, Tamanacos, Tötung zum Mann werden sollte. Er würde der einzige sein, der von seinem Fleisch nicht würde essen dürfen.

Der junge Mann umkreiste ihn mehrfach, wobei er ihn des öfteren mit seiner Keule zu provozieren versuchte. Tamanaco wehrte sich nicht. Er nahm um sich herum nichts mehr wahr, außer das Gefühl von Dunst, Nebel und Unwirklichkeit. Es war ihm alles gleichgültig. Sein Geist hatte aufgehört zu denken, und sein Körper hatte aufgehört, etwas zu spüren. Er hatte aufgehört zu leben, lange bevor die drei scharfen, schnellen Schläge der Keule mit tödlicher Wucht seinen Hinterkopf trafen, und die Finsternis des Todes sein Blickfeld verdunkelte.

Martinique, Morne Rouge, Anfang Dezember 1901

Der Spieß drehte sich über dem Feuer. Pauline, eine Mulattin von Mitte zwanzig, ging hinüber zur Feuerstelle und schnitt sich und ihren beiden Kindern zum wiederholten Male ein Stück von einem Schwein ab. Es war nach der traditionellen *Barbacoa*-Methode zubereitet worden, indem man es viele Stunden über schwelender Holzkohlenglut im Rauch gegart hatte. Sie hatte diesen Abend genossen, an dem sich die paar Verwandten, die sie seit einer Pockenepidemie noch hatte, zu einem gemütlichen Abend zusammengefunden hatten.

Ihre Großcousins hatten ein Wildschwein im Wald erlegt, und das hatten sie heute feiern müssen. Den ganzen Abend und die halbe Nacht lang hatte man gesungen, auf der *Ka* getrommelt, und die *Coui* gespielt, eine vierseitige Gitarre. Und natürlich getanzt. Doch es war spät geworden und einer der Männer wollte sich auf den Weg machen.

»Warte noch einen Augenblick, dann komme ich mit«, sagte einer der anderen Männer.

»Es wird mir schon nichts passieren!« antwortete der erste.

»Du weißt, was mit Missié Dillon passiert ist!« Der Mann trommelte sachte.

Der erste Mann stöhnte. »Vielleicht ist es passiert, vielleicht ist es auch nicht passiert. Was auch immer passiert ist, heutzutage wird hier niemand mehr eine Feier verlassen und spurlos verschwinden! Davon abgesehen wurde er von jemanden weg gerufen!«

»Das kann man wohl sagen! Der Teufel holt sich wen er will wann er will!« warf ein alter Onkel von Pauline ein.

»Alles Unsinn«, knurrte Althea, Paulines Urgroßtante und Voodoo-Priesterin, vor sich hin. »Man hätte nur Papa Legba opfern müssen und einen Zauber um das Haus legen!«

Pauline hörte das Gespräch wie alle Gespräche dieser Art mit gemischten Gefühlen an. Sie glaubte an diese Geschichten ebenso, wie sie auch an Jesus glaubte. Das machte es für sie nicht leicht.

»Ja, genau«, warf der Coui-Spieler ein und legte sein Instrument weg. »So wie Thomasseau de Perinnelle!« Jetzt hörten auch die letzten auf, zu singen und zu tanzen. Man sah, wie ein Schaudern die Gruppe erfasste. Die Erinnerung an die alte Geschichte war noch immer präsent: Der Teufel soll die Leiche Perinnelles aus dem Sarg geholt und durch ein bestimmtes Fenster seines Plantagenhauses gezogen haben.

»Das Fenster kann bis heute nicht von Menschenhand geschlossen werden, und keiner kann es reparieren!«

»Ach, was!«, warf Pauline ein. »Der Teufel kann nur hinkommen, wo Gott nicht ist! Und wir glauben doch alle an ihn, nicht wahr!«

Pflichtbewusstes Gemurmel machte sich breit.

»Und warum hat sich dann der Teufel Missié Bon geholt? Er ging zur Kirche, war ein gläubiger Mensch?« wollte einer der Jüngeren wissen.

»Missié Bon war ein grausamer Herr«, antwortete ihr alter Onkel auf die Frage. »Er hat seine Sklaven so schrecklich behandelt, dass der Bon-Dié eines Tages einen großen Wind schickte, der Missié Bon und sein ganzes Haus und alles, was sich darin befand, wegblies!«

»Und niemand hat jemals wieder von ihm gehört«, vollendete der Coui-Spieler die Geschichte.

»Woher weiß man das, hat es jemand mit angesehen?« Spott lag in der Stimme dessen, der sich auf den Weg machen wollte.

Die Alten nickten mit nachdenklichem Gesichtsausdruck.

»Und als nächstes holt er sich eine ganze Stadt«, fuhr der Mann in ironischem Tonfall fort, »und auch das werden wir alle mit ansehen!«

Fort-de-France, Montag, 9. Dezember 1901

Die *Labrador* war in den Hafen von Fort-de-France
eingelaufen, und ihre Mannschaft mit den letzten Hand-
griffen beschäftigt, die noch nötig waren, bevor die
Passagiere von Bord gehen konnten.

Louis Mouttet, der neue Gouverneur von Martinique,
wusste, dass er jetzt keine Schwäche zeigen durfte. An
Land würden ihn der Bürgermeistervon Fort-de-France,
Victor Sévère, die meisten Verwaltungsbeamten, sowie
eine große Menschenmenge erwarten. Er konnte sie
schon sehen, obwohl die *Labrador* aufgrund ihrer
Größe sehr weit draußen an der Reede ankern musste.

»Bist Du auch kräftig genug, um zu gehen?« Seine
Frau, Hélène, die ihren erst fünf Monate alten Sohn
Félix auf dem linken Arm hielt, sah ihn besorgt an. Sie
legte ihm prüfend die noch freie Hand auf die Stirn,
dann fuhr sie ihm durch die leichten Wellen seines dichten, schwarz-braunen Haares. Er antwortete nicht.

»Schau mich an!« Ihre Stimme klang noch ein wenig
besorgter. Louis Mouttet richtete seine Augen auf sie.
Was hatte Hélène ihm einmal in einem liebevollen
Augenblick gesagt? Augen, die aussahen, als würde
man aus großer Höhe auf einen Bergsee blicken, auf
dessen Grund der Granit durchschimmerte, und der
seine Farbe je nach Lichteinfall veränderte. Er atmete
tief die warme, weiche Luft ein. Der Lichteinfall war
hier in der Karibik wirklich extrem, aber dennoch fühlte
er sich wie jemand, dessen Augen momentan bestenfalls wasserblau sein konnten.

Louis Mouttet nickte stumm und sah hinunter zum
Beiboot, das geschmückt mit einem Pavillon auf sie
wartete.

»Es geht schon.« Es würde ihm nichts anderes übrig bleiben, wollte er nicht die Gouverneursschaft unmerklich abgenommen bekommen, noch bevor er sie offiziell angetreten hatte. Ein Zittern durchfuhr seinen Körper. Es genügte, wenn nur er und Hélène wussten, wie es heute um ihn stand. Er zog ein Taschentuch aus der Rocktasche seiner eleganten, blauen Gouverneursuniform und wischte sich den Schweiß aus dem Gesicht. Schweiß gab es hierzulande viel, er hatte nichts zu bedeuten. Auch seine Totenblässe unter der sonnengebräunten Haut, dürfte nach zwei Wochen auf See niemand außergewöhnlich finden. Wer wurde nicht seekrank? Dann steckte er das Taschentuch wieder zurück in die Jackentasche und zog ein zweites aus seiner Hose, mit dem er in routinierter Geste über seine Schuhe fuhr, bevor er auch dieses wieder zurücksteckte.

Es gab einen Ruck und das Schiff hatte seine endgültige Position erreicht.

Er bot seiner Frau den Arm. Hélène nahm ihn, nachdem sie den Säugling an Lina, das Kindermädchen, weitergereicht hatte. Louis Mouttet wusste, dass sie dies nur ihm zuliebe tat, denn für gewöhnlich hatte sie immer darauf bestanden, ihre Babys bis zum Kleinkindalter möglichst dicht bei sich zu haben. Vor zehn Jahren hatte sie sogar extra an den Unterstaatssekretär geschrieben, nur um sicherzugehen, dass man ihre damals zehnmonatige Erstgeborene Lucy mit ihr in der selben Schiffskabine unterbringen würde.

Jetzt aber deutete sie Lucy, sie solle ihre fünfjährige Schwester Hélène an die eine und Lina an die andere Hand nehmen.

Louis Mouttet spürte seine zittrigen Knie und seinen leicht benebelten Verstand und griff mit der anderen

Hand auch noch nach Hélènes Arm. Sie drückte sie ihm für einen kurzen Augenblick, kraftvoll, warm und unbemerkt. Er liebte seine Gefährtin, sie war die perfekte Gouverneursgattin, denn sie wusste immer, wann es Zeit für sie war, stark zu sein, und wann sie besser ihm das Feld überließ. Dann nahmen sie eine möglichst offizielle Haltung ein und wollten gerade das Schiff verlassen, als der Boden unter ihm merklich gehoben und wieder gesenkt wurde.

Louis Mouttet wurde nervös. »Ich glaube, ich bekomme einen Fieberanfall. Der Boden wankt unter mir!« flüsterte er seiner Frau zu. Er begann, in seiner Jackentasche nach seinen Pillen zu suchen.

»Der Boden hat auch unter mir gewankt! Und außerdem bist Du geheilt, das weißt Du doch!« Hélènes Stimme klang leise und beruhigend. »Hast Du nicht gesehen? Der Seepegel ist erst kräftig angestiegen, dann wieder abgesunken, ist das nicht eigenartig?«

Louis Mouttet gab seiner Frau keine Antwort. Es war richtig, die Ärzte hatten ihm gesagt, er sei wieder vollständig gesund, er müsse sich keine Sorgen machen, dass seine Malaria wieder ausbrechen würde. Und an eine Neuinfektion war bis jetzt glücklicherweise nicht zu denken – auf See gab es keine Stechmücken. Dennoch fühlte er sich augenblicklich, als könnte er weder leben noch sterben. Was kümmerte es ihn, was die Natur heute für Kapriolen machte. Hauptsache er würde den Abend gut überstehen. Dann atmete er tief durch, und sie gingen von Bord.

Saint-Pierre, Donnerstag, 19. Dezember 1901

Louis Mouttet stand an Bord der *Topaz* und richtete seine Augen voller Interesse auf die Bucht von Saint-Pierre. Seine Augen hatten heute eine Tendenz zum Türkisen, wenn auch das Wasser unter ihnen einen Wettstreit um die prachtvollere Farbe gewonnen hätte. In Glücksmomenten wie diesem wusste er, warum er vor sechzehn Jahren in den Auswärtigen Dienst eingetreten war. Und nach dem wenig erfreulichen Amtsbeginn auf dieser Insel hatten er und Hélène sich ein wenig Entspannung wohl auch verdient, dachte er.

Der Empfang nach ihrer Ankunft war würdevoll gewesen, eines Gouverneurs zweiter Klasse angemessen. Man hatte ihm zu Ehren an der Anlegestelle im Hafen von Fort-de-France sogar einen Triumphbogen aufgestellt. Eine Kapelle hatte die *Marseillaise* gespielt, der Bürgermeister hatte eine kurze Ansprache gehalten, eine Kanone war abgefeuert worden und ein paar Soldaten hatten salutiert und das Gewehr präsentiert. Dann hatte man ihm und seiner Frau nach einer kurzen Kutschfahrt in einem geschlossenen Zweispänner das unweit des Hafens gelegene *Hôtel du Gouverneur* gezeigt. Aber nachdem er sofort ein Telegramm an Kolonialminister Décrais geschickt hatte, in dem er ihm die Übernahme der Gouverneursschaft kundgetan hatte, waren seine Amtsgeschäfte bis auf weiteres auch schon wieder vorbei gewesen, denn nach dem Cognac, mit dem er das abendliche 5-gängige *Dîner* beendet hatte, hatte seine chronische Erschöpfung ihn vollständig niedergeworfen. Und die von ihm geplanten Treffen mit den Inselgrößen, dem Senator Amédée Knight und Fernand Clerc, einem weiteren Politiker, hatte man ins

Ungewisse verschieben müssen. Es war Louis Mouttet peinlich, diese Termine schon jetzt um zehn Tage verschoben zu haben. Er begann vor sich hin zu träumen.

Hoffentlich würde es hier nicht wieder wie an der Elfenbeinküste werden, wo er fast seine ganze Amtszeit hindurch krank gewesen war! Und dann die Gouverneursschaft schon nach zwei Jahren 1898 an einen Interim übergeben musste, um nach Hause fahren zu dürfen. Wer weiß, wie lange er als Gesunder in Grand Bassam regiert hätte! Mit einem Jahreseinkommen von 30.000,-- Francs! Davon konnte er auf Martinque nur noch träumen, denn der Repräsentationszuschlag von 10.000 Francs war ihm ganz, der Auslandszuschlag zu seinem europäischen Gehalt halb gestrichen worden. So war das eben, auf extrem gute Länder und Orte folgten hinsichtlich der Bezahlung die denkbar schlechtesten, dann kam Mittelmaß ungeachtet einer Beförderung und so ging es in der diplomatischen Karriere stetig weiter. Eigentlich war er, dachte Mouttet, noch vor kurzem sehr optimistisch gestimmt gewesen, denn er hatte gerade erst wieder drei Monate Rekonvaleszenz in Vichy hinter sich gebracht.

Er musste unweigerlich an eine Passage aus dem Buch denken, das er gerade las. »Fünf Jahre meines Lebens« von Alfred Dreyfus, in dem der arme Mann jene fünf Jahre auf der Teufelsinsel beschrieb, die erst unmittelbar nach der Ankunft Mouttets als Gouverneur von Französisch Guyana ein Ende gehabt hatten. Wenige Wochen nach seinem Eintreffen hatte Louis Mouttet ein Telegramm erhalten, dass Dreyfus zurückzuführen sei. Da er dessen Verurteilung zu lebenslanger Haft auf der Teufelsinsel 1894 nur am Rande mitbekommen hatte, denn er befand sich gerade im Aufbruch in den Senegal, hatte er dessen Verurteilung für völlig richtig gehalten. Aber er hatte ja keine Ahnung vom unverdienten Martyrium dieses bemitleidenswerten Mannes gehabt! Und dass dessen Seele so viel Ähnlichkeit mit der seinen zu haben schien, wenn er sich seine Hingabe an die Familie und das Vaterland, sowie sein großes Interesse an »allem, was Menschengeist geschaffen hatte« ansah. *Das ganze Leben lachte uns! Erinnerst Du Dich noch, wie ich zu Dir sagte, dass uns nichts zu wünschen übrig bliebe? Wir besaßen geachtete Stellung, Vermögen, gegenseitige Liebe, entzückende Kinder... Alles, wirklich alles. Und keine Wolke am Himmel...da plötzlich ein Blitzstrahl! So entsetzlich, so unerwartet, so unfassbar, dass ich heute noch oft glaube, der Spielball eines schrecklichen Traums zu sein.*

Ja, er konnte das Glück, das ein erfolgreiches Leben nach sich zog, gut nachvollziehen, dachte Mouttet. Heute war der Gouverneur wieder ganz er selbst und fühlte sich unendlich stark, als könnte ihn nichts erschüttern. Louis Mouttet nahm die näher kommende Stadt wieder bewusst war. Saint-Pierre, die Perle der Antillen, die schönste Stadt der ganzen Karibik, sagte man! Klein-Paris! Auf diesen Anblick hatten er und Hélène gewartet, seitdem ihn Emile Loubets Dekret am 16. Juli zum Gouverneur dieser Insel gemacht hatte.

Die Sonne verlieh den Farben der Stadt ein Strahlen als würde sie von innen heraus leuchten. Ein Meer von zumeist safrangelben Häusern, deren karminrote Dachziegel in reizvollem Kontrast zum dunklen Grün der dicht überwucherten Hänge dahinter standen. Seine Gedanken schweiften zurück zu seiner Lektüre und dem Tag der Verhaftung Dreyfus'. *Es war ein schöner, frischer Morgen, die Sonne stieg am Horizont auf und zerteilte die leichten Nebel; alles verkündete einen herrlichen Tag.* Ein Tag so herrlich wie dieser hier, dachte Mouttet.

»Was hältst Du von einem kleinen Spaziergang auf einen der Hügel?« Madame Mouttet nahm liebevoll seinen Arm und drückte ihn auffordernd.

Louis Mouttet war eher weniger begeistert. »Dort hinauf?« Er sah mit Entsetzen zu den Mornes hinauf, die mit ihren steilen Wänden die Stadt fest umschlossen hielten und klar vom Rest der Insel abgrenzten.

Hélène Mouttet schien zu wissen, dass er im Zweifelsfall eher zu bequem als zu schwach war, um sich den Anstrengungen einer kleinen Wanderung aussetzen zu wollen.

»Komm, wir gehen da hinauf!« versuchte sie ihn zu überreden.

»Wir gehen jetzt erst einmal zu unserer Verabredung!« Sein kräftiger, gefühlvoller Bariton klang dominant. Er zog sie von Bord. Erst einmal würden sie Bürgermeister Fouché treffen, der sicherlich schon mit seiner Gattin auf sie wartete, um ihnen die Stadt zu zeigen.

Das Treffen war kein besonders interessantes gewesen. Bürgermeister Fouché stellte sich als ein Mann heraus, der außer über Amtsgeschäfte und die vorzüglichen Leistungen einiger Köche nicht viel zu berichten wusste. Es gab auch kaum einen Satz, den er nicht mit »Monsieur le Gouverneur« begann oder beendete. Er war noch nie aus Saint-Pierre heraus gekommen, nicht einmal auf der eigenen Insel, und Mouttet grauste es bei der Vorstellung trotz seines angeborenen Sinns für

Diplomatie noch ein ganzes Mittagessen lang vom Apéritiv bis zum Dessert mit diesem Mann Konversation machen zu müssen. Man würde ihm vermutlich zum ersten Mal in seiner diplomatischen Laufbahn nachsagen, kein guter Gesellschafter zu sein. Erst als der Bürgermeister erwähnte, dass James Japp, der englische Botschafter, und Thomas Prentiss, der amerikanische Konsul, nebst Gattin, sowie Generalvikar Parel und der Schwager Fouchés, Doktor Fleurisson, ebenfalls geladen waren, fühlte er sich besser. Fouchés geistiger Horizont war doch zu beschränkt! Obwohl Hélène Mouttet in angeregter Unterhaltung mit Madame Fouché war, bemerkte sie wohl seine Entnervtheit, denn sie warf ihm hin und wieder höchst amüsierte Blicke zu. Deshalb nutzte er dann irgendwann die Angeberei Fouchés mit dem Botanischen Garten, der nicht nur der Insel, nein auch Frankreich überall in der Welt zu Ruhm und Ehre verhelfen würde, und der ja nicht irgendwo war, sondern in *seiner* Stadt, um sich von ihm zu verabschieden. Der Botanische Garten war glücklicherweise ein akzeptableres Ziel als es ein simpler Spaziergang gewesen wäre.

Wieder allein bestiegen Louis Mouttet und Hélène den Morne Abel über die Treppen, die aus der Stadt hinaufführten. Oben angelangt, drehten sie sich um und sahen über die Bucht von Saint-Pierre weit aufs Meer hinaus. Es war das Schönste, das sie in all ihren Aufenthalten im Ausland je zu Gesicht bekommen hatten. So glatt und klar wie ein gut geschliffener Aquamarin, aber von so intensiver Farbe, dass selbst das Meer vor seiner Heimatstadt Marseille neidisch geworden wäre.

Sie entschieden sich nach einer kurzen Pause, weiterzugehen und trafen auf die *Fromagerie* des Ortes. Louis

Mouttet war begeistert. Er liebte Käsereien, es war das einzig Positive gewesen, was er dem einfachen Landleben einst hatte abgewinnen können, zu dem er und sein Vater nach dem Ruin von dessen Schuhmacherei damals gezwungen gewesen waren. Ein Ruin, der nicht hätte sein müssen, wenn der frühe Tod seiner Mutter nicht zum Verlust eines recht guten Schneidereieinkommens und ständigen Saufgelagen seines Vaters im Hafen von Marseille geführt hätte.

Er ging kurzerhand hinein, während Hélène draußen auf ihn wartete.

Die Atmosphäre in dem kleinen Raum war trotz der weit geöffneten Tür stickig. Er stellte sich hinter einigen anderen Leuten an und wartete. Die europäischstämmige Verkäuferin, deren Gesichtsausdruck zum Geruch des kleinen Ladens passte, sah ihn plumpneugierig an. Man konnte es ihr ansehen, es gab hier trotz der vielen Touristen aus Amerika und Frankreich nur wenige Fremde, die ihren Käse selbst kauften. Die großen Hotels verwöhnten ihre Gäste dazu viel zu sehr.

Kurz nachdem er den Laden betreten hatte, kam nach ihm eine Frau in den Raum, die, wie er fand, korrekt gekleidet, aber ohne Stil und Eleganz war. Ihr Haar war glanzlos, ihr Gesichtsausdruck hart, die Lippen von lustloser Schmäle.

Sie stellte sich hinter eine Frau, die sie zu kennen schien, denn sie nannte sie Madame Palé. Diese war gerade dabei, ihr Wechselgeld in ihr Portemonnaie zu tun, während ihr Einkauf noch auf dem Ladentisch lag. Die stillose Frau stürzte sich wie ein im Steilflug befindlicher *Merlin*, der eine kleine Küstenkrabbe ausgemacht hatte, ungeachtet der anderen Leute vor an die Theke.

»Ein halbes Kilo Vacherin, bitte!«

Madame Palé sah sie verärgert an.

Die Frau hatte sich so geschickt zwischen sie und die Theke gedrängt – ein Zwischenraum, der für einen ganzen Menschen, selbst einen dürren wie die zuletzt gekommene Frau, kaum reichte – dass sie die um einen Kopf kleinere Madame Palé mit dem Ellenbogen kräftig hatte rempeln müssen, um überhaupt in die Lücke zu passen. Madame Palé, die nun auf unangenehme Weise ihres Platzes beraubt war und viel zu dicht an der Tür stand, sah erstaunt zu der Angreiferin hinauf, aber diese nahm von ihr zunächst keinerlei Notiz. Dann dreht sie ihren Kopf in Richtung Madame Palés, wobei ihr Blick zufällig über diese glitt.

Madame Palé nutzte die Gunst des Augenblicks und entrüstete sich der Größeren gegenüber: »Noch breiter können Sie sich wohl nicht machen?« Woraufhin ihr mit missbilligendem Blick und spitzer Zunge geantwortet wurde: »Sie hätten mich ja höflich fragen können, ob ich zur Seite gehe!«

Dann, als Madame Palé die *Fromagerie* verlassen hatte, stellte sich die stillose Frau neben Mouttet. Auch sie sah ihn neugierig an und musterte ihn unverhohlen, wobei ihre Augen immer lüsterner und ihr Blick immer freundlicher wurde. Auch die anderen Frauen in dem Laden musterten ihn interessiert.

Louis Mouttet schlug im Geiste die Hände über dem Kopf zusammen. Diese Frau war mit Abstand die unattraktivste, die ihm in seinem ganzen Leben begegnet war, aber ihrem Verhalten begegnete er seit Jahrzehnten leider ständig. Bereits auf den einfachen Tanzveranstaltungen, zu denen er während seiner Zeit als junger Journalist bei *La Patrie* häufig gegangen war, schien es kaum eine junge Frau zu geben, die nicht ein Auge auf ihn geworfen hatte. Und auf den eleganten Debütantin- nenbällen, zu denen er nach seinem Amtsantritt beim Auswärtigen Amt jedes Mal eingeladen wurde, wenn er sich in Paris aufhielt, war es noch schlimmer gewesen. Je älter er wurde, desto mehr Blicke hatten sich auf ihn gerichtet. Die der potenziellen Schwiegermütter, die alle zu bedauern schienen, dass sie nicht mehr in Konkurrenz standen, und fast ebenso die Blicke ihrer Töchter, die je nach Temperament verträumt in seine Richtung sahen oder ihre Augen und Lippen eine unmerklich verführerische Sprache sprechen ließen. Normalerweise fühlte er sich geschmeichelt, so geschmeichelt, dass er sinnlich lächelnd die ihm entge- gengebrachte Aufmerksamkeit erwiderte. Aber heute war dies anders. Er versuchte daher, einigermaßen gleichgültig zu tun, als hätte er nichts bemerkt, dann kaufte er ein Stück *Morbier* und verließ das Geschäft.

Draußen, wo eine frische Brise das Leben erträglicher machte, erwartete ihn Hélène schon ungeduldig. Er hatte sich schon lange nicht mehr so gefreut, sie zu sehen, obwohl er nur wenige Minuten in der Käserei zugebracht hatte. Hélène war sein Zuhause. Das einzi- ge, das er seit dem Tod seiner Mutter hatte.

Obwohl sie keineswegs schön genannt werden konn- te, war sie für ihn immer die perfekte Gefährtin gewe- sen. All die vielen Debütantinnenbälle hatten ihm einst die herbeigesehnte Freundin nicht beschert, bis seine politischen Kontakte ihm die Bekanntschaft mit Hélène brachten. Und erst in Vichy hatte er sie besser kennen- gelernt, wo sie ihre Mutter besucht hatte, die ebenso wie er einen mehrwöchigen Kuraufenthalt genossen hatte. Ohne diese zweijährlichen Trinkkuren in Vichy wäre er wohl schon seit langem ein Wrack, dachte er. Sie hatten nicht viel Zeit gehabt damals. Er war gerade erst aus Indochina zurückgekehrt, wo er als Kabinetts- chef des Gouvernements noch sehr am Anfang seiner diplomatischen Laufbahn gestanden hatte. In dem Ruf stehend, hochmütig zu sein, hatte sich Hélènes kühle Unnahbarkeit sehr schnell als nichts weiter als Zurück- haltung ihres unterschwelligen Temperamentes erwie- sen. Zurückhaltung, die ihm Raum für seine feurigen Reden gegeben hatte, und ohne die er wohl niemals an sie herangekommen wäre, denn gegen seinen Charme schien sie immun zu sein. Sie sprach nur wenig, doch bereits im Alter von 15 Jahren hatten ihre Worte sehr viel Gewicht besessen. Ganz im Gegensatz zu ihrem Körper, der zwar fast so groß war wie seiner, aber damals noch sehr schlank. Schon bald nach ihrem Kennenlernen hatte sich im Rahmen ihrer Gespräche herausgestellt, dass sie alle Eigenschaften hatte, die ihm an einem Menschen gefiel: sie war intelligent, konnte sehr verschwiegen sein und war nahezu grenzenlos tolerant und warmherzig. Daher störte es ihn nicht weiter, dass das einzig wirklich Schöne an ihr ihre gefühlvollen Augen waren, die an geschmolzenes Erz erinnerten. An ihrem 16. Geburtstag hatten sie dann geheiratet, an einem Tag spät im September, an dessen Ende er zum Ritter der Ehrenlegion ernannt wurde, und waren kurz darauf nach Saigon abgereist. Seither war sie ihm immer der vertrauteste Mensch auf der Welt gewesen.

Jetzt waren sie beide auf dem Höhepunkt ihres Lebens angelangt, denn sie hatten beide alles, was man sich nur wünschen konnte und befanden sich am viel- leicht zauberhaftesten Ort der karibischen Inselwelt.

Louis Mouttet bot seiner Frau die Hand und sie bewältigten auch noch die letzte halbe Stunde Weg zum Botanischen Garten, der am östlichen Ortsrand gelegen war.

Sie würden unangemeldet kommen, hoffentlich würde Gaston Landes, der momentane stellvertretende Leiter des Botanischen Gartens, anwesend sein. Der Leiter selbst war leider gerade auf Urlaub.

Louis Mouttet erinnerte sich an Landes durch Akten, die er zehn Jahre zuvor als Interimsgouverneur auf Guadeloupe zu lesen bekommen hatte, wo auch Landes einige Zeit verbracht hatte. Es hatte 1883 einen recht unschönen Streit zwischen Landes und zwei seiner Lehrerkollegen gegeben. Wie die Sache aussah, musste Landes damals aus einer Mücke einen Elefant gemacht haben. Zwar waren seine behaupteten Ehrverletzungen nicht eingebildet, aber seine Reaktion darauf maßlos übertrieben gewesen. Es war so weit gegangen, dass der Gouverneur erst Landes' Kontrahenten eine offizielle Rüge erteilt, und dann der fachlich fast geniale Lehrer und Wissenschaftler den Kolonialminister persönlich um Versetzung angeschrieben hatte. Die man ihm auch gewährt hatte. Im Gegensatz zu den regelmäßig eingehenden Bitten um mehr Lohn. Er könnte von 3.500 Francs keine Familie ernähren, auch nicht, wenn er noch 2.000 F mit seinen Zeichnungen im Jahr dazuverdienen würde, hatte Landes sein Ersuchen begründet.

Wenn man sich keine Familie leisten konnte, dachte Louis Mouttet, dann musste man sich nolens volens zurückhalten oder vor dem Segen aus der Kirche gehen. Wer hatte den Professor gezwungen, im Durchschnitt fast alle zwei Jahre Vater zu werden? In den letzten

Jahren hatte Frankreich Professor Landes angeblich viele botanische Errungenschaften zu verdanken. Nun denn, dachte Gouverneur Mouttet, er würde ja jetzt sehen, ob Gaston Landes die von ihm ständig geforderten Gehaltserhöhungen überhaupt wert war.

Louis und Hélène Mouttet durchschritten das große schmiedeeiserne Tor, das zum Botanischen Garten führte und hinter dem mehrere Meter hoher Bambus einen Spalier bildete, als wollte er das Gouverneurspaar durch seinen kühlenden Schatten ehrenvoll begrüßen.

Sie begaben sich zum einzigen Gebäude des Parks, einzig auf halbem Wege zwei kleinen Jungen begegnend, die an einem Brunnen spielten.

Wie auch sonst alle Gebäude in der Stadt, hatte dieses kein Glas in den Fenstern. Schon von weitem konnten sie die laute Stimme einer Frau hören.

»Gaston, ich weiß nicht mehr, wovon ich auf dem Markt oder beim Bäcker einkaufen soll! Jeden Francs, den ich zurücklegen könnte, gibst du schon vorher für Deinen Garten aus!« Sie klang erregt.

Hélène zupfte ihren Mann am Ärmel. »Lass uns wieder gehen!« Ihr war das voraussehbare Szenario offensichtlich unangenehm. Louis Mouttet blieb mit der stoischen Ruhe eines Felsmassivs stehen und lauschte. Obwohl er ein sehr harmoniebedürftiger Mensch war, amüsierten ihn solche Streitigkeiten mehr, als dass sie ihn beunruhigten. Er war so etwas von zuhause gewöhnt. Hatten sich nicht seine Eltern gestritten, dann die Nachbarn.

Eine männliche Stimme, deren Besitzer um Vernunft bemüht zu sein schien, antwortete ihr. »Ich liebe meine Pflanzen wie meine Kinder, das hast Du gewusst, als Du mich geheiratet hast, Schatz!«

»Ein treffender Vergleich die einen verwöhnst Du so wie die anderen, nur dass es dem Grünzeug gut bekommt! Ihre Stimme war noch immer laut, diesmal jedoch von leichtem Sarkasmus durchzogen, wobei sie das Wort »Grünzeug« betonte.

Hélène war jetzt sichtbar aufs Peinlichste berührt. Sie versuchte, ihren Mann wieder in Richtung Ausgang zu ziehen, aber es gelang ihr nicht, ihn auch nur einen Zentimeter zu bewegen. Mouttets Lippen umspielte ein heiteres Lächeln.

Sein Amüsement konnte seine Frau natürlich nicht verstehen, dachte er, sie kam ja auch aus einem perfekten Elternhaus, mit der perfekten Kinderstube und der perfekten Selbstdisziplin. Er hatte sie zwar auch deswegen geheiratet, um sich selbst ein wenig zu veredeln, aber gelegentlich wurde ihm die ganze Höflichkeit der Bourgeoisie mit all ihren Unterdrückungsmanövern zu viel.

Die Stimme des Mannes antwortete leicht verärgert und war minimal lauter geworden. »Aber Virginie, ich liebe meine Kinder! Kindern muss man ebenso wie Pflanzen mehr geben als nur Wasser. Habe ich Dir und den Kindern nicht immer alles gegeben, was ihr brauchtet? Was wäre ein Kinderleben, ohne jede Woche ein neues Spielzeug? Und hast du dich nicht auch über ein paar neue goldene Ohrringe gefreut?«

Die Frau lachte laut und hart auf. »Leider lässt Du uns für das Mehr nicht die Mittel, solange Du unseren letzten Centime – sogar alles, was ich in unserem Notfalltopf schon oft mühsam zusammengespart habe – für Setzlinge vom anderen Ende der Welt ausgibst! Ich wünsche nicht mehr, dass Du unser Geld – Geld das selbst die Verwaltung nicht bereitstellt! – so rauswirfst und unsere Kinder zu Verschwendern erziehst! Wovon sollen wir bloß noch leben, wenn es einmal einen Notfall gibt? Neunzehn Jahre Ehe und keinen Centime zurückgelegt! Du weißt, wie teuer ein Arzt werden kann! Oder schon alleine das Brot! Was machen wir, wenn es einmal ein Jahr voller Missernten gibt? Ich erwarte von Dir, dass Du endlich Deine sogenannte Großzügigkeit mäßigst!« Ihre Stimme klang jetzt scharf und bestimmend.

Die Antwort Gaston Landes war nicht minder dominant, er donnerte: »Meine Frau hat mir nicht zu sagen, wann ich mich mäßigen muss! Früher haben Dir meine Großzügigkeit und mein Familiensinn gefallen!«

Man konnte die schweren Schritte eines Mannes hören, der in Richtung Ausgangstür gelaufen kam. Hélène und Louis Mouttet wichen einen Schritt zurück, wobei selbst Hélène Gefallen am Lauschen gefunden zu haben schien, denn sie versuchte nicht mehr, Louis am Zuhören zu hindern. Sie sahen jedoch wider Erwarten niemanden aus der Tür kommen.

»Ach was, Gaston«, der Tonfall der Frau war ein wenig ruhiger, aber dafür kälter und verächtlicher geworden, und sie schien nicht erlauben zu wollen, dass er sich dem Gespräch einfach so entziehen würde, »wenn Du Familiensinn hättest, dann würde Dich auch mal die Zukunft dieser Familie interessieren. Aber Dich interessiert doch jede Pflanzenfamilie mehr als Deine eigene! Wie viele Gedanken machst Du Dir über sie und wie viele über uns? Glaubst Du, Vater sein beschränkt sich darauf, jeden Freitagabend schöne Spielsachen mitzubringen? Das einzige, was Dich interessiert, mein Lieber, ist die Frage, aus welchem unerreichbaren Land Du das nächste Saatgut beziehen kannst! In meinen Augen bist Du überhaupt kein Vater, Du bist nur ein Gärtner, der sich bei ein paar Jungs beliebt macht, die zufällig in seinem Garten leben.

Hélène sog scharf die Luft ein und krallte ihre Hand in den Arm ihres Mannes. Louis Mouttet wusste, dass sie etwas mit anhören musste, das sich bis heute ihrem Vorstellungsvermögen entzogen hatte.

»Gärtner, wer ist hier ein Gärtner? Ich bin Wissenschaftler! Und weißt Du was das heißt?« Gaston Landes legte eine provozierende Kunstpause ein. Dann hörte man ihn wieder in die andere Richtung gehen. Seine Frau antwortete entweder nicht, oder so leise, dass man es draußen nicht hören konnte. Er fuhr fort, mit einem Anflug von Triumph in der Stimme. »Es heißt, dass ich wenigstens von meinen Pflanzen die Herkunft kenne!«

Dann herrschte zunächst Schweigen. Tödliches Schweigen. Einer der Jungen warf einen Stein in den Brunnen. Hélène fuhr zusammen und ließ ihren Mann für einen Augenblick los. Dann lauschten sie beide wieder angespannt. Sie vernahmen die Stimme der Frau von Neuem, aber diesmal waren ihre Worte nicht zu verstehen. Das Gouverneurspaar hörte erneut Schritte, leichtere als zuvor, und es öffnete sich die Tür. Mouttet und seine Frau flüchteten sich schnell in den Schutz eines großen Busches. Eine Frau mittleren Alters kam heraus, sichtbar den Tränen nahe und um Fassung ringend. Sie sah verzweifelt aus. Ohne das Ehepaar wahrzunehmen, lief sie schnellen, zornigen Schrittes Richtung Tor. Der Zusammenbruch kam nach der Hälfte der Strecke. Sie begann zu schluchzen, ihr Gesicht glich einem Wasserfall und ihr ganzer Körper wurde geschüttelt – so sehr, dass sie sich an das obere Ende des Brunnens lehnen musste, damit sie sich auf ihrem angewinkelten Arm ausweinen konnte.

Louis und Hélène Mouttet getrauten sich noch immer nicht, sich zu rühren. Sie erwarteten, dass der Mann jeden Augenblick seiner Frau nachlaufen würde. Eine Erwartung, die enttäuscht wurde. Nach einigen Minuten hatte sich die Frau wieder gefasst und trocknete mit einem Taschentuch ihre Tränen. Dann sah sie mit rot verweinten Augen und verquollenem Gesicht auf ihre Hand und zog entschlossen den Ehering ab. Das Ehepaar hörte Wasser aufspritzen. Louis Mouttet beobachtete das Szenario mit mitfühlendem Entsetzen. Er und Hélène getrauten sich kaum, zu atmen. Erst als die Frau endgültig weitergegangen war, wagten sie es wieder, sich dem Haus zu nähern. Dann klopfte Louis Mouttet an die halb offenstehende Tür.

Gaston Landes wusste, die Wahl seiner Worte war nicht unbedingt die günstigste gewesen. »Es heißt, dass ich wenigstens von meinen Pflanzen die Herkunft kenne!«

Erschrocken durch die Ungeheuerlichkeit seiner eigenen Worte war er abrupt stehengeblieben. Natürlich waren es seine Söhne, alle sechs, wessen denn sonst?

Virginie hatte erst einmal nichts mehr gesagt. Dann war sie auf ihn zugegangen, weiß vor Zorn, und hatte mit eisiger, von härtester Selbstdisziplin geprägter Stimme geantwortet.

»Monsieur, ich versichere Ihnen, Sie werden mein einfaches Gesicht nie wieder sehen müssen und sich nie wieder überlegen müssen, ob Sie der Vater meiner geborenen und meines ungeborenen Kindes sind oder nicht.« Ihre Stimme klang wie die eines Richters, der ein Todesurteil verkündete: bewusst emotionslos und absolut abschließend. Dann, noch bevor er angesichts seines jäh verflogenen Zornes seiner Freude über das neue Kind unter ihrem Herzen Ausdruck verleihen konnte, hatte sie das Haus verlassen.

Jetzt versuchte er, es gelassen zu sehen. Sie war noch nie ein nachtragender Mensch gewesen. Dies war weder ihr erster, noch ihr letzter Streit gewesen. In ein paar Stunden würde sie wieder zurückkommen, dann hätte sie Gelegenheit, sich bei ihm für ihre respektlosen Bemerkungen zu entschuldigen. Und er könnte ihr zeigen, wie sehr er sich auf das nächste Kind freuen würde.

Es klopfte an der von ihr halb offen gelassenen Eingangstür. Der Professor ging zur Tür und öffnete sie den beiden davorstehenden Personen gänzlich. Draußen standen ein großer Mann in weißer Tropenuniform und seine Gattin, deren rotbraunes glattes Haar die perfekte Harmonie zum extravaganten, bernsteinfarbenen Kleid bildete. Dies war aber auch das einzig Extravagante an ihr, denn sie wirkte in ihrer Natur sehr schlicht, obwohl, wie Gaston Landes fand, ihre Ausstrahlung beinahe eine künstlerische war.

»Professor Landes? Wir konnten uns leider nicht anmelden, Bürgermeister Fouché hat uns die Besichtigung des Botanischen Gartens aber so warm empfohlen, dass wir dachten, wir können nicht anders, wir *müssen* ihn sehen!« Der große Mann hörte wieder auf zu sprechen.

Gaston Landes verschlug es die Sprache. Dies konnten nur der neue Gouverneur und seine Gattin sein, die da umgeben von einer Wolke aus flammend roten Blüten gegen die Silhouette des sechs Kilometer entfernten Mont Pelée vor ihm standen. Der als lange erloschen geltende Vulkan war heute unbewölkt, ein außergewöhnlicher Anblick, denn alle Tage zusammen- gerechnet, gab *La Montagne* seine Schönheit höchstens eine Woche im Jahr voll preis.

Der Direktor des Lycées, in dem er unterrichtete, hatte die letzten Tage einmal davon gesprochen, dass Gouverneur Mouttet heute vielleicht Saint-Pierre besu- chen wollte. Was ihn, Gaston Landes, nur am Rande interessiert hatte. In den Testbeeten gab es einfach zu viel zu tun; er konnte nicht riskieren, dass seine kostba- ren, leicht durch Nachlässigkeit zu ruinierenden Jung- pflanzen verdarben.

»Ich hoffe, wir kommen nicht ungelegen, Monsieur!« Der Tonfall des Gouverneurs war eher höflich als freundlich und wurde durch ein etwas verlegenes Lächeln seiner Frau unterstrichen, deren Augen blanke Missbilligung über Gaston Landes ergossen. Eine Miss- billigung, die ihm die Röte ins Gesicht trieb. Er wollte etwas sagen, schaffte es aber nicht, mehr als ein Kräch- zen von sich zu geben.

Das Gouverneurspaar hatte ihn in einem höchst unpassenden Moment erwischt, dachte er. Hätte er die Wahl gehabt, hätte er gar nicht erst die Tür geöffnet. Doch ungeachtet der halb geöffneten Tür wäre es jetzt sowieso zu spät, und vor der Tür standen jetzt ein Mann, der fast zu schön war, um als Oberhaupt der Insel ernst genommen zu werden, und seine Gattin. Die tiefgründigen blauen Augen über einem kurzen, sehr gepflegten Vollbart und die breite Stirn Louis Mouttets wirkten äußerst willensstark. Er schien ein ruhender Pol zu sein, dem ein großes Energiepotenzial innewohnte, und sein Lächeln zeugte trotz professioneller Distan- ziertheit von viel Charme. Ohne Frage, dieser Mann war eine Autoritätsperson! Die einzige zwischen seiner Schule und dem Kolonialminister! Eine von denen, die ihm höchstwahrscheinlich wieder seine wissenschaftlichen Expeditionen verbieten würden! Oder die erste, die sich wohlwollend dafür einsetzen könnte!

Warum der Gouverneur allerdings ausgerechnet die neben ihm stehende Dame zu seiner Ehefrau auserkoren hatte, war ihm unverständlich. Sie war nicht nur viel zu groß für eine Frau, auch wirkte sie neben ihrem charismatischen Gatten wie eine jener unscheinbaren, moosüberwachsenen Felsenwände am Hang Pelées, denen man beim Besteigen des Berges nur Beachtung zollte, weil aus einer Spalte erfrischendes Wasser quoll. Wenigstens wurde ihr Aussehen durch die Blüten des *Petit Flamboyant* etwas gehoben, fand der Professor.

Gaston Landes räusperte sich. »Keineswegs, Monsieur le Gouverneur, Madame«, er verbeugte sich vor Madame Mouttet und küsste ihre Hand.

»Ich war gerade im Begriff, eines der Beete mit Setzlingen zu inspizieren, Monsieur le Gouverneur.« Gaston Landes fuhr sich durch die in seine Stirn hängenden Haare, um sie nach hinten zu befördern. Dann betastete er seinen Hosenbund. Hoffentlich saß sein Hemd noch am rechten Platz! In seiner Gartenkleidung musste er dem teuer gekleideten Paar schon fast halb verwahrlost vorkommen.

»Sie müssen mein Aussehen entschuldigen«, stammelte er, »ich habe auch noch einige Ecken umzugraben...«.

»Nun, wenn das so ist«, erwiderte Louis Mouttet, »dann lassen Sie uns gehen! Wir brennen darauf, Ihren Garten zu sehen!«

Was für ein Glück für ihn! Der Gouverneur schien sich an seinem etwas unsonntäglichen Äußeren nicht zu stoßen. Gaston Landes nahm doch noch schnell seine Jacke und seinen Hut, dann begab er sich mit seinen Gästen auf einem von riesigen Palmen überschatteten Weg in Richtung einer Baumschule. Auch neben dem Weg, auf dem saftigen Grün des Rasens, standen viele Palmen, allerdings kleinere von eher rundlicher Üppigkeit. An einigen hingen Bananen.

»So viele unterschiedliche Palmen!« staunte die Gouverneursgattin.

Gaston Landes, der schon befürchtet hatte, nicht zu wissen, worüber man reden könnte, kam diese Feststellung wie gelegen.

»Was Sie hier sehen können, Madame, sind ungefähr ein halbes Dutzend verschiedener Palmenarten. Ein halbes Dutzend von knapp dreitausend! Über uns sehen Sie meine bevorzugte Art: *roystonea regia*, die Königspalme. Sie wird bis zu dreißig Metern hoch!

Das Gouverneurspaar schwieg. Sie waren von seinem Wissen sicherlich beeindruckt, stellte Gaston Landes nicht ohne Genugtuung fest.

»Wir, das heißt der Forstinspektor, mein Vorgesetzter Monsieur Vertusse und ich, haben entschieden, dass es einen Versuch Wert wäre, Mahagoni zu kultivieren. Ich wollte mir gerade die Zuchtstation ansehen gehen, als Sie klopften. Es wäre mir eine Ehre, Monsieur le Gouverneur und Madame diesen außergewöhnlichen Zuchtversuch zu präsentieren!«

»Immer musst Du übertreiben!« hörte er Virginies Stimme im Kopf. Sicherlich, außergewöhnlich war Mahagoni in den Tropen nicht, aber immerhin die erste diesbezügliche Anpflanzung auf Martinique.

»Gibt es einen besonderen Grund für den Anbau von ausgerechnet Mahagoni?« wollte der Gouverneur wissen.

»Der Matsch in den Straßen von Fort-de-France, Monsieur le Gouverneur!«

Der Gouverneur sah ihn belustigt an.

Manchmal wünschte sich Gaston Landes, er könnte zeichnenderweise mit anderen kommunizieren. Was redete er da nur zusammen! Wie sollte jemand eine Anpflanzung in Saint-Pierre mit dem Matsch im zwanzig Kilometer entfernten Fort-de-France in Verbindung bringen? Er brachte das Ende der Herleitung zuerst, was ihm im Unterricht nie passierte, wenn er neben seinen Ausführungen noch zeichnen, oder besser gesagt, neben den Zeichnungen erklären konnte. Und um nicht den Eindruck eines vollkommenen Trottels abzugeben, fügte er schnellst möglichst eine Erklärung hinzu: »Jedes Jahr während der Regenzeit werden die Straßen von Fort-de-France zu einer nassen Hölle aus Matsch und Überflutung. Unsere Forstinspektion hat letztes Jahr festgestellt, dass das von den massiven Abholzungen um die Stadt herum herrührt, so dass wir beschlossen haben, diesen Schaden wieder gutzumachen. Zu Jahresanfang kauften wir daher in unterschiedlichen Ländern Mahagonisetzlinge, deren Wachstumsgeschwindigkeit wir anhand unserer Anpflanzungen miteinander vergleichen werden.«

Sie waren an einem Feld von der Größe eines gastronomischen Speisesaals angelangt. Auf ihm wuchsen unzählige kleine Bäumchen, keines größer als ein halber Meter.

»Das ist wirklich eine ausgezeichnete Idee«, lobte Louis Mouttet ihn. »Dann hat die Insel langfristig auch noch eine weitere Einnahmequelle. Aber ich höre, die Uhr schlägt elfeinhalb – Bürgermeister Fouché erwartet uns zum Mittagessen. Wir müssen Sie leider verlassen, Monsieur le Professeur!« Und damit war für Gaston Landes der hohe Besuch beendet.

Fort-de-France, zur selben Zeit

Es war fast Mittag. Pauline, eine der unzähligen Frauen auf der Insel, die Güter auf ihren Köpfen quer über die Insel trugen, war auf dem von großen Bäumen überschatteten Markt von Fort-de-France angekommen und sah sich nach jemandem um, der sie von ihrem schweren Korb befreien würde. Schon sehr bald fiel ihr ein junger Mann auf, der Zeitung lesend an einen Baum gelehnt stand.

»Déchâgé moin, souplé, chè!«

Der Mann reagierte nicht, er sah sie noch nicht einmal, da er die Zeitung so hoch hielt. War er sich zu fein, in seinen teuren Schuhen? Von seinem Anzug gar nicht zu reden. Sie und ihre Familie hatten das ganze Jahr über sparen müssen, um die 25 Francs für die Kommunionsschuhe ihrer Kinder zusammenzubekommen. Für diese Schuhe hätten sie vermutlich ein ganzes Leben lang sparen müssen.

»Missié, déchângé moin, souplé, chè!« Er sollte ihr endlich helfen, ihre fünfzig Kilo, die sie heute in ihrem Korb hatte, zu entladen. Sie brauchte seine Hilfe, denn es war sonst niemand in unmittelbarer Nähe, und sie konnte es nicht alleine, da sie sonst Gefahr lief, dass ein Muskel riss oder ein Nerv einklemmte. Pauline hätte sich noch nicht einmal hinsetzen können, ohne Angst haben zu müssen, sich das Genick zu brechen. Außerdem wollte sie zu einem wenige Schritte weit entfernten Brunnen gehen und sich erfrischen, indem sie ein paar Kellen Wasser trank, das sie mit einem Teelöffel *Tafia* versetzen würde, um einen plötzlichen Kälteschock ihres überhitzten Körpers zu vermeiden, den selbst das klarste Quellwasser verursachen könnte. Alle *Porteuses* trugen stets zu diesem Zweck an ihrem Gürtel hängend ein kleines Fläschchen dieses weißen, billigen Rums des neuesten Jahrgangs bei sich. Sie wollte sich auch endlich Arme und Gesicht waschen.

Der Mann, den sie auf Anfang dreißig schätzte, ließ die Zeitung sinken und sah sie an.

Und auch sie schaute den Mann an, der da vor ihr im Schatten des Baumes stand. Sie sahen einander in die Augen, und plötzlich war keine Definition von Persönlichkeit oder auch nur Augenfarbe mehr möglich. Es war ein Blick, der Himmel und Erde miteinander verschmolz, der die Grenzen der Zeit und des Körpers aufhob, und der die Unendlichkeit nicht nur erahnen ließ, sondern zur Wirklichkeit eines Augenblicks machte. Sie hatte das Gefühl, ihre Seele würde auf ganz wunderbare Weise von diesen Augen aufgesogen, als wären sie beide von dieser Sekunde an eine Einheit, die untrennbar miteinander verbunden war, und die sich schon seit ewigen Leben immer wieder aufs Neue miteinander verbunden hätte und verbinden würde.

Pauline war so überrascht, dass sie erst einmal völlig regungslos verharrte. Sie hätte auch gar nicht gewusst, wie sie darauf hätte reagieren sollen. Sie fühlte sich unfähig, auch nur ein wenig oder gar verbindlich zu lächeln.

»Was wollen Sie, Mademoiselle?«

Er schien nicht von hier zu sein, denn er schien sie nicht verstanden zu haben.

»Sie sprechen kein Patois, Missié, nicht wahr?« Ihre Frage klang eher unfreundlich. Und sie bemühte sich, möglichst französisch genug zu klingen, und wiederholte die Bitte.

Diesmal kam er ihr nach. Anschließend sah er sie mit großem Wohlwollen an, jeden Millimeter ihres Körpers mit seinen Blicken streichelnd. Sie fühlte, wie ihr Herz bis zum Hals schlug.

Der Mann, der da vor ihr stand, war der wohl beeindruckendste, der ihr jemals in ihrem Leben begegnet war. Er erinnerte sie an Monsieur Vigeux, wobei der elegante Bart, der seine Oberlippe zierte, noch lange nicht grau sein würde. Nein, Monsieur Vigeux, das war lange vorbei; an ihn wollte sie jetzt nicht denken. Knapp einen Kopf größer als sie strahlte dieser Herr hier einerseits ein bodenständiges Selbstbewusstsein aus, das ihr unvermittelt die Sicherheit gab, nach dem sie sich seit dem Tod ihrer Familie gesehnt hatte, andererseits aber ein Temperament und eine Lebenslust, durch die sie sich bis ins Mark so lebendig fühlte, wie noch niemals zuvor in ihrem Leben.

Dieser Fremde schien ganz in sich zu ruhen, dabei aber gleichzeitig auf dem Sprung in eine aufregendere Zeit und Welt zu sein.

Ein Zauber schien von ihm auszugehen und es schien ihr, als würde er dies gleichermaßen empfinden. Sie konnte es fühlen, dass dieser Mann für sie eine Befreiung aus ihrem seit zwanzig Jahren bestehenden Alltagstrott sein würde, und das nicht nur, weil sie das Gefühl hatte, die so urplötzlich zwischen ihnen aufgeflammte Leidenschaft würde ein Leben lang halten. Denn noch etwas anderes spürte sie: Dass sie lange Zeit nach der fast vollständigen Ausrottung ihrer Familie endlich ein neues Zuhause gefunden hatte.

Nachdem der Mann sich für den Augenblick an ihr sattgesehen hatte, schaute er sie an, geradlinig, mit dunkelbraunen Augen, die Ehrbarkeit und Stolz verkörperten, und die ihr verrieten, dass auch er seine Wahl getroffen hatte.

Saint-Pierre, wenig später

»Sie hatten Recht, Monsieur le Maire, der Botanische Garten ist einfach bezaubernd!« Louis Mouttet, der mit Hélène an der langen Tafel des Hauses Fouché saß, ließ sich noch einmal *pommes de terre frites soufflées* nachlegen.

»Professor Landes scheint nur für seinen Garten zu leben, sein großes Wissen ist ohne Frage eine Zierde für Frankreich! Einfach überwältigend!« Fouché sollte sich bloß nicht zu viel auf *seinen* Garten einbilden!

Wie immer, wenn er die Bekanntschaft eines studierten Mannes gemacht hatte, befand sich der Gouverneur in einer leicht zerknirschten Stimmung. Und wie immer in einer solchen oder ähnlichen Situation, bemühte er sich um ein diplomatisches Gesicht und die dazu passenden Worte. Der Gouverneur pickte ein Kartoffeleckchen auf und dachte, »aufgeblasene Kartoffeln« könnten eigentlich gar nichts anderes sein, als des Bürgermeisters Leibspeise. Doch er wollte nicht undankbar sein, immerhin hatten Fouché und seine Gattin keine Kosten und Mühe gescheut, um *Cailles dans le cendre* als Hauptgang zu reichen. Dies waren die ersten Wachteln, die er in Asche gegart zu essen bekam.

»So überwältigend wie seine regelmäßigen Eingaben, in denen er die Verwaltung um halb- und ganzjährige Beurlaubung ersucht, wie ich gehört habe«. Generalvikar Parel, ein Mann von nicht ganz achtzig Jahren, hatte schon einige Gouverneure erlebt und viel erfahren, was die lokale Inselpolitik betraf. Er war heute nur anwesend, weil der Bischof nach Europa abgereist war, und er ihn in allen Dingen vertreten musste.

»Wer kann es ihm verübeln?« stellte der amerikanische Konsul Thomas Prentiss, ein vornehm aussehender Herr von Mitte fünfzig, in den Raum. »Das Kennenlernen anderer Länder ist ja auch eine der faszinierendsten Angelegenheiten, die man sich vorstellen kann!« Seine neben ihm sitzende Frau nickte mit einem liebenswürdigen Lächeln und fügte dem hinzu: »Nichts hat in all den Jahren unsere Ehe mehr bereichert, als die unterschiedlichen Stationen im diplomatischen Dienst.«

»Wie Recht Sie haben, Monsieur le Consul!« stimmte auch Louis Mouttet zu. »Wenn nur das Reisen nicht wäre! Was gibt es Entsetzlicheres als drei Wochen auf See? Mit Ausnahme eines Malariaanfalls!« Louis Mouttet hielt einen Augenblick inne, dann räumte er ein: »Obwohl ich zugeben muss, dass ich es als sehr angenehm empfinde, Nächte ohne Moskitonetz zu verbringen«. Dass sie so schnell beim weltweiten allgemeinen Lieblingsthema der Diplomaten angelangt wären, hätte er nicht gedacht.

»Bitte, meine Herrschaften, sprechen wir doch nicht von Krankheiten!« James Japp, der britische Botschafter, hob seine Nase, die in Größe und Form perfekt zu seinem riesigen ovalen Kopf passte, ein wenig in die

Höhe und schaute in die Runde, die aufkommende Thematik schon erahnend.

»Sie haben gut Reden, Eure Exzellenz, trotz dieser Krankheit haben die Alliierten damals Waterloo gewonnen. Man sagt, es seien mehr Engländer von der Malaria dahingerafft worden als von Napoleon Bonaparte! Bis zu eintausend Mann pro Tag!« Louis Mouttet, dem der ältere Herr grundsätzlich sehr sympathisch war, konnte es dennoch nicht leiden, wenn jemand vor den weniger schönen Seiten des Lebens die Augen verschloss. »Wie Sie wissen, war Frankreich dennoch machtlos gegen General Wellington und seine Armeen«.

»Aber«, meldete sich wieder Fouché zu Wort, »es ist wahrscheinlich doch bedeutender, dass letzten Endes wir die Schlacht gegen die Malaria gewonnen haben!«

Sieh mal einer an, Fouché schien doch ein Minimum an Bildung zu besitzen.

»Doch den Durchbruch in der Malariaforschung«, erklang James Japps Stimme, »brachte unser Doktor Ross als er entdeckte, dass die Krankheit von den Mücken übertragen wird und dort verschwindet, wo die Mücken verschwinden!« Der britische Botschafter hatte offensichtlich seine Meinung dahingehend geändert, nun eine Lanze für sein Land brechen zu müssen.

»Ach, wo denken Sie hin!« Doktor Fleurisson, der noch recht jugendlich wirkende Schwager des Bürgermeisters, mischte sich jetzt ebenfalls ein und die Unterhaltung begann, Feuer zu fangen. »Was spielt das schon für eine Rolle, ohne unseren Doktor Laveran, der die Malaria in Algerien entdeckt hat, hätte Ihr Doktor Ross gar nicht erst forschen können. Laveran und seinen Blutuntersuchungen ist das Wissen darum überhaupt zu verdanken, dass es sich bei der Krankheit um im Blut eingenistete Parasiten handelt!«

Louis Mouttet glaubte, beschwichtigend eingreifen zu müssen: »Aber ich bitte Sie, Messieurs, in wenigen Tagen ist Weihnachten«, was vor genau sieben Jahren bei der Verkündung des zum Himmel schreienden Urteils gegen Dreyfus auch keinen gekümmert hatte, dachte er, »und England ist schon lange nicht mehr unser Feind. Seien wir doch nicht so ungastlich! Außerdem hätten uns alle Erkenntnisse der Welt nichts genützt, hätte Holland nicht begonnen, Chinin zu kultivieren.« Dass England diese Gelegenheit schon vor Holland gehabt hatte, sich aber geweigert hatte, die ihm angebotenen Samen einer besonders chininhaltigen Chinchonasorte zu kaufen, verschwieg der Gouverneur.

»Monsieur le Gouverneur hat Recht!« gab Doktor Fleurisson zu. »Unsere Offiziere tragen noch immer einen Stiefelabdruck unterhalb des Rückens, und der stammt nicht von England! Wir alle wissen, wer in Wirklichkeit unser Feind ist!«

Nicht auszudenken, wie die Unterhaltung sich entwickelt hätte, wären jetzt hartgesottene Militärs anwesend gewesen! Der Doktor war anscheinend noch nie in *La Metropole* gewesen, sonst hätte er gewusst, dass ihm diese Bemerkung weniger als Realitätsbeschreibung, denn als spöttische Schmähung des Vaterlandes ausgelegt worden wäre. Aber hier, nur noch durch Telegramme, monatealte Zeitungen und politische Entscheidungen an Frankreich hängend, in der Illusion der Unabhängigkeit lebend, fehlte ihm ohne Frage schlichtweg das Gefühl für seine eben gemachte Aussage.

»Eine Feindschaft, die nicht hätte sein müssen«, erklang nun Parel. »Diese Feindschaft gäbe es heute nicht, wenn sie uns Napoleon III nicht eingebracht hätte!«

»Napoleon brachte uns Schlimmeres als den Krieg von 1870« warf Mouttet ein, um erneut ein wenig die Gemüter zu kühlen, »ihm verdanken wir immerhin die Erfindung der Margarine!«

Der ganze Tisch brach in Gelächter aus. Jeder kannte es inzwischen, dieses grässliche Zeug, das seit dreißig Jahren aus Rindertalg hergestellt wurde und nicht einmal Hunden so richtig schmeckte.

»Ich möchte auf das ursprüngliche Thema zurückkommend hier doch noch anmerken«, ließ der Generalvikar erneut seine Stimme vernehmen, »dass niemand auf die Idee gekommen wäre, Chinin zu kultivieren, hätten nicht Jesuiten das Pulver aus Südamerika mit nach Europa gebracht!«

Hélène Mouttet, die ihrem Mann gegenüber saß, schaute ihn höchst amüsiert mit blitzenden Augen an. Louis Mouttet, der ihren Blick erwidert hatte, musste breit grinsen. Er wusste ganz genau, was sie dachte: Teufelspulver. Protestanten hatten es einst so genannt, weil sie misstrauisch gegenüber der jesuitische Erfindung gewesen waren.

»Protestanten haben meines Wissens keine entsprechende Entdeckung vorzuweisen!« bemerkte Generalvikar Parel, der den Blickwechsel als einziger mitbekommen und verstanden zu haben schien. Hoffentlich würde sich Hélène jetzt nicht damit revanchieren, dass sie mit dem von Bismarck einst verhängten Jesuitenverbot konterte und damit, dass man in Frankreich auch einmal darüber nachdenken sollte! Doch seine Frau schwieg glücklicherweise.

»Wie sieht es aus, Monsieur le Consul, hat es in den Vereinigten Staaten auch Forschungen zum Thema Malaria gegeben?« wollte der Gouverneur an Thomas Prentiss gewandt wissen.

»Nicht, dass ich wüsste«, entgegnete der Konsul. »Aber die Vereinigten Staaten haben die wohl größte Erfindung der Menschheit gemacht: die Erleuchtung der Nacht! Dies ließe sich nur noch durch die göttliche Fähigkeit der Verdunkelung des Tages überbieten!«

Das war eine Frage des persönlichen Geschmacks, fand Louis Mouttet. Vielleicht, wenn man seine drei Lieblingserfindungen der Moderne außer Acht ließe: den Luxuseisenbahnwagon, die Schreibmaschine und die Rotations-Schnellpresse, die – was für ein Glück für die lesende Welt! – hohe Zeitungsauflagen erst möglich gemacht hatte. Dies konnte er hier aber unmöglich sagen.

»Oder durch die Helligkeit menschlicher Geistesblitze!« antwortete er stattdessen. »Was wäre unsere Welt ohne Freiheit, Gleichheit und Brüderlichkeit? Unsere Sklaven waren schon lange vor den amerikanischen, unsere Bürger schon vor allen englischen aus dem Joch der Unterdrückung befreit!«

»Und denken Sie nur«, meldete sich jetzt Hélène Mouttet zu Wort, »uns wird die Welt eines Tages auch die *Déclaration des femmes* als intellektuelle Errungenschaft zu Ehren gebieten lassen!«

»Die Gleichberechtigung von Mann und Frau?« Bürgermeister Fouché klang gar nicht begeistert. »Wozu brauchen wir die? Meine Frau hat Bedienstete, ihre Kinder um sich, eine große Küche, und wir gehen regelmäßig ins Theater. Sind das nicht genug Rechte?

Immerhin muss sie sich keine Gedanken darüber machen, wie sie sich ernährt!«

»Denken Sie denn nicht, Monsieur, dass auch eine Frau ein Recht darauf haben sollte, wählen zu gehen?«

»Frauen sollen wählen dürfen? Meine Teure, würdest Du gerne wählen gehen?« fragte er zu seiner Frau gewandt. Diese zögerte einen Augenblick. Dann schüttelte sie mit einem schüchternen Lächeln den Kopf.

»Na sehen Sie, und außerdem würde sie ja sowieso nichts anderes wählen als ich, nicht wahr?« Wieder sah er seine Frau an, und sie nickte auf die selbe Weise, auf die sie eben den Kopf geschüttelt hatte. Die anderen Herren hatten während der ganzen Zeit mit zustimmenden Gesten danebengesessen, mit Ausnahme des Gouverneurs.

»Ich finde absolut, dass Madame Mouttet Recht hat! Eine Frau, die denkt, was ich denke, und immer nur sagt, was ich hören möchte, wäre für mich vermutlich das reizloseste Wesen der Welt!«

Eine unangenehme Stille breitete sich aus. Niemand wagte mehr, zu widersprechen. Der Gouverneur fühlte im Bauch einen Druck. Louis Mouttet dachte, er hätte die Vorspeise besser nicht gegessen. Der als *Hors d'oevre* gereichte geräucherte Petersfisch lag ihm schwer im Magen. Dennoch löffelte er sein Dessert, eine flambierte Banane, tapfer weiter.

Doktor Fleurisson brach letztlich das Schweigen. »Nun, wenn Frauen wählen wollen, dann sollen sie es von mir aus tun. Vielleicht würden sie ja so wenig nachvollziehbar das Richtige wählen, wie Chinin gegen Malaria wirkt. Mit einer Sterblichkeitsrate von noch immer drei Prozent.« Er schien das für komisch zu halten, aber außer Fouché schien keiner amüsiert.

»Die ungelegten Eier hinsichtlich des Wahlrechts einmal außer Acht gelassen«, fuhr er fort, »ist das alles, wenn Sie mich fragen, pure Mystik. Und ich bin zutiefst überzeugt: wenn nicht bald von der Wissenschaft eine Lösung gefunden werden wird, ist dies vor dem Hintergrund möglicher Kriege zwischen den Kolonialmächten und einer damit verbundenen Verknappung des Rohstoffes – bedenken Sie nur, man würde bisherige Handelswege unpassierbar machen – nur eine Frage der Zeit, bis wir doch alle an Malaria gestorben sein werden!« Dies waren so ziemlich die letzten Worte, die während des *Dîners* gesprochen wurden.

Saint-Pierre, zur selben Zeit

Béatrice Douce hasste es, zu kochen! Was für eine Zeitverschwendung! Die Leute ließen sich alle viel zu sehr gehen! Sie wurden dick und unförmig, völlig ohne Selbstdisziplin! Dennoch würde sie gleich in die Küche gehen müssen und ebendies tun.

Sie stand vor dem großen Spiegel ihres Waschtischs und griff sich schlechtgelaunt ins Gesicht, um sich mit dem spitzen Fingernagels ihres Zeigefingers dort zu kratzen, wo sie von einem Haar gekitzelt wurde, das sich aus ihrer Frisur gelöst hatte. Dieses Haar brachte sie zur Weißglut. So etwas konnte ihr nicht passieren, so etwas durfte ihr nicht passieren! In ihrem fortgeschrittenen Alter musste man in der Lage sein, sich erfolgreich zu frisieren, so erfolgreich, dass es bis zum Schlafengehen hielt! Sollte sie es ausreißen? Nein, ihre Haare wurden mit jedem Jahr, das sie älter wurde, sowieso immer dünner. Wo kam bloß dieses Haar her? Jeden Morgen band sie ihre langen Haare, die von Farbe und Konsistenz eines alten Brötchens waren, so fest und sorgsam am Hinterkopf zusammen, dass sie die ersten zwei Stunden brauchte, um sich an den Schmerz zu gewöhnen. Und jetzt das! Sie war zutiefst verärgert, denn die allmorgendliche Prozedur musste erneut wiederholt werden. Ach, wie lästig war diese ganze Plackerei; jeden Morgen und manchmal auch noch am Mittag. Wie sehr wünschte sie sich, sie könnte einfach eine Schere nehmen und sich von dieser Last befreien! Einst hatte sie einen jungen Soldaten gesehen, nur vier Wochen, nachdem man ihm wegen seines Läusebefalls den Kopf geschoren hatte. Seither träumte sie von nichts anderem mehr als derart kurzen Haaren. Wenigstens schnitt sie sich heimlich die Haare so weit ab, dass sie in offenem Zustand die Mitte der Schulterblätter nicht überschritten und erzählte jedem, der es hören wollte, seitdem sie Mutter war, wüchsen ihre Haare nicht mehr so lang wie früher. Missmutig versetzte sich Madame Douce wieder in das, was sie unter einem ordentlichen Zustand verstand. Sie betrachtete sich im Spiegel. Darin sah sie zwar weniger dünn aus als sie in Wirklichkeit war, an ihren eher maskulinen Zügen, ihren kaum wahrnehmbar zu eng beieinanderstehenden Augen und ihrer tiefen Stirn konnte er hingegen wenig ändern.

Jeden Morgen dachte sie aufs Neue, sie dürfe nicht zulassen, dass sich auch nur das kleinste Haar irgendwann einmal lösen würde und man ihr nachsagen könnte, sie sähe schlampig aus. Gut, dass es keiner gesehen hatte! Dann begab sich Béatrice Douce in die Küche – widerwillig und zögernd und von Ekel erfüllt, nachdem sie noch schnell unter den Alltagstischdecken eine ehemals veilchenblaue gewählt hatte. Eine Bekannte hatte ihr kürzlich gesagt, die Decke spiegele das Blau ihrer Augen. Ob ihre Augen dem äußerst attraktiven Mann in der *Fromagerie* heute morgen auch aufgefallen waren? Wäre sie nicht schon vergeben, hätte sie sicherlich Chancen gehabt!

Eine Stunde später stocherte Monsieur Douce, Eigentümer der Bäckereien *Saint-Roche*, und damit größter Backwarenproduzent der Insel, missmutig in seinem Essen.

»Warum musste ausgerechnet ich eine Frau erwischen, die nicht kochen kann!« knurrte er unwillig vor sich hin. Und er knurrte seit Beginn seiner Ehe vor knapp einundzwanzig Jahren tagtäglich den selben Satz. Monsieur Douce blickte sehnsüchtig drein. »Wie schön waren die ersten drei Tage gewesen! Wie schön meine Illusionen und wie wunderbar unser Hochzeitsbankett! Und dann schon bald das grausame Erwachen! Wieso komme ich eigentlich mittags noch nach Hause? Um mich für meine geschäftlichen Aktivitäten in den anderen Städten umzukleiden, würden auch ein Hemd und eine Hose in meiner Backstube genügen.« Er jammerte flüsternd im Selbstgespräch vor sich hin. Die Kinder unterhielten sich miteinander. Sonst gab es in diesem Haushalt keinen, mit dem er hätte sprechen können. Unbedingt schien er es aussprechen zu müssen, aber *sie* sollte es wohl um Himmelswillen nicht hören!

Monsieur Douce sah auf seinen Teller, als ob er sich fragte, ob er das Zeug vor sich – was auch immer es war – wirklich essen sollte.

»Wir werden sie nach Eurer Verlobung für ein Jahr in die Obhut der Heiligen Schwestern von Saint-Esprit geben, hatten mir Deine Eltern vor unserer Verlobung versprochen!« Er sah frustriert in Richtung seiner Frau.

Béatrice Douce tat so, als würde sie es nicht hören. Was interessierte sie sein Selbstmitleid? Was wollte er überhaupt? Im Kloster hatte man sie in allen Dingen unterrichtet, die einer Frau ihres zwar nicht allzu hohen, doch gesellschaftlich zumindest erwähnenswerten Ranges von Nutzen sein konnten. Tanzen ebenso wie Weißstickerei, und Kochen gleichermaßen wie Konversation.

»Und außerdem muss sie ja wissen, wie das Personal anzuleiten ist! Nachlässigkeiten müssen ihr sofort auffallen! Sie werden die perfekte Ehefrau bekommen, Monsieur, darauf haben Sie unser Wort!« klagte Monsieur Douce, seine Schwiegereltern imitierend, vor sich hin. »Und ich habe geglaubt, was man mich hatte Glauben machen wollen!« Er seufzte. »Ein Trugschluss, eine Betrügerei, ich bekam Kleie statt Mehl!«

Madame Douce sah auf ihr Dessert und gab sich alle Mühe, ihren Mann zu ignorieren. Sie konzentrierte sich auf ihr Essen, einer Schale voller geschälter Melone, die sie in ganz kleine Stückchen geschnitten hatte und mit einer Gabel aß, wobei sie bei jedem Bissen, den sie nahm, den Kopf so vorbeugte, als wollte sie ihn in die Schale stecken. Das Geräusch der hart auf die Schale auftreffenden Gabel erinnerte jedes Mal an ein Huhn, das ein Korn pickte. Bissen für Bissen kaute sie gründlich. Übergründlich. Dann wieder das schreckliche Geräusch der Gabel.

Jaja, sollte er jammern! Er würde ihre Ehe überleben. Auf seinen Vorschlag hin, eine Köchin einzustellen, hatte sie einst erwidert, das von ihm bereits eingestellte Personal – ein »Mädchen für Alles« und eine alte Waschfrau – sei wie vieles in ihrem gemeinsamen Leben »vollends genug«.

»Ich will nicht noch mehr fremde Leute im Haus! Ausgerechnet eine Köchin? Es handelt sich ja bloß ums Essen, für das Bisschen, das ich zu mir nehme, bedarf es keiner Köchin!« Seinen Hunger hatte sie dabei außer Acht gelassen. Und sollten tatsächlich einmal Kinder da sein, hatte sie argumentiert, mehr als zwei, allerhöchstens drei Mahlzeiten brauchen die sowieso nicht. Sie selbst hatte als Kind niemals mehr als fast nichts zu sich genommen.

»Wie kann man nur seinen Kindern so schrecklich viel zu Essen geben? Das Leben besteht aus so viel wichtigeren Dingen! Und wenn ich nur an die hohen Kosten denke, die der damit verbundene Haushalt verschlingen wird!«, hatte sie argumentiert.

»Kosten werden nicht verschlungen, Kosten werden verursacht«, hatte Monsieur Douce, ganz Geschäftsmann, sich damals noch zu kontern getraut.

»Dies ist mein Haushalt! Hier entscheide ich, wer was verschlingt!«, hatte Béatrice Douce daraufhin mit schriller Stimme, die am Ende noch kurz überschnappte, ausgerufen. Dann war sie verstummt, nachdem noch ein kurzer Krächtzlaut zu hören gewesen war.

»Und wer kann schon wissen, ob sie nicht regelmäßig etwas aus der Küche abzweigen würde, um es ihrer eigenen Bagage zu geben? So weit kommt es noch, dass ich anderer Leute Kinder durchfüttere!« Daraufhin hatte Monsieur Douce nichts mehr zu sagen gewagt, womit das Kapitel Köchin vom Tisch gewesen war.

Madame Douce sah ihn an. Wie er da so am Tisch saß, sah er aus wie ein größeres Stück Baguette, das versehentlich am Morgen in den *Café au Lait* gefallen und bis zum Mittag von niemandem herausgefischt worden war. Denn obwohl er keineswegs fett genannt werden konnte, wirkten seine äußeren Grenzen verschwommen. Alles schien an ihm zu schwabbeln, woran auch seine tropengebräunte Haut im Gesicht und an den Händen, nichts ändern konnte. Am 8. Mai würden er und sie ihren 21. Hochzeitstag begehen. Und er schien wie auch schon die einundzwanzig Jahren zuvor nur am Hinunterwürgen seines Essens zu sein.

Was hatte ihr Mann nur immer, dachte Madame Douce. Beeindruckte es ihn denn nur so wenig, dass sie für das gleiche Gericht nur halb so viele Zutaten benötigte wie die Köchin seiner Eltern? Häufig weigerte sie sich, neue Vorratspackungen anzubrechen und begnügte sich damit, aus drei oder vier schon vorhandenen Zutaten etwas zuzubereiten. Auf seine Beschwerde hin wegen des Mangels an Schmackhaftigkeit, gab sie nur belehrend zur Antwort: »Eine der Stärken einer Haushaltsvorsteherin – und das ist jede Hausfrau zuallererst! – haben ihre wirtschaftlichen Fähigkeiten zu sein!«

Béatrice Douce stand vom Tisch auf und begab sich in die Küche. Sie hatte Chéchelle, das »Mädchen für Alles«, schon viel zu lange wieder alleine gelassen. Wer weiß, was sie sich alles herausnehmen würde, wenn sie gerade einmal wegsah. Sie ließ sie auch niemals in den Keller gehen, ohne zu singen, damit sicher war, dass sie nicht an den Vorräten naschen konnte.

Als Madame Douce in der Küche ankam, war von Chéchelle nichts zu sehen. Jetzt musste sie ihrem Mann den Mokka selbst bringen, stellte sie missmutig fest. Nachdem sie dies getan hatte, ging sie zurück in die Küche und sah aus dem Fenster. Sie musste nicht lange suchen. Unten vor der Haustür stand ihre Hausangestellte mit der Küchenmagd aus dem Nachbarhaus. Diese impertinente Person! Fürs Tratschen wurde sie nicht bezahlt!

»Die Küche meiner Herrin ist ohne Eleganz, Fantasie und Liebe. Ihre Kuchen sind meistens eine Spur zu trocken, die Plätzchen häufig leicht verbrannt oder zumindest so spröde wie ihr Charme, der sich – so hat mir die alte Waschfrau erzählt – seit ihrer Heirat nur noch bei Leuten entfaltet, die ihr nützlich sein können!« Die beiden jungen Frauen kicherten. »Die Familie kann einem leid tun. Niemals ist sie zu ihr nett!«

»Und stell dir vor«, rief Chéchelle im höchsten Grade amüsiert aus, »sie hat doch tatsächlich einmal den Zucker mit dem Waschpulver verwechselt!«

Das saß! Man tratschte über sie! Man tratschte außerdem unfreundlich über sie! Man tratschte zu allem Überfluss auch noch spöttisch über sie! Béatrice Douce war zutiefst getroffen. Sollte sie dieses Biest hinauswerfen? Das würde wenig nützen, diese Mulattenweiber waren doch alle gleich. Nein, sie würde ihr das Leben von nun an zur Hölle zu machen wissen! Am besten ließe sie sie in Zukunft zwei- statt einmal in der Woche den von Eingebranntem verkrusteten Herd abspachteln. Oder besser nur noch alle zwei Wochen, wenn man es fast gar nicht mehr abbekam?

Plötzlich drängte sich ihr ein anderer Gedanke auf: Ob ihr Mann das auch so sah? Er hatte sie schon hunderte von Malen darauf aufmerksam gemacht, dass er mit dem Frühstücksbaguette auch Kuchen und Plätzchen aus dem Geschäft nach Hause tragen lassen könnte. Ach, ihr Mann. Was kümmerten sie die Ansichten ihres Mannes!

»Eine pflichtbewusste, selbstdisziplinierte Hausfrau backt selbst!«, hatte sie ihm einst in äußerst spitzem Tonfall auf sein Ansinnen entgegnet. Einem Tonfall, der wie sie genau wusste, jede Diskussion sofort im Keim erstickte.

So sehr sich Beatrice Douce auch über den Kommentar ihrer Kochkunst ärgerte, so sehr musste sie ihr ansonsten Recht geben. Was für einen Grund sollte sie schon haben, zu ihrer Familie nett zu sein? Es wäre ihr genau genommen nicht einmal im Traum eingefallen, sich ausgerechnet ihrer Familie gegenüber freundlich und entgegenkommend zu verhalten. Wozu auch, was hatte sie denn schon von den anderen? Die anderen hatten etwas von ihr!

Sie ging zurück ins Esszimmer, wo ihr Mann noch immer am Tisch saß.

»Wieso muss gerade ich, der reichste Bäcker der Insel, eine Frau heiraten, der es völlig genügt, dass ein Mittagessen genießbar und im übrigen sättigend ist? Ich wünschte, ich hätte mich damals durchgesetzt, im Notfall mit der Erinnerung an ihr Eheversprechen, bei dem sie mir Gehorsam gelobt hatte«, sprach er wieder halblaut vor sich hin und seufzte, auf seine leere Mokkatasse schauend.

»Die Suppe... angebrannt... und das Käsesoufflé ... zusammengefallen. Und der Salat... nur mit Essig angemacht, kein Öl, keine Gewürze!« jammerte Monsieur Douce vor sich hin. »Gestern... hartes, trockenes Rindfleisch... aber wenigstens eine sehr delikate Sauce über dem Fischfilet. Dem völlig zerfallenen

Fischfilet... Jaja, die Mulatten verkaufen auf dem Markt exzellente Saucen...«

»Es zählt nur, dass wir uns am Leben erhalten, das ist der Sinn der Nahrungsaufnahme!« ließ Béatrice Douce ihre schrille Stimme erklingen, die beschlossen hatten, seine Stimme ausnahmsweise einmal gehört zu haben.

Monsieur Douce sah sie entgeistert an. »Erlebst Du ein vorzügliches Mittagessen denn nicht auch als etwas ganz Köstliches?« Seine Stimme klang erstaunt.

Sie sah ihn an, als hätte er sie etwas Obszönes gefragt. »Essen etwas Köstliches?« Sie fühlte Ekel in sich aufsteigen. »Das Leben könnte so schön sein, wenn man nicht essen müsste!

Le Francois, 4. Januar 1902

Pauline musste zur Plantage Vigeux. Einen Weg, den sie mit gemischten Gefühlen lief. Sie hatte im Sommer zuvor auf der Plantage Vigeux bei Lee Francois einige frisch aus Frankreich eingetroffene Delikatessen abliefern müssen, und es war das erste Mal in ihrem Leben gewesen, dass sie dort zu tun gehabt hatte, denn ihre Route war für gewöhnlich die nach Fort-de-France. Doch die Bezahlung war gut gewesen, und die Last viel leichter als gewöhnlich. Es war eine Bestellung des Hausherrn persönlich gewesen, auf die er schon längere Zeit gewartet hatte. Daher hatte man sie im Hafen auch angewiesen, sie ihm persönlich zu übergeben. Es hatte eine Weile gedauert, bis sie ihn auf dem sehr großen Grundstück gefunden hatte.

Da hatte er gestanden, wie ein junger Gott, unter einem Mangobaum, der strahlende Frühling in Person.

Jung und temperamentvoll, mit Augen, die lebendiger waren als sie es jemals bei einem Mann erlebt hatte. Er war vierzig gewesen, höchstens, wenn sie ihm in die Augen gesehen hatte, und als er sie erblickt hatte, war es ihr erschienen, als würde sein Körper sich verjüngen und die Vitalität eines stürmischen Halbstarken erlangen, ein Zustand, der eigentlich schon ein halbes Jahrhundert vorbei gewesen sein sollte.

Da hatte er also gestanden und ihr entgegen gelächelt. Es war ein wunderschönes, strahlendes Lächeln gewesen, das sie nach dem außergewöhnlich anstrengenden Weg von einer Sekunde zur nächsten mehr erfrischt hatte als alle Quellwasser Pelées es jemals vermocht hätten. Dabei hatte er ihr so offen und freundschaftlich in die Augen gesehen, wie sie es noch niemals zuvor bei einem *Bekée* erlebt gehabt hatte. Alle anderen sahen sie bestenfalls Zoll für Zoll taxierend an als wäre sie der neueste Sklavenimport, den es auf seinen Wert abzuschätzen galt.

Von einem Moment zum nächsten war sie süchtig nach diesem Lächeln und diesem Blick gewesen und auch ihm schien es damals so gegangen zu sein, denn auf einmal hatte sie mehrmals in der Woche diesen Weg zu gehen gehabt, weil er bei jeder Bestellung ausdrücklich nach ihr verlangt hatte.

War es ihr beim ersten Mal noch so vorgekommen, als sei der Weg ein ungewohnt langer, hatten sie ihre Füße alle darauffolgenden Male wie von alleine getragen, sie konnte fast sagen, sie war wie von einem unsichtbaren Band nach Le Francois gezogen worden, stets sein Lächeln und seine ernsten, klugen Augen im Bewusstsein.

Dieses Lächeln hatte sie über alles an ihm geliebt, war es einmal verschmitzt mit jugendlichem Übermut, ein anderes Mal so kraftvoll und warm in ihre Richtung geschickt worden, dass sie einst nachts von einem betrunkenen Arbeiter geweckt, an dieses Lächeln denkend selig wieder eingeschlafen war. Und irgendwann hatte er sie angesehen und unter Erröten zu Boden geschaut, schien bei jeder Begegnung mit ihr aufgeblüht zu sein, und wenn er sie angeschaut hatte, dann mit wohlwollenden, fast liebevollen Blicken. Und auch sie hatte ihn irgendwann trotz des immensen Altersunterschiedes nicht mehr anschauen können, ohne dass ihr Herz zu rasen, und ihre Hände zu zittern begannen, und ohne dass sie fürchtete, zu straucheln, weil ihre Beine sie nicht mehr tragen wollten. Jedes Mal wenn sie ihn traf, bekam sie Hitzewallungen und betete zum Himmel, er würde ihr nichts anmerken. Und obwohl sie regelrecht verrückt nach ihm gewesen war, hatte sie ihre inneren Kämpfe mit sich ausgetragen, ohne dass es ein Vorwärts oder ein Rückwärts für sie gegeben hätte. Wie einfach und wie schnell war es, sich zu verlieben, und wie völlig unmöglich, unangemessene Gefühle einfach anzuhalten und zur Rückkehr zu bewegen! Und hätte sie all dies nur alleine empfunden, wäre ihr der innere Rückzug vielleicht noch möglich gewesen, aber zu all dem Unglück spürte sie, wie sehr auch er ihr zugetan war, denn warum blühte er sonst bei jeder Begegnung auf, warum sah er sie mit einem solchen Blick an?

Und dann passierte es. Sie hatten einander in die Augen gesehen und einen Blick voller Leidenschaft ausgetauscht, einen Blick, der unmissverständlich und endgültig klarstellte, dass es hier um etwas anderes ging als bloßes oberflächliches Amüsement. Es war ein Blick gewesen, der so voller Leidenschaft gewesen war, dass die Luft zwischen ihnen zu brennen schien. Seitdem war es mit ihrem Seelenfrieden endgültig vorbei gewesen. Sie konnte nichts anderes mehr tun, als an ihn zu denken, den ganzen Tag, jede Stunde, jede Minute, an manchen Tagen auch jede Sekunde. Und irgendwann war er ihn gegangen, den allerersten, den allerverbotensten Schritt. Sie hatte ihn geliebt, sie hatte zu ihm aufgesehen, wollte ihn beschützen wie ein Baby, wenn sie ihn ansah, wollte aber auch selbst beschützt werden von der Kraft und Stärke, die er ausstrahlte.

Dann hatte es von einer Sekunde zur nächsten ein Ende gehabt, denn er hatte bekommen, was er wollte. Diesmal hatte er sie wieder angelächelt, doch dieses Mal war es das Lächeln eines verheirateten Mannes, der den üblichen Gang der Dinge nur zu gut kannte, und der durch dieses eine, letzte Lächeln klarstellte, dass er weder eine emotionale Bindung eingegangen war, noch an ihr persönlich ein tieferes Interesse hatte. Es war ein wahre Gefühle verschleierndes Lächeln, eines das die überlegene Zurückhaltung eines Mannes zeigte, der nach langem Auswerfen des Köders endlich seine Falle mit Frischfutter gefüllt sah, das heute wie in Zukunft immer zu seiner Verfügung stehen sollte.

Da war Paulines Stolz in ihr hochgekommen, und sie hatte sich entschieden, den Weg nach Le Francois nie wieder zu gehen.

Jetzt, ein halbes Jahre später, hatten ihre Auftraggeber jedoch andere Pläne gehabt. Also war ihr nichts anderes übriggeblieben, als die Plantage Vigeux doch wieder aufzusuchen.

Monsieur Vigeux erwartete sie schon. Und obwohl Pauline ihn noch immer nicht ansehen konnte, ohne mit ihm ihr ganzes Leben verbringen zu wollen, erinnerte sie sich noch immer an die bitter gelernte Lektion, dass der alte *Bekée* derjenige Typ Mann war, den es nicht interessierte, was eine Frau nachher fühlte oder die Leute über sie sagten.

Doch er hatte beschlossen, sich erneut zu nehmen, was die Kolonialherren seit Jahrhunderten für ihr Recht gehalten hatten, doch heute wehrte sie sich, wehrte sich mit Händen und Füßen, doch es nützte ihr nichts. Er trieb sie gewaltsam durch die Kraft seiner Schenkel vor sich her, so dass sie durch jeden seiner Schritte gleichermaßen entsetzt und entflammt wurde. Sie wehrte sich nur halbherzig, denn ihr Herz, das es sich monatelang so sehr gewünscht hatte, und ihr vor Verlangen brennender Schoß waren stärker als ihr nur noch von Vernunft getragener Wille.

Und dann spürte sie, wonach sie sich so lange gesehnt hatte, spürte seine glühenden Lippen auf ihrem Mund, seine Hände, getrieben von seinem hitzigen Temperament auf ihren Schenkeln. Spürte, wie er mit aller Macht, Gewalt und Heftigkeit in sie eindrang, als wollte er sichergehen, dass sie die Hitze seines Saftes auch noch im letzten Winkel ihres Schoßes verspürte, bis sie außer dem halb besinnungslosen Aufbäumen ihres Körpers und ihren wollüstigen Schreien nichts mehr wahrnahm.

Dann war plötzlich Stille. Unheimliche, bewegungslose Stille. Erhitzt und außer Atem öffnete Pauline ihre Augen und sah ihn an. Die Stirn des alten *Bekées* lag auf ihrer Brust. Sie hob seinen Kopf, seinen Blick suchend, in dem soeben noch so viel Leidenschaft geglüht hatte. Doch sie suchte vergebens. In seinen weit geöffneten Augen war jedes Feuer erloschen.

Fort-de-France, Sonntag, 5. Januar

Verhaltenes Gelächter machte sich breit im Cercle *Saint-Honoré*, einem der exklusivsten Herrenclubs der Stadt, wo Louis Mouttet seine Mittagspause gerade mit einem Mokka beendete. Er brauchte diesen Mokka wie er die Nähe Zigarre rauchender Herren brauchte. Der Mokka würde sein Herz kräftigen wie die männliche Gediegenheit der Herren seine Seele. Gerade war der Name der Madame Steinheil gefallen. Niemand hatte jemals ein Wort über die Angelegenheit in der Zeitung gelesen, aber alle wussten über sie Bescheid. Wie Margarethe Steinheil, völlig nackt und hysterisch kreischend, in den Armen des halbbekleideten Félix Faure im Blauen Zimmer des Elyséepalastes gefunden worden war, und wie man erst mühevoll ihre Haare aus seinen klammernden Fingern hatte entfernen müssen. Niemand in Frankreich hätte sich je getraut, über diese pikante Geschichte zu lachen. Jedenfalls nicht, solange ein Präsident der Dritten Republik daran beteiligt gewesen war. Aber hier, so weit weg von *La Metropole* galten etwas andere Gesetze. Man fühlte sich unabhängig von Frankreich, dachte Mouttet, auch wenn dies weder politisch noch wirtschaftlich stimmte.

»Félix Faure starb in galanter Gesellschaft«, waren die letzten Worte seines Nachrufs im Februar 1899 gewesen. Welcher Mann wünschte sich nicht ein solches Ende? Auch, wenn achtundfünfzig Jahre viel zu jung gewesen waren.

Doch nun war er als Politiker auf sich alleine gestellt. Lange, bevor Félix Faure Staatspräsident geworden war, hatte er es bereits verstanden, dem einfachen Sekretär im *Cercle Saint-Simon*, einem Kreis im Schatten der *Société Historique*, dessen Absicht es war, dem Vaterland durch intellektuelle und wissenschaftliche Propaganda zu dienen, die Schwellenangst vor den sogenannten »höheren Kreisen« zu nehmen. Als Sohn eines Schuhmachers, hatte Louis Mouttet damals sofort zum Gerber aus Le Havre, dessen Deputierter dieser lange Jahre gewesen war, Vertrauen gefasst.

Sein lieber Monsieur Faure, dessen bloße Gegenwart ihm bereits in der *Société Historique* Rückhalt geschenkt hatte, und von dem sich Mouttet wünschte, er würde eines Tages stolz auf ihn sein, war aus dem Leben geschieden, kurz vor seiner Abreise nach Französisch Guyana, und bevor er ihn noch einmal hätte befördern können.

Louis Mouttet zog ein Fläschchen Digitalis aus seiner Jackentasche und spülte eine der Tabletten mit dem letzten Schluck Mokka hinunter. Er sah auf die Uhr und entschied sich, noch einen kurzen Blick in die »La Croix« zu werfen. ROM, *Die Gesundheit des Papstes* – das einzig Päpstliche, was ihn interessierte, war der *Château Neuf du Pape*.

Er stand auf. Fernand Clerc würde ihn in einer halben Stunde beehren, außerdem wollte er noch vorher Janvier ein Diktat aufgeben. Paris hatte bis heute ein Telegramm vom Oktober unbeantwortet gelassen. Mit diesem Gedanken verließ er die exquisiten Räumlichkeiten.

Gouverneur Mouttet hatte gerade das Diktat, das er Janvier aufgegeben hatte, beendet, als die Kirchturmuhr drei schlug, und er auf der Straße vor dem *Hôtel du Gouverneur* das Klappern von Pferdehufen vernahm. Janvier, der sich entfernt hatte, kam wieder herein und meldete ihm die Ankunft Fernand Clercs. Louis Mouttet stand auf und ging noch ein paar Schritte im Raum hin und her.

Der Gouverneur sammelte seine Konzentration. Hier kam also jede Sekunde einer der zwei bedeutsamsten Männer der Insel zur Tür herein – derjenige von beiden, der mit Fug und Recht behaupten konnte, der soziale Führer Martiniques zu sein. Dieser Mann hatte die wohl stärkste Wirtschaftskraft der Insel inne und seine Familie war auf Martinique ansässig, seitdem es 1635 von Frankreich besetzt worden war. Und war zu alledem auch noch als Kandidat der Progressiven Partei bei den demnächst anstehenden Wahlen der politische Günstling Frankreichs. Clerc würde ihm sicherlich ein treu ergebenes Rädchen im Getriebe der Inselregierung sein. Mit seiner Unterstützung und ein bisschen Glück würde es ihm ein Leichtes werden, die Insel zu verwalten.

Die Tür öffnete sich erneut und Fernand Clerc stand von Janvier geleitet im Zimmer.

»Bonsoir, Monsieur le Gouverneur, es ist mir eine Ehre!« Fernand Clerc, ein Mann, von dem Mouttet wusste, dass er mit fünfundvierzig Jahren kaum ein Jahr älter war als er selbst, verbeugte sich knapp vor ihm.

Louis Mouttet sah ihn an. Vor ihm stand ein schlanker Mann, dessen Schuhe noch staubig vom Weg waren, und dessen Hände und Fingernägel davon zu zeugen schienen, dass er auf seinen Gütern häufig selbst Hand anlegte. Der Mann schien auf den ersten

Blick einen Anzug brauner Farbe zu tragen, aber Mouttet bemerkte, dass Jacke und Hose aus unterschiedlichen Stoffen in unterschiedlichen Brauntönen bestanden. Und als wäre das nicht genug gewesen, passte die
Farbe seiner Kleidung auch noch keinen Moment zu
seinen schieferfarbenen Augen. Seine Mutter Rosalie,
dachte Mouttet, würde sich im Grabe umdrehen, könnte
sie es sehen. Da hatte er selbst als Junge schon viel
mehr Modebewusstsein gehabt, erinnerte er sich.
Einmal hatte ihn sein Vater erwischt, als er sich mit
zehn Jahren im Atelier seiner Mutter ein paar Meter
roten Samt um die Schultern gewickelt und aus Spaß
hohe Schuhe angezogen hatte. Sein Vater hatte ihn
daraufhin verspottet, er sei die einzige Tochter, die er
hätte, und Louis Mouttet musste sich zur Strafe die
Haare lang wachsen lassen. Er amüsierte sich noch
heute darüber, denn sein Haarwuchs war schon immer
sehr dicht gewesen, und er hätte schon immer lieber
eine Löwenmähne gehabt. Die Strafe hatte sehr viel
mehr darin bestanden, dass er sie später wieder
abschneiden lassen musste.

Was die Haare Fernand Clercs anbelangte, so hätte er
aufgrund seiner Haarfarbe Mouttets Bruder sein
können, von der Tatsache abgesehen, dass Clercs Haar
glatt war und schon sehr stark marmoriert. Fernand
Clerc wirkte um Jahre älter als er selbst, was auch noch
durch seinen festen Stand unterstrichen wurde, der eher
von Selbstbewusstsein, denn von Körpergewicht
herrührte wie bei Mouttet.

Janvier sprang eifrig um den Gast herum und mühte
sich, einen Stuhl zurechtzurücken. Dann rannte er aus
der Tür und kam in Windeseile mit einem Tablett voller
Erfrischungen wieder, ohne dass ihn der Gouverneur

dazu aufgefordert hätte. Es musste schon unten bereit gestanden haben.

Louis Mouttet fühlte Griesgram in sich aufsteigen und runzelte die Stirn. Seitdem er hier angekommen war, hatte abgesehen vom Empfang noch niemand unaufgefordert Getränke gereicht. Noch nicht einmal ihm selbst.

Nach diesen wenig erfreulichen Gedanken disziplinierte er sich wieder und setzte ein freundliches Lächeln auf.

»Monsieur Clerc, ich freue mich! Bitte erweisen Sie mir die Ehre und nehmen Sie Platz!« Er wies auf den Stuhl, den Janvier so pflichtversessen bereits zurechtgerückt hatte. Fernand Clerc begab sich zu seinem Platz, wobei er mit jedem Schritt den Eindruck erweckte, auf vertrautem Grund zu gehen. Und jeder seiner Schritte schien davon zu zeugen, dass er ein Mann war, der ganz genau wusste, was er tat und warum.

Janvier richtete eifrig zwei große Gläser auf dem Tisch und goss kühle Zitronenlimonade hinein.

»Einen vortrefflichen Sekretär haben Sie, Monsieur le Gouverneur, er erinnert sich sogar noch an mein bevorzugtes Erfrischungsgetränk!«

Dankbar nahm er einen großen Schluck. Der Griesgram kehrte zurück, merkte Louis Mouttet, diesmal in Form von Ärger. Auch er nahm einen großen Schluck, nutzte aber die Gesprächspause, um sein Gegenüber noch genauer zu betrachten. Fernand Clercs schmales Gesicht sah herb-autoritär aus, mit Wangen, die bald auftretende Steilfalten Richtung Mund erahnen ließen. Davon abgesehen erweckte der ganze Mann den Eindruck, trotz seiner Standfestigkeit auf zähe, energiegeladene Weise vorwärts zu streben.

Wen wunderte es, dachte Louis Mouttet, besaß er doch Plantagen, Lagerhäuser, sowie *Habitations*, die Landsitze der Reichen. Und auf den Banken Millionen! Auch, wenn er dies alles geerbt hatte, bedurfte es letztlich tagtäglicher Anstrengungen, das Vermögen zu erhalten und zu verwalten.

»Ihr Ritt muss um diese Tageszeit sehr beschwerlich gewesen sein, Monsieur«, eröffnete Gouverneur Mouttet das Gespräch.

»Keineswegs, ich bin schon bei Sonnenaufgang zuhause losgeritten und hatte noch geschäftlich in meinen Lagerhäusern zu tun, bevor ich mich über Mittag in mein Haus in der Rue Solitaire zurückgezogen habe. Bei diesen Temperaturen erträgt es nicht einmal ein Ochse in der Sonne!« Fernand Clerc lächelte freundlich. Mouttet lächelte unverbindlich zurück.

Ein Stadthaus auch noch! Welch überflüssiger Zufall, dass es ausgerechnet in derjenigen Straße lag, wo er heute seinen Mittag verbracht hatte. Wenn Fernand Clerc sogar ein Haus im wirtschaftlich vergleichsweise unbedeutenden Fort-de-France hatte, dann besaß er garantiert in Saint-Pierre mindestens noch ein weiteres. Louis Mouttet empfand wütenden Widerwillen. Er war sein ganzes Leben fleißig gewesen, hatte sich mühsam hochgearbeitet, aber verfügte heute gerade mal über etwas mehr als 3.000 Francs, die er und Hélène hatten zurücklegen können. Sein erklärtes Ziel war seit frühester Jugend gewesen, das durch die Katastrophe der Verarmung verlorengegangene Stadthaus durch ein neues zu ersetzen. Bis heute war ihm das nicht geglückt, da selbst das Einkommen eines Gouverneurs angesichts seiner Repräsentationspflichten und denen seiner Frau kaum ausreichte. Er dachte an sein Buch.

Wir können nur hoffen, dass wir den Höhepunkt unseres Leidensweges überschritten haben, seit dem Tag, an dem unser entsetzliches Unglück wie ein Keulenschlag auf uns niederschmetterte!

Er riss sich zusammen. Bäcker konnten eine Staublunge bekommen, er Besuch von Leuten wie Fernand Clerc. Es gab schlimmere Berufsrisiken.

»Ja, ich weiß, Monsieur Clerc, die Landwirtschaft ist ein hartes Geschäft, entweder hat man zu viel Sonne oder zumindest zu heftigen Wind – in meiner Heimat konnte der Mistral sehr kalt und unberechenbar sein.«

»Gegen solche Unberechenbarkeiten habe ich mir schon vor langer Zeit eine eigene Wetterstation auf meinem Balkon errichtet, Sie wissen ja, Luftdruckmesser, Thermometer...«, plauderte Clerc, der sich in seinem Element zu fühlen schien. »Natürlich gegen die Hurrikane sind wir machtlos, ebenso wie gegen Ungeziefer und aufsässige Arbeiter, die für jede Minute Pause, die sie zum Zuckerrohrlutschen nutzen, immer noch mehr Geld fordern, als selbst ich ihnen zu geben bereit bin.« Er lachte fröhlich auf.

Louis Mouttet nickte. Er hatte schon davon gehört, Fernand Clerc forderte ebenso wie Senator Knight eine Lohnerhöhung für die Arbeiter der Insel, die es ihnen ermöglichte, menschenwürdig zu leben. Mit dem Unterschied, dass Clerc sie schon lange zahlte. Bis vor wenigen Minuten hatte ihm das sehr imponiert.

»Woher kommen Sie, Monsieur le Gouverneur, ich hörte aus der Nähe von Marseille. Ihr Vater hatte dort Ländereien, sagte man mir... Sie müssen in einer sehr schönen Gegend aufgewachsen sein, meine Vorfahren kamen glaube ich eher aus dem wilden Atlantikgebiet Frankreichs. Die Liebe zum Atlantik hat sich anschei-

nend vererbt, denn ich lebe selbst auch an der Atlantik-
küste...« Er nahm wieder einen Schluck Limonade.
Dann lächelte er den Gouverneur wieder freundlich an.
Mouttet war die Freude am Gespräch vergangen. Sein
Kopf schien immer heißer zu werden. Selbst der Schlag
seiner Augen fühlte sich an, als litte er unter einer
Lähmung seiner Lider. Aus dem Berufsrisiko wurde
gerade eine ausgewachsene Berufskrankheit. Hass
kochte in ihm hoch.

Wie sollte er, wie konnte er antworten? Dass er aus
Marseille und nur aus Marseille kam und dann später
die Bouillabaisse seiner Mutter und den Brunnen am
Haus gegen die getrockneten Bohnen eines kargen, fast
wasserlosen Landlebens hatte eintauschen müssen?
Dass sein Vater einer dieser mal fauleren, mal fleißi-
geren Landarbeiter geworden war, der von fünf Uhr in
der Frühe bis zum Sonnenuntergang auf den Feldern
wohlhabender Bauern schwer gearbeitet hatte, um sich
und seinen Sohn durchzubringen? Louis Mouttets
Hände begannen zu schwitzen. Er lächelte diploma-
tisch.

»Ja, die Provence ist eine wunderschöne Gegend,
aber ich zog es vor als Jugendlicher eine Schule in
Marseille zu besuchen, die mir bessere Möglichkeiten
bot als die Dorfschulen auf dem Lande.«

»Wie recht Sie hatten, Monsieur le Gouverneur, man
muss die beste Schulausbildung nutzen, die man
bekommen kann. Leider gibt es hier seit zwanzig
Jahren nicht mehr für jeden die beste Schule – meiner
Meinung nach waren wir mit ausschließlich katholi-
schen Schulen besser bedient. Ich weiß nicht, was sich
der von mir ansonsten sehr geschätzte Marius Hurard
damals gedacht hatte, als er die Säkularisierung des

Schulsystems durchsetzte! Jetzt haben wir in Saint-Pierre das Lycée, und das wird ohne Gott geleitet.«

»Mein lieber Monsieur Clerc, Ich denke nicht, dass es für das Vermitteln von Wissen eine nennenswerte Rolle spielt, ob eine Schule christlich oder weltlich orientiert ist«, konterte Mouttet.

»Da haben Sie ohne Zweifel Recht, Monsieur le Gouverneur, allerdings ist Bildung nicht alles und eine staatliche Schule vermittelt keine christlichen Inhalte!« Fernand Clercs Stimme war ein wenig fester geworden.

»Bedenken Sie doch, Monsieur, wie viele andersgläubige Menschen es hier gibt«, Mouttet dachte gar nicht daran, schon aufzugeben. Probleme eingehend von allen Seiten zu betrachten, war eine seiner großen Leidenschaften. »Die ganzen Inder oder Chinesen... Schüler müssen an der Schule auf den Broterwerb vorbereitet und an die schönen Künste herangeführt werden!«

»Nur sagen Sie mir, Monsieur le Gouverneur«, auch Clerc gab nicht auf, »was ist dies Wissen wert, wenn die Schüler nicht lernen, den Vater im Himmel zu fürchten, und dadurch ihrem erlangten Wissen erst einen Sinn zu geben? Ist es nicht so, als bekäme ein Kind zwar Nahrung, hätte aber keinen Vater, der ihm Halt gibt?« Monsieur, dachte Mouttet, hier sitzt ein solches Kind vor Ihnen, und ist aus diesem Kind nicht auch etwas geworden?

»Aber ich bitte Sie, Monsieur, ich bin überzeugt, Sie meinen es nur gut mit den Kindern, letztlich hat jeder hier die Freiheit, die erzieherische Mitwirkung der Pfarrer einzuholen, wann immer er möchte. Außerdem bin ich überzeugt, dass für die von Ihnen gewünschte Art

Erziehung auch ausschließlich die Pfarrer zuständig sind!«

»Aber meinen Sie denn nicht, Monsieur le Gouverneur, dass es mit Bildung und Glauben so ist wie mit der Liebe zu einer Frau und der Heiligung des Bündnisses nicht nur durch elterlichen Segen, sondern selbstverständlich auch denjenigen Gottes?«

Mouttet wurde heiß. Statt einen nett verplauderten Nachmittag zu verbringen, wurde er gezwungen, in diplomatischen Untiefen zu segeln, mit der jederzeitigen Gefahr, auf Grund zu laufen.

»Ich möchte das in Bezug auf andere Menschen nicht beurteilen. Und im Hinblick auf mein eigenes Leben...was den Segen Gottes anbelangt, so hat ihn uns der Vater Madame Mouttets erteilt, der von mir sehr verehrte Pfarrer Décoppet, Pfarrer der Reformierten Kirche von Paris.«

Ein beeindruckender Mann, der es wert gewesen war, dass man seine Tochter heiratete, dachte er sich.

Clercs Gesichtsausdruck wurde distanzierter. »Alle Gouverneure Martiniques sind bisher katholisch gewesen!«

»Das bin ich auch, Monsieur!«

»Mon Dieu, wie konnten Ihre Eltern das dulden? Mein Vater hatte zwar damals meinen Wunsch, Priester zu werden, nicht unterstützt, legte aber äußersten Wert auf eine Ehe mit einer gläubigen Katholikin!«

»Als ich heiratete, lebte ich in Paris, Monsieur, meine Mutter war lange verstorben und mein Vater hatte leider keine Möglichkeit, meine Frau vor der Heirat kennenzulernen.«

Und hätte er diese Möglichkeit gehabt, dann hätte er ihn sicherlich nicht um seine Erlaubnis gefragt oder ihm auch nur die Mitteilung gemacht. Sein letzter Besuch bei seinem Vater war anlässlich seiner Aufnahme in den Staatsdienst 1886 und seines Aufbruchs in den Senegal gewesen. Jean Mouttet hatte ihm diesen Beruf mit aller Gewalt ausreden wollen. Als er erfolglos geblieben war, blieb ihm nur noch eines.

»Du bist unfähig, Verantwortung zu tragen! Aus Dir wird mehr gemacht, als Du verdienst!« waren seine verächtlichen Worte zum Abschied gewesen.

Fernand Clerc hatte gut Reden! Seine Familie war seit Jahrhunderten ein wohlhabendes, angesehenes Mitglied der Gesellschaft. Er hingegen hatte voll und ganz alleine dagestanden. Und er hatte sich selbst erst aufbauen müssen, die Nächte bei der Zeitung durcharbeitend, weil er gesellschaftlich noch so unbedeutend gewesen war, dass dies seine einzige Rettung zu sein schien. Bis er es geschafft hatte, langsam einen Zeh nach dem anderen in die Bourgeoisie zu setzen, so lange, bis er mit einem Fuß endlich drin gewesen war. Letztlich sorgte die Ehe mit Hélène dafür, dass er auch noch den anderen Fuß nachziehen konnte. Was hatte es ihn gekümmert, ob dieser so wundervoll zu ihm passende Mensch katholisch oder protestantisch gewesen war. Fernand Clerc erinnerte ihn stark an den Pfarrer seiner damaligen Kirchengemeinde, der ihn so lange genötigt hatte, bis er endlich einmal wieder zur Beichte gegangen war. »Und ich sage Dir, Du heiratest sie nicht!« hatte er ihm im Beichtstuhl befehlen wollen.

»Und ich sage Ihnen, Hochwürden, ich heirate sie doch!« hatte Louis Mouttet entgegnet und mit der Faust gegen das Holz vor sich geschlagen. Dies war der zweite und letzte renitente Moment in seinem Leben gewesen.

Louis Mouttet überlegte gerade sarkastisch, ob er seinen Besuch endgültig konsternieren sollte, indem er ihm erzählte, dass auch seine Kinder alle nicht katholisch waren, als Fernand Clerc auf einen anderen Punkt zu sprechen kam.

»Wie Sie vielleicht wissen, Monsieur le Gouverneur, ist es für manche...«, er wurde langsamer, machte eine Pause, um das richtige Wort zu suchen, »ist es für das Erkennen mancher Todsünden kaum von Bedeutung, ob man katholisch oder protestantisch ist.«

Nachdem er Fernand Clerc eine Zigarre angeboten hatte, die dieser aber ablehnte, lehnte sich Mouttet gelassen in seinem Stuhl zurück und zündete sich eine Pfeife an. Sein Besuch saß steif und gerade vor ihm. Eine Grundsatzdiskussion würde sicherlich gleich folgen, dachte Mouttet. Grundsatzdiskussionen waren ganz sein Element, wenn auch nicht unbedingt die religiös motivierten. Er hatte es immer als sehr angenehm empfunden, dass der *Cercle Saint-Simon* sich als politisch und religiös neutral definiert und sogar entsprechende Gespräche in seinen Räumlichkeiten untersagt hatte.

Dann fuhr Clerc fort: »Gabriel Parel, unser Generalvikar, hat Recht mit seiner Meinung, das Laster habe auf unserer schönen Insel Überhand genommen und wir ehrbaren Bürger dürften daran durch unser Schweigen nicht länger teilhaben und es durch unsere Untätigkeit nicht länger dulden! Ich bin auch der Ansicht, dass dagegen endlich etwas unternommen werden muss, und ich bin überzeugt, es wird Ihnen, mein sehr verehrter Monsieur le Gouverneur, ein großes Anliegen sein, die Sünde aus der Stadt zu treiben, um der Insel den verlorengegangenen Frieden wiederzugeben!«

Mouttet schaute ratlos. Was in aller Welt meinte Fernand Clerc damit, wenn er von Laster und Sünde sprach? Bis jetzt – zugegeben, er war erst kurze Zeit im Amt – war ihm nichts überdurchschnittlich Anstößiges begegnet. Mouttets Gesicht war ein einziges Fragezeichen und Clerc reagierte sofort.

»In Saint-Pierre geht es zu wie auf der Weltausstellung in Paris«, erklärte er. »Nur, dass die Ausstellungsstücke dort weniger von Interesse für die Welt und dafür mehr von Interesse für die Seeleute und leider auch viele Inselbewohner sind.«

Dieses Gespräch war wie Segeln mit zu heißem Gegenwind, aber langsam begriff Mouttet. Gemeint sein konnte nur das Geschäft mit der käuflichen Liebe.

»Der Stellenwert, den die Prostitution, dicht gefolgt von illegalem Glücksspiel und dem noch immer nicht ganz ausgemerzten Schmuggel vor allem in Saint-Pierre hat«, fuhr Fernand Clerc fort, »ist eine Schande für die ganze Insel. Wir müssen etwas dagegen unternehmen, Monsieur le Gouverneur, *Sie* müssen etwas dagegen unternehmen! Die Insel wird sonst mit dieser Sünde in ihr Verderben laufen!« Fernand Clerc hatte sich stark ereifert und hielt inne. Er nahm einen Schluck Limonade. Dann versuchte er, durch Wedeln mit den Händen den Rauch aus seiner Umgebung zu vertreiben, was ihm nur einen kurzen Augenblick lang gelang. Louis Mouttet bemerkte dies und nahm wieder einen Zug aus seiner Pfeife.

Er war gerade erst angekommen, und Fernand Clerc nutzte ihre allererste Zusammenkunft nicht etwa, um die Kunst der langsamen Annäherung zu üben, einander besser kennenzulernen und gegenseitiges Vertrauen aufzubauen. Nein, dieser Mann wollte, erwartete, nein forderte sofort etwas von ihm, etwas, mit dem er sich als Gouverneur auf der Insel viele Sympathien verscherzen, vielleicht sogar Feinde machen würde. Grundsätzlich wollte er nicht einmal halb so viele Feinde wie Freunde die seinen nennen, und Freunde hatte er auf Martinique noch gar keine! Wieder stieß er eine Rauchwolke aus.

Was dieser Mensch hier von ihm verlangte, war global gesehen ein Witz! Mehr als diese Insel schien der provinzielle Naivling nicht gesehen zu haben, insbesondere keine anderen Hafenstädte. Was würde er erst über eine Stadt wie Marseille sagen? Oder die Elfenbeinküste, wo die Einheimischen höchst fragwürdige sexuelle Traditionen pflegten? Er stieß eine weiter Rauchwolke aus.

»Putain, die Welt ist eben so wie sie ist, Monsieur! Saint-Pierre ist bei aller Schönheit auch nur eine Hafenstadt!« Louis Mouttet zuckte gleichgültig mit den Schultern. »Ich repräsentiere die Französische Regierung, nicht die Moral, Monsieur. Und schon gar nicht deren Revolution!«

Fernand Clerc saß inmitten des Qualms wie erfroren vor ihm. Sein Gesicht eine einzige Anklage. Was hatte er bloß? Es war doch sicherlich nicht das erste Mal, dass er eine solche Antwort erhielt, schließlich gab es den Hafen und sein Treiben schon länger, ebenso wie die Institution des Gouverneurs!

Dann durchfuhr es Louis Mouttet heiß. Putain, jetzt hatte er tatsächlich *putain* gesagt! Diesen in Marseille völlig normalen Ausruf, der bei jeder sich bietenden Gelegenheit zu hören war – selbst in Hochzeitsliedern – hatte er sich eigentlich schon kurz nach seiner Ankunft in Paris abgewöhnt! »Hure« dies war dort wie im übrigen Frankreich das schlimmste Schimpfwort überhaupt. Dass es in Marseille überhaupt kein ernstzunehmendes Schimpfwort war, wusste die restliche Nation nicht. Was konnte er jetzt noch sagen, um sich wieder in ein besseres Licht zu rücken? Das verächtliche Entsetzen in den aburteilenden Augen Fernand Clercs gab ihm die Antwort: Nichts, absolut nichts konnte er jetzt noch anfügen, das sein Ansehen bei diesem Superkatholiken gerettet hätte! Der politische Boden unter ihm brannte, also warum nicht sagen, was er sowieso hatte sagen wollen?

»Ich bitte Sie, Monsieur, ein Mann wäre kein Mann, wenn er seine ersten Erfahrungen nicht schon vor der Ehe machen würde! Und welchen Ort kennen Sie, der sonst noch dafür in Frage käme?«

Fernand Clerc erhob sich. »Monsieur le Gouverneur, dann brauchen wir uns auch gar nicht erst darüber zu unterhalten, dass viele der jungen Mädchen dort noch viel zu jung für die Mutterschaft sind! Ich nehme an, auch das interessiert Sie nur sehr wenig!«

Seine Stimme war so kalt und schneidend wie der Wind auf dem Mont Blanc.

Natürlich empfand er alles Mitgefühl der Welt für jene jungen Mädchen, die mit manchmal nicht einmal dreizehn Jahren an die Seeleute verkauft wurden. Und die nur wenige Jahre später unter Umständen dem Wahnsinn der Syphilis verfallen oder bei einer Geburt gestorben waren. Aber er konnte die Welt nicht ändern, er hatte nicht die Macht, die ungesunden Zustände in Saint-Pierre auszumerzen, das konnte nur Gott!

»Meine Empfehlung an Ihre Gattin!« Fernand Clerc legte eine Visitenkarte vor dem Gouverneur auf den Schreibtisch, dann wartete er gar nicht erst auf ein

Hinausgeleitetwerden, sondern verließ so festen Schrittes den Raum wie er gekommen war.

Seine Empfehlung an die Gattin! Was sollte das sein – eine Anspielung auf die einst sehr junge Braut? Oder ein Akt besonderer Höflichkeit, weil man Clerc wie vielen anderen auch zugetragen hatte, er, Mouttet, hätte die Nichte des Deputierten von Le Havre geheiratet? Oder einfach nur ein Zeichen dafür, dass ihm seine Frau als Tochter eines Priesters sympathischer war? Wie Clerc seinen Freimaurerring beäugt hatte! Kein Wunder, Papst Leo XIII hatte vor einigen Jahren die Freimaurerei als Teufelswerk abgekanzelt!

Louis Mouttet hob die Karte auf. »Louis Honoré Fernand Clerc, Rue Vieille, Trinité.«

Er hatte heute Mittag den Club nicht besonders gemocht, weil ihm samtbezogene Wände zu unhygienisch gewesen waren. Jetzt wusste er ganz genau, dass er nie wieder seine Mittagspause in der Rue Solitaire verbringen würde.

Saint-Pierre, Samstag, 18. Januar

Monsieur Douce saß am Frühstückstisch und sah seine Frau freundlich an. Sie hasste es, wenn er sie so ansah! Denn sie wusste ganz genau, was das zu bedeuten hatte.

Es war Samstag. Heute würde sie ihrem Mann die Erfüllung ihrer ehelichen Pflichten schulden, dachte Béatrice Douce. Jawohl, ihrer Pflichten! Niemand sollte ihr nachsagen, sie sei eine schlechte Ehefrau!

Würde es allerdings nach ihr gehen, fände die Inanspruchnahme dieser Pflichten durch den Ehemann nur an wenigen Tagen des Monats statt. Denn nur einmal im Monat auf ein paar aufeinanderfolgenden Tagen fühlte sie ein solches Verlangen, dass ihr Mann es kaum schaffte, sie zufriedenzustellen. Jedoch an allen anderen Tagen hasste sie es, und hasste sie ihn, wenn er sie auch nur so wie heute freundlich ansah. Seine Augen erinnerten sie an die Farbe des mittelalten Rums, nach dem ihr Vater bis zum heutigen Tage immer roch, und mit dem in der Hand er für gewöhnlich weinend am Tisch saß.

Madame Douce nahm *Les Colonies* und schlug sie auf, um sich dem Text zu widmen.

Warum konnte es nicht gerade Dienstag sein. Da war er in Fort-de-France, um dort in der Filiale nach dem Rechten zu sehen. Es wurde regelmäßig später Abend bis er zuhause war, und Béatrice Douce liebte diese Tage.

Hätte sie ihn nur nie geheiratet! Wenigstens hatten sie mit dem *Quartier du Fort,* das den nördlichen Teil Saint-Pierres ausmachte, aber vom eleganten *Quartier du Centre* nur fünfhundert Meter entfernt war, eine ansprechende Wohngegend gewählt. So lebten sie also im militärischen und religiösen Zentrum Saint Pierres in der Rue de la Consolation neben der *Église de la Consolation* unweit der ersten Militärgebäude.

Schon seit ihrer Kindheit hatte sie an allem Gefallen gefunden, was militärisch war, aber auch ein Beichtstuhl in unmittelbarer Nähe war nicht zu verachten. Nur eine Wohnung in der Rue Royale der Adresse wegen wäre ihr noch willkommener gewesen, wenn schon kein eigenes Haus im hocheleganten *Quartier du Centre* möglich war. Die Häuser hatten leider alle nicht zum Verkauf gestanden, also hatte man sich mit einem hier oben begnügt.

Madame Douce sah stirnrunzelnd zu ihrem Mann hinüber. Er lächelte sie mit teigigem Gesicht an, was sie veranlasste, wieder in ihre Zeitung zu schauen.

Ihr Mann schaffte es einfach nicht, die selbe Würde auszustrahlen wie sein jüngerer Bruder, der eine Militärlaufbahn eingeschlagen hatte, die in der Militärakademie begonnen und mit der Offizierslaufbahn geendet hatte. Und seither wurde er regelmäßig alle zwei Jahre einen Dienstgrad nach oben versetzt. Oh, wie sie sich ärgerte! Jetzt musste sie zusehen, wie dieser Bruder jeden Morgen aus dem *Quartier du Centre* von seiner bildhübschen Frau und den fünf Kindern kommend an ihrem Haus vorbeiritt und sie damit pünktlich zur Frühstückszeit an den größten Fehler ihres Lebens erinnerte, dachte Madame Douce. Den, aus Angst vor dem, was die Leute sagen könnten, wenn sie einen sieben Jahre jüngeren Mann heiraten würde, nicht den richtigen Sohn der Familie gewählt zu haben. Schließlich hatten ihr damals beide schöne Augen gemacht!

Doch auch, wenn ihre Situation noch so unbefriedigend für sie selbst war, an die erst zwanzig Jahre alte Errungenschaft der Scheidung war nicht zu denken! Wovon hätte sie leben sollen? Sollte sie etwa ein Geschäft eröffnen und den ganzen Tag die Bedürfnisse anderer Leute befriedigen? Am Ende ein Bekleidungsgeschäft, in dem sie allen ständig sagen müsste, wie ganz besonders gut sie heute überhaupt und wie viel besser in diesem oder jenem Kleid aussähen? Und wo sie sich bemühen müsste, diese Strümpfe oder jenes Tuch in einer bestimmten, zum Kleid passenden Farbe zu bestellen und dann erst wieder die ständige Fragerei, wann bitte das Schiff mit der Lieferung aus Übersee einliefe! Madame Douce hätte sich schütteln können bei dem Gedanken, so sehr fühlte sie sich angewidert.

Sie warf einen unfreundlichen Blick zu ihrem Mann, der ihn nicht bemerkte, weil er sich gerade mit Arsène, ihrem Sohn, unterhielt.

Dann schon lieber ein Leben als Frau, die sich einen Wechsel in der Garderobe erlauben konnte, wann immer sie wollte, indem sie einfach die Hausschneiderin rief, und die weiterhin den Ärger und das Loch in der Haushaltskasse wegen des Dienstmädchens hinzunehmen hatte.

Sie bemerkte, wie ihr Mann sie erneut ansah und hob die Zeitung, um sich seinem Blickfeld zu entziehen.

Ja, wirklich: der beste Platz zum Leben, der beste Ort, sich aufzuhalten, war – wer konnte das leugnen – das eigene Zuhause. Dort entsprach alles ihrem Wesen, dort gab es klare Grenzen alleine schon durch die Existenz der Mauern. Das wenige Mobiliar, die spärlich vorhandenen Ziergegenstände, das Dienstpersonal, ihr Mann und ihre Kinder – Madame Douce hatte sich ihr Leben so eingerichtet, dass sie alles jederzeit unter Kontrolle hatte. Und die Kontrolle über ihren Mann hatte sie seit der Geburt ihres Sohnes an jedem Tag der Woche zu übernehmen gewusst. Vor allem Mittwochs. Da merkte sie stets, wie groß die Hoffnungen waren, die er sich zu machen schien, denn früher war der Mittwoch einer der Tage gewesen, an denen sie sich hingegeben hatte. Früher – das war einmal! Jetzt sind wir zu alt dafür, mein Lieber, nicht wahr!

Madame Douce blätterte geräuschvoll um. Als Ersatz hatte er ursprünglich auf den Sonntag gehofft, sozusagen als Krönung des üppigen Essens, zu dem sie immer bei seinen Eltern eingeladen waren, aber sie hatte diese Idee sehr schnell aus seinem Kopf vertrieben! Aber doch nicht am Tage des Herrn! Selbstredend war sie Montags zu voll und zu steif von der Völlerei und Sitzerei am Sonntag. Also hatte er Donnerstags einen Herrenabend in der Woche eingeführt, an dem er Ausgang hatte, und seine Frau die Möglichkeit, früh zu Bett zu gehen und sich bei seiner Ankunft schlafend zu stellen, ohne dass es ihn ärgern konnte, wusste sie. Freitags würde dann zur Abwechslung mal er nicht in Stimmung sein, soviel hatte Madame Douce begriffen, und bräuchte sich dann nicht von ihr sagen zu lassen, morgen wäre ja ohnehin Samstag und man solle es nicht übertreiben.

Béatrice Douce legte die Zeitung zur Seite. Ja, dachte sie voller Zufriedenheit. Heute würde sie ihre Pflicht tun. Denn nur eine pflichtbewusste Ehefrau war für einen Mann wirklich ein Segen!

Saint-Pierre, Dienstag, 23. Januar 1902

Gaston Landes befand sich gerade auf seinem Weg von der Rue Préripice, wo das *Lycée* gelegen war, an dem er unterrichtete, zurück in sein Zuhause im Botanischen Garten, als er aus der geöffneten Eingangstür einer Apotheke eine helle, mädchenhafte Stimme kommen hörte. Eine Stimme, die ihn auf unerklärliche, für ihn nicht klar zu definierende Weise so sehr faszinierte, dass er nicht anders konnte, als die wenigen Stufen zu dem Geschäft hinaufzusteigen und nach der Herkunft zu forschen.

Was sollte er dem Apotheker sagen, das er kaufen wollte, überlegte er. Vielleicht einen neuen Schwamm? Er musste sich wieder einmal gründlicher reinigen als er es mit seinem alten vermochte.

Er betrat den in dunklem Holz ausgestatteten Laden, vor dessen Theke eine junge Frau stand, die angesichts ihrer hellen Kleidung und ihrer noch helleren Haut in ihrer düsteren Umgebung wirkte wie ein strahlendes Licht. Sie wurde gerade von einem Lehrling beraten. Von dem Apotheker selbst war nichts zu sehen. Er machte wohl gerade Pause oder war außer Haus. Gaston erkannte sie sofort wieder. Es war die fremde, junge Frau, die er am letzten Montag, es war der Dreikönigstag gewesen, in Begleitung einer älteren, ihm ebenfalls unbekannten Dame in der Kathedrale gesehen hatte.

»... ich habe sowohl Römische, als auch Deutsche Kamille, mit welcher kann ich Ihnen dienen, Mademoiselle?« wollte der Lehrling gerade an seine Kundin gerichtet wissen.

Die junge Frau – Gaston Landes schätzte sie auf ungefähr siebzehn Jahre – schien Probleme mit der Verständigung zu haben. Sie sah den Verkäufer ratlos an, als würde sie darauf warten, dass er ihr die Entscheidung abnähme. »Oh, Monsieur, ich verstehe nicht!« rief sie mit unverkennbar amerikanischem Akzent aus.

Gaston Landes lächelte amüsiert. Oh, diese Touristen! Würden sie doch wenigstens ordentlich Französisch lernen, bevor sie auf die Insel kommen! Und mit einer gewissen Genugtuung übersetzte er der jungen Frau unaufgefordert, was sie soeben gefragt worden war.

Sie war sichtbar erleichtert. »Ach bitte, Monsieur, wären Sie so freundlich und würden mir den Unterschied erklären?« fragte sie, sich nun an den jungen Mann hinter der Theke richtend. Diesmal war es an diesem, einen ratlosen Eindruck zu hinterlassen.

»Wenn ich Ihnen noch ein weiteres Mal behilflich sein dürfte...?« warf Gaston Landes verbindlich ein. Er hatte wieder Englisch gesprochen.

»Ich wäre Ihnen außerordentlich dankbar dafür, Sir!« erwiderte sie.

»Kamille gibt es in zwei verschiedenen Sorten«, begann er zu dozieren. »*Chamaemelum nobile* und *Matircaria chamomilla.* Römische Kamille und Deutsche Kamille, die ebenso gut Französische Kamille heißen könnte, denn sie wächst in Frankreich gleichermaßen, dies aber nur am Rande. Der Ausdruck »Chamaemelum« kommt aus dem Griechischen und bedeutet »Erdapfel«, weil die Pflanze am Boden wuchert, und die Blätter und Blüten den Duft von Äpfeln verströmen...«

Die junge Frau sah ihn mit so interessiertem Blick an, dass er seinen Redefluss unterbrach, da ihm plötzlich bewusst wurde, wie gelangweilt seine Schüler ihn in einem solchen Moment anzuschauen pflegten. Aber dieses Kind war ja auch keine seiner Schülerinnen, sondern eine Touristin.

»Für Heilzwecke nimmt man beide Sorten gleichermaßen, sollten Sie allerdings eine Haarspülung wünschen..«, fuhr er mit einem kurzen Blick auf ihre blonden Haare fort, »empfehle ich eher die Deutsche Kamille, denn das ätherische Öl der Römischen ist blau.«

Die junge Frau sah ihn inzwischen mit bewundernd zu ihm aufgeschlagenen Augenlidern an. »Oh, Monsieur« rief sie, wieder ins Französische zurückgekehrt, dass es einen Mann gibt, der etwas von... haire rinse.. versteht! Woher wissen Sie das alles?«

Er hätte fast gelacht! Glaubte dieses kleine Mädchen wirklich, er habe noch das Wissen eines kleinen Jungen? Sollte sie erst einmal ihre Vokabeln lernen! Dennoch konnte er nicht anders, als sich irgendwie geschmeichelt zu fühlen.

»Ich bin Professor für Naturkunde am hiesigen Lyceum und stellvertretender Leiter des Botanischen Gartens«, erklärte er ihr. »Gaston Landes. Es ist mir eine Ehre!« Er verbeugte sich leicht und hob seinen Hut.

Gaston Landes, ein Mann von Anfang vierzig, war eine insgesamt sehr imposante Erscheinung mit seiner sehr großen, kräftig-muskulösen Statur, seinem vollbärtigen, tropengebräunten *Tête Caré* und dem dichten, gewellten, dunkelbraunen Haar, das ihm immer wieder in die eigenwillige Stirn fiel, und die perfekte Ergänzung seiner erdbraunen Augen war. Seine beeindruckende Ausstrahlung sowie sein Bekanntheitsgrad hatten den Lehrling hinter der Theke bereits veranlasst, mehr Haltung anzunehmen, noch bevor der Professor zu sprechen begonnen hatte.

»Angelina Hutton.« Die junge Frau lächelte frisch und sah ihn dabei auf eine Weise an, die ihm zeigte, dass auch sie sehr beeindruckt zu sein schien. Dann beendete sie ihren Einkauf, wobei sie eine große Tüte Deutscher Kamille kaufte, da ihre Mutter wunde Füße hätte, und sie selbst einmal eine Haarspülung probieren wollte, wie sie sagte, und verabschiedete sich. Sie wollte schon das Geschäft verlassen, als ihr etwas anderes in den Sinn zu kommen schien.

»Dürfte ich Sie wohl noch einmal um etwas bitten?« fragte sie, an Gaston Landes gerichtet. »Könnten Sie mir bitte den Weg zum Postamt und in die Rue Abbi Grégoire erklären? Ich bin seitdem ich unser Hotel verlassen habe so viel durch die Stadt gelaufen, um sie mir anzusehen, dass ich fürchte, ein wenig die Orientierung verloren zu haben. Meine Mutter erwartet mich zum Dinner und ich möchte mich nicht verspäten. Es wäre wirklich sehr freundlich von Ihnen, Sir!«

Wie schön ihre Stimme war! Er überlegte einen Augenblick. Um eine junge Dame zu diesem Hotel zu bringen, war er mit seinem schwarzen Anzug, weißem Hemd, steifem, gebundenem Kragen und Weste durchaus passend gekleidet. Er richtete seinen Blick auf sie und sah sie gleichermaßen direkt und offen wie auch distanziert und prüfend an. So wie er alle Menschen ansah, die ihm begegneten.

Ihr Hotel lag nur wenige Straßen weiter; es wäre für sie ein Leichtes gewesen, es wiederzufinden. Dennoch wollte er sie nicht alleine gehen lassen, denn sie war so nahe an ihn herangetreten, wie es normalerweise nur eine Frau tut, die mit ihrem Gesprächspartner sehr vertraut ist. Sie schien ihn sehr zu mögen! Wäre sie eine erwachsene Frau gewesen, hätte er aus ihrem Verhalten geschlossen, dass sie sich sehr stark zu ihm hingezogen fühlte! Aber dieses Kind war noch lange keine erwachsene Frau!

Er bot ihr seinen Arm. »Es wird mir eine Ehre sein, Sie zum Postamt zu geleiten und dann wohlbehalten der Obhut Ihrer Mutter zu übergeben, Miss!«

Sie verließen die Apotheke und Angelina Hutton erfuhr, dass sie sich in der Rue de Petit Versailler befand, was sie niemals von selbst hätte herausfinden können, da es in der ganzen Stadt keine Straßenschilder an den Häusern gab. Sie liefen diese kleine Straße in Richtung der Hügel, bis sie an deren Ende an das Rathaus und das Telegraphenamt gelangten, zwei Gebäude, die von allen Seiten zugänglich waren. Gaston Landes führte Angelina Hutton um die beiden Gebäude herum, wo auf der anderen Straßenseite flankiert von Militärkrankenhaus und Bank auch das Postamt zu finden war. Nach beendeten Erledigungen führte Gaston Landes seinen Schützling einen wesentlich überschaubareren Weg, weil er hoffte, Angelina Hutton würde ein wenig mehr Orientierung bekommen. Bereits nach wenigen Minuten erreichten sie am nordöstlichen Ende der Rue Victor Hugo die Rue Abbi Grégoire, die als vorletzte Straße nach Osten Richtung Morne Tricolor abzweigte. Während der Viertelstunde, die sie miteinander verbrachten, durfte er erfahren, dass sie auf die Insel gekommen war, um ihr Französisch zu verbessern und die Schönheit der Insel kennenzulernen, während ihre Mutter im Namen ihres Vater herausfinden sollte, ob die Erde am Vulkan Glassand enthielte, und es lohnen würde, in Saint-Pierre zu investieren.

Angelina Hutton wohnte im Hotel *Au Pied du Mur* eine Anspielung auf die zum Teil befestigte massive Wand des Morne Abel, die man von der östlichen Seite des Hotels aus sehen konnte. Es lag von der Bucht gesehen auf der rechten Seite der Straße, unmittelbar zwischen dem Justizpalast und der *Eglise du Centre*, sowie direkt gegenüber der *Intendance*, dem militärischen Verwaltungszentrum der Insel. Die elegante und mächtige Atmosphäre, die der Bau vor allem dank seiner Gäste ausstrahlte, beeindruckte Gaston Landes immer wieder von Neuem, obwohl er in seinen Reisen schon weit über Saint-Pierre hinausgekommen war. Es war ein Hotel, in dem sich nur die reichsten Touristen aufhielten, und erst jetzt fiel ihm auf, wie teuer die von ihm geleitete junge Dame gekleidet war. Angelina Hutton trug ein Kleid aus zartgrüner, fast weißer Spitze mit einem ebenfalls zartgrünen, großen Hut, einem weißen Sonnenschirm sowie süßen, ebenfalls weißen Schuhen. Ihre hellblonden Haare waren im Nacken ihres Schwanenhalses zusammengeknotet, um den sich eine Perlenkette schmiegte, die so gleichmäßige Perlen hatte und so stark glänzte, dass sich Gaston Landes eingestehen musste, solche Perlen selbst in den teuersten Geschäften von Paris niemals gesehen zu haben. Diese Kette musste nicht nur kostbar, sondern absolut unbezahlbar sein!

Dies waren seine letzten Gedanken, bevor er sich in aller Form von Angelina Hutton verabschiedete.

Fort-de-France, Mittwoch, 29. Januar 1902

»Janvier, bitte nehmen sie folgendes Telegramm auf...«, wies Louis Mouttet seinen Sekretär an, der gerade ein paar neue Akten zur Unterschrift brachte. Der Gouverneur befand sich in seinem Amtszimmer und stand zwischen seinem riesigen, dunklen Bücherregal und dem nicht minder großen, von ihm mitgebrachten Schreibtisch im napoleonischen Stil. Er hatte den neu gebrachten Stapel Papier in der Hand und blätterte darin. Seine sonst so schöne, timbrereiche Stimme klang verärgert.

»Erbitte telegraphische Antwort auf meinen Brief vom 3. Januar bezüglich Bankdividende. Mouttet«. Janvier begann eifrig zu schreiben. »Außerdem«, fuhr Mouttet fort, »halten Sie sich bitte bereit, ich muss Ihnen noch vor dem Besuch des Senators einen Brief an Decrais diktieren. Paris hat uns Pakete geschickt ohne eindeutige Beschriftung. Weder Lhuerre noch ich wissen damit etwas anzufangen.« Er setzte sich in seinen Gouverneurssessel. »Was in aller Welt denkt man sich dort dabei, uns derart schlecht deklarierte Post zu senden?« Er schimpfte laut, wobei er mehr mit sich selbst sprach.

Statt eine Antwort zu geben, versuchte Janvier, sich aus der ungemütlich gewordenen Atmosphäre zurückzuziehen. »Bitte gehorsamst, mich entfernen zu dürfen, um das Telegramm aufzugeben, Monsieur le Gouverneur.«

Mouttet, der gerade ein paar durcheinandergeratene Akten auf seinem sonst äußerst akkuraten Schreibtisch zu sortieren begonnen hatte, würdigte ihn keines Blickes.

»Ja, das wäre dann alles.«

Er griff nach seinem noch von der Einnahme herumstehenden Digitalisfläschchen und räumte es zur Seite.

Janvier setzte sich in Bewegung.

»Nein«, rief Mouttet plötzlich so laut, dass sein Sekretär sich abrupt umdrehte.

»Hier gibt es noch etwas!« Mouttet hatte seinen Blick vom Schreibtisch gehoben und klang äußerst entnervt. »Diese Briefe hier hätte ich beinahe unterschrieben, aber das ist ja wohl nicht möglich!« Er streckte Janvier die Schriftstücke hin. Janvier kam zurück, nahm sie und sah sie mit verwundertem Blick durch.

»Was ist daran nicht richtig, Monsieur le Gouverneur?«

»Sehen Sie sich den Briefkopf an«

»Jaa«, meinte Janvier gedehnt. Er schien völlig ratlos.

»Lesen Sie!«

Janvier tat wie ihm geheißen: »Gouvernement de LA MARTINIQUE, Secrétariat Général. Was ist damit?«

»Lesen Sie weiter!«

»Fort-de-France, der 28. Januar 1902 – soll ich das heutige Datum einsetzen, Monsieur le Gouverneur?«

»Sie sollen lesen!« Mouttets Stimme klang ruhig, aber fordernd.

»Le Gouverneur de la Martinique, L. Moutet...«

»Halt! Fällt Ihnen etwas auf?« Louis Mouttet sah ihn auffordernd an.

»Nein, Monsieur le Gouverneur, es ist doch alles richtig!«

»Gar nichts ist richtig, mein lieber Janvier, buchstabieren Sie doch mal bitte meinen Namen!«

Janvier las. »M-O-U-T-E...«

»Eben!« unterbrach ihn Mouttet freundschaftlich triumphierend.

»Was eben?«

»Zwei »T« mein Lieber«, er schien den etwas zu saloppen Tonfall Janviers nicht zu bemerken, »ich schreibe mich mit zwei »T«! Stellen Sie sich vor, man würde Geschichtsbücher über mich schreiben – nun gut, das ist nicht sehr wahrscheinlich – , aber stellen Sie sich vor, man würde es tun, und ich würde als Louis Moutet in den Büchern wieder auftauchen! Man würde mich ja für den Sohn eines völlig anderen halten, womöglich würde man noch Unwahrheiten über mich verbreiten, weil ein Louis Moutet mit einem »T« irgendwelche Verbrechen begeht! Lassen Sie das ändern!«

Janvier machte eine devote Verbeugung und nahm die Papiere wieder entgegen.

Naja, das mit dem Sohn eines völlig anderen hätte er vielleicht auf andere Weise ausdrücken müssen. Genaugenommen kratzte es ihn nur sehr wenig, dass ausgerechnet sein Vater sein Vater geworden war. Ein Vater, der niemals Verständnis oder gar Interesse für ihn aufgebracht hatte. Louis Mouttet war aufgestanden und betrachtete seine Bücher im Regal. Es war übervoll, die Bücher standen in zweiter Reihe und lagen auch noch oben drauf. Er bräuchte dringend noch ein oder besser zwei neue Bücherregale.

Vor ihm stand »Shakespeare, Gesammelte Werke«. Sein Vater, dieser geistlose Mensch, hatte ihn immer nur missbilligend angeschaut, wenn er darin gelesen hatte! Nichts hatte Louis Mouttet einst mehr gekränkt, als dass er so viel intelligenter als sein Vater gewesen war, nichts hatte ihn mehr beschämt, als wenn sein Vater geistlose Dinge gesagt hatte. Mit ein bisschen mehr Intelligenz hätte dieser die 5.000 F aufzubringen gewusst, die das Haus vor dem Verkauf gerettet hätten. Auf dem Land hatte er selbst dann jede freie Minute mit Lesen verbracht und war anschließend so lange zur Schule gegangen, wie es ihm möglich gewesen war. Dies war für ihn die einzige Möglichkeit gewesen, aus dem vollständigen sozialen Abstieg, der hinter ihnen beiden gelegen hatte, wieder herauszukommen. Sein Vater hatte ihn zwingen wollen, Schuhmacher zu werden, aber was sollte ein intellektueller junger Mann in aller Welt mit so einem Beruf anfangen? Sicherlich, er hätte im Leben nichts mehr dazulernen müssen, weil sein Vater ihn schon alles gelehrt hatte, aber die Schuhmacherei reichte alleine nicht aus, um eine Familie und ein Haus zu unterhalten. Jedenfalls nicht, wenn man auch Geld für ein bisschen Spaß im Leben haben wollte. Nein, Louis Mouttet hatte schon früh gewusst, er würde einmal in die Welt der Politik und Literatur ein- und in die Welt des Bürgertums aufsteigen. Das Mitgestalten der öffentlichen Meinung war seine Welt. Und deshalb hatte er von Jugend an alles gelesen, was ihm in die Finger gekommen war. Am allerliebsten Shakespeare.

Seine Augen glitten weiter und blieben bei einem angebrannten Buch hängen. Der erste Band von »Das Leben Jesu« von Ernest Renan. Die anderen sechs Bände hatte er sich gar nicht erst gekauft.

Sein Vater hatte das Buch einfach gepackt und ins Feuer geworfen. »So etwas Ketzerisches kommt mir nicht ins Haus!« hatte er zornentflammt gerufen.

Nun gut, es war ein bibelkritisches Buch, aber die Aufregung seines Vaters war doch zu scheinheilig gewesen. Ausgerechnet er, der sicherlich jede Hafenhure von Marseille kennengelernt hatte, hatte weder den Geist noch die Moral besessen, um über dieses Buch oder seine Leser zu urteilen.

Dass er heute dieses Buch noch besaß, obwohl Renan ein Antisemit der Extraklasse war, lag eigentlich nur am Verhalten seines Vaters damals. Glücklicherweise hatte er nicht mehr miterlebt, wie er sich »Die Auferstehung« von Tolstoi gekauft hatte, denn Louis Mouttet hatte irgendwann keine Lust mehr auf diese ständigen Streitigkeiten gehabt. Tolstoi – das war ein brillanter Kopf! Ihm gleichzukommen hatte er sich immer bemüht. Letztlich hatte Louis Mouttet dann doch noch »Das Leben Jesu« den Flammen entreißen können und sich damit in den Keller verzogen, bis eine Schar Ratten ihn vertrieben hatte.

Janvier, oder wer sonst im Sekretariat seinen Namen falsch geschrieben hatte, war ja nicht der erste, dem dies passiert war. Nachdem er seine Tätigkeit bei der *Société Historique* in Paris als deren Geschäftsführer aufgegeben hatte und nicht mehr selbst für die Herausgabe des Bulletins verantwortlich gewesen war, war er von seinem Nachfolger auch als L. Moutet im Bulletin geführt worden! Wie stolz war er zuvor noch gewesen, als er endlich mit dreißig Jahren ein vollwertiges Mitglied des Kreises geworden war, statt lediglich dessen Angestellter. Und noch stolzer, als er sich ein Jahr nach seiner Abreise zusammen mit Gouverneur Jules Genouille, der einer seiner Fürsprecher im Kolonialministerium gewesen war, mit dem »Jahresbericht Senegal und Dependenzen 1887« in der Liste derjenigen Mitglieder wiedergefunden hatte, die etwas hatten veröffentlichen können. Und wie ärgerlich und enttäuscht war er gewesen, dass sein Nachfolger so schlampig ausgerechnet bei ihm gearbeitet hatte, der die ganzen Jahre zuvor so um Genauigkeit und für alle zufriedenstellende Arbeit bemüht gewesen war.

Louis Mouttet hatte seinen Blick hinaus in die Wipfel der paar Palmen schweifen lassen, die sich im Garten hinter dem *Hôtel du Gouverneu*r befanden. So lange, dass ihm Janvier die Papiere aus der nur halb entgegengestreckten Hand nahm, und er zu seiner verlorengegangenen Konzentration zurückfand.

»Sie können jetzt gehen, Janvier!«

Dieser drehte sich daraufhin erneut um und wollte gerade gehen, als er noch einmal zurückgerufen wurde.

»Und eines noch, der Vollständigkeit halber«, Louis Mouttet war wieder ruhig, seine Stimme klang kraftvoll. »Mit zweitem Namen heiße ich Guillaume – wie der deutsche Kaiser!«

Es klopfte an die Tür. Herein kam George Lhuerre, Generalsekretär und Stellvertreter Mouttets, ein intelligent aussehender Mann von Anfang dreißig, der mit einem Meter fünfundachtzig geringfügig größer war als der Gouverneur und mit seinem blonden Militärschnitt und seinen guten Manieren, seine Kompetenz gelungen abzurunden wusste. Der Gouverneur sah ihn an. Lhuerres Ehrgeiz motivierte diesen, überall einen exzellenten Eindruck zu hinterlassen. Er würde es im Leben einmal weit bringen, wenn er sich keine größeren Fehler leisten würde.

Die nächste Station auf Georges Karriereleiter würde ein Gouverneur 4. Grades oder wenigstens ein Interimsgouverneur sein – so hatte er selbst ja auch einmal begonnen, damals an der Elfenbeinküste. Und ihm nachgefolgt war auch wieder ein Gouverneursneuling, Henri Roberdeau, der in Cayenne Generalsekretär gewesen war, bevor Mouttet dort den zum Inspektor beförderten Gouverneur abgelöst hatte. Noch zwei Beförderungen, und er würde auch Inspektor werden. Mouttet überkam ein wohliges Gefühl. Wer weiß, vielleicht noch vor seinem fünfzigsten Geburtstag.

»Monsieur le Gouverneur, Sie wünschten den Lebenslauf Senator Knights.« Lhuerre hielt ein Blatt in seinen Händen.

»Sie kommen sehr spät damit, mein lieber George, das Treffen findet heute statt, nicht morgen!«

Lhuerre schaute verlegen, dann öffnete er den Mund, und wollte gerade etwas sagen, als ihm der Gouverneur zuvor kam. Er hatte jetzt keine Lust auf Dispute, die ja doch in nichts anderem geendet hätten als Ausreden.

»Ich bitte Sie, George, erzählen Sie mir nur das Wesentlichste, der Senator wird in einer halben Stunde hier sein!«

George Lhuerre überflog schweigend das Blatt. Dann begann er.

»Senator Amédée Knight, Nachfolger seines Vaters, der bereits wohlhabender, nein sehr wohlhabender Geschäftsmann gewesen war. Übrigens hatte der noch die ersten zwanzig Jahre seines Lebens als Sklave verbracht«, warf er ein. »Studium 1868 in Paris, nach seiner Rückkehr Arbeit im Geschäft seines Vaters, bald eigener Grunderwerb, jetzt einer der größten Rumproduzenten der Insel. Aber nicht nur Rum, auch Kaffee, Kakao und Zucker. Erlangte mit zunehmendem Wohlstand auch zunehmenden Einfluss. Gründer der Radikalen Partei. Seit einem Jahr Senator, das erste Mitglied der Assemblée Nationale, dessen Blut so zusammengemischt ist wie ein Rumpunsch.«

Lhuerre hielt einen Augenblick inne, da ihm des Gouverneurs Stirnrunzeln angesichts dieser Bemerkung nicht entgangen war. Als dieser jedoch nichts sagte, fuhr er fort.

»Ihm und seinem Vater gehören fast die Hälfte aller Warenhäuser in Saint-Pierre. Der einzige, der noch mehr Arbeiter auf seinen Plantagen beschäftigt....«

»Danke, das genügt!« Mouttet unterbrach ihn scharf. Legen Sie mir das Memorandum auf meinen

Schreibtisch, George, dann kann ich es zu gegebener Zeit wieder zur Hand nehmen!«

Lhuerre trat gehorsam neben ihn und legte das Blatt respektvoll ab.

»Haben Monsieur le Gouverneur sonst noch einen Wunsch?«

»Bitte geben Sie dies hier noch heute zur Post, ich muss es nur noch schnell fertigmachen«, antwortete Mouttet ihm. Er faltete einen Brief und wollte ihn gerade versiegeln, als er vor Schmerzen aufschrie. Er hatte sich beim Schmelzen des viel zu kurzen Stücks Siegellacks die Finger verbrannt.

»Warum ist hier kein neues Stück? Sagen Sie dem Buchhalter, er soll woanders sparen!« fuhr er hoch. Auch er hatte schon immer exzellent zu sparen gewusst. Nach dem Streit mit seinem Vater damals hatte er heimlich begonnen, fast aus dem Nichts heraus Geld zurückzulegen. Geld, mit dem er sich 1880 die Teilhaberschaft an einer Buchhandlung in Marseille hatte leisten können. Und auch als er dann nach Paris umgezogen war und neben seiner Beschäftigung bei der *Société Historique* Vize-Schatzmeister der *Alliance francaise* gewesen war, hatte niemand Grund gehabt, über Misswirtschaft zu klagen. Aber Sparsamkeit war eine Sache, Geiz eine andere.

Lhuerre schaute ganz verdattert drein. Mouttet pustete seine verbrannten Finger.

»Ich wünsche hier bis spätestens zwei Uhr ein halbes Dutzend neuer Siegellackstäbchen vorzufinden!«

»Sind Sie sicher, Monsieur le Gouverneur, dass Sie so viele benötigen werden? Paris könnte sich über die Überschreitung des Haushaltsplanes beschweren.

Gouverneur Gabrié hat niemals seine Briefe selbst versiegelt, er gab sie immer dem Sekretariat.«

»Ich versiegele meine Post selbst. Meine gesamte Post!« Sein bestimmter Tonfall erstickte jeden Widerspruch bereits im Keim.

Mouttet wusste, dass es viel zu viele machtliebende Menschen auf der Welt gab. Wer weiß, vielleicht fiele es jemandem ein, dem Brief nach seiner Unterschrift noch etwas hinzuzusetzen? Nein, er würde die letzte prüfende Instanz sein, bevor ein Brief mit seiner Unterschrift das Büro verlassen würde.

»Aber gewiss doch, Monsieur le Gouverneur! Sie werden alles zu Ihrer Zufriedenheit vorfinden!«

»Und bitte sorgen Sie dafür, dass man mir einen Kaffee bringt, George.«

Lhuerre deutete eine Verbeugung an, verschwand und kam nach einer Minute wieder.

»Wenn Sie nichts dagegen haben, Monsieur le Gouverneur, würde ich jetzt gerne Mittagspause machen.«

Louis Mouttet hatte seine Gelassenheit wiedererlangt und nickte schmunzelnd. »Gehen Sie nur, George, augenblicklich hat nichts Eile«. Er wusste, dass sein wesentlich jüngerer Kollege jeden Tag pünktlich zu Mittag aß, seitdem er ihn am Ende der letzten Woche mit einer ganz besonders reizenden jungen Dame hatte beobachten können.

Es klopfte wieder und auf Geheiß kam ein junger Mann aus dem Sekretariat herein, der eine Tasse Kaffee brachte. Mouttet war gerade dabei, den Kaffee zu nehmen, als die Tasse von der etwas zu schräg gehaltenen Untertasse rutschte und sich ihr Inhalt über die schwarze Jacke seiner Gouverneursuniform ergoss.

Heiß lief ihm der Kaffee über die Brust. Er sprang entsetzt auf. Auch das noch, in einer halben Stunde würde der Senator bei ihm sein, er hatte ihn auf halb eins zum *Déjeuner* eingeladen.

Der Laufbursche stand Entschuldigungen stammelnd wie zu Salz geworden da, während Lhuerre begann, den Gouverneur mit seinem Taschentuch abzutrocknen.

»Lassen Sie das!« Louis Mouttet war jetzt richtig wütend. Er wusste, dass manche seiner Kollegen eine solche Tölpelhaftigkeit seitens eines unbedeutenden Angestellten mit einem sofortigen Rauswurf beantwortet hätten. Immerhin gab es hier viele Akten von hohem Wert für den Französischen Staat. Dann besann er sich auf den noch immer regungslos vor ihm stehenden jungen Mann, der auf den Todesstoß zu warten schien, und er wurde wieder ruhiger. Letztlich konnte er nicht mit Gewissheit sagen, ob es wirklich die Schuld des Jungen gewesen war, oder ob er nicht vielleicht selbst zu früh an der Untertasse gezogen hatte. Mouttet nahm Lhuerre das Taschentuch aus der Hand und trocknete sich selbst weiter ab. Dann musste er wohl oder übel die Jacke ausziehen und sie Lhuerre übergeben, denn der Schaden war nicht zu beheben.

»Bitte lassen Sie sich von meinem Personal zuhause eine neue Jacke und ein neues Hemd geben, Ihr Rendezvous wird wohl warten müssen,« sagte er an Lhuerre gewandt.

Und zum jungen Mann wohlwollen: »Nun gehen Sie schon, Sie müssen nicht so tun, als sei ich die Lanzenotter und Sie mein Mittagessen.«

Lhuerre, der dunkelrot angelaufen war, nahm die Sachen und machte sich auf den Weg.

War das ein Tag heute! Knight würde sicherlich ein äußerst interessanter Gesprächspartner sein. Wenn Fernand Clerc schon nicht sein Freund war, dann würde vielleicht gerade eben darum Knight es sein wollen. Er würde von dem einige Jahre älteren Mulatten sicherlich einen guten Überblick über Land und Leute bekommen, über seine Wirtschaft und seine Kultur. War er überhaupt ein Mulatte? Er hatte eine Fotografie von ihm gesehen – der Mann war keinen Deut heller als ein Senegalese. Hoffentlich würden in der Wirklichkeit seine Augen weniger kriegerisch schauen als auf dem Bild. Aber es war ja auch nicht einfach, so lange die selbe Position einzuhalten, bis das Foto endlich belichtet war, dachte Mouttet. Jedenfalls war Senator Knight der einzige gebildete Mensch auf der Insel, der sowohl die französische als auch die hiesige Mentalität kannte. Sowohl seitens seines Elternhauses als auch geographisch gesehen. Er würde viel von ihm lernen können.

Es klopfte zum dritten Mal an diesem Morgen. Es war doch noch viel zu früh! Das konnte der Senator nicht sein, das durfte der Senator nicht sein! Er in einem kaffeebefleckten Hemd. Ein Gouverneur in einem kaffeebefleckten Hemd! Und nur einem Hemd! Ein Ding der Unmöglichkeit!

Da die Tür sich nicht öffnete, dachte Mouttet, war Janvier wohl noch immer auf dem Telegraphenamt. Jetzt musste er auch noch die Tür selbst öffnen! Die Blamage nahm kein Ende. Draußen stand ein sehr junger Mann von sehr dunkler Hautfarbe, der ihm nach knappem Gruß hoch erhobenen Hauptes und mit steifer Geste eine Depesche überreichte, auf der Louis Mouttet stand. Dann machte er wortlos auf dem Absatz kehrt und verließ Mouttet stolzen Schrittes.

Mouttet brach das Siegel und entfaltete den Brief und
las.

»Monsieur, ich habe die Ehre, Sie davon in Kenntnis zu
setzen, dass ich dankend von der Annahme der mir
zuteil gewordenen Einladung absehe. Sollten Sie,
Monsieur, allerdings auf eine Begegnung bestehen, so
ersuche ich Sie, mich auf einem meiner Landgüter zu
besuchen.
Gezeichnet Alexis Amédée Knight«

Der Gouverneur schnappte nach Luft. »Monsieur«!
Und dann diese impertinente Gegeneinladung! Ihm war
als würde er träumen. So etwas hatte er in fünf Jahren
Gouverneursschaft noch nicht erlebt! Es war ihm ja
gleich so eigenartig vorgekommen, dass *L'Opinion*,
eine Tageszeitung, die von Knight herausgegeben
wurde, seine Ankunft auf der Insel zwar in allen Einzel-
heiten geschildert hatte – sogar die komplette
Ansprache Victor Sévères war abgedruckt gewesen –
aber über ihn, Mouttet hatte man nichts verlauten
lassen, außer, dass er die Ansprache des Bürgermeisters
mit »sympathischen Worten« beantwortet hätte. Im
übrigen bedauerte *L'Opinion*, dass man seine Antwort
nicht im ganzen hatte mitbekommen können. Lediglich
dass er sich dafür entschuldigt hatte, nach den Ermü-
dungen der langen Reise keine langen Ausführungen
machen zu können, wurde noch erwähnt. In seiner
manchmal etwas zu wohlmeinenden Art hatte er
tatsächlich geglaubt, der Reporter hätte *wirklich* nichts
mitbekommen! Und Knight besaß einen fast unheimli-
chen Einfluss auf den farbigen Teil der Bevölkerung die
Mehrheit auf der Insel. Glücklicherweise konnten die
meisten von ihnen nicht lesen. Aber dennoch: wie hoch

stand er jetzt noch in deren Gunst? Ebenso gut hätte man ihn, statt ihn auf den letzten Metern ins *Hôtel du Gouverneur* durch die Spalier stehenden Truppen gehen zu lassen, mittels derer vorgehaltenen Waffen wieder zurück aufs Schiff jagen können.

Alfred Dreyfus konnte sich kaum schlechter gefühlt haben, als er unter einem bleiernen Himmel vor den Augen seiner Kameraden und der geifernden Meute hinter der Umzäunung des großen Kasernenhofs unschuldig degradiert worden war, während ihm ein scharfer, schneidender Nordostwind dicke Schneeflocken ins Gesicht peitschte. Sein lieber Freund aus seinen Zeiten beim *Cercle Saint-Simon* und Befürworter, Gabriel Hanotaux, damals Kabinettschef beim Außenminister, hatte ihm alles ganz genau erzählt. Das war am 5. Januar 1895 gewesen.

Mouttet überlegte, ob er Knight mittels einer weiteren Nachricht eine scharfe Rüge zukommen lassen sollte. Würde das etwas bringen? Was hätte er in die Waagschale zu werfen, um sich bei dem einige Jahre Älteren Respekt zu verschaffen? Weder war er wohlhabend geboren, so wie dieser, noch war er jetzt wohlhabend. Sicherlich, er lebte exzellent. Doch was gehörte ihm schon? Er lebte ausschließlich in Häusern, die Staatseigentum waren, während Knight ein Großgrundbesitzer war mit einer *Habitation* auf jeder Plantage und nicht weniger Stadthäusern als Clerc. Als er, Mouttet, noch in eine kleine Landschule ging, besuchte Knight bereits die *École Navale* und die *École Centrale* in Paris, um sein Ingenieursdiplom in Metallbau und Zuckerraffinerie zu machen. Knight verfügte darüber hinaus über politischen Einfluss und eine Akzeptanz bei der farbigen Bevölkerung, von der er, der Neuling

Mouttet nur träumen konnte. Als Gouverneur würde er auch viel zu kurz auf der Insel bleiben, um sich auch nur einen Bruchteil dieser Akzeptanz zu sichern. Die französische Regierung tauschte ihre Gouverneure immer sehr zügig alle zwei bis drei Jahre aus.

Zum ersten Mal seit seiner Hochzeit mit Hélène und damit seit seinem gesicherten Aufstieg in die höheren diplomatischen Kreise, fühlte er etwas, das er aus seinem Leben verbannt zu haben glaubte. Zum ersten Mal seit vierzehn Jahren fühlte er sich wieder innerlich leer und hohl, dem Leben ausgeliefert. Zum ersten Mal spürte er wieder die schwarze Höhle seines Magens, Versteck seines ältesten Feindes, dem dumpfen, haltlosen Gefühl der Ohnmacht. So musste sich Napoleon bei der Schlacht von Waterloo gefühlt haben, nachdem ihn der im eigenen Lager geglaubte General Grouchy vermutlich an die Engländer verraten hatte. Nein, ein weiterer Brief würde nichts bringen.

Die Tür ging auf. Herein kam sein Generalsekretär, der völlig außer Atem war.

»Ich habe so schnell gemacht, wie ich nur konnte, Monsieur le Gouverneur!«

Lhuerre überreichte ihm eine komplett neue Garnitur Kleidung. Ein neues Hemd und seine weiße Gouverneursuniform. Dann verließ er seinen Chef, noch immer in Eile, wobei er sich mit Janvier die Klinke in die Hand gab, der mit dem Siegellack kam.

Der Umtrieb der beiden jungen Männer brachte Mouttet wieder zurück in die Vertrautheit seines Alltags.

Louis Mouttet hasste Unsauberkeit und Schmuddel, weswegen er auch äußersten Wert auf die Pflege seiner Haare, seines kurzen Vollbartes und seiner Fingernägel legte. Und er dachte während er seine Uniform anlegte, glücklicherweise hatte er seine weiße Uniform nicht schon am Morgen angezogen, aus ihr hätte man den Fleck nie wieder herausgekommen.

Dann schweiften seine Gedanken wieder zurück zu Knight. Es stimmte also, was er gehört hatte, Knight akzeptierte den Gouverneur von Martinique nicht in seiner politischen Funktion.

Sicherlich, als Repräsentant der Französischen Regierung besaß er lediglich mittelbare und nicht unmittelbare demokratische Legitimation wie von Knight für das Amt des Gouverneurs gefordert. Aber als verlängerter Arm der demokratisch gewählten Französischen Regierung brauchte er diese auch nicht. Martinique mochte ja versuchen, wirtschaftlich weitgehend autonom zu werden, politisch hingegen war es zum Glück Teil Frankreichs, und das würde auch so bleiben! Wenn Knight soviel Wert auf Demokratie legte, dann musste er auch bei seinen eigenen Angelegenheiten bereit sein, den demokratischen Gang der Dinge abzuwarten! Wenn Monsieur Knight die politische Autonomie seines Landes wünschte, dann musste er als Senator in Paris darum kämpfen! Aber das war wohl vom Gründer einer »Radikalen Partei« zu viel verlangt!

In Louis Mouttet begann blinde Wut zu toben. Er riss eine Schublade seines Schreibtischs auf.

Für wen hielt sich dieser Sklavennachfahre, dieser Viertelfranzose, dieser Engländer? Im Grunde konnte es ihm als Gouverneur Martiniques völlig egal sein, ob er die Billigung Monsieur Knights genoss oder nicht. Wenn Knight beschlossen hatte, ihn zu ignorieren, so war dies sein Problem. Gerade weil er ein ernannter Gouverneur und kein gewählter war, hatte Knight, der

Rebell, keine Möglichkeit, ihm das Zepter aus der Hand zu reißen! Er, Louis Mouttet, würde es festzuhalten wissen!

Mouttet ließ sich in seinen schweren Amtssessel fallen und warf den Siegellack zum dazugehörigen Siegel in die Schublade. Dann knallte er diese zu und drehte den Schlüssel um.

Janvier erschien wieder in der Tür, ein Tablett mit einer Flasche Pernod und zwei Gläsern darauf in den Händen haltend.

Mouttet schaute ihn aus grauen Augen wenig erfreut an.

»Hier ist der von Ihnen gewünschte Apéritiv, Monsieur le Gouverneur«, bemerkte er zaghaft.

Mouttet schaute das Tablett an, dann antwortete er, um Freundlichkeit bemüht.

»Stellen Sie die Sachen hierhin, Janvier«. Er nahm alle zur Unterschrift vorgelegten Papiere und legte sie zur Seite, dann zeigte er auf die leer gewordene Stelle seines Schreibtischs.

»Dorthin?« fragte Janvier erstaunt.

»Ja, der Senator kommt nicht. Sie können dann wieder gehen.«

Er goss sich aus der vor ihm stehenden Flasche Pernod ein Glas ein. Nein, dies war nicht Waterloo. Dies war Martinique, unumstrittenes Hoheitsgebiet Frankreichs. Und er war der oberste Regierungsrepräsentant seines Landes! Ihn würde keiner in die Verbannung schicken!

Mit diesen Gedanken lehnte er sich tief durchatmend entspannt zurück und leerte sein Glas.

Saint-Pierre, Donnerstag, 30. Januar

Gaston Landes hatte seine letzte Unterrichtsstunde am *Lycée* beendet und war gerade in seinem Arbeitszimmer angelangt, als ihm ein ungeöffneter Brief auffiel, der unter seinem Schreibtisch lag. Jemand musste ihn mit solchem Schwung unter der Tür durchgeschoben haben, dass er den weiten Weg bis dorthin gerutscht war. Er ging hinüber, schob den Schreibtischstuhl beiseite, ging in die Knie und hob den Brief auf. Es war ein versiegelter Brief mit Wasserzeichen; die Tinte hatte einen dunklen Grau-Blauton, der in den Geschäften der Insel seiner Kenntnis nach nicht zu beschaffen war. Die gut akzentuierte, großzügige Handschrift, in der sein Name geschrieben war, ließ auf eine sehr selbstdisziplinierte Frau als Absender schließen. Gaston Landes brach das Siegel, auf dem ein Tintenglas mit einem Tintenfisch darin zu sehen war, und begann zu lesen.

»Monsieur, meine Tochter Angelina erzählte mir von Ihrer Freundlichkeit ihr gegenüber. Es ist mir daher ein Anliegen, Sie persönlich kennenzulernen und erwarte Sie deshalb um 17 Uhr im Teesalon unseres Hotels zum Tee. Marie-Anne Hutton«

Diese reiche Dame ließ keinen Zweifel daran, dass Widerspruch für sie eher ungewohnt war! Gaston Landes zog seine goldene Uhr aus der Weste und sah darauf. Er hatte gerade mal zwanzig Minuten, um sich ein wenig frisch zu machen und den Weg hinter sich zu bringen. Es würde kaum zu schaffen sein. Und zur Belohnung für seine Eile gab es dann Tee – ausgerechnet! Angesichts dieser Situationskomik musste er lachen, während er vor einem kleinen, an der Wand hängenden Spiegel sein Äußeres begutachtete und dies hier und da noch ein wenig korrigierte. Wie sollte er sich verhalten, wenn er Madame Hutton treffen würde? Sollte er den ihm angebotenen Tee trinken? In Gaston Landes regte sich bereits bei der Vorstellung großer Widerwille. Was hatten diese Engländer nur immer mit ihrem Tee? Diesem Zeugnis ihrer Unfähigkeit? Sie nannten ihn »typisch englisch«, so als wäre Indien vor der Kolonialisierung durch die Briten noch keine eigenständige Kultur gewesen. Die Einwohner Indiens waren ja keine solchen Wilden gewesen wie die von Martinique. Im Gegenteil: die Inder hatten eine jahrtausendealte Kultur gehabt, bevor die Engländer gekommen waren. Und selbst wenn der Tee wirklich »typisch englisch« gewesen wäre: Da ließ diese jahrhundertealte Seehandelsmacht eine ganze Schiffsladung voller Teeblätter vergammeln, redete es anschließend schön und nannte es »fermentieren«, und anschließend verkaufte sie das Zeug nicht nur, sondern erhob es auch noch zum Kulturgut! Er lachte erneut auf. Ausgerechnet ein verdorbenes Nahrungsmittel war das kulturelle und kulinarische Flaggschiff des hinsichtlich seiner nicht weiter erwähnenswerten Küche ohnehin kaum mit Ruhm überzogenen Englands. Dieser Ruhm sei ihm gegönnt!

Obwohl Gaston Landes nur sehr wenig Lust gehabt hatte, sich zu eilen, schaffte er es dennoch, pünktlich zur gewünschten Uhrzeit am Hotel *Au Pied du Mur* anzukommen. Der Teesalon war von außen bereits gut sichtbar, da er sich unmittelbar neben dem großen Hoteleingang in einem Nebenraum der Vorhalle befand. Es waren nach Pariser Sitte einige kleine Tischchen vor die fünf weit geöffneten Glastüren des Salons auf die Straße gestellt worden. Gaston Landes, der gehofft hatte, Angelina Hutton irgendwo zu sehen, sah sich suchend um, doch er wurde enttäuscht. Zwischen all den eleganten Touristen, die überwiegend Englisch sprachen und sowohl in Grüppchen, als auch paarweise an den Tischen saßen, sah er lediglich eine einzelne Dame von Ende fünfzig, die Tee trinkend an einem der Tische im Salon saß. Er wunderte sich darüber angesichts des herrlichen Wetters, denn sie war die einzige, die sich nicht nach draußen gesetzt hatte. Von Angelina keine Spur. Nachdem er einen der Kellner um Auskunft gebeten hatte, wurde er von diesem durch die Tischreihen und die geschosshohen Glastüren hindurchgeführt, hinein zu der älteren Dame.

Sie erwartete ihn mit einem freundlichen Lächeln und bat ihn, nachdem die üblichen Höflichkeiten ausgetauscht waren, sich zu setzen. Nachdem der Kellner auch ihm Tee eingeschenkt hatte, begann sie ihr Gespräch.

»Monsieur Landes«, begann sie in fast akzentfreiem Französisch, »ich habe Sie zu mir gebeten, um ihnen noch einmal für die freundliche Führung meiner Tochter zu danken! Leider kann ich nicht ständig darauf achten, wohin das Mädchen geht. Die Geschäfte, wegen derer ich bis in den April hinein hier sein werde, halten mich zu sehr von Vergnügungstouren ab. Ich nehme an, meine Tochter hat Ihnen bereits den Grund unserer Anwesenheit hier erzählt?« Madame Hutton sah ihn fragend an.

»Wie ich hörte, beabsichtigt Ihr Gatte, eventuell in Saint-Pierre Investitionen zu tätigen, für die er Glassand benötigt, die er am Vulkan zu finden hofft«, antwortete Gaston Landes artig.

»Das ist so nicht ganz richtig«, erwiderte Madame Hutton. »Die Firma, die mein Mann gründete, nachdem er in jungen Jahren aus England ausgewandert war, Hutton Enterprises, produziert allerlei Glaswaren. Bevor mein Mann mich geheiratet hatte begann er mit Tintengläsern, inzwischen produzieren wir alle nur erdenklichen Glaswaren in allen Farbnuancen bis hin zu buntem Fensterglas. Sie haben sicherlich schon die Fenster dieses Hotels und seine Kuppel gesehen?«

Gaston Landes nickte pflichtbewusst. Er hatte die bunten Treppenhausfenster und die verhältnismäßig bombastische Glaskuppel schon gesehen – von außen.

»Jetzt wurde ich geschickt, um nach weiteren Kunden für die Firma zu suchen und herauszufinden, ob es lohnt, in eine Niederlassung in Saint-Pierre zu investieren, um – sofern vorhanden – Glassand abzubauen.«

Diese Firma war es also! Gaston Landes hatte von einem Besuch eines Prokuristen von »Hutton Enterprises« in *Les Colonies* gelesen. Mit einer Dame hatte er allerdings nicht gerechnet!

»Ich habe davon gelesen«, sagte er, zum Teil nur deshalb, um endlich auch einmal etwas zu sagen. »Hutton Enterprises, die größte Glaswarenfabrik Neuenglands. Ich nehme an, Sie sind ... die Gemahlin von Gordon M. Hutton?«

Madame Hutton nickte. »Gordon Maximilian Hutton. Mein Mann.« Sie seufzte. »Wenn ich vorher gewusst hätte, dass ich diesem Mann einmal Reisen zu verdanken habe, die derart häufig mit wunden Füßen einhergehen – ich glaube, ich hätte ihn nicht geheiratet!« Sie lächelte auf eine Weise, die ihre soeben gemachte Aussage Lügen strafte.

»Aber deswegen habe ich Sie auch zu mir gerufen, Monsieur Landes. Ich bin dem Bewegungsdrang meiner jungen Tochter leider schon längere Zeit nicht mehr gewachsen, und bei dieser Tropenhitze erst recht nicht. Den ganzen Tag verbringe ich mit der Pflege und dem Aufbau von Geschäftskontakten. Ich sehe auf diese Weise sehr viel von der Stadt und auch der übrigen Insel, wenn ich dann aber am Nachmittag ins Hotel zurückkehre, bin ich leider viel zu erschöpft, um auch noch mit Angelina die Touristenattraktionen Saint-Pierres zu erforschen. Sie verstehen, ich bin um diese Tageszeit sehr ruhebedürftig. Da es sich nicht schickt, dass meine Tochter weiterhin alleine in der Stadt herumläuft, habe ich darauf bestanden, dass sie sich möglichst den ganzen Tag mit ihren Gesangsübungen beschäftigt.

Leider habe ich vergebens versucht, auf dieser Insel eine angemessene Begleitperson für sie zu finden. Keine der Damen sprach ein Englisch, das geeignet gewesen wäre, Angelina die Schönheit Martiniques näher zu bringen. Und das Französisch meiner Tochter lässt leider noch stark zu wünschen übrig.«

Gaston Landes lächelte wissend. Madame Hutton nahm einen kräftigen Schluck aus ihrer Teetasse, was ihn dazu veranlasste, auch seine Tasse hochzuheben und den halben Weg bis zum Mund zu führen. Madame Hutton holte tief Luft, dann begann sie wieder zu sprechen. Gott sei Dank! Lächelnd sah er ihr besonders gerade in die Augen und stellte seine Teetasse zurück auf die Untertasse, während sie fortfuhr:

»Wie ich hörte, soll Ihr Englisch ganz ausgezeichnet sein, Monsieur, und wie ich weiter hörte, sollen Sie ein Ehrenmann sein!« Sie griff nach der Teekanne und schenkte sich nach. »Nehmen Sie ein Stückchen Zucker und einen Schluck Milch hinein, Monsieur. Dann wird er auch ihrem französischen Gaumen munden!«

Gaston Landes fühlte sich, als wäre er wieder in der ersten Klasse, und seine Lehrerin hätte bereits vor seinem Blick auf den Spickzettel gewusst, dass er einen in der Hosentasche hatte. Marie-Anne Hutton kippte ihm ungebeten eine Portion Milch in seine Tasse, dann warf sie einen Zuckerwürfel hinein. »So, umrühren müssen Sie selbst!« Gaston Landes tat artig wir ihm geheißen.

»Ich möchte Sie, um auf das Thema zurückzukommen, daher bitten, sollte es Ihr Zeitplan zulassen, meiner Tochter ein wenig die interessanten Plätze dieser Insel zu zeigen. Es wäre einfach zu bedauerlich, wenn sie sich weiterhin so langweilen müsste!«

Sie sah Gaston Landes an und wartete auf eine Antwort. Er sagte erst einmal nichts, sondern führte langsam seine Teetasse zu Munde und ließ die Flüssigkeit darin seine Lippen benetzen. Diese Bitte kam aus heiterem Himmel. Er sollte einer Touristin, nein, einer reichen Touristin, nein, einer reichen, englischen Touristin die Anstandsdame ersetzen. Ganz würde er sich vor der Erfüllung dieser Bitte nicht drücken können, denn das wäre einfach zu unhöflich gewesen. Aber er hatte wirklich auch noch Wichtigeres zu tun, als bei einem kleinen Mädchen, so angetan er auch von dessen Stimme war, Händchen zu halten. Er entgegnete daher galant: »Madame Hutton, es wird mir eine Ehre sein, Ihrer Tochter einmal die Stadt zu zeigen. Ob meine Verbindlichkeiten es mir allerdings gestatten werden, dies häufiger zu tun, kann ich Ihnen jetzt leider noch nicht zusagen. Leider werde ich bis einschließlich das erste Märzwochenende an den Wochenenden mit wissenschaftlichen Exkursionen beschäftigt sei. Am darauffolgenden Samstag wäre ich frei, wenn Ihnen damit gedient wäre?«

Madame Hutton bejahte dies erfreut und verabredete mit Gaston Landes, dass er Angelina am Samstagmorgen um neun vor dem Hotel abholen solle. Er wollte sich gerade erheben, da kam von der gegenüberliegenden Seite des Tisches noch eine letzte Frage:

»And by the way: how did you like our tea?« Wie er dieses Gebräu gemocht hatte? Er musste zugeben, dass es so dicht an die Nase gehalten einen unglaublich beruhigenden Geruch verbreitet hatte. Und auch die milchig-herbe Süße, die er sich von den Lippen geleckt hatte, war erträglicher als er es sich vorgestellt hatte.

»It was really delicious!« antwortete er daher höflich. Dann stand er auf und verabschiedete sich. Diese neureichen Engländer hatten ihn schon genug Zeit gekostet.

Saint-Pierre, Samstag, 1. Februar

»Und ich bitte Sie, Sie müssen sich schonen! Versprechen Sie mir, dass sie sich nicht wieder zu viel zumuten werden! Schlafen Sie viel, wenn es ihnen ein Bedürfnis ist, und essen Sie viel Rindfleisch und Früchte!« Der Doktor verbeugte sich und küsste Madame Palé die gereichte Hand, gerade als Béatrice Douce aus ihrer Tür kam, in der Absicht, eine tote Fliege von der Größe einer europäischen Libelle vor Madame Palés Tür wegzukehren, die ihr zuvor aufgefallen war.

Madame Palé, die unter schwerer Anämie litt, nickte und gab Dr. Fleurisson die Hand.

»Ich danke Ihnen, dass sie immer so freundlich nach mir sehen, Monsieur le Docteur. Und grüßen sie ihre Gattin und die Kinder von mir!«

Ha! Sie hatte es schon immer gewusst! Diese Frau war eine Schlampe! Jeder wusste, dass der Doktor als Militärarzt keine Hausbesuche machte. Soso, sie trieb es also mit einem verheirateten Mann, noch dazu einem Nachbarn, diese schamlose Person! Was er nur an ihr fand? Madame Douce sah dem Doktor nach, wie er die Treppe hinabging. Dann schweifte ihr Blick wieder zurück zur Eingangstür der Nachbarin. Die Fliege lag noch immer da, inzwischen platt getreten. Natürlich hatte sie es nicht gesehen.

Ungepflegt, sie und ihre Wohnung, selten, dass sie ihre Haare wusch, von der Kleidung ganz zu schweigen! Ein kleines Flecklein war doch immer zu finden! Sie kümmerte sich um gar nichts, das sah doch ein Blinder! Wovon lebte sie überhaupt? Ihr in jungen Jahren verstorbener Mann musste ihr einiges hinterlassen haben, wenn sie so gut leben konnte! So gut, dass sie es sich erlauben konnte, sich so wie gestern Nachmittag um drei Uhr, zwei Kilo der besten Rinderkeule ins Haus kommen zu lassen, die sie lediglich mit einem Morgenmantel bekleidet anzunehmen die Stirn gehabt hatte. Immer war sie blass und klagte über Müdigkeit und schlich herum.

Béatrice Douce machte sich auf den Weg zur benachbarten Tür.

Was für ein Glück für sie, ihre chronische Unpässlichkeit! Dann hatte sie wenigstens einen Vorwand, den Doktor zu sich kommen zu lassen! Ohne die Hinterlassenschaft ihres Mannes könnte sie sich so ein Lotterleben nicht erlauben! Und was tat sie mit dem Geld? Bezahlte ein Kindermädchen, obwohl sie den ganzen Tag zuhause war und ließ ihre Kinder von anderen Leuten großziehen! Bei so vielen Kindern – ob die wohl alle vom selben Mann waren? – hätten die sich eigentlich gegenseitig großziehen können!

Und ständig wurde sie, Béatrice Douce, die sie mit dieser Person doch nichts zu tun hatte oder auch nur haben wollte, gefragt, ob es Madame Palé wieder besser gehe. So viel Aufmerksamkeit hatte eine wie die gar nicht verdient! Ob Madame Fleurisson wusste, was hier vor sich ging? Sie musste es unbedingt der Concierge erzählen, dann würde sie es bald wissen!

Madame Douce bückte sich und räumte die Fliege weg, während sie erleichtert aufatmete. So, endlich war wieder Ordnung eingekehrt!

Fort-de-France, 5. Februar

»...verurteilte Militärs Richtung Bordeaux eingeschifft....« Gouverneur Mouttet, der gerade dabei war, Janvier ein Telegramm an Décrais zu diktieren, wurde durch die sich jäh öffnende Tür unterbrochen.

»Ah, mein sehr verehrter Monsieur le Gouverneur, es ist mir eine große Freude, Sie endlich persönlich

kennenzulernen, nachdem ich schon so viel über Sie
habe schreiben dürfen!« Zur Tür herein platzte ein
Mann, beide Arme weit geöffnet und in der rechten
Hand eine Flasche haltend, auf der *Hurard Rhum* stand.
Die Hautfarbe des Mannes erschien wie ein sanftes
Echo der eichenholzgefärbten Spirituose in seiner
Hand. Er hatte gar nicht abgewartet, dass man ihn
hereinführte, sondern war einfach hineingegangen,
gefolgt von einem jungen Mann aus dem Büro, der
hinterhergelaufen kam und verlegen die Ankunft Marius Hurards meldete.

Mouttet sah von seinem Schreibtisch auf, ein wenig
verblüfft angesichts dieser etikettelosen Dreistigkeit,
doch schlug sein missbilligendes Erstaunen jäh in freu-
dige Sympathie um, als er sein Gegenüber ansah. Schon
lange hatte sich bei ihm nicht mehr so spontan ein
Wohlgefühl eingestellt wie es in diesem Augenblick der
Fall war. Wohlgefällig bemerkte er die Flasche in
Hurards Hand. Das Mindeste, was er von seinen Besu-
chern erwartete, waren Geschenke. Am allerliebsten
solche, die sich verzehren ließen. Er konnte einfach
nicht anders, als das herzliche Strahlen des anderen zu
erwidern. Nach allem, was er bisher über Marius
Hurard erfahren hatte, brauchte er sich in seiner Gegenwart auch nicht gehemmt zu fühlen. Hurard hatte den
Unterschied zwischen arm und reich am eigenen Leib
erfahren, er war außerdem ein Pressemann und ihm
ging der Ruf voraus, jederzeit allen Gouverneuren
bereitwillig zu Diensten gewesen zu sein.

Mouttet erhob sich. »Monsieur Hurard, seien Sie mir
herzlich willkommen! Woher wissen Sie, wie gerne ich
alten Rum trinke?« Die Frage war natürlich rein rheto-
risch, denn aufgrund der Werbung für Hurard-Rum, die

Mouttet in seinen Pausen im *Café du Croissant*, einem künstlerischen und literarischen Café am Fuße des Mont Martre, so häufig in *Le Figaro* gesehen hatte, wusste er im Zweifel mehr über Hurard-Rum als dessen Produzent über ihn. Was für einen Rum hätte Hurard auch sonst mitbringen sollen – eigenen hatte er ja nur noch alten!

Er wies Hurard mit einer Handbewegung an, Platz zu nehmen.

»Janvier, lassen Sie uns später weitermachen!«

Janvier verließ den Raum und Mouttet hielt seinem Gast eine geöffnete Kiste mit kubanischen Zigarren entgegen.

»Eine Havanna!« Fast schon andächtig griff Hurard in die Schachtel, bevor auch Mouttet dies tat, roch daran und beschnitt sie. Als er damit fertig war, lehnte er sich souverän wirkend in seinem Stuhl zurück und lächelte lässig, so als bekäme er täglich nur das Beste vom Besten.

Seit der Zwangsversteigerung seines Besitzes vor knapp zehn Jahren hatte er vermutlich keine mehr geraucht, sondern sich stattdessen mit den Macouba-Zigarren Martiniques begnügt, dachte Mouttet, der währenddessen die Zeit gefunden hatte, sein Gegenüber in aller Ruhe zu betrachten.

»Le Beau Marius« sollte man ihn in seiner Zeit als junger, reicher, erfolgreicher Jurist, Politiker und Geschäftsmann genannt haben. Heute war das nur noch schwer vorstellbar, obgleich er für einen Mann von Mitte fünfzig noch immer sehr interessant aussah. Hurard besaß eine sehr kraftvolle, grob-männliche Ausstrahlung, die Mouttet nach all den Differenzen gut tat.

Sie plauderten ein wenig über Paris, wo auch Hurard mit seiner Ehefrau einige Jahre gelebt hatte, über gesellschaftliche Ereignisse und über diejenigen, die die gesellschaftlichen Fäden in der Hand hielten. »Sie hatten bei *La Patrie* ein Pseudonym, unter dem Sie schrieben, nicht wahr, Monsieur le Gouverneur?« stellte Marius Hurard amüsiert fest. »Wie hieß es doch gleich... Fortunato, wenn ich mich recht entsinne!«

Louis Mouttet strahlte ihn an. Er und ein Wesen des Lichts? Das hätte ihm auch einfallen sollen! »Ich muss Sie enttäuschen, mein lieber Monsieur Hurard, es war nur schlicht und einfach Fortunio!« Kein Name hätte besser zu ihm gepasst!

Dann wechselten sie das Thema zu den Schulreformen, die sie beide eingeleitet hatten. Wie Fernand Clerc bereits angedeutet hatte, hatte es auf der Insel bis vor zwanzig Jahren ausschließlich katholische Schulen gegeben. Dann hatte Hurard für die Einführung auch weltlicher Schulen und gleicher Bildungschancen für ausnahmslos alle gekämpft, ein Kampf, der ihm einen kometenhaften politischen Aufstieg bescheren sollte, und der den Bau des *Lycée* von Saint-Pierre zur Folge gehabt hatte.

Da hatte er selbst es vor fünf Jahren als Gouverneur der Elfenbeinküste schon um einiges leichter gehabt als sein Journalisten-Kollege auf der anderen Seite des Atlantiks, dachte Mouttet. Er hatte damals einfach ohne erst bei der Obrigkeit darum kämpfen zu müssen ein neues Grundschulprogramm für Kinder zwischen sechs und fünfzehn Jahren organisiert. Die Obrigkeit, die dafür sorgte, dass die Kinder endlich Lesen und Schreiben, Französisch, Rechnen, sowie historische und geographische Kenntnisse über Frankreich und Afrika erlangten, war er selbst gewesen. Wer weiß, vielleicht würde eines der Kinder später einmal die Möglichkeit haben, aufgrund des Naturkundeunterrichts sogar in Paris zu studieren. Oder würde aufgrund seiner im Zeichen- und Gesangsunterricht entdeckten Begabung einmal ein berühmter Künstler werden!

Mouttet bewunderte den Juristen Hurard insgeheim; die Möglichkeit, zu studieren, hatte ihm gefehlt. An Rechtsprechung schon immer interessiert, hatte er es vor seiner Tätigkeit bei der *Société Historique* dann wenigstens bis zum Gerichtsreporter gebracht.

»Wie Sie wissen, Monsieur le Gouverneur, bin ich der Zeitungsherausgeber von *Les Colonies.*« Hurard stieß eine Rauchwolke aus.

»Ja, ich weiß, die führende Tageszeitung der Insel«, entgegnete Mouttet und überlegte, dass es sich genaugenommen eher um ein Abendblatt handelte.

»Und wie Sie vielleicht auch wissen, Monsieur le Gouverneur, haben *Les Colonies* und alle Ihre Vorgänger jedenfalls die der letzten zwanzig Jahre«, korrigierte er, »auf bestem Fuß miteinander gestanden. Wie leicht fällt es doch, zu regieren und zu repräsentieren, wenn man eine freundlich gesonnene Presse hat!« Er stieß wieder eine Rauchwolke aus und sah den Gouverneur mit dem Blick einer auf Beute lauernden Muräne an. Mouttet nickte wohlwollend.

»Und selbstverständlich«, fuhr Hurard fort, »tun wir dies als unsere oberste patriotische Pflicht und ohne auch nur den Hauch einer Gegenleistung!«

Gouverneur Mouttet grinste breit. »Ich bin überzeugt, die Französische Regierung wusste von der ersten Ausgabe Ihrer Zeitung an, diesen Patriotismus zu honorieren. Ohne sich zu verpflichten, versteht sich.«

»Aber mein lieber Monsieur le Gouverneur, wir beide haben gemeinsam, dass wir Männer von Rang und Namen sind, aber leider auch einsame Männer!«

Louis Mouttet wusste nur zu gut, wie Recht er hatte. Aufgrund seiner erst kürzlich erfolgten Ankunft, seiner Position und der Tatsache, dass er weder einer der Parteien, noch einer der alteingesessenen Familien der Insel angehörte, war er in der Tat völlig auf sich alleine gestellt. Die Wahrscheinlichkeit war gering, dass er auf der Insel Beziehungen aufbauen könnte. Am ehesten würde er voraussichtlich Sympathie unter ausländischen Botschaftern finden, wie auch schon in Französisch Guyana, wo er sich mit dem holländischen Vize-Konsul angefreundet hatte.

»Louis, mon ami, darf ich Sie so nennen?« fragte Hurard den Gouverneur durch dünne Rauchschwaden hindurch, ihn aus seinen Gedanken reißend.

Mouttet sah ihn mit freudigem Erstaunen an. Dies war innerhalb kürzester Zeit der zweite Fauxpas, den sich dieser Mann erlaubte, denn wenn überhaupt, hätte dieses Angebot von ihm kommen müssen! Er bewunderte Hurards Mut zur Frechheit.

»Aber selbstverständlich«, entgegnete er mit einem jungenhaften Grinsen.

»Und was halten Sie davon, Louis, wenn wir Ihren ersten Herrenabend gemeinsam im Club *Belle Amie* verbringen und anschließen in die Rue de Dieu gehen und uns amüsieren? Sozusagen, um Ihren Einstand zu feiern, so ganz ohne steifen Kragen und Etikette? Bei einer Flasche Champagner und ein wenig Damengesellschaft würden sich außerdem sicherlich noch ein paar andere Herren aus der freien Wirtschaft dazugesellen, die Sie, Louis, mon cher, eventuell – wenn es keine

Umstände macht – vom Nutzen der Werbung in »Les Colonies« überzeugen könnten.«

Jetzt blieb Mouttet die Luft weg. Und dies nicht, weil inzwischen dichter Rauch die Luft erfüllte. Er war seit seiner Eheschließung mit Hélène in keinem Bordell mehr gewesen, hatte es doch immer nur eine Frau für ihn gegeben – was sollte er antworten? Er entschied sich dazu, erst noch einen Zug aus seiner Zigarre zu nehmen.

»Es gibt Stimmen«, antwortete der Gouverneur, »denen ist diese Straße ein Dorn im Auge. Ich möchte auf keinen Fall Madame Mouttet kompromittieren oder gar meine Gouverneursschaft gefährden.«

Mit einer abwehrenden Handbewegung durchschnitt Hurard die qualmige Luft.

»Machen Sie sich darüber keine Sorgen«, entgegnete er fröhlich. »Es gibt hier nur einen, auf den dies zutrifft. Und der findet, wenn überhaupt, Unterstützung nur beim Clerus. Jeder gute Mann, der auf sich hält, streift gelegentlich durch die Rue de Dieu. Und jede dritte Frau, die im Quartier de Mouillage lebt, arbeitet dort. Hier kümmern sich nur die allerwenigsten um die vom Vatikan gepredigte Moral. Jede zweite Einheimische hat unverheiratet mehrere Kinder mit unterschiedlichen Männer. Und wer bleibt, sind die Ehefrauen der Oberschicht. Sie füllen ihren Platz aus, das genügt ihnen. Bleiben noch die Seeleute, und die...«, sagte Hurard gedehnt und hielt bedeutungsschwanger inne, ohne seinen Satz zu beenden. Dann sah er Mouttet mit dunkel-verschleierten Augen auf unergründliche Weise an, prostete ihm mit einem Schmunzeln zu und kippte seinen Cognac, den Janvier zwischendurch gereicht hatte. Ein weiterer Blick von verschwörerischer Tiefe und beide lachten lauthals los.

Die Tür öffnete sich, und Lhuerre kam herein.

»Hier ist Inspektor Rigoux, er sagt, er sei fertig mit der Buchprüfung, Monsieur le Gouverneur!«

Inspektor Rigoux, diesen unangenehmen Menschen, der am Tag zuvor gekommen war, um seine von schneidender Arroganz erhobene Nase und seine Halbglatze in die Bücher des letzten Jahres zu stecken, hätte Mouttet nur allzu gerne vergessen, aber er würde ihn wohl oder übel empfangen müssen.

»Er soll warten ich bin augenblicklich noch beschäftigt!«

Hurard erhob sich von seinem Platz. »Ich will Sie nicht von Ihren Verpflichtungen abhalten, Louis, mon ami! Machen Sie sich keine Gedanken, ich werde etwas arrangieren und Ihnen Freitag nach Redaktionsschluss 13 Uhr Nachricht zukommen lassen!« Hurard warf Mouttet noch einmal einen verschwörerischen Blick zu, dann verließ er zusammen mit Lhuerre den Raum.

Einen Augenblick später trat Janvier ein. »Soll ich das Diktat weiter aufnehmen, Monsieur le Gouverneur? Wir waren stehengeblieben bei: »Verurteilte Militärs Richtung Bordeaux eingeschifft...«

Mouttet besann sich einen Augenblick, seine Gedanken ordnend, dann wandte er sich erneut Janvier zu. »Ja, Janvier, das ist eine gute Idee. Fahren Sie fort: ...dringend abordnen wegen Mangels auf Martinique...«

Die Tür ging wieder auf. Lhuerre kam wieder herein. »Der Inspektor sagt, er könne nicht länger warten.«

»Dann sagen Sie ihm, dass ich hier in wenigen Minuten fertig bin, George!«

»Aber der Inspektor wünscht, dass Janvier für ihn ein Telegramm aufnimmt, Monsieur le Gouverneur! Sofort!«

»Dann besorgen Sie ihm jemand anderes, der das kann, George!«

Lhuerre entfernte sich.

»Doppelpunkt«, diktierte er weiter. »einen Kapitän der zweiten Artillerie, vier Artillerieleutnants. Mouttet.« Er machte eine kurze Pause. »Das wäre dann alles, Janvier, Sie können gehen!«

Janvier öffnete die Tür, vor der schon Inspektor Rigoux stand, sichtbar erbost. Mouttet spritzte von seinem Platz auf und nahm Haltung an.

»Monsieur l'Inspecteur« flötete er, »wie ich höre, sind Sie mit Ihrer Arbeit bei uns fertig?«

Der Inspektor sah ihn stechend aus harten Augen an. »Es hat Unregelmäßigkeiten gegeben, die ich Paris melden werde!«

»Unregelmäßigkeiten...ich verstehe nicht, Monsieur l'Inspecteur! Ich habe die Bücher Gouverneur Gabriés selbst geprüft und Paris bereits um Netto-Kredite in Höhe von über 25.000 Francs ersucht!«

»Ich spreche von anderen Unregelmäßigkeiten. Von unbefugten Budgetüberschreitungen! Für genauere Auskünfte besprechen Sie sich bitte mit Ihrem Staatssekretär! Es ist wirklich die Höhe! Sie werden dafür gerade stehen müssen!«

»Aber...«, begann Louis Mouttet, der sich damit rechtfertigen wollte, dass er sein Amt eben erst angetreten hatte.

»Guten Tag, Monsieur le Gouverneur!« Und Rigoux lief mit langen, steifen Schritten aus der Tür.

Mouttet setzte sich entnervt in seinen Sessel zurück. Ein Inspektor erster Klasse stand einige Beförderungs-stufen über ihm, und die höheren Etagen konnten für ihn zu einem regelrechten Jüngsten Gericht werden, wenn er Pech hatte.

Lhuerre trat wieder ein. »Der Inspektor hat soeben dieses Telegramm an den Chef des Zweiten Büros nach Paris diktiert.« Er legte einen Zettel vor Mouttet hin, den dieser aufnahm und las: »Folgende Anschaffungen wurden im Hôtel du Gouverneur gemacht, die nicht in der Möblierung inbegriffen sind und nicht vom Budget getragen werden: Porzellanservice aus bemaltem Limo-ges, F 52,--; Teeservice aus Porzellan, F 12,--; Stielglä-ser und Champagnergläser, F 17,16; Kristallkaraffe und Portwein-Karaffe F 7,92; Fort-de-France, 5. Februar 1902, Gezeichnet Rigoux

Wegen einer Weihnachtsanschaffung, deren Zweck es gewesen war, seinen Amtssitz auf zweckmäßige Weise schöner und gemütlicher zu machen, regte sich der Inspektor derart auf! Es war kaum zu glauben. Und die silbernen Kaffeelöffel, die sich bei seinem Amtsantritt schon im Mobiliar des *Hôtel du Gouverneur* befunden hatten, und die auch nicht zum offiziellen Mobiliar gehörten, hatte er nicht erwähnt, sondern sich am Vortag seelenruhig den Kaffee damit umgerührt! Mout-tet war entrüstet. Dann beruhigte er sich wieder. »Ich glaube nicht, dass dieses Telegramm den Chef des zweiten Büros sehr beeindrucken wird! Wir reden hier über lächerliche 82,08 Francs, George!« Der Inspektor tat so, als hätte er das Vermögen des Staates so verschleudert wie einst Marius Hurard das seine.

Mouttets Gedanken schweiften zurück zu Hurard. Hurard hatte ja keine Ahnung, dachte Mouttet, wie sehr er ihn mit seiner Einladung bloßstellen konnte. Louis Mouttet wusste, dass es noch ein diplomatisches Meisterstück für ihn werden würde, dieser Einladung fernzubleiben. Es sei denn, er würde wollen, dass demnächst ganz Martinique wüsste, warum die Altersabstände zwischen seinen Kindern derart groß waren.

Saint-Pierre, Freitag, 7. Februar

»Ich will das Kleid aber nicht anziehen, Maman!« Die siebzehnjährige Aimée warf das Kleid, das ihre Mutter ihr kurz zuvor in die Hand gedrückt hatte, aufs Bett.

Madame Douce sah sie voller Abweisung an. »Du wagst es, Deiner Mutter zu widersprechen! Bis meine Kinder aus dem Haus gehen, werde ich entscheiden, was sie wann anziehen! Wer macht sich denn die ganze Arbeit mit der Wäsche?«

»Chéchelle«, murmelte Aimée vor sich hin.

»Was?« Béatrice Douce hatte nicht verstanden, was ihre Tochter gesagt hatte.

»Nichts, Maman«, antwortete diese.

»Jetzt zieh endlich das Kleid an, Aimée!«

»Ich will aber nicht, es kratzt!« Aimée stand mit trotzig verschränkten Armen da.

»Gut, dann gehst Du nachher nicht auf den Markt! Und die Chorprobe kannst Du diese Woche auch vergessen! Im übrigen bleibst Du die ganze Woche über im Haus!«

Sie wusste, wie sehr ihre Tochter das bunte Treiben dort genoss, und dass ihre Tochter nichts härter treffen konnte als das Verbot, in die *Église de la Consolation* zur Chorprobe zu gehen. Was diese Gans sich einbildete! Selbst ihr Mann störte sich nicht daran, wenn sie ihm am Wochenende sagte, was er anziehen solle. Aber sie würde es ihr schon zeigen! Eine Tochter, die nicht gehorchte, hatte auch sonst keinen Anspruch auf Lebensfreude! Es gab immer irgendetwas, das man ihr entziehen konnte!

Entzug ¬ ein wundervolles Wort! Ein Wort, das sie die Fäden in der Hand halten ließ, Fäden, an denen sie ziehen konnte, wie sie wollte, mal an denen ihres Mannes, mal an denen ihrer Töchter! Ein Wort, das die Lebensenergie in nur eine Richtung fließen ließ. In ausschließlich eine Richtung! Ein Wort, das ihr in die Tat umgesetzt, restlos alle Möglichkeiten gab, zu schalten und zu walten, wie sie dies für richtig hielt. Ein Wort, das gesprochen wie gelebt von größtmöglicher Macht über Menschen zeugte!

Jetzt hatte sie also Aimée den Marktgang verboten, aber Chéchelle wollte Madame Douce nicht zum Einkaufen schicken, denn Geld wollte sie ihr nicht anvertrauen. Also nahm sie den Korb und machte sich auf den Weg.

Béatrice Douce selbst konnte mit Märkten nur sehr wenig anfangen. Es war sonst wirklich ungemein praktisch, dass sich ihre Tochter immer nach dieser Aufgabe riss. So musste sie selbst sich nicht abmühen, den schweren Korb nach Hause zu tragen. Wenigstens zu irgendetwas war ihre Tochter nütze.

Aber was war es, das ihre Tochter am Marktgeschehen so sehr beeindruckte? Um gut durch die vielen Menschen zu gelangen und vor allem zum richtigen Marktstand, war es erforderlich, weiter zu schauen als bis zum nächsten Schritt vor ihren Füßen. Wie konnte ein Mensch denn auf diese Weise laufen? Jeder Schritt im Leben musste geplant werden, oder man würde im Chaos versinken. Und so ein Marktplatz bedeutete selbst bei sorgfältigster Planung Chaos!

Madame Douce lief schnellen, aber kurzen Schrittes die Straße hinunter, was ihrem Gang eine eigentümliche Note verlieh, denn ihre Beine waren recht lang. Wer sie kannte, hätte sie vermutlich selbst noch mit einem Sack über dem Kopf schon alleine an ihrem Gang erkannt.

Während sie lief hielt sie den Blick auf den Boden gerichtet, so als würde sie etwas suchen. Dabei hielt sie ihren Oberkörper leicht nach vorne gebeugt und die Ellenbogen auf eine Weise angezogen, dass Spötter sagten, es sähe fast aus, als hätte sie sie unter den Arm geklemmt. Die Arme selbst bewegte sie beim Gehen kaum mehr als zehn Zentimeter vor und zurück. Doch im Grunde bedurfte es keines Sackes über dem Kopf, denn ihr Blick war ohnehin ein sehr verschlossener, und wenn sie mit anderen Frauen sprach, schaute sie ihnen statt in die Augen nur auf Frisur und Kleidung, ob sie dort ein Stäubchen und damit eine Nachlässigkeit bemerken würde. War sie bei anderen Damen zum Kaffee eingeladen, wurde alles, insbesondere alles, was ihr missfiel, mit der Kopfbewegung eines an einem Baum schnüffelndes Hundes millimeterweise gemustert. Wehe der Frau, die ihr Leben anders zu leben wagte, als sie es an deren Stelle getan hätte!

Madame Douce kam am *Marché du Fort* an, einem Marktplatz, der sich unter einem riesigen Dach aus Glas befand, das von dreißig Zentimeter dicken Eisenträgern gehalten wurde. Ah, da waren wenigstens ein paar Damen, die sie kannte.

»Bonjour, Mesdames!« Eigentlich hätte man sie zuerst grüßen müssen! Die Damen erwiderten ihren Gruß. Aber Hauptsache, sie hatte ein paar Damen gefunden, mit denen sie ein Gespräch beginnen konnte! Die Höflichkeit würde sie dann zwingen, ihr zuzuhören, und die Fragen, die sie ihnen zu stellen wissen würde, dafür sorgen, dass sie nicht davonlaufen konnten. Béatrice Douce gesellte sich zu einer Gruppe Hausfrauen, die ebenfalls ihre Einkäufe machten.

Sie hatte keine Ahnung davon, dass sie nicht wirklich beliebt war, denn es hörte ihr nahezu jeder bereitwillig zu, wusste sie doch über jeden, den sie als gesellschaftlich unter ihr stehend empfand, ihr sehr schnelles, hartes und in den allermeisten Fällen vor allem sehr ungerechtes Urteil zu fällen. Diese ihre sogenannte Meinung sagte sie dann jedem, auch denen, über die sie dann wieder mit anderen sprach, denn als Absender der für sie lebensnotwendigen Aufmerksamkeit war ihr ein jeder recht.

Wie wunderbar, anderen Menschen etwas nachsagen zu können, das man über diese nur gehört hatte, oder aber etwas, das sie einst sagten eine Nuance anders weiterzuerzählen. Und ertappte sie jemand dabei: nun denn, es gibt ja manchmal Missverständnisse im Leben, nicht wahr?

Und so verplauderte Béatrice Douce einige Zeit, bevor sie sich wieder verabschiedete und weiterging. Hoffentlich würde sie heute Pauline nicht treffen, dachte sie missmutig. Pauline trug für die Bäckerei *Saint-Roche* bereits vor Tagesanbruch Körbe bis hoch zu den Berggemeinden, um die Familien auf dem Land mit frischen Backwaren zu versorgen. Sie war die einzige Frau, über die sie nichts sagen konnte. Jedenfalls nicht öffentlich. Jeder in Saint Pierre kannte, mochte und – das war das Allerschlimmste – respektierte sie. Sie war eine der *Porteuses*, eine derjenigen Frauen, die Tag für Tag Lasten bis zu 70 kg auf ihrem Kopf die zwanzig Kilometer vom Hafen Saint-Pierres bis nach Fort-de-France trugen, und das gleich mehrmals täglich! Und sie lief auch noch auf allen Wegen uneskortiert, das heißt ohne den Schutz von zwei Männern oder einer größeren Gruppe von Frauen! Ein Skandal! Fürchtete sie nicht wie die anderen, ausgeraubt zu werden? Diese Frauen waren in der Bevölkerung hoch angesehen und verdienten auch noch außerordentlich gut. Selbst die Eigentümer allergrößter Plantagen, und die damit mächtigsten und angesehensten Männer der Insel, zollten ihnen Respekt, wenn sie sie sahen!

Doch Béatrice Douce' Hoffnung wurde enttäuscht. Da stand sie nun: Eine junge Mulattin, die es wagte derart bildschön zu sein! Ihre vollen Lippen lächelten eine Marktfrau herzlich an, und der volle Busen, der ihre schlanke Taille nur noch betonte, hatten sich schon vor Jahren in ihr Gedächtnis eingebrannt.

Missgünstig schaute Madame Douce zu Pauline hinüber und bemerkte, wie sie gerade einer Marktfrau mit einem frischen Lächeln auf den Lippen ein Pülverchen gab. Es musste von der alten Hexe stammen, mit der sie verwandt war, dachte sie.

Sofort überkam sie ein ungutes Gefühlt. Wie konnte sie es sich erlauben, angesichts ihres armseligen, unverheirateten Lebens derart fröhlich zu sein? Wie konnte sie es wagen, neben ihrer Tätigkeit als *Porteuse* auch noch mit Tees und Kräutern zu handeln, ohne Medizin studiert zu haben? Und ihr Mann zahlte dieser Person auch noch einen Franc am Tag! Mit einem zusätzlichen

Einkommen durch ihren Heilmittelhandel machte das dann mehr als geschätzte 40 Franc im Monat! War die Arbeit eines Esels denn wirklich so viel wert? Jeder normale Arbeiter bekam nur ein Viertel ihres Tageslohnes, also fünf Sous. Ein Jammer, dass die Inquisition heute nichts mehr zu sagen hatte! Man sollte sie brennen lassen! Brennen!

Dann beruhigte sich Madame Douce wieder. Wie stand es in der Bibel bei Jesaja? *Denn siehe, der Herr wird kommen mit Feuer und seine Wagen wie ein Wetter, dass er vergelte im Grimm seines Zorns und mit Schelten in Feuerflammen. Denn der Herr wird durch Feuer die ganze Erde richten und durch sein Schwert alles Fleisch, und der vom Herrn getöteten werden viele sein.*

Madame Douce sah wieder zu Pauline hinüber. Sie konnte ihren Blick einfach nicht abwenden. Männer schienen nur ihren Kopf voller schwarzer Locken wahrzunehmen, die ihr sinnlich über die hohe Stirn und den edel geschwungenen Nacken fielen und so ihre muskulösen, schlanken Schultern auf verführerischste Weise präsentierten. Über ihrer grell-leuchtenden Bluse und dem freigiebigen Dekolleté trug sie ein schlichtes Kreuz aus Bronze, das den Glanz ihrer Haut ganz besonders gut zur Geltung brachte. Ihre breiten Hüften zusammen mit den langen, schlanken Beinen sorgten dafür, dass ihr Gang den langen Rock, den sie trug harmonisch schwingen ließ. Am liebsten hätte Madame Douce diese Frau in Hosen gepackt und ihr die Haare abgeschnitten!

Sie besah sich Paulines Füße. Wenigstens trug sie keine Schuhe, sollte sie nur in recht viele Scherben laufen! Aber vermutlich würde sie die unter ihren im

Laufe der Zeit gummiartig gewordenen Fußsohlen gar nicht spüren. Unsensible Mulattenfüße eben. Und diese Ansprüche, die sie stellte! Warum ließ sich das ihr Mann bieten, dass dieses Weib sich das Recht herausnahm, einmal diese, einmal jene Route zu laufen? Alle anderen Porteuses kannten ihren Platz! Wahrscheinlich hatte sie in jeder Stadt einen Liebhaber, dieses Flittchen. Hoffentlich würde sie möglichst bald noch ein paar Kinder bekommen und alt, dick und hässlich werden.

Mit diesem Bild vor ihrem inneren Auge fing Madame Douce langsam an, sich besser zu fühlen. Alt, dick und hässlich, ohne Zähne und ohne Geld! Überrollt von ihrem Leben, überzogen von der Missbilligung der Leute! Und sie würde dafür zu sorgen wissen, dass die Leute sie zu missbilligen wüssten! Diese Gedanken ließen Béatrice Douce auf einmal ganz ruhig werden, und sie atmete tief durch, während sie sich zunehmend entspannte. Sie warf Pauline einen zutiefst verärgerten Blick zu, von dem sie glaubte, er sei geeignet, diese vernichtend zu treffen; leider schien sie ihn nicht bemerkt zu haben. Ja, sie würde dafür zu sorgen wissen. Und während sie dies dachte, korrigierte sie den unmerklich asymmetrischen Faltenschlag, der sich in ihrem Rock eingestellt hatte.

Béatrice Douce sah wieder zu Pauline hinüber. Neben ihr standen zwei kleine Kinder von etwa neun oder zehn Jahren. Das mussten ihre Kinder sein. Madame Douce hatte zwar Pauline schon seit Jahren gesehen, wenn sie ihre Körbe auflud, aber es war das erste Mal, dass sie ihre Kinder bei sich hatte.

Diese hätten aufgrund ihrer Größe zweieiige Zwillinge sein können, wäre da nicht das extrem unterschiedliche Äußere der beiden gewesen. Das eine Kind, ein Mädchen, sah aus wie der neueste Afrikaimport, dachte Madame Douce bei sich. Die Kleine hatte Haare wie ihre Mutter, nur dass unzählige kleine Zöpfchen ihren Kopf zierten. Das andere Kind, ein Junge, erschien, als hätte ihn eine europäische Familie versehentlich hier vergessen. Hellblonde Locken umrahmten ein Gesicht, das eindeutig französische Züge aufwies, und seine Haut war angesichts der starken Strahlung schon beängstigend wenig pigmentiert. Er schien der ältere von den beiden.

Die Kinder hatten ihr den Rücken zugedreht, um sich dann auf den Ruf eines anderen Kindes hin abrupt umzudrehen und mit großen, strahlenden Augen in ihre Richtung zu schauen. Béatrice Douce fühlte beim Blick in die Augen dieser Kinder einen Stich ihren Körper durchfahren. Selbst die denkbar größtmögliche Aufmerksamkeit, die ihr Schwager einer anderen zuteil werden lassen könnte, hätte ihn nicht größer verursachen können. Der Stachel des Neides hatte von ihr Besitz ergriffen, und er fraß sie fast auf. Warum gab es das in einer Mulattenfamilie, aber nicht ein einziges Mal unter ihren Kindern? Oh, wie ungerecht das Leben sein konnte! Die Kinder besaßen eine, nur eine einzige Gemeinsamkeit, die unverkennbar klarstellte, dass sie Geschwister waren. Sie hatten beide die gleichen Augen. Die gleichen strahlend blauen Augen. So blau, wie sie sie noch niemals zuvor bei irgendeinem Menschen gesehen hatte.

Morne Rouge, Samstag, 8. Februar

René, René, René! Pauline dachte an ihn, aber das hatte nicht viel zu sagen, denn sie dachte schon an ihn, noch bevor sie die Augen aufgeschlagen hatte. Und nach einem langen und innerlich unruhigen Tag, der nur durch ein kurzes Treffen immer am selben Brunnen in Fort-de-France mit ihm unterbrochen wurde, ging sie dann am Abend zu Bett und dachte noch immer an ihn. Und obwohl sie sich benahm wie ein Bienenschwarm auf zwei Beinen, fühlte sie sich eher wie eine Blume, die nach langer Trockenzeit gerade noch rechtzeitig Wasser bekommen hatte. Sie blühte regelrecht auf in seiner Gegenwart, und der Ernst des Lebens, den sie viel zu früh hatte kennenlernen müssen, schien von ihr abzufallen und das Kind zum Vorschein zu holen, das durch die gemeinsamen Verspieltheiten nach langer Zeit endlich sein Recht bekam. Sie war so glücklich wie noch nie in ihrem Leben.

»Für eine Frau so schön wie die Venus und so strahlend wie die Sonne!« Mit diesen Worten hatte er ihr heute einen Strauß Blumen überreicht.

»Für einen Mann so unberechenbar wie Quecksilber!« war ihre Antwort schlagfertig und ihn liebevoll foppend zurückgekommen, während sie ihm ein Stück raffiniert gewürztes Grillhähnchen gegeben hatte, eine Anspielung auf sein abenteuerliches und manchmal unberechenbares Temperament machend. Verabredungen für den nächsten Tag zu treffen, schien mit ihm nicht möglich.

Aber sie gab sich damit zufrieden, denn von einem *Bekée,* einem weißen, reichen Grundbesitzer, war nicht zu erwarten, dass er wirklich ernste Absichten hatte, und dieser hier war noch dazu direkt aus Frankreich gekommen, um bei der Familie seines Onkels zu wohnen.

»Ein wenig Unsicherheit und Unvorhersehbarkeit machen das Leben doch erst interessant!« hatte er ihr geantwortet. Und ihr dann ins Ohr geraunt, während er ihre Taille umfasste: »Bist du sicher, dass es dir Spaß machen würde, dich mit einem dieser Langweiler zu verabreden, die jeden Tag pünktlich um zwölf Uhr dreißig ihr Mittagessen einnehmen und ebenso pünktlich um dreizehn Uhr fünfzehn wieder damit aufhören? Würde es dir gefallen, dich nicht eine Minute verspäten zu dürfen, ohne eine ernsthafte Krise heraufzubeschwören? Wenn ja, könnte ich sicherlich eine Verabredung mit unserem Buchhalter arrangieren, er ist noch zu haben!«

»Ich bin immer pünktlich, Doudou, Liebster!« Trotz ihres Widerspruchs hatte sie nicht anders gekonnt, als zu lachen und ihm aus lauter Amüsiertheit stürmisch küssend Recht zu geben. Dieser Mann war wirklich einzigartig, und er schien in all seiner manchmal etwas verdrehten Art aufs Beste zu ihr zu passen. Jedenfalls besser als die zwei Männer, von denen sie auf den Gräbern ihrer Vorfahren ihre Kinder empfangen hatte.

Für den Abend hatten sie sich verabredet. Dieses Rendezvous bereitete ihr Kopfzerbrechen. Sie wusste kaum, wie sie mit ihm umgehen sollte. René de Chevalier, einer der wenigen Adligen, die die Guillotine noch übriggelassen hatten.

Der Magnetismus zwischen ihnen war so stark, dass ihr Verstand sie schon fast wieder von ihm wegtrieb, da ihr das von der Natur vorgegebene Verhalten den Ruf eingebracht hätte, leicht zu haben zu sein. Sie konnte diese Spannung kaum mehr aushalten! Und gleichzeitig war dieser Mann für sie so köstlich erfrischend wie eine frische Brise an einem schwülen Tag.

Dann war er da. Er wollte mit ihr zum Grab der Kariben.

»Du spinnst!« antwortete sie. »Kein Mensch, der bei Verstand ist, geht freiwillig zum Grab der Kariben. Schon gar nicht in der Nacht! Du bist viel zu neugierig!«

René lachte. »Was wäre ich für ein Reporter, wenn ich nicht neugierig wäre?« Es war nicht das erste Mal, dass er davon zu sprechen begonnen hatte, aber bis heute waren es nur Andeutungen gewesen. Seit seiner Ankunft aus Paris war er zunehmend neugieriger geworden, denn die Inselbewohner hatten ihm erzählt, das Grab der Kariben sei ein verwunschener Ort.

»Was hat es auf sich, mit dem Grab der Kariben? Ich will es endlich wissen!«

Na gut, dachte Pauline, wenn er es erfährt, dann will er bestimmt auch nicht mehr hin! Und sie erzählte: »1658 lockten französische Soldaten die Kariben bei Prêcheur in einen Hinterhalt, wo sie sie niedermetzelten. Auch ihr Häuptling wurde angeschossen. Er starb in einer Lache aus seinem eigenen Blut, und diejenigen, die übriggeblieben und von den Franzosen zusammengetrieben worden waren, sprangen mit dem Mut der Verzweiflung über die Klippen und in den Tod!

Doch bevor die Kariben jene Meeresstelle zu ihrem Grab machten, flehten sie den Berg des Feuers an, er solle den Mord an ihnen rächen und die Mörder bestrafen. So hat der Sieg die Soldaten nicht befriedigt, sondern noch Jahrhunderte später ein höchst ungutes Gefühl bei ihnen und ihren Nachfahren hinterlassen, denn seither wagte sich kein Europäer mehr bei Nacht an jenen Ort, und selbst die vorbeifahrenden Schiffe machen einen Bogen darum. Die einzigen, die die Stelle nutzen, sind die bösen Voodoo-Magier, die Quimboiseurs.«

Obwohl Pauline in Morne Rouge und damit nur eine Stunde zu Fuß von Le Prêcheur entfernt aufgewachsen war, war sie selbst noch niemals am Grab der Kariben gewesen, denn ihre Urgroßtante hatte es ihr auf das Allerstrengste verboten. Und jetzt kam René und versuchte, sie zu überreden, nicht nur mit ihm dorthin zu gehen, sondern auch noch bei Nacht! Sie schauderte allein bei dem Gedanken, aber er schien neugierig, sogar sehr neugierig.

»Wenn noch niemals jemand einen Fuß auf dieses Gebiet gesetzt hat seit jenem grausigen Ereignis, weißt Du, was das für mich bedeutet, Pauline?« Er sah sie begeistert an, aber sie schüttelte nur den Kopf. Was wusste sie schon vom Leben eines Zeitungsmannes? Auch, wenn sie zu den wenigen gehörte, die lesen konnten.

»Ich würde die Möglichkeit haben, über etwas noch nie Dagewesenes zu schreiben! Vorausgesetzt, was Du über die Quimboiseurs gehört hast, waren keine Gerüchte!

»Du spinnst!« sagte sie wieder und sah ihn mit gerunzelter Stirn an. Das alte Verbot, das ihre Urgroßtante einst ausgesprochen hatte, saß tief in ihrem Bewusstsein fest.

»Und vielleicht würde ich dann vom kleinen Reporter zum Redakteur aufsteigen. Ich brauche Dich Pauline, denn Du bist ortskundig und wirst mich selbst durch unwegsames Gelände sicher zu führen wissen!«

»Ich werde Dich dort nicht hinbringen, René!«

Er sah sie mit gespieltem Trotz an. »Dann gehe ich eben alleine!«

Angst stieg in ihr auf. Er kannte sich nicht aus, könnte auf eine Schlange treten oder von den *Quimboiseurs* gefasst werden. Oder stolpern und in eine Schlucht fallen. Sie begann, innerlich mit sich zu kämpfen. René schien dies nicht verborgen zu bleiben. Er sah sie an. »Bitte!« sagte er mit sanfter, aber drängender Stimme. »Bitte, bring mich dorthin!« Und er sah ihr tief in die Augen.

Endlich nickte sie. Sie hatte keine Wahl. Mit diesem Mann würde sie bis ans Ende des Universums gehen, gleichgültig, wie viele Höllenkreaturen ihnen auf ihrem Weg dorthin begegnen würden!

Grab der Kariben, Samstag, 8. Februar

Es war eine Neumondnacht und Wolken verdunkelten das ohnehin schon spärliche Licht der Sterne. Dies war ihre Chance, sich unbemerkt an ihr Ziel heranzuschleichen. Pauline wusste, dass die *Quimboiseurs* vor allem in Neumondnächten ihr Unwesen trieben.

Schon von weitem hörten sie die Trommeln, die sporadisch aufjohlende Menge, hörten das Geräusch vieler tanzender, nackter Füße auf staubigem Boden, doch die Büsche waren zunächst zu dicht, als dass Pauline und René etwas hätten sehen können. Dann endlich sahen sie sie: Eine Gruppe von etwa zwanzig Personen, die in der Körperhaltung unterschiedlicher, nachgeahmter Tiere über den Boden krochen und sich bewegten, wie es unnatürlicher nicht hätte sein können.

Sie schlichen um einen Mann herum, den Pauline auf Renés Alter schätzte, und der völlig verängstigt zu sein schien. Rufe waren zu hören, nun sei die Stunde gekommen, in der sie ihn strafen würden.

Ein alter Mann, in dem Pauline einen bösen Priester erkannte, hielt ein Gefäß in den Händen, das er in die Höhe hob während er den übrigen eine kurze Anweisung erteilte. Daraufhin packten den nun stark zitternden Mann zwei große Kerle, die eben noch Stiere nachgeahmt hatten, banden ihm einen Strick an jede Hand und jedes Bein und fixierten ihn, indem die eine Seite an einen großen grauen Stein, und die andere an einen großen schwarzen Vulkanfelsen gebunden wurde. Die Trommeln schlugen jetzt lauter und schneller und der *Quimboiseur* begann unter den Flehrufen und den Schreien des völlig panisch gewordenen Opfers sein grausiges Werk.

Er nahm einen Pinsel und strich mit einer raschen Bewegung ein Pulver, das sich in einem ausgehöhlten Lavastein befand, über dessen Brust hinunter zum Bauchnabel.

Der Mann schrie noch immer, doch waren es jetzt Schreie höchster Pein, die mehr an Laute von Seevögeln erinnerten, als an diejenigen eines Menschen. Der Mann schien zu versuchen, einem Feuer, das ihn erfasst hatte, entkommen zu wollen, doch vergebens. Es klang wie die Schreie eines Mannes, der bei lebendigem

Leibe verbrannte, und das, obwohl er nicht einmal in die Nähe von Feuer gekommen war.

Nach einer Zeit, die Pauline vorkam, als sei es eine Ewigkeit gewesen, ließen die Schreie endlich nach und gingen in eine Art heiseres Gewimmer über, um dann endlich vollständig zu verstummen. Dann war der Platz auf einmal menschenleer. Nur noch das Opfer lag mit qualvollem, vom Wahnsinn gezeichneten Gesichtsausdruck da.

»Mon Dieu, was haben sie mit ihm gemacht?!« Renés Stimme war vor Entsetzen rau geworden. Erst jetzt wagte es einer von ihnen zum ersten Mal, wenigstens etwas zu flüstern. Wäre es nicht so dunkel gewesen, hätten beide sehen können, wie bleich sie waren. Pauline zitterte am ganzen Leib. Seine ebenfalls zitternde Hand griff nach der ihren.

»Meine Tante hat mir davon erzählt. Sie gaben ihm Feuerpulver. Es lässt in einem Menschen die Illusion entstehen, er würde verbrennen. Es wird nur auf eine einzig Stelle des Körpers gegeben, dann breitet sich der Schmerz über den ganzen Körper hinweg aus. Die Wirkung lässt erst nach ein paar Stunden wieder nach. Ich hatte bis jetzt nur davon gehört, denn eine ehrenvolle Priesterin oder ein ehrbarer Priester würde es niemals einsetzen. Die Quimboiseurs setzen es ein, um einen Schwerverbrecher zu strafen, der sich durch Bestechung der weltlichen Gerichtsbarkeit entzogen hat.« Sie schluchzte.

Er nahm sie in seine Arme obwohl er selbst zitternde Hände hatte und versuchte, sie zu trösten. »Wir sollten vielleicht noch ein wenig hinunter zum Strand gehen, um uns zu beruhigen«, schlug er verunsichert vor.

»Wir müssen hier weg«, entgegnete Pauline. »Du weißt nicht, was sie mit uns machen werden, wenn sie uns erwischen!« Sie war in höchster Panik.

»Aber wir müssen doch irgendetwas für diesen Mann tun, Verbrecher oder nicht!« rief René jetzt, der seine Courage wiedergefunden hatte.

»Sieh ihn Dir an«, entgegnete Pauline. »Du kannst nichts mehr für ihn tun!«

René schaute erneut hinüber zu dem in den Seilen hängenden Mann. Der Mann war tot.

Saint-Pierre,12. Februar, Aschermittwoch

Der Karneval war seit einer Stunde endgültig vorbei, genaugenommen, seitdem nahezu jeder in der Kathedrale und den anderen fünf Kirchen von Saint-Pierre ein schwarzes Kreuz aus Asche auf die Stirn gemalt bekommen hatte. Jeder außer Louis Mouttet, der sich dadurch mit seiner Frau und seinen Kindern solidarisch erklärt hatte.

Während Hélène ein paar Einkäufe in der Rue Victor Hugo erledigte, wateten Lucie und Petite-Hélène mit ein paar Kindern durch die schmalen Wasserläufe, die es rechts und links jeder Straße zur Kühlung der Stadt gab. Für Louis Mouttet war es jedes Mal ein Augenblick des Glücks, seinen Töchtern beim Spielen zuzusehen. Besonders Petite-Hélène, die nach seiner Mutter kam, schenkte er normalerweise sehr viel Beachtung. Heute allerdings konnte er diesem Vergnügen nur kurz nachgehen, denn er war nach der Kirche mit Gaston

Landes verabredet, der ihn um eine persönliche Unterredung gebeten hatte – einer Bitte, der Louis Mouttet nur zu gerne im wesentlich kühleren Saint-Pierre nachgekommen war, statt den Professor zu sich ins stickigheiße Fort-de-France zu bitten. Hier plätscherte an jeder Ecke ein munterer Brunnen.

Es stellte sich heraus, dass sich der Professor Sorgen um einen jungen, angehenden Kollegen machte, der sich noch im Studium befand und aufgrund des plötzlichen Todes seines Vaters wieder nach Frankreich zurückkehren musste. Den junge Mann erwarteten jetzt Mannespflichten; er würde als einziger erwachsener Mann im Hause zum Beschützer der Mutter werden, wahrscheinlich auch zu deren Ernährer, denn mit dem Studium war es jetzt zu Ende. So sehr zu Ende, dass sich die Familie nicht einmal mehr die Überfahrt leisten konnte.

Der Gouverneur sagte sofort seine Unterstützung zu, dann kehrte er mit seiner Familie auf der nächsten Fähre nach Fort-de-France zurück.

Im *Hôtel du Gouverneur* angekommen, betrat Louis Mouttet die große Empfangshalle und ging hinter dem links befindlichen, kurzen Flur in den zweiten Raum, der sich zu ebener Erde befand.

»Soll ich ein Diktat aufnehmen, Monsieur le Gouverneur?« fragte Janvier, der den Blick seines Gouverneurs schon zu kennen schien.

»Ja, genau.« Mit Janvier im Schlepptau ging er nach links durch einen kurzen Flur und die lange, elegante Treppe hinauf in die erste und oberste Etage, wo er sofort im Generalsekretariat nachsah, ob Lhuerre zur Verfügung stand. Er wurde enttäuscht.

Louis Mouttet fiel das Atmen schwer. Eigentlich war er trotz seiner wohlbeleibten Stattlichkeit zu jung und gut gebaut, um nach zwanzig Stufen derart außer Atem zu sein. Er hatte sich schon immer gerne durch Leibes-übungen in Bewegung gehalten, hatte sie auch bei der Schulreform der Elfenbeinküste als Pflichtfach in der Schule eingeführt. Sie gingen zusammen über den Flur in das Gouverneurszimmer, wo sich Janvier sofort ans Pult und der Gouverneur hinter seinen Schreibtisch begaben.

»Erbitte Auftrag über lokales Konto, F 1.000,-- als Hilfe für den Studenten Cadis - bitte setzen Sie die Adresse ein, Janvier - und Ihre Versicherung seiner Rückführung in die Heimat mit dem Schiff am 26. Mouttet.«

Was war bloß los mit ihm? Er hatte die ganze Nacht geschlafen, dennoch fühlte er sich als hätte er drei Tage lang gezecht. Er glaubte, nur die Augen schließen zu müssen, und sofort einzuschlafen.

»Und setzen Sie noch dazu, dass Apotheker Poirault mit dem Schiff am 1. April nach Frankreich zurück-kehrt«

Louis Mouttet lehnte den Kopf an den Sesselrücken und schloss die Augen.

»Geht es Ihnen nicht gut, Monsieur le Gouverneur?« Janvier war höflich besorgt.

»Danke, Janvier, bitte bringen Sie mir einen Mokka und die neuesten Telegramme.«

Janvier verschwand.

Als er sich das letzte Mal so gefühlt hatte, hatte es dafür einen guten Grund gegeben, und er hatte noch nicht gewusst, was es war. Er hatte damals erst wenige Tage zuvor seine erste Stelle im Senegal angetreten und war noch völlig unerfahren gewesen auf dem Gebiet der Malaria. Dann, wenige Stunden später, der erste Anfall. Wie aus heiterem Himmel, ohne jede Vorwarnung. Doch heute konnte das nicht mehr passieren. Heute war seine Situation eine andere, denn er hatte keine Malaria mehr, die Ärzte hatten ihm immer wieder versichert, er sei geheilt. Außerdem nahm er jeden Tag artig sein Chinin, so scheußlich es auch war. Haufenweise. Und man hatte ihm gesagt, es führe im Körper ein Zugrundegehen der Parasiten herbei. Sollte ihn also seit seiner Ankunft auf Martinique wirklich die falsche Mücke gestochen haben, dann wäre sein Blut vorbereitet gewesen. Aber er hatte sich ja außerdem noch alle Mühe gegeben, von überhaupt keiner Mücke gestochen zu werden. Während der Dämmerung blieb er im Haus, unter jeder Lampe stand eine Schale mit Wasser, und alle Fenster in Bel Air waren auf sein Geheiß hin mit Chintz überspannt worden. Auch, wenn dies vor allem zum Wohle der Kinder geschehen war. Chintz, der ebenso dick war wie derjenige des Moskitonetzes über seinem Bett.

Janvier kam zurück, legte ein kleines Blatt Papier vor ihn und stellte den Mokka hin. »Darf ich sonst noch etwas für Sie tun, Monsieur le Gouverneur?«

Der Gouverneur besah sich das Telegramm und seufzte. Der Konsul von Panama schrieb, dass es während der letzten zwei Wochen in Panama hundertfünfundzwanzig neue Pockenfälle gegeben hatte. Neunzehn Menschen waren seither gestorben und insgesamt sechsundneunzig waren in Behandlung. Über die armen Menschen, die sich eine Behandlung nicht leisten konnten, sprach keiner.

Dann dachte Louis Mouttet wieder über sich selbst nach. Hélène hielt zwar häufig Empfänge in Fort-de-France und Saint-Pierre ab, um sich der Nöte der Menschen anzunehmen, aber heute war sie zuhause geblieben.

»Bitte lassen Sie Madame Mouttet informieren, dass ich das Dîner heute doch zu Hause einnehmen werde. Und sorgen Sie dafür, dass sie das hier bekommt.«

Er schrieb einen kleinen Brief und gab ihn Janvier. Dann entließ er ihn für den Augenblick aus seinen Pflichten.

Als Gouverneur Mouttet am Abend in seinem Haus in Bel Air ankam, erwartete ihn schon Doktor Lecorre, einer der Militärärzte, im Salon. Und wie Louis Mouttet sich dachte, war er von Hélène auf diskrete Weise gerufen worden. Dies hatte er in seinem Brief vergessen zu erwähnen, aber er wusste, dass er sich auf sie verlassen konnte. Nichts könnte seinem Ruf ärger schaden, als der erneute Ausbruch der Malaria. Man hielt ihn nicht mehr für zuverlässig. Warum sonst hatte man den vorherigen Generalsekretär von Martinique, den heutigen Gouverneur Merlin, nur gerade mal eine französische Antilleninsel weiter nach Norden versetzt? Würde er, Mouttet, ausfallen, wäre in unmittelbarer Umgebung ein Gouverneur vorhanden, der sich bestens mit den Zuständen und näheren Gegebenheiten auskennen würde. Oder war es ein Akt der Freundlichkeit, wie er anfangs geglaubt hatte? Verglichen mit Westafrika, dem sogenannten Grab des Weißen Mannes, und Französisch-Guyana, das zwar diesen Beinamen nicht trug, aber vor allem das Grab des weißen Kindes war – auf den Iles du Salut gab es einen einzigen Friedhof alleine für die Kinder der Gefängniswärter – , war Martinique das Paradies. Hier gab es zwar auch Malaria, aber auch die Möglichkeit, drei Kilometer Abstand zum nächsten Sumpf zu halten. Und damit aus dem Jagdrevier der Mücken verschwunden zu sein. Außerdem war die Landschaft hier im Süden wesentlich trockener als im Norden, wo selbst zur Trockenzeit zehn Flüsse das Gebiet um den Vulkan mit Wasser versorgten. Während der Regenzeit, die hier Ende Mai beginnen konnte, waren es sogar doppelt so viele. Und auch das Gelbfieber kam zwar nicht selten, aber seltener als in den anderen zwei Ländern.

»Monsieur le Gouverneur, Sie ließen mich rufen?« Doktor Lecorre, ein kleiner, fast zierlicher Mann von Mitte sechzig, reichte Louis Mouttet die Hand.

»Meine Frau hat Sie schon informiert?« wollte der Gouverneur wissen.

»Darüber, dass mein Besuch bei Ihnen streng vertraulich ist? Ja, allerdings. Die Bitte wäre aber nicht nötig gewesen, Vertraulichkeit ist für mich als oberste Berufspflicht selbstverständlich!« Mit einem verständnisvollen Lächeln ließ er die Hand des Gouverneurs wieder los.

»Sie wissen vielleicht«, begann der Gouverneur, »dass ich lange Jahre unter Malaria tropica litt, bevor ich herkam.«

Der Doktor schwieg. Er schien sich auf das zu konzentrieren, was noch kommen sollte.

»Ich habe größtmögliche Vorsichtsmaßnahmen ergriffen, um mich nicht wieder anzustecken, und ich habe auch jeden Tag mein Chinin genommen, dennoch, Monsieur le Docteur ich fühle mich wieder krank. Kann das sein?«

»Wie viel und wie oft haben Sie es genommen, Monsieur le Gouverneur?«

»Letzten Herbst machte ich in Vichy eine Kur, bei der ich eine Woche lang täglich ein Gramm nehmen musste, dann jeden vierten Tag ein Gramm, anschließend jeden vierten Tag ein halbes Gramm Chinin. Erst seitdem ich hier angekommen bin, nehme ich wieder regelmäßig ein Gramm pro Tag.

Der Doktor schüttelte den Kopf.

»Die Arbeit meiner sehr verehrten Herren Kollegen in La Metropole in Ehren, aber mit dieser sogenannten Kur haben sie Sie, Monsieur le Gouverneur, höchst ungenügend behandelt. Ich mache meinen Kollegen daraus keinen Vorwurf – die Ärzte auf dem Festland haben einfach viel zu wenig Erfahrung in der Tropenmedizin. Sie kennen die ganze Problematik nur aus Büchern und bekommen alle Ewigkeiten einmal einen Fall herein!«

»Sie halten es also noch für möglich, dass ich doch noch Malaria haben könnte, Monsieur le Docteur?«

»Ich will Ihnen keine Angst machen, Monsieur le Gouverneur, aber es gibt alte Malariafälle mit Anfällen, die gänzlich ausbleiben, obwohl sich die Parasiten im Blut oder den inneren Organen aufhalten, vor allem der Milz und dem Knochenmark. Dann plötzlich, der Patient erkältet sich – wie Sie vielleicht wissen, Monsieur le Gouverneur, der häufigste Auslöser für einen Anfall – oder trinkt zu viel Alkohol, und die Zerstörung nimmt von neuem ihren Lauf.«

Das war es also. Er hatte am Vorabend ein paar Cognacs getrunken.

»Aber bevor wir Sie zu Unrecht zum Parasitenträger stempeln, Monsieur le Gouverneur«, bemerkte der Arzt mit einem Schmunzeln, »lassen Sie uns lieber die Wissenschaft bemühen.« Doktor Lecorre ging zu seiner Tasche, öffnete sie und kam mit einer Impflanzette und einem Glasscheibchen wieder zurück. Dann stach er Louis Mouttet ins Ohrläppchen.

Der Gouverneur zuckte zusammen. Wenigstens vorwarnen hätte er ihn können!

»So, das lassen wir jetzt antrocknen, dann färben wir es später ein und legen es unter das Mikroskop. Ich erstatte Ihnen Bericht, Monsieur le Gouverneur, sobald ich das Ergebnis habe, das dürfte schon morgen früh sein.«

Die beiden Herren trafen für den nächsten Morgen eine Verabredung, die nur kurz dauern sollte, denn beide hatten noch andere Termine wahrzunehmen, dann verließ der Doktor Louis Mouttet, um sich an die Arbeit zu machen.

Am nächsten Morgen fühlte sich Louis Mouttet wieder völlig normal. Er war schon früh in sein Büro gegangen und wartete mit gemischten Gefühlen auf den Arzt. Dieser kam wie verabredet um 10 Uhr bei ihm an. Nach der Begrüßung kam er gleich zur Sache.

»Es tut mir außerordentlich leid, Monsieur le Gouverneur, aber ich muss Sie darüber informieren, dass meine Kollegen in La Metropole sich irrten! Die Blutuntersuchung hat ergeben, dass die Parasiten im Augenblick sehr aktiv sind! Ich kann Ihnen aber aufgrund meiner wissenschaftlichen Erfahrung versichern, Monsieur le Gouverneur, dass Sie mehr als leichte Ausbrüche der Krankheit nicht zu befürchten haben, jedenfalls nicht, solange Sie weiterhin regelmäßig Ihr Chinin einnehmen werden! Und mit dieser – wie der

Doktor zu glauben schien – frohen Botschaft verabschiedete sich Doktor Lecorre wieder.

Saint-Pierre, Dienstag, 4. März

Gaston Landes hatte gerade vom *Lycée* kommend die
Handelskammer hinter sich gebracht, als es auf dem ihr
nachfolgenden Place des Moges stark tumultartig
wurde.

»Ein Franc, jetzt sofort oder es setzt 'was!« Die Stimme war eindeutig die eines Mulatten. Gaston Landes
hatte nichts gegen ein wenig Zerstreuung, und vielleicht
hatte er ja Glück, und es gab einen handfesten Kampf
zu sehen. Dort, wo die Stimme herkam, hatten sich
auch schon eine Menge Leute im Kreis zusammenge-
stellt.

Er lief hin und stellte sich dazu.

»Ich hab' keinen Sous!« erklang eine andere Stimme.
»Wenn ich was hätte, würdest Du es von mir bekommen, das weißt Du! Sind wir nicht Freunde?« Der Spre-
cher dieser Worte war einer der dunkelsten Mulatten der
Insel, dessen Gesichtsausdruck Gaston Landes erschaudern ließ. Primitiv und grob – wahrscheinlich war sein
Gefühlsleben entsprechend, dachte der Professor. Der
Mann sah aus, als würde er die meisten seiner Wünsche
mit Brachialgewalt durchsetzen.

»Pah, auf diese Freundschaft kann ich verzichten!«
sagte der erste Mann wieder.

Gaston Landes sah den anderen der beiden Streithähne an. Ein einziges Muskelpaket, ihm auch nicht
sympathisch, aber wenigstens sympathischer.

»Zweimal schon hast Du mich vertröstet, zweimal schon hast Du Dein Versprechen gebrochen, Sylbaris, Deine Spielschulden endlich zu zahlen! Gestern erst hast Du damit geprahlt, wie großartig Deine letzte Arbeit bezahlt wurde, und wie viel Geld Du damit verdienen konntest!«

»Ja, wo ist Dein Geld, Du kannst mir davon was für Deine Kinder geben!« rief eine Frau hinein. Und eine andere schrie: »Mir auch, Sylbaris, sie haben Hunger! Aber Du bist ja lieber ständig betrunken!«

Sylbaris sah aggressiv in die Runde. Er zog sich sein einziges Kleidungsstück – eine weiße, schärpenge- bundene Hose, an der eine Machete hing – ein wenig höher. »Ich habe kein Geld, sag' ich Euch!« Er wischte sich den Schweiß aus dem Gesicht und schob seinen Strohhut ein wenig zurecht.

Der andere Mann stürzte sich auf ihn. »Dann musst Du bluten!«

Gaston Landes war vermutlich der einzige, der bemerkte, dass der lautstarke Krawall zwei Gendarmen angezogen hatte. Die beiden Männer bemerkten nichts.

Sylbaris stieß den Angreifer von sich und schrie: »Nächste Woche geb' ich's Dir! Diese habe ich alles beim Hahnenkampf verloren! Jetzt lass' mich in Ruh'!« Doch dies schien den anderen erst recht wütend zu machen, denn er wiederholte seinen Angriff und wollte Sylbaris an die Gurgel. Der trat jedoch geschickt einen Schritt zur Seite und zog schnell seine Machete, mit der er seinem Angreifer flach eins auf den Hinterkopf verpasste. Der Mann brach bewusstlos zusammen.

Die beiden Gendarmen waren sofort zur Stelle und verhafteten den, der Sylbaris hieß, und die Menschenansammlung löste sich auf. Dann machte auch der Professor sich wieder auf den Weg nach Hause.

Morne Rouge, Donnerstag, 6. März

René war wie so häufig in letzter Zeit nach Beendigung seines Arbeitstages mit der Fähre zu Pauline gekommen, und sie waren über Felder und Wiesen dem Sonnenuntergang entgegen gegangen. Nachdem sie einen Weg genommen hatten, der beidseitig mannshoch mit saftigem Gras bewachsen war, und in dessen Hintergrund man durch dunstige Luft unscharf Pelée erkennen konnte, gelangten sie an eine große Wiese, auf der sich außer vieler zarter Gräser in Knöchelhöhe nichts mehr befand. Nur am anderen Ende des grünen Teppichs konnte man einen riesigen Laubbaum sehen.

Pauline hatte René absichtlich hierhin geführt, denn sie liebte diesen Baum, und sie wollte wissen, ob er auch René gefiele.

Die gigantische, weit ausladende Krone, die den Stamm vollständig im Verborgenen hielt, war einer der besten Schattenspender, die sie kannte. Aber das war für sie schon immer eher nebensächlich gewesen. Aus der Ferne betrachtet sah dieser Baum aus, als würde sich ein Bogen einmal quer von rechts nach links über den Horizont erstrecken. Unter dem Himmel nichts weiter als das leicht durchbrochene Grün der kuppelgleichen Krone, durch die das Lila des Abendhimmels durchschien.

»Mein Lieblings-Regenbaum«, sagte sie mit ein wenig Stolz in der Stimme. Sie kam schon ihr ganzes Leben lang hierher.

»Kein Wunder«, antwortete René. »Ist er doch wie eine Porteuse!«

Sie sah ihn an und lächelte geschmeichelt. »Was meinst Du damit, René?« wollte sie wissen.

»Ein starker, schöner, würdevoller Baum, der zu schweigender Bewunderung zwingt!«

Pauline sah auf den Boden und wurde rot. »Komm, lass' uns hingehen!« Sie zog René mit sich fort.

»Der perfekte Ort für ein Mitternachtspicknick!« rief er fröhlich aus, nachdem sie angekommen waren und nahm sie in den Arm.

»Wohl kaum«, antwortete Pauline. Ihr neuer Freund wusste aber auch gar nichts! Dann flüsterte sie ihm ins Ohr: »Siehst Du, der Baum ist nicht allein! Er hat unzählige kleine Bewohner, die Zikaden, deren flüssige Ausscheidungen ihn selbst jetzt in der Trockenzeit noch grün halten. Und außerdem«, raunte sie, wobei sie ihre Wange an die seine legte, »legen sich seine Fiederblätt-chen eine Stunde vor Sonnenuntergang bis zum Ende der Nacht aneinander, so dass die Regentropfen leichter zu Boden fallen!« Tief sog sie seinen Körpergeruch in sich auf. Noch nie hatte sie dies bei einem Mann so sehr mit Wohlgefühl erfüllt.

»Wie schade!« antwortete er ihr, und Leidenschaft durchflutete merklich seinen Körper. »Dann kommen wir doch am besten am Tag zurück!«

»Oder aber im Mai, wenn er voller langstieliger, rosa Quastenblüten ist!« Sie sah ihn verträumt an.

»Genau«, sagte er, plötzlich ganz ernst geworden. »Im Mai. Nachdem Du mich geheiratet hast!«

Saint-Pierre, Samstag, 8. März

Obwohl Gaston Landes mit Angelina Hutton vor allem den hinteren, originelleren Teil der Stadt und die darüber gelegenen Anhöhen besichtigen wollte, bog er jetzt zunächst in die Rue Victor Hugo in Richtung Place Bertin ab, und nahm Kurs auf das Theater. Mademoiselle Hutton hatte es zu sehen gewünscht. Warum auch nicht – da es eine Kopie des Theaters von Bordeaux war, und sie noch niemals dort gewesen war, würde es sie sicherlich beeindrucken.

»Leider kann ich Ihnen unser Theater nur von außen zeigen, Miss Hutton«, sagte er und setzte einen bedauernden Gesichtsausdruck auf.

»Nachdem die Komödien immer billiger, die Tragödien immer komischer und die Besucherzahlen immer geringer geworden waren, hatte sich die Stadtverwaltung entschlossen, dem Elend ein Ende zu setzen und es zu schließen. Seitdem dient es nur noch der Verzierung unserer schönen Stadt.«

»Eine komische Tragödie!« jauchzte Angelina Hutton amüsiert auf. »Wie konnte ich das nur verpassen! Wäre das nicht eine prächtige Publikumsattraktion gewesen?«

Gaston Landes musste lachen. »Vielleicht haben Sie Recht, Miss Hutton, man hätte es möglicherweise gleich auf die Werbeplakate mit dazusetzen sollen! Aber dann hätte man das ganze Szenario besser als »Ringkampf der Hauptdarstellerinnen um die Gunst des Hauptdarstellers« nennen können. Versetzt mit einer Banderole quer über dem Plakat: Wäscherei Lavaselle – Besonders schnelle Entfernung fauler Eier – Rabatte für die erste Reihe!«

Jetzt war es Angelina Hutton, die lachen musste. Sie deutete auf das große Gebäude links neben dem Theater. »Und was ist das? Das sieht aber gottverlassen aus!«

»Das ist das Gefängnis für die Delinquenten und andere Verbrecher, vor ihrer Hinrichtung auf Place Bertin. Es hat Mauern, die fast einen Meter dick sind, und es ist absolut ausbruchssicher. Aber lassen Sie uns lieber die schöneren Seiten der Insel ansehen!«

Gaston Landes schlug anschließend ein paar Haken durch den östlichen Teil der Stadt, bis sie an den vielen, steil die Hügel empor laufenden Gassen, die häufig in kleine, zwischen den Häusern verlaufende Treppen endeten, angelangt waren. Er hoffte, dort könnte Angelina Hutton ihren Bewegungsdrang austoben.

Er hatte ihr und ihrer ungestümen Art auf einer der sehr steilen, nicht einmal einen halben Meter breiten Treppen den Vortritt gelassen, was Angelina Hutton nutzte, um sich einen Vortritt zu verschaffen. Gaston Landes sah ihr nach, wie sie in ihrem weißen, eng geschnürten Kleid, das sie mit der linken Hand ein wenig hochheben musste, um nicht zu stolpern, und den perfekt dazu abgestimmten, süßen Schuhen die Treppe hinauf lief. Sie schien zu jedem Kleid ein anderes Paar Schuhe zu besitzen. Über ihrem Kopf hielt sie weit über sich gestreckt ihren Sonnenschirm, der dem Muster der Schuhe entsprach und den sie angesichts ihres vorgelegten Tempos leicht hinter sich herziehen musste. Angelina Hutton lief mit einer Leichtfüßigkeit die steile Treppe hinauf, dass es aussah, als würde sie schweben. Hinter ihr her zog sich der zarte Hauch eines Parfums, das er noch nie zuvor irgendwo gerochen hatte. Ohne dass Gaston Landes seine kraftvollen Schritte bewusst

wahrgenommen hätte, befand er sich nach wenigen
Sekunden wieder dicht hinter ihr auf einer weniger als
einen Quadratmeter großen Plattform, auf der auch er
noch niemals zuvor gewesen war, und auf der es sich
nur äußerst schwer stehen ließ. Trotz der Enge bemühte
sich Gaston Landes um Distanz, doch Angelina Hutton
schien diese unfreiwillige körperliche Nähe nichts
auszumachen. Statt sich an der pittoresken Umgebung,
dem bunten Anblick der engen Gasse unter ihnen und
dem dahinter liegenden, glitzernden Meer zu erfreuen,
sah sie mit einem liebenswerten Lächeln zu ihm auf. Im
gleißenden Licht der Vormittagssonne sah ihr weißer
Teint noch strahlender aus als sonst, und der Blick in
ihre glänzenden Augen verwirrte ihn. Das junge
Mädchen legte seine linke Hand mit einer fast zärtlichen Berührung auf seinen rechten Oberarm. Dann
verließ ihr Blick seine Augen und liebkoste erst seine
Wangen, dann seine Schultern, um anschließend den
selben Weg wieder zurück zu nehmen. Es durchfuhr
Gaston Landes abwechselnd heiß und kalt. Er musste
dringend wieder Herr der Lage werden, es ging doch
nicht, dass er, ein Wissenschaftler erster Güte, sich von
einer offenbar etwas zu übermütigen Siebzehnjährigen
derart aus der Fassung bringen ließ. Was sollte er bloß
tun? Ein auch nur halber Schritt nach vorne hätte die
Berührung ihrer Körper auf die unstatthafteste Weise
zur Folge gehabt. Ein Schritt zurück hingegen hätte ihn
unweigerlich die Treppe hinunterfallen lassen. Er drehte
sich auf eine Weise von ihr weg, dass ihre Hand von
seinem Arm abrutschte. »Sehen Sie, Miss Hutton, einen
solchen Baum werden Sie nur hier wachsen sehen!«

Angelina Hutton erweckte nicht den Eindruck, als sei
sie augenblicklich besonders an Botanik interessiert.

Also standen sie wortlos, einander noch ein wenig zugewandt, nebeneinander und sahen über die Bucht, in der gerade unzählige Porteuses ein riesiges Kohlenschiff ausluden. Gaston Landes hielt diese Nähe nicht mehr länger aus. Außerdem würde es bald unerträglich heiß werden in der Stadt, und es gab nur wenige, die diese Hitze aushalten konnten. Daher stiegen sie die Treppe wieder hinab, wobei er diesmal voraus ging, um ihr stützend seine Hand reichen zu können, falls dies erforderlich sein sollte. Anschließend machte er sich endlich mit ihr auf den Weg zu seinem eigentlichen Ziel: dem Botanischen Garten.

Nach einem Ewigkeitsmarsch durch den Westen der Stadt standen Gaston Landes und Angelina Hutton dann endlich vor dem großen Tor des am Stadtrand von Saint-Pierre liegenden Botanischen Gartens. Hinter dem Tor stand schon ein großer, schwarz-brauner *Berger de Beauce* mit hoch erhobener, wedelnder Rute, der vor Freude laut bellend hin- und herlief.

»Was für ein schöner Hund!« rief Angelina Hutton aus.

»Das ist Otto. Er beschützt alles, was sich hinter dem Zaun befindet.« Er war so stolz auf dieses »Alles«, dass er mit kerzengeradem Rücken und einer ausladenden Armbewegung Angelina Hutton die schwere Eisentür öffnete. Hier war alles, absolut alles, was er sich in den vielen Jahren seit seiner Rückkehr aus Paris auf seinem Spezialgebiet, der Tropenbotanik, erarbeitet hatte: sein Haus mit einem Ehepaar, das seine persönlichen Dinge erledigte, einige Mulatten für die schwere Gartenarbeit, und natürlich der ihm anvertraute Garten, in dem sich vor allen Dingen seine Forschungsstation voller Zeugnisse seiner erfolgreichen Experimente auf dem Gebiet der Pflanzenzucht befand.

»Otto, komm!« Angelina Hutton beugte sich hinunter und streckte die Hand nach ihm aus.

»Er gehorcht nur mir«, sagte Gaston Landes mit höflich-bedauerndem Gesichtsausdruck. »Das ist auch gut so, denn der Garten braucht einen nervenstarken, harten Hund, der nicht gleich mit jedem Gut-Freund ist, sondern über eine angeborene Schärfe und ein hohes Maß an Verteidigungsbereitschaft verfügt. Ein wenig vorsichtig sollten Sie schon sein, aber wirkliche Angst brauchen Sie nicht zu haben: Seitdem er mich einmal biss, bin ich zwar vorsichtig geworden und werde von ein paar Freunden weniger besucht, aber ich erziehe ihn konsequent und zeige ihm seine Grenzen auf. Ich werde ihn schon bald voll und ganz unter Kontrolle haben. Sie sollten bloß nicht versuchen, auf anderem Wege als das offizielle Tor den Garten zu betreten. Er würde Sie zerfleischen!«

Otto lief schwanzwedelnd zu Angelina, die ihn begeistert streichelt, was Gaston Landes ein wenig mit Freude und ein wenig mit Frustration erfüllte. Dann führte er seinen Gast weiter, hinein in das üppige Grün.

»Seitdem ich einige Botanische Gärten auf unseren angelsächsischen Nachbarinseln besucht habe, muss ich zugeben, dass La Metropole auf diesem Gebiet großen Nachholbedarf hat. Ich gebe es nur ungern zu, aber wir können uns an den botanischen Fortschritten Englands ein Beispiel nehmen. Aber nichtsdestotrotz werden Sie sehen, Miss Hutton, wie viele unterschiedliche Arten und Neuzüchtungen wir hier inzwischen haben. Und das, obwohl die Flora und nebenbei bemerkt auch die Fauna Martiniques eine wesentlich geringere Artenvielfalt aufweist als die des amerikanischen Festlandes. Aber wenigstens gibt es bei uns, von der Fer-de-Lance einmal abgesehen, keine wirklich gefährlichen Tiere.«

Angelina Hutton schwieg beeindruckt. Gaston Landes bog mit ihr in einen von mächtigen Bäumen überschatteten Weg ein. Darunter standen unzählige blühende Büsche, deren Namen und Eigenarten er ihr einen nach dem anderen erklärte. Anschließend begab er sich mit ihr zu einer homogen aussehenden Grünfläche.

»Hier sehen Sie...«, und der Stolz verlieh seinem Gesicht Glanz, »...die Forschungsstation, die die Grundlage für mein Buch *Die Kultivierung und Verbreitung von Ingwer* war. Ich bin überzeugt, meine Erfolge werden noch viele französische Wissenschaftler überzeugen, ihren Beitrag auf dem agrarwissenschaftlichen Schlachtfeld des Kolonialismus zu leisten, so dass wir in einigen Jahren ein ordentliches wissenschaftliches Heer haben werden, das in der Lage sein wird, die internationalen Rivalen zu besiegen!« Seine Stimme war ein wenig lauter geworden und seine sonst so dunklen Augen wirkten heller.

Angelina Hutton sah ihn mit aufgeschlossener, aber erheiterter Mine an. »Da habe ich ja Glück, dass Amerika keine Kolonialmacht ist und niemals eine sein wird«, bemerkte sie gelassen lächelnd. »Ich würde mich gar nicht gerne aus Loyalität gegenüber meinem Vaterland gegen Sie stellen müssen, Mister Landes!« Wieder sah sie ihm mit diesem strahlenden Blick in die Augen. Gaston Landes hatte eigentlich noch etwas hinzusetzen wollen, doch wusste er plötzlich nicht mehr, was es gewesen war. Dieses kleine Mädchen schaffte es jedes Mal wieder, bis in seine Seele vorzudringen und ihn gänzlich zu hypnotisieren. Zumindest gelang es ihm, sie in Gedanken dahingehend zu schulmeistern, dass seit einigen Jahren Amerika durchaus zu den Kolonialmächten zählte.

Zuckerrohr, dachte er. Zuckerrohr. Er hatte über Zuckerrohr sprechen wollen. Schließlich hatte er 1898 für dessen Ertragssteigerung einen Preis verliehen bekommen! »Zucker..«, stotterte er, »...Zucker ist wie Sie wissen....«

35 Grad und hier gab es keinen Schatten. Die Sonne brannte heiß auf seiner Haut. Er zog ein großes Baumwolltaschentuch aus seiner Tasche und tupfte sich damit die Stirn ab.

»Zucker ist..., ... ebenso wie Zitrusfrüchte, Kaffee und Kakao...« Es musste ihm doch möglich sein, über die wichtigsten Exportpflanzen zu sprechen! Er war immerhin Professor am *Lycée*! Er versuchte, den aufsteigenden Ärger zu unterdrücken. Diese junge Frau hatte seinen Geist regelrecht betäubt!

»Oh, was für eine wundervolle Idee!« Lassen Sie uns ein paar Erfrischungen zu uns nehmen!« Angelina Hutton, die angesichts der beginnenden Mittagszeit und der augenblicklichen Windstille ebenfalls ein wenig ermattet schien, sah ihn hocherfreut an. Gaston Landes atmete erleichtert auf. Er war wieder er selbst.

»Sie werden keine bessere Limonade bekommen als die von meiner Haushälterin! Im Botanischen Garten wachsen die besten Limetten der Welt!«

Er bot Angelina Hutton den Arm und führte sie, einen Spaltbreit den Schatten ihres Sonnenschirms genießend, zum anderen Ende des Parks, wo sich eine Bank mit einem kleinen, runden Tisch und zwei Stühlen befand. Nur wenige Meter daneben bahnte sich ein Wasserfall

in Kaskaden endend seinen Weg eine grüne Wand
hinab.

»Hier ist von Oktober bis Mai mein Wohnzimmer«,
erklärte er ihr. »Hier lese ich *La Revue des Cultures
Coloniales*, meine Lieblingszeitung wie Sie sich denken
können, und nehme einen Café nach dem Essen.«
Gaston Landes liebte diesen Platz, denn es war sein
einziger wirklicher Rückzugsort, da hier sein Personal
nichts zu tun hatte, es sei denn, er rief nach ihm.

Nachdem er den Tisch ein wenig hervor- und wieder
zurückgerückt hatte, damit Angelina Hutton trotz des
bauschigen Rocks ihres Kleides problemlos auf der
Bank Platz nehmen konnte, ging er ins Haus und kam
mit einem Tablett voller Erfrischungen wieder zurück.
Er wollte die ruhige Atmosphäre nicht durch das munte-
re Geplauder seiner Haushälterin gestört haben, denn
sein Gast wirkte erholungsbedürftig. Also griff er nach
der Karaffe mit der Limonade und goss der jungen
Dame ein Glas voll ein. Sie nahm es dankbar entgegen
und trank es in einem Zug leer. Gaston Landes goss ihr
sofort nach, erst dann nahm er sich selbst. Sie war sicht-
lich erschöpft und noch blasser als sonst. Der Professor
hatte zwischenzeitlich auf einem der Stühle platz
genommen und sah sie an. Wie sehr hätte er sich
gewünscht, sein Zeichenzeug bei sich zu haben! Leider
befand es sich schon in seinem neuen Wohnhaus, das er
gerade dabei war, zu beziehen, nachdem ihm Virginie
geschrieben hatte, sie würde nie wieder nach Martinique zurückkehren. Es war wesentlich kleiner als das
alte und vor allem frei von Erinnerungen.

Da saß die so junge Frau auf einer Bank im Schatten
dicht neben allerhellstem Tageslicht, mit einem stern-
chenverzierten Gravurglas voller milchiger Flüssigkeit

in ihren schlanken, wahrscheinlich zitronensaftgepfleg-
ten Händen, die nur von einem einzigen, sehr teuer
aussehenden Brillantring geschmückt waren. Natürlich
war der Ring teuer – nur Gott selbst hatte wahrscheinlich mehr Geld als Mademoiselle Huttons Vater. Gaston
Landes versank noch tiefer in das Stillleben vor seinen
Augen. Um Angelina Huttons Kopf herum spannen sich
viele, aber zarte Haare, die sich aus ihrer Hochsteckfri-
sur gelöst hatten. Dieses Mädchen erinnerte ihn an
eines der Baisers, die mit einem Netz aus gesponnenem
Zucker verziert in einem Schälchen vor ihnen standen.
Gaston Landes saß nur da und konnte nicht anders, als
sie stumm anzusehen. Und selbst Angelina Hutton saß
nur da und wollte anscheinend nichts anderes, als ihre
in der Mittagshitze verlorengegangenen Kräfte zu rege-
nerieren. Ihre Ausstrahlung besaß etwas Unfassbares,
das er in seinen Zeichnungen nicht hätte aufs Papier
bringen können. Nachdem sie fünf Minuten so gesessen
hatten, nahm sie sich eines der Baisers und biss hinein.
Das knackende Geräusch brachte den Professor wieder
in die Realität zurück. Er hatte ihr noch nicht alles
gezeigt, was diese Stadt zu bieten hatte, obwohl ihr
gemeinsamer Tag um spätestens vier Uhr enden würde,
und sie angesichts der großen Hitze voraussichtlich im
Park bleiben würden.

»Darf ich Sie heute Abend zum Dinner einladen,
Miss Hutton? Es wäre mir eine Ehre, Sie in eines der
besten Restaurants von Saint-Pierre auszuführen!«

»Leider nicht, Professor, meine Mutter hat bereits
eine Einladung von unserem Konsul angenommen. Ich
bin überzeugt, es wird ein ganz entsetzlich langweiliger
Abend werden, ganz ohne Ihre Erklärungen!« Sie
lächelte ihn vielsagend an und berührte sachte seine

Hand. Gaston Landes versuchte, sie nicht merken zu lassen, dass er diesen Satz nicht ganz verstanden hatte. Wie konnte ein Besuch bei Thomas und Clara Prentiss, zwei politisch wie menschlich gleichermaßen interessanten Leuten, langweilig sein? Zudem hatten sie eine Tochter, die nur wenige Jahre jünger war als die junge Dame bei ihm. Mademoiselle Huttons Gesichtszüge schienen ihm freundlich und offen. Dennoch war er sich nicht ganz sicher, ob sie ihn verspottete oder es ernst meinte. Wie auch immer, die Zeit würde die Antwort auf diese Frage bringen. Bis jetzt schien Mademoiselle Hutton seine Gesellschaft sehr zu genießen, und das bedeutete ihm inzwischen mehr als die pünktliche Lieferung seiner Lieblingszeitung aus Paris.

Nachdem ihre Lebensgeister wiedergekehrt waren, unterhielten sie sich noch bis in den frühen Nachmittag hinein, wobei Gaston Landes Angelina Hutton so viele interessierte Fragen über ihr eigenes Leben stellte, dass diesmal sie es war, die überwiegend sprach. Nachdem er bis zur Mittagspause noch geglaubt hatte, es gäbe nichts Wichtigeres auf der Welt als wissenschaftliche Ausführungen, wurde er jetzt eines Besseren belehrt. Zum ersten Mal in seinem Leben hing er fasziniert an den Lippen einer Frau, noch dazu einer noch nicht ganz erwachsenen, die über kaum etwas anderes als die Belanglosigkeiten ihres mädchenhaften Alltags sprach. Was für einen Charme und welche Ausdrucksweise sie hatte! Ihre geistige Brillianz, ihr Witz, mit glockenheller Stimme durch die Luft gewirbelt, erinnerte ihn an die Leichtigkeit von Vogelgezwitscher. Wenn er doch auch nur so reden könnte! Wie sehr hatte er sich immer gewünscht, weniger schwerfällig zu dozieren und dafür unterhaltsamer zu sein, was ihm aber nie gelang. Wie unglaublich anziehend diese Frau war! Warum erkannte er das eigentlich erst jetzt? Durchdrungen von diesen Gedanken musste er sich angesichts der Uhrzeit mit ihr auf den Weg zu ihrem Hotel machen.

Wieder beim *Au Pied du Mur* angelangt, schaute Angelina Hutton sofort neugierig auf den an der Tür aushängenden Speiseplan.

»Ich muss doch unbedingt erfahren, was ich heute verpasse!«

Sie begann zu lesen. Dann sah sie ihn entsetzt an. »Es gibt Hund? Blumenkohl mit Hund?« Ihr Ausruf klang eher wie eine von Mitleid und Zorn geprägte Feststellung als eine Frage. Gaston sah sie erstaunt an. Wie kam sie nur auf so etwas? Hund? Sein Blick schweifte wieder über die Karte. Dort stand nichts von Hund. Doch plötzlich begriff er und nur seine anerzogene Höflichkeit hinderte ihn daran, lauthals loszulachen. Dennoch konnte er seine Amüsiertheit nur schwer verbergen.

Sie sah ihn beleidigt an. »Das finde ich gar nicht lustig, Professor, ich esse keine Hunde, und mag das hier bei Ihnen auch noch so en vogue sein! Bei uns in Neuengland essen nicht einmal die Chinesen Hund! Das ist ja barbarisch! Was kommt als nächstes? Mensch?«

Mein Gott, war diese Frau süß! Der Professor konnte es kaum glauben. Da stand sie vor ihm, ihre sonst so vornehmen weißen Wangen zornesrot gefärbt, mit trotzigem Gesicht und sah ihn herausfordernd an. Dieser Unschuldsengel sah ihn tatsächlich herausfordernd an! Und alles nur wegen eines höchst amüsanten Missverständnisses!

Er hätte sich noch stundenlang über diese kleine Frau vor ihm amüsieren können, aber sie sollte sich nicht länger als notwendig quälen.

»Es gibt *Chouxfleur alsacien*, Miss Hutton. 'Alsacien' bedeutet nicht Hund! Bei uns bedeutet 'alsacien' nicht einmal wie im Englischen Schäferhund.« Und er dachte, dass der anglo-amerikanische Raum paradoxerweise in diesem Punkt frankreichfreundlicher wäre, als Frankreich selbst, wo diese Gattung Hund *Berger allemand* genannt wurde. Als gäbe es diese Hunde erst seitdem Teile des Nordosten Frankreichs fest in deutscher Hand waren. Und dann setzte er hinzu: »Es bedeutet, dass dieser Blumenkohl hier auf elsässische Art zubereitet wurde. Das Elsass ist ein Landstrich im Nordosten Frankreichs!«

Ihr Gesicht entspannte sich wieder, und auch sie musste nun lachen. Wie sehr er es genoss, dass sein Wissen diese Wirkung auf sie hatte, wie gut sie ihm tat! Wie konnte er auch nur einen Augenblick gezögert haben, sie begleiten zu wollen? Es stand ganz außer Frage, dass er sie wiedersehen würde.

»Da fällt mir ein, Miss Hutton, man hat eine wunderschöne Aussicht von der Église du Centre über die ganze Stadt und bis zum Morne d'Orange. Wir könnten noch ihren Turm besteigen, bevor Sie wieder zu Ihrer Frau Mutter zurückkehren.«

»Ich wüsste nichts, Professor, was ich lieber täte, aber meine Mutter bestand heute morgen darauf, dass ich rechtzeitig zurückkehren würde, um noch ein paar Gesangsübungen zu machen«, entgegnete sie und sah so enttäuscht aus, dass er sich nicht getraute, sich seine eigene Enttäuschung ebenfalls anmerken zu lassen.

»Dann hole ich Sie eben ein anderes Mal ab!« Sein Tonfall war bewusst fröhlich. Er dachte nach. Frühstück, Kirche, Mittagessen, Mittagsruhe... »Sagen wir, nächste Woche Sonntag um vier Uhr? Vorher bin ich leider bereits verabredet.« Sie stimmte ihm begeistert zu.

»Ich werde dann also bei Ihnen sein!« Gaston Landes gab seiner Stimme einen festen Klang. Er war ein zuverlässiger Mann. So zuverlässig wie kein anderer. Und das würde er ihr zu beweisen wissen!

Saint-Pierre, Montag, 10. März

Béatrice Douce hörte, wie die Haustür leise geöffnet und wieder geschlossen wurde. Sie stand in der Küche und bereitete gerade eine Hühnersuppe. Hühnersuppe war das einzige Gericht, das sie seit ihrer Kindheit gerne aß. Ansonsten hatte ihre Mutter, solange die Wäscherei Lavaselle noch nicht viel eingebracht hatte, immer nur Zeit gehabt, Dinge zu kochen, die »sich selbst zubereiteten« wie sie zu sagen pflegte. Also hatte es immer irgendwelche unansehnlichen Eintöpfe gegeben, Reis mit weißen Bohnen und Schweineschwänzen, oder Graupen mit Schweineohren. Béatrice Douce schüttelte sich noch heute bei dem Gedanken. Das einzig Leckere war immer die Hühnersuppe gewesen. Ganz besonders das Herz darin!

Sie sah aus der Küche und bemerkte, wie sich Aimée an ihr vorbeizuschleichen versuchte. Das würde sie nicht dulden!

»Aimée! Komm her!« Aimée versuchte, sich schnell in ihr Zimmer zu flüchten, aber es war zu spät. Ihre Mutter war schon an der Tür und sah in den Flur.

»Hiergeblieben!«

Aimée blieb stehen, drehte sich aber nicht um. Sie hatte doch etwas zu verbergen!

»Sieh mich an!« Madame Douce' Stimme ließ keine andere Möglichkeit zu.

Ihre Tochter drehte sich halb zu ihr um. »Was ist, Maman? Habe ich etwas Unrechtes getan?«

»Warum schleichst Du hier so herum?«

»Ich wollte bloß keinen Lärm machen«, antwortete ihre Tochter darauf.

Soso, wenn das so war. »Dann geh' und vergiss nicht, Dir die Hände zu waschen, bevor Du essen kommst!«

Aimée eilte in ihr Zimmer.

Eine Viertelstunde später, als sie dann alle am Tisch saßen, musterte Madame Douce ihre Tochter erneut. Wie sie wieder aussah! Die Augenbrauen völlig durcheinander, und die eine Schleife ihrer zwei Zöpfe unordentlich gebunden und angeschmuddelt. Die andere sah man nicht, weil der Zopf auf Aimées Rücken lag.

»Pass auf, dass Du Dich nicht wieder vollkleckerst! Immer musst Du Dich vollkleckern!«

Aimée sah auf ihre Suppe und löffelte diese so schnell, als würde ihre Mutter sie vorzeitig vom Tisch entlassen, wenn sie nur früh genug damit fertig wäre.

»Und hole endlich den zweiten Zopf nach vorne! Wie sieht das denn aus!«

Aimée tat als hätte sie nichts gehört.

»Jetzt sag' Du doch auch 'mal 'was!« Béatrice Douce sah ihren Mann an, der nur mit den Schultern zuckte.

»Sieh Dir mal die Töchter von Madame Fleurisson an, Aimée, wie ordentlich die immer angezogen sind. An denen kannst Du Dir ein Beispiel nehmen!«

Was für ein Glück ihre Nachbarin Madame Fleurisson hatte! Einen Mann, der Militärarzt war, einen Sohn, der in Paris Medizin studierte und drei Töchter: die schöne Marguerite, die kluge Jasmin und die geschäftstüchtige Violette! Jaja, den Seinen gab's der Herr im Schlaf!

Béatrice Douce sah wieder zu ihrer Tochter hinüber. »Kannst Du nicht hören?«

Aimée rutschte auf ihrem Stuhl hin und her.

Da stimmte doch etwas nicht! »Du holst jetzt sofort Deinen Zopf nach vorne, Aimée! Ich dulde nicht so ein Chaos!«

Aimée tat endlich zögernd wie ihr geheißen. Ach so war das! Deswegen hatte er auf dem Rücken gelegen! Glaubte die siebzehnjährige Gans wirklich, es bliebe ihrer Mutter verborgen, wenn sie plötzlich eine saubere und eine angestaubte Schleife trug? Sie musste sich aus der Kommode ihrer Schwester eine neue gestohlen haben.

Was hatte sie nur für ein Pech mit ihren Töchtern! Über die kleine Suzanne ließ sich zwar noch nichts sagen, außer dass sie das Gesicht ihres Vaters geerbt hatte und so ruhig war wie er.

Doch Aimée, oh je, Aimée! Sie würde ihr einmal viel Ärger machen! So wie sie aussah, schlug sie völlig aus der Art, niemandem, den sie kannte, sah das Kind ähnlich. Weder den Eltern, noch den Großeltern, nicht einmal ihren Geschwistern. Bis auf die braunen Augen, die alle Kinder gleichermaßen vom Vater geerbt hatten. Aber genaugenommen waren es noch nicht einmal dessen braunen Augen. Ihre hatten einen grünlichen Einschlag und einen kleinen orangefarbenen Fleck auf einer Seite.

Aimée hatte Gedanken wie sonst niemand, den sie kannte, und ihre Stimme und ihr Weinen hatten in Säuglingstagen niemals Madame Douce' Muttergefühle geweckt.

Und wie oft sie diese Stimme heute gegen sie erhob! Aimée taugte nichts, das war ja unübersehbar.

Aber wenigstens hatte sie noch Arsène. Ach, hätte sie doch einen Mann wie ihn damals geheiratet! Ihr Sohn, ja, der sah wenigstens aus wie sie, ovales Gesicht, ein kleiner Mund, schmale Lippen, blass. Als er noch ein kleiner Junge war, hatte sie sich, wenn er auf dem Sofa saß, am liebsten vor ihn gekniet und voller Hingabe, mit halb verschleierten Lidern angehimmelt. Wenn er mit einem aufgeschürften Knie nach Hause kam, zerfloss sie stets vor Mitgefühl. Und wenn andere Kinder sich beschwert hatten, dass er sie schlug, begriff sie nie, warum sie sich aufregten. Selbst dann nicht, wenn er von hinten zugeschlagen hatte.

Einmal hatte sie bei einem Familienspaziergang, als Suzette noch nicht geboren war, Aimée ihren Sonnenschirm weggenommen und ihn Arsène gegeben. Aimées Protest beantwortete sie mit verächtlicher Ignoranz. Eine Frau musste den einzigen Sohn beschützen, den sie hatte, nicht wahr?

Ein klirrender Löffel holte Béatrice Douce wieder in die Realität zurück. Sie wartete, bis sich ihre Blicke kreuzten. Dann sah sie vernichtend zu ihr hinüber. Ja, dachte sie, diese Töchter waren wirklich kein Segen.

Und sie sagte: »Ich weiß noch nicht, welche Strafe Du für Deine sture Aufsässigkeit bekommen wirst, für heute ist mir nur eines sicher: Du wirst mir noch einmal einen Bastard nach Hause bringen!«

Fort-de-France, Montag, 10. März

Gouverneur Mouttet wusste, wie hart es war, sich in krankem Zustand für andere Menschen einsetzen zu müssen. Louis Mouttet konnte es heute mal wieder am eigenen Leibe spüren, denn er hatte trotz des Chinins, das ihn laut ärztlichem Versprechen neu dosiert mittelfristig heilen sollte, beim Aufwachen unter so heftiger Atemnot gelitten, dass Hélène Doktor Lecorre rufen musste. Es dauerte wider Erwarten lange, bis dieser eintraf.

»Monsieur le Gouverneur, ich hoffe, es ist dringend! Sie sind heute der einzige Mensch, der mich aus meinem Bett bekommen konnte!«

Gouverneur Mouttet sah den offensichtlich stark angeschlagenen Mann mit echtem Bedauern an.

»Wenn ich gewusst hätte, Monsieur le Docteur, dass es Ihnen so schlecht geht, hätte ich einen anderen Arzt rufen lassen! Was in aller Welt ist mit Ihnen passiert?«

»Ein Ausflug auf La Montagne – das ist hier schon unzähligen Menschen passiert, ich hätte nur nicht gedacht, dass es eines Tages mich erwischen würde! Beim Aufstieg schwitzt man und erfrischt sich am kühlen Hauch, der aus dem Wald kommt, beim Abstieg kommen die kalten Winde, und man holt sich den Tod, wenn man nicht aufpasst!« Er hustete rasselnd.

»Also, Monsieur le Gouverneur, was kann ich für Sie tun?«

»Ich bekam heute morgen beim Aufwachen kaum Luft. Halten Sie es für möglich, dass ich mich auch erkältet haben könnte?«

Der Doktor schüttelte mit besorgter Mine den Kopf.

Sie haben während der letzten Wochen täglich Ihre Dosis Chinin genommen, Monsieur le Gouverneur?«

Mouttet nickte mit dem Kopf.

»Bitte lassen Sie mich einmal Ihre Tabletten sehen, Monsieur le Gouverneur.«

Louis Mouttet reichte ihm ein Glasröhrchen, das noch halb mit perlenförmigen Gelatinekapseln gefüllt war.

»Ah, Sie verwenden Chininperlen! Ich verwende grundsätzlich das unkomprimierte Pulver, das ich die Patienten in eine Oblate gewickelt einnehmen lasse. Möglicherweise werden ich Ihnen auch gleich vorführen können, weshalb, Monsieur le Gouverneur!«

Er schenkte aus einer Karaffe Wasser in ein schon benutztes danebenstehendes Glas. Dann warf er eine der Perlen hinein. Sie schwamm munter darin herum, von den beiden Männern mehrere Minuten lang beobachtet – vom Doktor mit neugieriger Spannung, von Louis Mouttet mit gelangweilter Ratlosigkeit.

»Da! Sehen Sie!« Der Arzt zeigte auf die noch immer schwimmende Perle.

Gouverneur Mouttet sah ihn an, als würde er am Verstand des alten Herrn zweifeln.

»Was, Monsieur le Docteur?«

»Sie schwimmt!«

»Was sollte sie denn sonst tun? Alle meine Tabletten sind geschwommen!«

»Und genau deswegen können sie nicht wirken!« triumphierte der Arzt. »Hat sie denn noch niemand darüber informiert, dass Tabletten, die im Wasser nicht zerplatzen, völlig unbrauchbar sind? Sie passieren den Magen-Darm-Kanal gänzlich unverändert! Wo in aller Welt haben Sie das Zeug her, Monsieur le Gouverneur?«

Während Louis Mouttet dem Arzt eine Apotheke in Fort-de-France nannte, holte dieser aus seiner Tasche eine Spritze, in die er eine Lösung aufzog. Dann bat er den Gouverneur seinen Oberkörper freizumachen und stach ihn an der Schulter in den Oberarm.

»Dies wird Ihnen für den Augenblick Besserung verschaffen, Monsieur le Gouverneur. Ich mache mir nur Sorgen, wie es weitergehen soll, nicht nur mit Ihnen, auch mit der ganzen Insel. In letzter Zeit höre ich immer häufiger, dass die Menschen erkranken – trotz Chinins, was für mich bedeutet, dass die Qualität der letzten Lieferung aus La Metropole höchst fragwürdig gewesen sein muss. Und damit über alle Maßen gefährlich!«

»Gefährlich? Es war mir zwar bekannt, dass nur Chinin aus Rinde mit mehr als 10 % Wirkstoffgehalt als Medikament taugt, aber bis heute hat mich keiner über die Gefährlichkeit der anderen Mittel in Kenntnis gesetzt!« Der Gouverneur war entsetzt.

»Gefährlich ist auch nur ihre Wirkung, besser gesagt die Tatsache, dass das minderwertige Chinin zu wenig wirkt!« Der Doktor hustete wieder. Einen Husten, der nicht enden wollte. Er zog sein Taschentuch aus der

Tasche und trocknete sich damit die Tränen, die ihm die Anstrengung in die Augen getrieben hatte.

»Angesichts ihrer höchst mangelhaften Therapie und Ihres von Ihnen geschilderten Zustandes, Monsieur le Gouverneur, sind Sie auf dem besten Wege, am Schwarzwasserfieber zu erkranken! Ihre Atemnot könnte bereits ein erstes Anzeichen sein.«

Louis Mouttets ohnehin marmorgleiches Gesicht wurde noch bleicher vor Schrecken. Das Schwarzwasserfieber, die wohl schwerste Komplikation der Malaria, führte fast sicher zum Tod.

»Was kann ich dagegen tun, Monsieur le Docteur?«

»Meiden Sie starke Sonne, Alkohol in größeren Mengen, überanstrengen Sie sich nicht, regen Sie sich nicht auf, und erkälten Sie sich nicht! Und um Himmels Willen: nehmen Sie kein Chinin mehr, bis das nächste Schiff eine neue Ladung mitbringt. Mit diesen ungenügenden Chininpräparaten schaffen Sie überhaupt erst die Disposition für eine derartige Verschlimmerung ihrer Malaria!« Der Doktor versuchte einzuatmen, doch ein starker Hustenreiz schien in ihm aufzukommen, denn er verzog das Gesicht und schluckte mühsam, während er sich zum Einatmen zwang, um sich am Husten zu hindern. Das einzige Ergebnis war jedoch ein einziges Würgen, das doch wieder in einem Hustenanfall endete.

»Was in aller Welt soll ich einnehmen, wenn ich kein Chinin mehr einnehmen soll?« Louis Mouttet war entsetzt. Machte es wirklich so einen Unterschied, ob er an der Malaria starb oder an einer Komplikation? Dann beruhigte er sich wieder. Selbst, wenn es zu den schlimmsten Komplikationen kommen sollte, würde dieser Arzt ihm zu helfen wissen. Nach sechzehn Jahren voller Ärzte und Klinikaufenthalte, deren Qualität er im Nachhinein nicht mehr vertrauen konnte, endlich eine Koryphäe!

»Sie werden gar nichts mehr einnehmen, Monsieur le Gouverneur. Ich habe hier noch eine kleine Menge eines hochwertigen Präparats. Da es leider nur für wenige Tage ausreicht, also eine heilende Kur nicht möglich sein wird, gebe ich es Ihnen für den Fall eines wirklich schlimmen Anfalls.« Der Doktor hustete wieder, diesmal in sein Taschentuch. Er speuzte hinein. Dann besah er sich das Resultat.

»Nach einer so langwierigen Malaria müssen Sie auch mit Langzeitwirkungen rechnen, Monsieur le Gouverneur.« Der Arzt ging zu Mouttet und zog das Unterlid seines rechten Auges herunter. Dann ließ er es los. »Ihre Zunge bitte!«

Louis Mouttet zeigte seine Zunge. Sie war fast so weiß wie sein Gesicht.

»Unter Anämie leiden Sie schon, Monsieur le Gouverneur.«

Das hätte er ihm auch selbst sagen können, dachte Mouttet. Schließlich gab es seit Beginn seiner Krankheit alle zwei Jahre ein neues Attest, das ihm das bescheinigt hatte.

»Und zu Melanosis, einer starken Dunkelfärbung der Haut, oder einer gelbfieberartigen Verfärbung des Körpers, kann es kommen im Laufe der Zeit. Nur, damit Sie sich nicht wundern, Monsieur le Gouverneur. Und sehen Sie zu, dass Sie immer ordentlich essen, auch wenn Sie vielleicht keinen Appetit haben angesichts der Hitze. Da die Malaria dazu führen kann, dass Ihr Blutkreislauf Sie nicht mehr anständig ernähren kann, könnte es sein, dass Sie trotz ausreichender Nahrungszufuhr anfangen, zu verhungern.«

Er und verhungern! Der eigene Koch war einer der Gründe für Louis Mouttet gewesen, auf den Gouverneursposten hinzuarbeiten. Gut zu essen war der erfreulichste Rat, den er je von einem Mediziner bekommen hatte!

»Sollten Sie unter Übelkeit, einem Rückgang der Harnausscheidung, Ödemen und galligem Erbrechen leiden«, fuhr Doktor Lecorre fort, »dem Beginn des Schwarzwasserfiebers, dann rufen Sie bitte sofort einen meiner Kollegen, Monsieur le Gouverneur, damit er Ihnen die Mittel injiziert!«

»Einen Ihrer Kollegen, Monsieur le Docteur?« wollte der Gouverneur erstaunt wissen. Es war nur eine automatische Frage, denn er hatte nicht die Absicht, die ihm überlassenen Reste guten Chinins zu nehmen. Auch seine Familie litt unter Anfällen, und er würde ganz sicher nicht das Leben seiner Kinder riskieren, weil er das einzig hochwertige Medikament selbst nähme.

»Ja, ich musste soeben feststellen, dass ich mich am Rande einer Lungenentzündung befinde, und muss Sie leider darum ersuchen, mir die Rückkehr in das trocken-warme Klima Frankreichs zu gestatten.«

Fort-de-France, Mittwoch, 12. März

Louis Mouttet fiel das Denken schwer. Sein Kopf war wie hohl. Was wollte er doch noch getan haben? Weswegen war er trotz außerordentlicher Erschöpfung ins *Hôtel du Gouverneur* gekommen?

»Janvier!«, rief er beim Eintreten ins Erdgeschoss schwer schnaufend, so laut wie es ihm sein Zustand erlaubte.

Der junge Mann folgte ihm in die obere Etage.

»Monsieur le Gouverneur, kann ich etwas für Sie tun?« fragte er, nachdem sich die Tür des Gouverneursbüros hinter ihnen geschlossen hatte.

Janvier klang zum ersten Mal, als würde er eine private Frage stellen.

»Diktat«, entgegnete Mouttet knapp. Mehr Worte brachte er heute nicht heraus.

Der erste Sekretär begab sich ans Schreibpult.

»Wohin?« wollte er wissen.

»Paris. Schreiben Sie: Der Mediziner und Major 2. Klasse Lecorre krank, kann nicht in die Heimat zurückgeschickt werden wegen Medizinerknappheit. Ich bitte Sie dringend um Ersatz. Mouttet«

Janvier schrieb. Dann war er fertig und wandte sich im Gehen seinem Gouverneur zu. »Monsieur Lhuerre wollte Sie noch sprechen, Monsieur le Gouverneur.«

Mouttet wies ihn an, ihn zu ihm zu schicken. Lhuerre kam auch sofort.

»Bevor Sie gehen, Monsieur le Gouverneur, müssen Sie noch über eine Angelegenheit entscheiden.«

Jetzt fiel es Mouttet wieder ein, weswegen er gekommen war. Er musste ja zu einer Verabredung mit dem *Conseil Général* gehen. Auf Guyana war das Gelbfieber ausgebrochen und der *Conseil Général* sollte über einen eventuellen Einsatz der Kräfte Martiniques dort beraten.

Er atmete schwer und sah Lhuerre fragend an.

»In Saint-Pierre wurden innerhalb einer Woche einige Raufbolde festgesetzt. Die Behörden wollen wissen,
ob man ihnen den Prozess machen soll.«

»Was sind das für Leute?« Louis Mouttet war heute
nicht in der Stimmung für so etwas.

»Tagelöhner. Analphabeten«, antwortete Lhuerre.
»Arbeiter im Hafen und auf den Feldern.«

»Hatten die Opfer ernsthafte Verletzungen?« wollte
Mouttet wissen.

»Dank der Rationierung des Alkohols nicht.«

Ja richtig. Das Alkoholdefizit auf der Insel hatte für
eine Rationierung gesorgt, die langsam nicht mehr
benötigt werden würde. Er würde ein Telegramm nach
Paris schicken müssen, in dem er um die Beschleuni-
gung des Stimmens des *Conseil Générals* bitten würde.
Die Leute waren schon ungeduldig. Sie wollten wieder
ein höheres Konsumierungsrecht.

»Dann lassen Sie sie laufen. Wir wissen doch, wie
wenig ernstzunehmen solche Kämpfe sind.« Davon gab
es hunderte. »Außer Tanzen, Singen und Kämpfen
haben die Leute ja kaum ein Vergnügen!«

»Da haben Sie Recht. Monsieur le Gouverneur, nur
eines fehlt noch in Ihrer Aufzählung!«

»Und das wäre?« Louis Mouttet musste trotz seines
starken Unwohlseins grinsen. Er dachte unweigerlich
an das Mouillage-Viertel in Saint-Pierre.

»Hahnenkampf, Monsieur le Gouverneur.«

Mouttets Grinsen wurde breiter. Das war doch im
Grunde alles das gleiche.

Saint-Pierre, Samstag,15. März

Familie Douce saß gerade beim *Café au Lait,* als
Béatrice Douce bemerkte, dass ihr Mann Alain den
Blick, den sie ihm gerade zugeworfen hatte, offenbar
falsch interpretiert hatte. Er sah sie freundlich an, was
sie zum Anlass nahm, ihre Zeitung wieder ein wenig
höher zu heben, so dass sie seinem Blickfeld wieder
entschwand. Bloß keine Missverständnisse! Nur weil er
heute morgen wie immer eine kurze Pause in der Backstube eingelegt hatte und mit Baguette und Croissants
nach Hause gekommen war, bräuchte er nicht zu
meinen, er könnte einen Blick von ihr auch noch als
Aufforderung zum Tanz sehen!

Sie sah hinüber zu Alain. Ekel überkam sie. Sie
verabscheute seine weichen Hände, seinen weichen
Körper, seinen Mangel an Durchsetzungskraft seinen
Kindern gegenüber, seine Anlehnungsbedürftigkeit und
seine Anpassungswilligkeit.

Deshalb hatte sie es zur Gewohnheit werden lassen,
sich beim Frühstück hinter der letzten Ausgabe von *Les
Colonies* zu verschanzen, die er immer zuerst lesen
durfte, weswegen sie die Zeitung erst am Morgen
bekam – schließlich hatte er als Hausherr gewisse
Rechte – und heute konnte ihr die nur wenige Blätter
dicke Zeitung einmal mehr gar nicht dick genug sein.

Sie betrachtete die weißen Fußabdrücke, die er auf
dem Dielenboden hinterlassen hatte. Er dachte einfach
nicht daran, dass sie sie stören könnten, häufig schüttelte er sogar seine Jacke im Flur aus. Béatrice Douce
hasste den weißen Schleier, der ständig durch das Mehl,

das ihr Mann täglich mit in die Wohnung brachte, über dem Flur lag.

»Warum konntest du nicht Pâtissier werden?« fragte sie ihn, und der Vorwurf drang dabei durch ihre Stimme wie ein Nebelhorn durch eine eisige Winternacht.

Sie wäre nur zu gerne die Ehefrau eines *Pâtissiers* gewesen, hätte nur zu gerne damit angegeben, dass er das größte Unternehmen seiner Art besaß.

»Madame Douce, Frau des inselgrößten Zuckerbäckers!« Das hätte etwas hergemacht!

Aber anstelle eines sauber gekleideten Pâtissiers mit einer Vanillecremeschnitte in der einen und einem Mangotörtchen in der anderen Hand – so stand er ihr jedenfalls innerlich vor Augen – hatte sie einen täglich aufs Neue mehlbestaubten Mann geheiratet. Nicht, dass sie sich etwas aus Cremeschnitten und Obsttörtchen gemacht hätte!

Aber er brachte es immer mit heim dieses Mehl, bis es in allen Ecken des Flurs klebte, in jeder Ritze des Dielenbodens, ja selbst bis in den Schubladen der kleinen Garderobenkommode. Und obwohl ihr dieses Mehl tagtäglich immer wieder Anlass gab, Chéchelle zu schnicken, hasste sie es inzwischen aus tiefster Seele.

»Warum konnte ich nicht Kaminfeger werden?« murmelte Monsieur Douce für seine Frau unhörbar vor sich hin, der ihre Lebenseinstellung nach all den Jahren nur zu gut kannte. Und laut fügte er mürrisch hinzu: »Weil die Leute mehr Brot als Eclairs essen!«

Jetzt war sie also verheiratet mit einem Mann, der täglich in einen Keller stieg, um dort Teig an die Wand eines in die Erde gegrabenen, kesselförmigen Ofens zu klatschen und einige Zeit später wieder als fertiges Brot aus der Tiefe hervorzuholen. Verheiratet mit einem der vielen Hüter der Nacht, einem einfachen Bäcker.

Warum konnte er nicht einfach sterben? Béatrice Douce hing ihren Gedanken nach. Dann würden alle Leute kondolieren kommen und sie mit Aufmerksamkeit überschütten, sie, die sie dann die arme, von Trauer gequälte Witwe spielen könnte. Sie bräuchte nicht einmal schwarze Kleidung anzuschaffen, die trug sie ohnehin schon das ganze Jahr. Nach einer angemessenen Zeit könnte sie sich dann einen neuen Mann suchen, der ihr einen Start in gesellschaftlich höhere Kreise geben, und mit dem sie endlich auf *Soiréen* gehen könnte. Schließlich sah sie ja noch blendend aus und konnte auch noch sehr charmant sein. Wie bedauerlich, dass man Ehemänner nicht auswechseln konnte wie Kutschräder, wenn sie ihren Nachwuchs gezeugt hatten!

Madame Douce sah hinüber auf die andere Seite des Tisches, wo ihr Ehemann gerade mit seinen Töchtern beim Frühstück scherzte. Sie hasste ihre Familie dafür. Immer waren sie fröhlich und auf ihre Kosten!

Zum Glück hatte sie wenigstens Arsène, ihren Liebling, der heute leider schon gegangen war. Ihr zwanzigjähriger Sohn war ihr ganzer Stolz, denn er hatte beschlossen, Priester zu werden. Seitdem er regelmäßig ins Priesterseminar ging, kam er nur noch selten nach Hause, es sei denn zum Schlafen; am Wochenende blieb er sogar zum Essen. »Ich esse bei einem Freund«, war wohl der Satz, den sie am häufigsten zu hören bekommen hatte, seitdem er so viel lernen musste. Im Austausch unterrichtete er diesen Freund in Latein, das dieser nicht so gut beherrschte. Warum er wohl nicht zuhause aß? Sie kochte doch so gut! Doch wenn es der

Mutter des Freundes Recht war – sie selbst hatte gewiss nur sehr wenig dagegen, wenn sich Arsène woanders durchfraß, das sparte Haushaltsgeld! Und Hauptsache, er wurde Priester! Das würde ihr persönliches Ansehen in der Gesellschaft erheblich steigern! Für den Nachwuchs könnten ja noch immer die beiden Töchter sorgen. Um den Namen ihres Mannes, der verlorengehen würde, wäre es nicht schade.

Dann fanden Béatrice Douce' Gedanken zurück zum ursprünglichen Thema. Ja, wirklich, dachte sie, ein neuer Vater für ihre Kinder war schon lange überfällig!

Saint-Pierre, Sonntag, 16. März

Pünktlich um vier Uhr Nachmittag holte Gaston Landes Angelina Hutton vor ihrem Hotel ab und bestieg mit ihr den Turm der *Eglise du Centre*. Von hier oben aus hatten sie einen wundervollen Blick über das südliche Ende von Saint-Pierre bis hinüber zum üppig begrünten Morne d'Orange, auf dem weit sichtbar die Marienstatue stand.

Unmittelbar unter ihnen reihten sich quer zu ihnen verlaufend mehrere zweigeschossige Häuser aneinander, die im Gegensatz zu ihren schon älteren Nachbarn so gleichförmig in Größe und Aussehen waren, dass sie vermutlich alle zur selben Zeit entstanden waren. Auf jedem Dach der neueren Häuser befanden sich der Straße zugewandt jeweils zwei Dachgauben. Lediglich in der Farbe der Dächer unterschieden sie sich.

»Oh, Professor, die Dächer!« rief Angelina Hutton entzückt aus. Er sah sie belustigt an. Was hatte dieses Kind denn nun schon wieder?

»Was ist mit den Dächern?« wollte er wissen.

»Wie hübsch bunt sie sind! Und eines an dem anderen. Am liebsten würde ich meine Ballettschuhe anziehen und darüber hinweg tanzen!«

Gaston fühlte, wie ihre Begeisterung auch seine Leidenschaft entfachte. Er konnte sich Angelina Hutton richtig vorstellen, wie sie in einem weißen Tüllröckchen mit Spitzenschuhen über die Dächer des Städtchens hinwegfegte, schnell wie ein Hurrikane und leicht wie eine Wolke. Er warf einen Blick auf eine unerwartet mitten in den Häuserreihen stehende gigantisch hohe Kokospalme.

»Ich bin überzeugt, Mademoiselle Hutton, Sie würden selbst noch über die Palmen tanzen! Aber ich muss Sie ermahnen, sich auf die Blätter zu beschränken! Die Zeiten, da die Engländer unsere Stadt unter Beschuss stellten, sind lange vorbei!«

Angelina ignorierte seinen Humor gleichermaßen wie den leicht spöttischen Unterton.

»Wir werden wohl laufen müssen«, antwortete sie mit einem Hauch Resignation in der Stimme, die davon zeugte, dass sie für einen kurzen Augenblick Traum mit Realität verwechselt haben musste.

»Laufen, wohin?« Eigentlich hatte Gaston Landes die Besteigung des Glockenturms als Hauptziel vor Augen gehabt. Doch für die junge Dame an seiner Seite schien dies erst der Anfang zu sein.

»Natürlich zu der Marienstatue dort drüben! Der Ausblick von dort oben muss fantastisch sein! Wir laufen quer durch die Stadt und dann den Berg hoch, und bis zum Abendessen in zwei Stunden sind wir wieder zurück!«

»Ja, und zwischendurch laufen wir noch über das Wasser! Es ist ja erst fünf Uhr.« Gaston Landes konnte sich seinen gutmütigen Spott nicht verkneifen. Doch eigentlich dachte er eher daran, dass das Mouillage-Viertel ohnehin schon nichts für eine junge, wohlerzogene Dame aus besserem Hause war, erst recht nicht um diese Tageszeit, wenn allmählich aus einer vom Löschen der Schiffsladungen geprägten Atmosphäre eine zumindest an manchen Ecken heiß-erotische wurde, weil das einzige, was noch an Land gezogen wurde in jeder Hinsicht verzehrfreudige Matrosen waren. Vermutlich wäre Anglina Hutton die einzige junge Frau im ganzen Mouillage-Viertel, die ein angemessenes Kleid tragen würde. Gaston Landes mochte die tiefen Dekolletés der meisten Inselbewohnerinnen nicht, denn sie erregten ihn und ließen ihn willenlos werden. Eine anständige Frau trug ein hochgeschlossenes Kleid! Während er so schweigend nachdachte, kam sie ihm voller Ungeduld zuvor.

»Ach, Professor! Seien Sie doch nicht so schwerfällig! Es ist das erste Mal in meinem Leben, dass ich ohne meine Mutter oder irgendeine Anstandsdame unterwegs sein darf! Wenn wir erst wieder in Boston sind bei meinem Vater, dann wird das nicht mehr möglich sein!«

Sie sah ihn so flehentlich an, dass er ihr ihre respektlosen Worte nicht übel nehmen konnte.

»Und dann lassen Sie uns noch den Strand entlanglaufen! Ich habe noch niemals in meinem Leben einen Spaziergang auf schwarzem Sand gemacht! Und ich habe noch niemals so viele Schiffe aus unmittelbarer Nähe gesehen!«

Gaston Landes überlegte. Er war für die Unversehrtheit und den guten Ruf dieser ihm anvertrauten jungen Dame verantwortlich.

»Sie wissen nicht, wie grob es im Quartier de Mouillage zugehen kann!« entgegnete er. »Es ist nicht der rechte Ort für eine junge Dame wie Sie!«

»Aber ich will doch gar nicht ins Quartier de Mouillage! Es genügt mir völlig, wenn wir über den Strand laufen, bis wir am Hügel angelangt sind!«

Er sah hinunter zu der sichelförmigen Bucht, an deren Ende in ungefähr zwei Kilometern Entfernung der Morne d'Orange lag. Viele Schiffe lagen heute in der *Mouillage* vor Anker: kleinere Zweimaster, größere Dreimaster – Miss Hutton würde sich mit Segelbooten zufriedengeben müssen, moderne Dampfer konnte er keine erblicken.

Jetzt hatte er sich schon hinreißen lassen, ihrem Ansinnen gedanklich zu folgen! Wohin sollte das noch führen, wenn er nicht mehr Herr der Lage war? Der Professor seufzte.

Im Grunde hatte sie jedoch Recht. Die ihnen bis zum Abendessen verbleibende Zeit reichte durchaus aus, um noch einen Spaziergang auf den Morne d'Orange zu machen und war eine Marienstatue nicht ein erstrebenswertes Ziel? Es würde auch ein Leichtes sein, seinen Schützling von der Rue de Dieu fernzuhalten, indem er mit Mademoiselle Hutton ausschließlich am Strand blieb. Und sollte sich wirklich irgendwo eines der vielen gefallenen Mädchen der Stadt zeigen, vielleicht sogar beim Verhandeln mit einem Mann, so wäre sie zu unerfahren, um zu verstehen, was dort in der Ferne vor sich ging. Also seufzte er erneut und gab sich geschlagen.

Nachdem Gaston und Angelina die Rue Victor Hugo vollständig bis Place Bertin hinuntergegangen waren, wo sich das Ende des *Quartier du Centre* und der Anfang des Mouillage-Viertels befanden, betraten sie den so sehr von Angelina aus der Ferne bewunderten schwarzen Sandstrand.

Die ganze Rue Victor Hugo entlang hatte Angelina den ihr von Gaston gebotenen Arm genommen, doch nun schien ihr der Sinn plötzlich nach etwas anderem zu stehen. Sie ließ ihn jäh los und stürmte unter Jubelrufen in einem unsagbaren Tempo voran, wobei sie die auf Place Bertin gelagerten, großen Rumfässer und den wunderschönen Brunnen in der Mitte des Platzes ebenso zu übersehen schien wie die hohe Wahrscheinlichkeit, dass ihre graziösen, weißen Schuhe voller Sand gerieten. Oder sie möglicherweise durch einen Sturz ihr rosarotes Kleid und damit wahrscheinlich die Laune ihrer Mutter für diesen Abend ruinieren könnte.

Gaston sah ihr belustigt nach. An anderen Stellen der Insel hätte er seine Begleiterin jetzt spöttisch gefragt, ob sie die von Rum schwangere Luft zu tief eingeatmet hätte. Doch hier, direkt am Meer, war trotz der vielen Rumfässer kaum süßlich-schwerer Alkohol zu riechen. Der »Anteil für die Engel«, der auf den großen Raffinerien permanent verdunstete, kam nicht bis hierher.

Es versprach ein abwechslungsreicher Spaziergang zu werden, falls Angelina Hutton dieses Tempo beibehalten wollte. Mademoiselle Hutton, dachte Gaston Landes, dieses große Kind, schoss voran als hätte das tropisch-schwüle Klima der Insel auf sie die gleiche Wirkung wie auf das Wachstum der Vegetation.

Er lief ihr nach, auf das Sorgsamste auf seine Lyceumskleidung bedacht. Wenn er das vorher gewusst hätte, hätte er zumindest seine etwas gröberen und trittfesteren Arbeitsschuhe aus dem Botanischen Garten angezogen. Er seufzte ein drittes Mal.

Dann endlich nach ungefähr fünfundzwanzig Metern blieb sie stehen und drehte sich mit roten Wangen und leuchtenden Augen zu dem Professor um. Sicherlich würde sie gleich wieder zu jubeln beginnen, über den Strand oder einfach nur ihre Freiheit, dachte er bei sich, doch er hatte sich geirrt. Ihr Blick war hinter ihn gerichtet.

»Professor, was ist das für ein Haus?« rief sie ihm zu und deutete mit dem ausgestreckten Arm zum nördlichen Ende von Place Bertin, wo sich unmittelbar am Wasser gelegen und auf dieses ausgerichtet ein Haus befand, das von besonders vielen Leuten umgeben war.

Gaston Landes, der die volle Wegstrecke bis zu ihr noch nicht ganz hinter sich gebracht hatte, drehte sich um und sah zurück.

Franzosen in weißer Tropenuniform und andere Europäer mit weißer Hose, dunkler Jacke und Krawatte, standen herum oder liefen hinein und hinaus. Mulattinnen, die mal dick, mal wohlgeformt und schlank waren und weiße Kleider trugen mit bunten, auf dem Kopf zusammengebundenen Tüchern, standen davor und unterhielten sich mit einem ebenfalls weiß gekleideten Farbigen, der einen dunklen Hut trug. Das Grüppchen hatte sich im Schatten eines Laubbaums zum Plausch eingefunden, der noch einmal gut eine Etage höher war als das hinter ihm befindliche Gebäude.

Das große Haus verfügte über zwei Etagen, die jeweils ringsum von einer Veranda umgeben waren, und hatte eine hohe, schmale Flügeltür als Eingang. Davor befand sich ein stehengelassener Holzkarren, der vier sehr große Räder hatte und eine lediglich unbefestigte Ladefläche, und der auf einen Wareneingang schließen ließ. In der Mitte der unteren von zwei Veranden war ein Fahnenmast angebracht. Das Haus hatte hinter den Veranden sehr viele Fenster, die überwiegend offen standen.

Gaston Landes drehte sich wieder zu ihr. »Das ist die Handelskammer. Wie Sie sich denken können, Miss Hutton, habe ich eher weniger damit zu tun. Ich muss gestehen, ich weiß nicht einmal, wie sie von innen aussieht.«

»Das ist aber schade, Professor, kommen Sie, wir gehen hinein und schauen es uns an!« Angelinas Augen leuchteten vor Übermut. Ihre Unternehmungslust war offenbar durch nichts zu bremsen.

»Nein, das geht nun wirklich nicht!« widersprach Gaston. »Wir haben uns ohnehin schon viel vorgenommen, das muss jetzt nicht auch noch sein!« Sein Tonfall war so eindeutig, dass es diesmal Angelina war, die sich geschlagen geben musste.

Von ihm etwas auf den Boden der Tatsachen zurückgeholt, wartete die junge Dame nun so lange, bis er an Wegstrecke aufgeholt hatte, dann liefen sie wieder nebeneinander den übrigen Strand entlang, bis sie am südlichsten Ende des Hafenviertels angelangt waren, dort wo die Hügel der Stadt keine Chance mehr zum Wachsen ließen. Lediglich die vier großen Hallen des *Marché du Mouillage*, wo Morgen für Morgen der Fisch verkauft wurde, sowie die Destillerie Duponie, die sich das letzte Bisschen freien Raum zwischen der

Bucht und den Hügeln zu Nutze gemacht hatte, fanden dort noch genügend Stellfläche.

Am Strand lag ein kleines Boot, das quer direkt an der Wasserkante lag, und in dem sich drei kleinere Fässer befanden. Davor und daneben standen jeweils ein Mulatte, die zusahen, wie zwei weitere Farbige ein viertes Fass über ein angelegtes Brett zu den drei übrigen rollte. Obwohl das Boot bereits voll erschien, warteten noch zwei weitere Fässer am Strand. In der näheren Umgebung lagen noch drei andere Boote, jedoch zur See hin ausgerichtet, von denen eines festgetaut war, ein zweites verkehrt herum lag und gerade gereinigt wurde und das dritte gerade von ein paar Männern ins Meer geschoben wurde. Wenige Meter vom Strand entfernt ruderten bereits zwei Männer in dem letzten der Boote.

Nachdem sie die Szenerie passiert hatten, führte Gaston Angelina an den Markthallen vorbei, den kleinen Weg hinauf, der sich hinter der Destillerie sanft den Hügel empor wand und auf den Morne d'Orange führte.

Oben bei der Marienstatue angelangt, hatten sie einen atemberaubenden Blick über die Stadt, die unter ihnen mit den Markthallen begann, die von oben betrachtet aussahen wie eine gewürfelte Vier, und die in der Ferne durch den in tropischer Üppigkeit dicht bewaldeten Morne Abel und die dahinter liegenden Ausläufer des *Mont Pelée* in ihre Schranken gewiesen wurde. Der Himmel war so hell und klar, dass man auf dem Gipfel von *La Montagne* die Silhouette des eisernen Kreuzes sehen konnte, das der Gemeindepfarrer von Morne Rouge, Pater Mary, einst hatte errichten lassen.

»Sehen Sie Professor, die Stadt wird von den Bergen umgrenzt wie eine Auster von ihrer Schale! Ist das der

Grund dafür, dass man Saint-Pierre »die Perle der Antillen« nennt?«

Gaston schmunzelte amüsiert. Die Frage zeugte einfach von einem zu hohen Maß an Unkenntnis.

»Man nennt Saint-Pierre die *Perle der Antillen*, weil sie in dem Rufe steht, die schönste und kultivierteste Stadt der gesamten Karibik zu sein. Sehen Sie nur, wie gepflegt unsere Häuser selbst im Mouillage-Viertel aussehen, wie klar die Linien der Straßenführung sind, wie viele Kirchen es gibt und sogar eine Kathedrale«, und dabei zeigte Gaston Landes mit dem ausgestreckten Arm auf die unter ihnen in der Rue Victor Hugo liegende, sehr große Kirche. Sie war eine von einem halben Dutzend sichtbarer Kirchen der Stadt. »Außerdem gibt ein Theater, viele Tanzlokalitäten, Nachtclubs, Herrenclubs, die Justizbehörden der Insel, unzählige Rechtsanwälte und Ärzte, eine Handelskammer, außerdem die Mouillage. Sie ist der größte Umschlagshafen der Insel, in dem täglich tausende Tonnen an Nahrungsmitteln und anderen Wirtschaftsgütern bis hin zu Tieren und Baustoffen im Austausch gegen unsere Wirtschaftsprodukte auf die Insel gebracht werden. Es gibt Schulen, kirchliche und sogar staatliche, und nicht zu vergessen, einen Garten, bereitgestellt für die Wissenschaft und ihre Forschung....«

»... den Botanischen Garten!« unterbrach Angelina seinen begeisterten Redeschwall. Erst jetzt nahm Gaston sie wieder wahr und stimmte zu.

»Professor, was sind das für zwei Straßen, die dort vom oberen Ende des Place Bertin durch die ganze Stadt führen?«

Angelina zeigte auf zwei markante Straßen, die sich durch ihre Breite und die überdurchschnittliche Länge von einem halben Kilometer von den übrigen Straßen und Gassen unterschieden. Sie verliefen von Place Bertin nach Norden, so dass der Anschein entstand, die Straßen seien nur gebaut worden, um an Feiertagen möglichst schnell vom untersten Ende der Stadt zu *La Montagne* zu kommen.

»Rechts, das ist die Rue Victor Hugo, Sie können sie leicht an den vielen hellen Fassaden und den dunklen Dächern erkennen, ihre strahlende Erscheinung und die grazile Architektur der Häuser haben sicherlich dazu beigetragen, dass die Stadt ihren Beinamen bekam. Wie Sie vielleicht schon festgestellt haben, können Sie dort am allerbesten Damen-Einkäufe machen.« Gaston Landes schmunzelte erneut. »Die andere Straße«, und er deutete auf die Parallelstraße, die zwischen der Rue Victor Hugo und dem Wasser gelegen war, und die an der Handelskammer endete, »ist die Rue Bouillé, eine aus einer Doppelreihe Lagerhäusern entstandene Straße, deren Abschluss der Marché du Mouillage bildet. Dort stehen schon seit Generationen die Straßenverkäufer und bieten frisch gefangene und frittierte Fischchen in Zeitungspapier gewickelt an.«

Angesichts ihres Reichtums unterließ er es, sie zu fragen, ob sie schon einmal welche probiert hätte. Stattdessen fuhr er fort: »Seitdem 1848 die Sklaverei abgeschafft wurde, und einige der Lagerhallen nach der Auflösung der alten Sklavenmärkte keine Verwendung mehr fanden, haben sich dort einige sehr beachtliche Restaurants entwickelt, die vor allem von den ältesten Familien der Insel gerne besucht werden. Dort, wo diese beiden Straßen von uns gesehen anfangen, am oberen Ende von Place Bertin, endet das Mouillage-Viertel und beginnt das Quartier du Centre.« Diesen

Hinweis hätte er sich eigentlich sparen können, dachte er, denn es war unverkennbar, wo das ärmlich-graue *Quartier de Mouillage* endete, und das reiche, kultivierte *Quartier du Centre* begann.

»Und wie grün diese Stadt ist!« rief Angelina aus. Sie hatte Recht. Vor mindestens jedem dritten Gebäude leuchtete das Grün eines Baumes hervor. Doch ganz besonders grün war das obere Drittel von Place Bertin, wo sich ein kleines Wäldchen zur Bucht hin halbmondförmig öffnete, das erst dort endete, wo der ungefähr zehn Meter breite Sandstrand begann, an dessen unterem Ende ein rot-weißer Leuchtturm die Pracht optisch abrundete.

Gaston Landes sah Angelina an. Sie wendete jetzt ihren Blick von der malerischen Kulisse unter ihnen ab und richtete ihre Augen verträumt auf ihn. Wunderschöne Augen, die so mysteriös blau und dunkel waren und bei näherem Hinsehen jedoch so hell und funkelnd wie jene Grotten, die man nur über die See erreichen konnte. Augen, die ihm altbekannt vorkamen, so als hätte er sie schon einmal gesehen. Augen, die eine Aufforderung zu ewiger Treue zu sein schienen, und die in ihm tiefstes Vertrauen aufkommen ließen. Aber auch Augen, die ihn verwirrten und Erinnerungen wachriefen, die er schon in der Tiefe seiner Seele begraben glaubte. Erinnerungen an vorwurfsvoll blickende Augen. Ja, solche Augen hatte er schon einmal gesehen. Es waren fast die gleichen Augen wie die von Virginie.

»Ich habe entsetzlich viel Sand in den Schuhen, Professor, ich kann gar nicht mehr laufen!« klagte Angelina Hutton, seine Gedanken jäh unterbrechend. Gaston Landes deutete ihr, sich auf den Sims der übermenschlich großen Statue zu setzen, dann begann er vor ihr kniend, die Schnürsenkel ihrer knöchelhohen Schuhe zu lösen. Es war eine langwierige Arbeit, und er begann den harten Boden durch seine Hosenbeine hindurch zu spüren. Während er sich um Angelina Hutton bemühte, schweiften seine Gedanken wieder zurück zu Virginie.

Gaston Landes dachte nicht gerne an Virginie zurück. Genaugenommen gab er sich alle Mühe, gar nicht an sie zu denken, obwohl er ohne Unterlass nichts anderes tat. Sie war in der Zeit ihres Kennenlernens eine von jenen jungen Frauen gewesen, die selbst unerfahren noch erfahren genug gewesen waren, eine Verbindung zu beginnen, ohne die manch ein unreifer junger Mann nicht auskommen konnte, die er aber auch nicht mehr wirklich haben mochte, wenn er selbst dann etwas älter und erfahrener geworden war.

Er hatte sich während seiner Studienzeit in Montpellier mit ihr gerne im Botanischen Garten zum Konzert am Sonntag oder Donnerstag getroffen. Anfangs beide Tage, später nur noch Sonntags, dann nur noch alle zwei Wochen. Und er hatte es stets genossen, Virginie mit seinem Fachwissen zu beeindrucken. Und seiner ernsthaften Art. Sie war ein einfaches Mädchen mit viel Herz gewesen, das ihn geliebt und ihm in der Fremde ein wenig Halt gegeben hatte. Den Halt, den ein junger Mann von zwanzig Jahren benötigte. Ihn hatte die weiche Mütterlichkeit, die sie ausstrahlte, sehr beeindruckt, die unter anderem von ihren brünetten, leicht gewellten Haaren herrührte, die sich um ihr herzförmiges Gesicht geschmiegt und dieses noch betont hatten. Virginie hatte sich um ihn gekümmert, wenn er irgendetwas brauchte und ihn versorgt, wenn ihn die Influenza geplagt hatte. Er hatte sie von Herzen gern gehabt, denn sie kümmerte sich um ihn auf das Beste, und deshalb hatte er geglaubt, er würde sie lieben. Erst seitdem sie ihn vor eine sehr schwere Entscheidung gestellt hatte, hatte er gewusst, dass es ein Trugschluss gewesen war.

Gaston Landes hatte Angelina Hutton die Schuhe endlich ausgezogen und entleerte sie vom Sand. Dann zog er sie ihr wieder an und begann, beide Schnürsenkel wieder durch die vielen Ösen zu fädeln. Seine Knie begannen zu schmerzen.

»Gaston«, hatte Virginie einst geschrieben. Es war das Jahr 1880 gewesen.»Du sagtest mir, dass Du mich liebst, dass Du Dein ganzes Leben mit mir verbringen wolltest, Du hast sogar von Deinem kargen Lebensunterhalt als Student etwas abgezweigt, um mir einen Ring der Verbundenheit an den Finger zu stecken. Und die Ehe zu versprechen. Doch ich war zu naiv und unerfahren, um zu begreifen, dass ein Ring der Verbundenheit noch lange kein wirklicher Verlobungsring ist, und ein Eheversprechen noch lange keine ernstzunehmende Verlobungsfeier mit Bekanntgabe des Heiratstermins unter Anwesenheit aller Familienmitglieder und deren Freunde. Auch wusste ich damals noch gar nicht, wie formell solche Dinge in Deinen Kreisen gehandhabt werden, bin ich doch nur ein einfaches Mädchen. Und ich hatte Dir geglaubt, dass Du mich eines Tages mitnehmen würdest nach Übersee, mitnehmen in Dein Leben, nachdem ich meine Zukunft zum Wohle Deiner Gegenwart vor fünf Jahren aufgegeben hatte. Aus Hingabe. Aus Vertrauen. Aus Liebe. Und Du nahmst dieses unter dem Vorbehalt der Gegenseitigkeit stehende Geschenk an und hast Dich um mich seither gerade

eben so viel gekümmert, dass ich Dir nicht den Lauf-
pass gegeben habe!

Es ist Dir nicht aufgefallen, wie schlecht es mir ging,
nachdem ich bei der Engelmacherin gewesen war. Nicht
das erste Mal und auch nicht das zweite. Ich hatte die
Hölle hinter mir. Sicherlich, Du wusstest es nicht, denn
ich hatte es Dir nicht gesagt. Ich wollte Dich vor
Deinen Prüfungen nicht beunruhigen. Doch wenn Du
mit Deinem Herzen ganz bei mir gewesen wärst, dann
hättest Du es gemerkt! Und ich kann nicht sagen,
welcher Gang schwerer war – der erste, weil ich nicht
wusste, was mich erwartete, oder der zweite, weil ich es
wusste!

Und nun sagst Du mir, Du würdest weit weg gehen,
und ich habe vergebens darauf gewartet, dass Du mich
fragst, ob ich mit Dir kommen möchte und noch
vergeblicher darauf gehofft, dass Du mich darum bitten
würdest! Oder hältst Du Dir zum wiederholten Male in
Deinem Leben alle Möglichkeiten offen, bis letztlich
das Leben die Entscheidung trifft?

Ich weiß nicht, wie Du zu mir stehst, ob alles nur ein
schöner Traum gewesen ist, der sich letztlich als so
wenig greifbar erweist wie die Farben des Himmels. Ich
werde in ein paar Tagen wieder zu dieser fürchterlichen
Frau gehen müssen. Zweimal sagte ich Dir nichts; nun
bist Du im Begriff, eine Stellung auf der anderen Seite
des Ozeans anzutreten, und daher lasse ich es Dich
dieses Mal wissen! Deine Dich bis zum Ende aller Zeit
liebende Virginie«

Was weiß ein junger Mann von dreiundzwanzig
Jahren, wie sich eine Frau entwickeln kann? Was weiß
er, wie er sich selbst entwickeln kann? Er hatte sich
schon immer nur für das interessiert, was er im jeweili-

gen Augenblick in einer Frau sehen konnte. Aber ging das nicht jedem Mann so?

Und dann ihre häufigen Stimmungsschwankungen, vor allem die letzten zwei Jahre vor seinem Stellungsantritt in den Tropen! Wenn er genau darüber nachdachte, hatte sie die bei ihrem Kennenlernen noch nicht gehabt. Es stimmte, was andere Männer sagten: Frauen waren unberechenbar. Innerlich wie äußerlich.

Sein Fachwissen hatte sie außerdem mit zunehmenden Alter immer weniger beeindruckt, und von ihren gutgemeinten Ratschläge, die ihm am Anfang ihrer Bekanntschaft das Leben so sehr erleichtert hatten, fühlte er sich jetzt beleidigt. Mit einer ungebildeten Frau wie ihr an seiner Seite, hätte er sich gesellschaftlich höchstens blamieren können. Doch sie musste sein Zögern gespürt haben, trotz seiner sofortigen Begeisterung für seine baldige Vaterschaft.

»Du kannst Dich jetzt verhalten, Gaston, wie ein scheinbar reicher Mann, der erst in einem gemütlichen, schön eingerichteten Hotel eine Suite für das ganze Jahr bucht mit allem Drum und Dran, und wenn die fünf Gänge seines Menüs für ihn dann bereitstehen, er das Hotel spät am Abend wissen lässt, dass er doch nicht kommen wird. Und das, nachdem sich schon herumgesprochen hat, dass es für das ganze Jahr ausgebucht ist«, hatte sie ihm gesagt. »Oder Du heiratest mich endlich!« Also hatte er sie wohl oder übel geheiratet.

Heute wusste er, dass er einfach noch nicht reif gewesen war. Heute sah er vieles anders. Heute würde er sich sofort eine Frau suchen, die er nicht nur gern hatte, sonder auch leidenschaftlich liebte. Bestimmt!

Nach ihrem Streit neulich hatte Virginie das Haus verlassen, noch bevor er angesichts seines jäh verflogenen Zorns seiner Freude über das neue Kind unter ihrem Herzen Ausdruck verleihen konnte. Und er hatte schon geglaubt, es sei wieder alles beim Alten, als sie einige Stunden später wieder nach Hause gekommen war. Auch als sie ihn nur noch angeschwiegen hatte, hatte er geglaubt, es sei ein vorübergehender Zustand. Erst als er am nächsten Nachmittag nach Hause gekommen war und ein leeres Haus vorgefunden hatte, hatte es ihn heiß durchfahren. Gegen Abend hatte es dann an der Tür geläutet: Ein Bote brachte die Rechnung für die Schiffspassage nach Frankreich. Eine Schiffspassage, die sie eigentlich einige Wochen später gemeinsam hatten antreten wollen, um die ältesten zwei Jungs in Paris zu besuchen.

Er hatte bei der Verwaltung um einen Vorschuss bitten müssen. Und sich zum ersten Mal in seinem Leben vorgenommen, es würde der letzte sein.

Als Gaston Landes endlich die Schuhe Angelinas fertig gebunden hatte, schmerzten seine Knie so sehr, dass er glaubte, es keine Sekunde mehr länger zu ertragen. Endlich konnte er sich erheben. Er sah die Marienstatue hinter Angelina an, groß und weiß und voller Würde, und es fiel ihm zum ersten Mal in seinem Leben auf, dass ihrer zum Gruß erhobenen rechten Hand das oberste Glied des kleinen Fingers fehlte.

Dann schaute er über das Meer. Die Sonne stand schon tief. Zu tief. Er würde sich bei Madame Hutton entschuldigen müssen.

Le Prêcheur, Dienstag, 18. März

Hinter dicken, gräulich-weißen Quellwolken leuchtete glutrot die letzte Farbe des Tages hervor. Pauline und René lagen in einem Naturbecken bei Le Prêcheur, und schauten gemeinsam den Abendhimmel an, während sie badeten.

Pauline war nur halb mit ihrem Ausflug zufrieden.

»Das Wasser hat noch nie so komisch gerochen«, stellte sie fest. In letzter Zeit roch die ganze Gegend nördlich von Saint-Pierre seltsam.

»Meine Kollegen erzählen, der Vulkan würde in letzter Zeit aus einigen kleinen Löchern am Gipfel Rauch aussenden«, griff René den Faden auf. »Meinst Du, er könnte wieder ausbrechen, Pauline?«

»Das Thermalwasser ist das einzig Warme, was der Vulkan noch hervorbringt. Pelée ist schon lange erloschen. Er wird nie wieder ausbrechen! Sein Feuer ist kalt!«

René lachte. »Ich habe in Saint-Pierre auf der Straße gehört, wie die Leute darüber spotteten, an den Löchern könnte man seinen Kaffee wärmen, und dies seien die letzten Regungen eines Toten!« Er drehte sich um und spazierte durch das Becken.

Obwohl es inzwischen dunkel war, versuchte sie, ihn anzusehen, so sehr überraschte sie das von ihm Gesagte. Doch er hatte ihr inzwischen den Rücken zugedreht und lief durch das Becken. Was wussten schon die meisten Leute von den Regungen eines Menschen vor dem Tod? Von ihrer Urgroßtante, die nicht nur die Gebärenden, sondern auch die Sterbenden begleitete, hatte sie gelernt, dass der Körper eines Menschen unmittelbar vor seinem Tod noch einmal ungeheure Energien mobilisierte, so als würde er seine ganze, ihm noch verbliebene Kraft aufbrauchen wollen, um die Seele auf die andere Seite hinübergehen lassen zu können. Menschen, die krank waren, konnten plötzlich anfangen zu schreien oder sich aufzubäumen, einige wenige aber bestiegen noch einmal den Vulkan, um am nächsten Tag sanft zu entschlafen. Für die meisten Zeugen, die darauf nicht vorbereitet waren, ein zutiefst beängstigendes und erschreckendes Ereignis.

Aber Pauline hatte an einem so zauberhaften Abend keinerlei Lust, sich ausgerechnet über den Tod Gedanken zu machen.

Ihr Blick glitt sanft über Renés Nacken, zu seinen muskulösen Schultern bis hinunter zu den Lenden, wo das Wasser begann, und wieder zurück zu seinem Nacken. Er musste ihren Blick gespürt haben, denn er drehte sich um.

Sie sah ihn an, sah seinen ernsten Blick, dessen Gefangene sie von der ersten Sekunde an gewesen war, und wusste, dass es für sie kein Zurück mehr geben würde. Sie spürte das schmerzlich-süße Ziehen zwischen ihren Beinen, das Ziehen, das sie keine Hemmungen mehr kennen und alle Bedenken vergessen ließ.

Und auch er schien von der Magie des Augenblicks überwältigt zu sein.

Er kam auf sie zu und ließ seine Hand sanft über ihren Busen gleiten, dann zog er sie zu sich heran, bis sie seine Haut auf der ihren spüren konnte, und sein hoch erigiertes Geschlecht sachte das ihre liebkosend den Weg in sie fand.

Und sie nahm nichts anderes mehr wahr außer sich und ihn, wollte eins werden mit ihm, seiner Seele, seinem Körper, mit ihm verschmelzen, so lange, bis ihr Schoß endlich die Erfüllung bekam, nach dem er sich die ganze Zeit verzehrt hatte, und sich ihre Seele so strahlend hell anfühlte wie ein Morgen im Mai.

Fort-de-France, Donnerstag, 20. März

Der *Conseil Général* hatte sich gegen einen größeren Hilfseinsatz in Guyana ausgesprochen. Louis Mouttet fand das gleichermaßen skandalös wie vernünftig. Gegen Gelbfieber gab es weder eine Prophylaxe noch eine Therapie. Lediglich die Symptome bekämpfen konnte man. Und das auch erst, wenn sichergestellt war, dass es sich nicht um Malaria handelte, denn die Frühsymptome waren einander sehr ähnlich. Die späte Möglichkeit der Behandlung hielt man für die Hauptursache der Sterblichkeitsrate von fünfundsiebzig Prozent. Was hätte es den Kranken gebracht, wenn die entsandten Hilfskräfte die Krankheit auch noch nach Martinique eingeschleppt hätten? Erst vor zwei Jahren war fast die ganze Hochverwaltung Grand-Bassams vom Gelbfieber dahingerafft worden, so dass man sich eine neue Verwaltungshauptstadt für die Elfenbeinküste hatte suchen müssen, um dem zu entkommen. Aber die Menschen dort unten in Guyana jetzt ganz alleine zu lassen, das war ebenso ein Unding. Louis Mouttet musste gähnen.

»Janvier«, sagte er zu seinem Sekretär, der gerade einen Stapel Papiere zur Unterschrift gebracht hatte, »wir müssen ein Telegramm aufgeben.«

Janvier begab sich ans Pult.

»Die Mediziner Guerchet und Andrieux, Angestellte auf Martinique, werden mit dem Schiff am 23. März nach Cayenne auslaufen. Dienst ist desorganisiert, erbitte dringend Ersatz mit dem Postschiff am 26. März. Mouttet«.

Damit würden Palmsonntag so ziemlich die letzten Mediziner die Insel verlassen. Der Gouverneur musste erneut gähnen. Er fühlte sich heute nicht wohl, seine Nase hatte kurz nach Doktor Lecorres Besuch zu laufen begonnen und ihn fröstelte. Louis Mouttet versuchte, seine Jacke dichter um sich herum zu ziehen, obwohl dies kaum möglich war. Er musste ins Bett, dachte er, bevor er so dran sein würde wie der Doktor. Er durfte jetzt nicht ernsthaft krank werden, man würde von ihm erwarten, Karfreitag in der Kirche zu sein.

»Und Janvier, die Kutsche! Nach Bel Air!« Zuhause in seiner Villa würde er sich schonen und einen ruhigen Tag mit Lesen verbringen. Er brannte sowieso darauf, zu wissen, wie es in der Biographie von Alfred Dreyfus weiterging.

Er besah sich in dem Spiegel, den er nach seiner Ankunft hatte anbringen lassen. An seine fast zwei Jahrzehnte andauernde Blässe dachte er sich schon gewöhnt zu haben, aber heute erschrak er vor sich selbst. Sein Gesicht hatte die Farbe eines Leichentuches.

»Außerdem sagen Sie das Essen mit Bürgermeister Sévère bitte ab. Sagen Sie ihm, ich sei indisponiert!«

Die laufende Nase entwickelte sich offenbar zu einer Grippe. Ziehende Schmerzen durchdrangen alle seine Knochen. Louis Mouttet gähnte wieder.

Mit der Gelbfieberepidemie hatte keiner gerechnet. Wo sollte jetzt noch ein Arzt herkommen, der ihm helfen konnte? Doktor Lecorre lag schwerkrank darnieder, und alle übrigen Mediziner waren entweder schon nach Guyana aufgebrochen oder im Begriff, dies zu tun. Die einzige Hoffnung lag in dem heute ankommenden Passagierschiff aus Guadeloupe. Sicherlich hatte Décrais veranlasst, dass Ärzte mitkämen, die das Medizinerdefizit auf der Insel ein wenig ausgleichen würden.

»Und rufen Sie Bürgermeister Fouché an, er möchte bitte Madame Mouttet informieren!« Hélène hielt gerade ihren wöchentlichen Empfang im *Hôtel de Ville* in Saint-Pierre ab. Aber er wollte sie heute bei sich haben.

Zuhause in seiner Villa in einem Außenbezirk von Fort-de-France angekommen, wusste Louis Mouttet kaum, wie er aus der Kutsche kommen sollte. Jede Bewegung fiel ihm schwer, und die besorgten Blicke des Kutschers und Linas, die ihn empfing, zeigten ihm, dass seine Bewegungen tatsächlich so langsam sein mussten, wie sie ihm vorkamen.

»Gustave, Sie können die Pferde versorgen!«

Gustave, ein großer, kräftiger Mulatte in den Siebzigern, ignorierte den Befehl. Stattdessen lief er in respektvollem Abstand hinter seinem Gouverneur her, nahe genug, um ihn stützen zu können, falls dieser fiele. Louis Mouttet bemerkte es nicht.

In der Eingangstür angekommen, musste er einen Augenblick anhalten, um seinen schwindeligen Kopf gegen den Türrahmen zu lehnen. *Fieberanfälle, Gehirnkongestionen. In einer dieser traurigen Nächte voll des Fiebers und voller Jammer wollte ich aufstehen, fiel aber wie eine tote Masse zu Boden und blieb ohnmächtig liegen.*

Ihm war so übel, dass er sich kaum noch auf den Beinen halten konnte. Gustave packte ihn kurzentschlossen, und zog ihn mehr als dass er ihn stützte in die *Bel'Etage* des Gebäudes. Dann brachte er ihn ins Schlafzimmer im nordwestlichen Teil des Hauses, und legte ihn aufs Bett. Erst als Aubin, der französische Hausdiener, eintrat, kam Gustave dem Befehl des Gouverneurs nach und ging zurück zu den Pferden.

»Mir ist so entsetzlich kalt!« Louis Mouttet griff sich an den Kopf. Kopfschmerzen, schon seitdem er in die Kutsche gestiegen war, Kopfschmerzen, die er unmöglich ertragen konnte. Kopfschmerzen, die ihn mit dem Kopf gegen die Wand hätten rennen lassen, wären seine Bewegungen nicht jede Minute langsamer geworden. So musste sich Dreyfus gefühlt haben. Wie hatte er am 28. Dezember 1895 geschrieben: »Ich bin todmüde, mein Kopf ist wie zermalmt«. Lesen, er wollte doch lesen.

»Sie haben aber normale Temperatur, Monsieur le Gouverneur!« Aubin hatte seine Hand auf seine Stirn gelegt. Louis Mouttet antwortete nicht. Jetzt wusste er, er hatte keine Grippe. Er kannte diese Vorzeichen nur zu gut. Dies war der Anfang. Und vielleicht würde es auch das Ende werden, ohne Arzt und ohne Medizin.

Nach einigen Minuten wurde ihm ein wenig wärmer. Endlich eine angenehme Temperatur!

»Sie haben Fieber, Monsieur le Gouverneur!« Ja, und warte nur noch weitere zwanzig Minuten ab, Aubin, dann wirst Du erst wissen, was Fieber ist! Wann schickt Décrais endlich das erlösende Telegramm, dass die Insel ordentlich mit Medizinern versorgt sein wird? Mouttet hielt sich den Kopf, er konnte kaum mehr denken. Tausend Gedanken schossen ihm durch den Kopf. *Warum sind die Briefe vom Oktober nicht an mich gelangt? So oft, wenn ich zusammenbreche, erwecken mich nur drei Namen wieder, richten meine Energie auf und geben mir immer neue Kraft: Lucie, Pierre, Jeanne!*

Bei allen Göttern Afrikas! Selbst am Äquator um Punkt zwölf Uhr war es kälter! Louis Mouttet riss sich die Kleider vom Leib. »Eis, bringt mir Eis!« Aubin stürzte in den Flur und rief zur unteren Ebene Mouttets Wunsch hinunter. Kurz darauf stand ein Küchenjunge mit einem Beutel voller Eis in der Schlafzimmertür. Aubin rieb Gouverneur Mouttet von oben bis unten mit dem Beutel ab.

»Eis, mehr Eis! Ich verglühe! Badet mich in Eis!«

Aubin rannte wieder in den Flur und rief entsprechende Anweisungen hinunter.

Nach einer halben Stunde, die für mehrere Mitglieder des Personals mit dem Zerkleinern von Eisquadern gefüllt war, war Louis Mouttet eingepackt, als sei er ein Fisch, den der Koch bis zum *Dîner* frischhalten wollte. Nach einer weiteren Stunde, in der das Fieber immer weiter geklettert war, stand Madame Mouttet plötzlich in der Tür.

»Wie hoch?« Hélène war da. Jetzt würde alles gut! Er wusste, mehr brauchte sie nicht zu sagen, denn sie kannte den Fortgang des Sumpffiebers schon.

»40 Grad, Madame«, antwortete Aubin.

»Seit wann?« Sie würde wissen, was zu tun ist.

»Dreißig Minuten.«

»Nehmen Sie um Himmels Willen wieder Eis weg, Sie bringen ihn ja um!« Und außerdem nutzte es doch sowieso nichts.

Man reduzierte das Eis auf die Hälfte und sparte auf Madame Mouttets Geheiß die Nieren aus. Dann schickte sie jeden außer Aubin weg. Man konnte jetzt ohnehin nur warten, ob das Fieber schon nach zwei, oder erst nach mehr Stunden fallen würde. Es hatte schon Tage gegeben, an denen hatten sie bis zu sechs Stunden warten müssen, ehe das Fieber gesunken war.

Nach dreieinhalb Stunden sagte Mouttet: »Ah, das tut gut!« Er fühlte sich fast normal, aber dies war nur ein kurzer Augenblick – ein Augenblick voll Ruhe, jener Stille ähnlich, wie sie sich auf großen Plätzen einfand, kurz bevor der Henker sein Werk verrichtete.

8. Mai 1895. Heute war ich durch Grabesstille, die mich umgibt, so niedergeschlagen, dass ich meine Nerven mit einer Rosskur beherrschen wollte. Fast zwei Stunden lang habe ich Holz gehackt und gesägt.

»Die Temperatur sinkt!« Aubin schien erleichtert.

»Holen Sie Wärmflaschen, Aubin!«

Aubin sah die Gouverneursgattin an, als hätte sie ihn zum Schneeschippen vor die Tür geschickt. Er rührte sich nicht.

»Nun machen Sie schon!« fuhr sie ihn an. Er lief los.

Hélène legte ihrem Mann die Hand auf die Stirn. Wie wohl ihre zarte, warme Hand jetzt tat! Seine Zähne klapperten. Wärme, er brauchte Wärme. Louis Mouttet warf das noch verbliebene Eis aus dem Bett und riss das Leinentuch an sich, das gewöhnlich als Bettdecke diente. Er zitterte, und Hélène packte ihn mit liebevoller

Festigkeit ein bevor sie ihn kräftig mit ihren Händen abrieb.

»Ich lasse doch meinen Lysander nicht erfrieren!« sagte sie leise.

»Lysander« hatte sie ihn immer nur in besonders zärtlichen Situationen genannt. Am allerhäufigsten auf ihrer verspäteten Hochzeitsreise zu Verwandten von Hélène in der Schweiz. Louis Mouttet zitterte stärker.

So musste sich der Mont Blanc fühlen, wenn auf seinen Hängen Schneelawinen niedergingen. Der Mont Blanc, welch wundervolle Zeit hatten er und Hélène dort verbracht. Nach einem kurzen Besuch bei der Cousine ihres Vaters, hatten sie es sich auf einer Berghütte gemütlich gemacht. So gemütlich, dass sie einmal das Fondue über dem Feuer vergessen hatten, bis der halbe Kamin mit Käse vollgespritzt war.

Louis Mouttet zitterte jetzt am ganzen Körper. *Auf der Saint-Nazaire schloss man mich in eine vor der Kommandobrücke befindlichen Deportationskabine ein, die nach außen hin ein einfaches Gitter hatte. Es waren beinahe 14 Grad Kälte und eine dunkle, unheimliche Nacht. Man warf mir eine Hängematte in meinen Käfig und dachte nicht daran, mir irgendwelche Nahrung zu reichen.* Das Bett begann zu wackeln, so sehr schüttelte es den Gouverneur.

Aubin traf mit drei Wärmflaschen ein. Hélène nahm sie und legte sie um ihren Mann. Dann nahm sie eine Wolldecke aus einem Schrank und wickelte sie um ihren inzwischen noch stärker zitternden Ehemann. Es klirrte. Die Deckenlampe begann zu vibrieren. Hélène Mouttet holte im Schrank eine zweite Wolldecke und wickelte auch die noch um ihren Mann, wobei ihr diesmal Aubin dabei helfen musste. Das eiserne Kopfende des Bettes schlug gegen die Wand. Es krachte – die Nachttischlampe war heruntergefallen und das kugelförmige Glas zu Bruch gegangen. Niemand hatte bemerkt, wie sie durch die Erschütterung immer weiter an den Rand gerutscht war.

Langsam wurde Louis Mouttet wärmer. Ja, das war gut. Er hatte sich schon so kalt wie eine Leiche in einer Gletscherspalte gefühlt. Sein Körper nahm wieder normale Temperatur an. Jetzt war es angenehm. Bald wäre es vorbei. Was jetzt noch vor ihm lag, war wie die Regenzeit auf Französisch-Guyana, die jedes Jahr eine fiebrige, tödliche Hitze mit sich brachte, und die es zu überleben galt. Hélène war bei ihm. Ihm würde nichts geschehen.

Heiß, es ist so heiß! Louis Mouttet warf alles von sich, was sich noch auf und um ihn befand. *Seitdem man meine Hütte mit Palisaden umgeben, war sie vollständig unbewohnbar geworden, es war der reine Tod. Von diesem Augenblick an war keine Luft, kein Licht mehr darin, während der trockenen Jahreszeit war die ungeheure erstickende Hitze, in der Regenzeit die Feuchtigkeit fast unerträglich, in diesem Land, in welchem die Feuchtigkeit die furchtbare Geißel der Europäer ist. Durch das mörderische Klima vollkommen erschöpft.* Schweiß lief Louis Mouttets Schläfen hinunter.

»Einen kühlen Lappen und einen Beutel mit Eis!«

Aubin spritzte auf Hélènes Befehl. Der Gouverneur spürte, wie Schweiß über sein ganzes Gesicht lief, seine Brust, seinen Rücken. Bei ihr war er in den allerbesten Händen, den besten gleich nach Doktor Lecorres. Die Hitze wurde immer unerträglicher. Sturzbäche von Schweiß liefen an ihm herunter. Wo blieb das Eis, er verbrannte! Er begann zu würgen. Hélène hielt ihm den Nachttopf unters Gesicht. Wie gut, dass jeder ihrer Handgriffe saß! Louis Mouttet erbrach sich hinein. Aus seinen Mund- und Augenwinkeln trat Blut.

Aubin kam wieder angerannt und blieb entsetzt in der Tür stehen. »Es ist das Gelbfieber, Madame! Oh Gott, es ist das Gelbfieber! Wir werden alle sterben!«

Der Gouverneur war am ganzen Körper leicht gelb angelaufen.

Madame Mouttet blieb ganz ruhig. »Sie können gehen, Aubin, aber vorher bringen Sie mir bitte einen Esslöffel!«

Aubin zog sich sichtbar erleichtert zurück. Hélène öffnete das obere Fach des hohen Nachtschränkchen und nahm ein Fläschchen heraus. Aubin war schon mit dem Löffel zurück, den er aus dem benachbarten Esszimmer geholt hatte.

»Die Uhr fiel von der Wand; ich glaube sie ist kaputt!«

Hélène Mouttet lächelte müde. Es war im Laufe der letzten Jahre nicht das erste Mal, dass im Nachbarzimmer aufgrund der Erschütterung etwas zu Bruch gegangen war.

»Was ist das?« Aubin schien durch die Ruhe der Gouverneursgattin inzwischen weniger Angst zu haben.

»Man gibt es bei Malaria gegen das Erbrechen; Chloroform in einer Zuckerwasser-Gummi-Arabicum-Lösung.« Das Telefon auf dem Flur läutete und Aubin verließ den Raum.

Hélène Mouttet nahm den Löffel und flößte ihrem Mann etwas davon ein. Er erbrach es sofort wieder. Nach einigen Minuten wagte sie einen neuen Versuch, diesmal musste Louis Mouttet nur noch würgen. Hélène wartete erneut einige Minuten, dann gab sie ihrem Mann einen letzten Esslöffel voll Medizin.

Louis Mouttet fühlte noch einmal Hélènes Hand auf seiner Stirn und hörte ihre Bemerkung, das Fieber sei am Sinken.

Aubin kam zur Tür herein. »Ein Telegramm aus Guadeloupe für Monsieur le Gouverneur, betreffend das Postschiff am sechsundzwanzigsten, Madame«. Aubin, der es am Telefon mitgeschrieben hatte, hielt der Gouverneursgattin einen Zettel hin. Louis Mouttet vernahm die Stimmen der beiden nur noch aus der Ferne.

»Geben Sie her!« Hélène, der augenblicklich nicht nach Höflichkeit zu sein schien, riss es ihm aus der Hand und las halblaut vor: »Auf Martinique ziviles und militärisches Personal zurückhalten mit Bestimmungs-ort Guyana, mit Ausnahme von Medizinern und Kran-kenschwester.« War es doch eigentlich sein Körper, der sich lebensbedrohlich erschöpft fühlte, so schien es ihrer Seele jetzt ebenso zu gehen.

Der Gouverneur fühlte, wie sich weit von ihm entfernt seine Matratze unter seiner Hand einen Augen-blick senkte. Seine Frau hatte sich neben ihn aufs Bett gesetzt. Und bevor Louis Mouttet, sein Kopfkissen nur noch als harten Stein wahrnehmend, in einen traumlo-sen Tiefschlaf fiel, drangen durch einen dichten, watte-artigen Nebel wie aus weiter Ferne seine eigenen Gedanken zu ihm durch: Ihrer aller Hoffnung hatte sich zerschlagen.

Saint-Pierre, 30. März, Ostersonntag

Alain Douce saß mit ungläubiger Miene vor seiner Vorspeise. Auf seinem Teller lag nichts als ein gebackener Camembert.

»Es gibt Käse als Vorspeise?« Er nahm sein Besteck und fing an, ihn zu zerpflücken.

»Und was kommt dann?« Er sah seine Frau an.

Madame Douce zog wieder ihr langes, gleichgültiges Gesicht. »Fischsuppe!«

Ihr Mann war entsetzt. »Fischsuppe nach Käse? Am Ostersonntag?«

Béatrice Douce wusste gar nicht, worüber er sich so aufregte. Fischsuppe war eines von wenigen Gerichten, die ihr weder zu trocken gelangen, noch anbrannten.

»Du gibst mir so viel zu essen wie einem Gefangenen auf der Teufelsinsel!«

»Du irrst Dich, mein Lieber, auf der Teufelsinsel bekommen die Gefangenen fast gar nichts zu essen! Erinnerst Du Dich nicht an die Zeichnung, die vom knochigen Dreyfus in der Zeitung gewesen ist? Nicht, dass sie mir leid täten! Einem Juden würde ich die eine Hälfte der Ration streichen, einem Verräter die andere! Warum sie ihn überhaupt durchgefüttert haben! «

»Dreyfus war unschuldig, wie Du weißt!« warf ihr Mann ein.

»Ach was, Juden sind niemals unschuldig! Man hätte ihn gleich in der Seine ersäufen sollen!«

Ihr Mann warf ihr einen eigentümlichen Blick zu, den sie bei ihm noch nie gesehen hatte.

»Es wundert mich, dass ausgerechnet Du Dich an jüdischem Blut stößt!«

Sie sah ihn verwundert an.

»Immerhin haben Deine Kinder doch auch jüdisches Blut in ihren Adern!«

Béatrice Douce legte ihr Besteck nieder. Nein, dachte sie, das kann gar nicht sein. Es gab in ihrer Familie weit und breit keine Juden. Und Alain war doch auch auf Martinique geboren und aufgewachsen. Und man sehe sich nur seine rotblonden Haare an! Und waren sie nicht alle katholisch?

»Ich weiß nicht, was Du meinst!« Sie nahm das Besteck wieder auf und zerteilte ihren Käse. Er war noch so heiß, dass er fast zu flüssig war, um mit der Gabel aufgenommen zu werden.

»Meine Familie hieß nicht immer Douce«, antwortete ihr Mann. »Ursprünglich kamen meine Vorfahren aus dem Elsass und hießen *Süß*! Süß ist ein alter, deutscher, jüdischer Name!«

Béatrice Douce hatte gerade ein sehr heißes Stück Camembert in den Mund geschoben und konnte nicht antworten. Sie versuchte zu kauen, aber sie konnte nur den Bissen im Mund herumschieben, so heiß war er.
Sie sah ihn entsetzt und völlig entnervt an. Da war wieder dieser Gesichtsausdruck von ihm, den sie nicht einordnen konnte. Ein seltsames Lächeln umspielte seine Lippen.

»Ja, genau, jetzt erinnere ich mich mein Großvater, er hieß Isidor Zacharias mit Vornamen.«

Madame Douce hätte jetzt nur zu gerne eine giftige Antwort gegeben, aber es war ihr noch immer beim besten Willen nicht möglich. Sie beschloss, das Stück Käse, obwohl es noch immer zu heiß war, einfach hinunterzuschlucken.

»Isidor Zacharias Süß. Obwohl...«, er hielt wieder inne und schien zu überlegen. Da war er wieder, dieser eigentümliche Blick gepaart mit etwas, das sie als Ansätze von sehr distanzierter Amüsiertheit deutete.

»Oder war er ein Zigeuner?«

Das war zuviel. Béatrice Douce verschluckte sich derart, dass sie zu husten begann. Doch es nützte nichts. Der zähe Bissen steckte fest. Er wollte nicht hoch und nicht runter. Sie hustete und hustete. Kochend heißer Käse verbrannte ihr die Kehle.

Chéchelle kam angesprungen und reichte ihr ein Glas mit Wasser. Endlich, endlich hatte die Qual ein Ende!

»Chéchelle«, sagte sie völlig außer Atem mit Tränen in den Augen. Ihr Gesicht war vor lauter Anstrengung ganz rot geworden. »Chéchelle, Du kannst jetzt den Nachtisch bringen!« Ihr war jede Lust auf einen Kommentar dessen, was ihr Mann gesagt hatte, vergangen. Und ihr Mann wollte ja keine Suppe. Chéchelle sollte jetzt erst einmal die überbackene Grapefruit bringen. Und wie immer, war es ihr völlig egal, dass die Mädchen Grapefruit nicht mochte. Sie sei ihnen zu bitter, sagten sie immer. Ja, dachte sie, sollten sie sich schon einmal daran gewöhnen. Bittere Grapefruits – so bitter wie das Leben!

Saint-Pierre, Samstag, 06. April

Es war ihr voraussichtlich letzter gemeinsamer Ausflug gewesen. Nachdem Gaston Landes am Ostersonntag endlich Angelina Hutton wiedergesehen hatte, hatte er sie zum dritten Mal in ihrem Hotel abgeholt und befand

sich nun mit ihr auf dem Rückweg vom sagenumwobe-
nen *Grab der Kariben*, einer Meeresstelle, die auf
halber Strecke zwischen Saint-Pierre und dem acht
Kilometer nördlich gelegenen Fischerort Le Prêcheur
lag. Es war der Ort, der Frankreich den endgültigen
Sieg der Kultiviertheit über die Wildnis gebracht hatte.
Derjenige Ort, an dem es französischen Soldaten 1658
gelungen war, die Kannibalen, diese schrecklichsten
aller Tiere, von der Insel zu vertreiben. Wer von ihnen
nicht unter dem Feuer der Infanterie gestorben war, war
freiwillig über die Klippen in die Tiefe gesprungen, und
die wenigen, die überlebten, waren nach Dominika
geflohen. Heute war jene Meeresstelle eine der schönsten und friedlichsten Orte der Insel, an dem die vielleicht interessantesten Pflanzen Martiniques wuchsen.
Und natürlich schindete der Fluch, der diesem Ort
anhaftete, nur noch Eindruck durch seine Präsenz in
den Köpfen der Leute. Zu spüren war von ihm in der
gleißenden Sonne des Tages nichts mehr gewesen.

Damit hatte er, dachte der Professor, der jungen
Dame mit Ausnahme von Pelée so ziemlich alles
gezeigt, was in und um Saint-Pierre herum für eine
Touristin von Interesse sein konnte. Ob sie beide, oder
besser gesagt sie drei – mit Marie-Anne Hutton – Pelée
besteigen würden, war noch ungewiss. Madame Hutton
hatte ihn bei einer wiederholten Einladung zum Tee, an
dem er diesmal ein wenig genippt hatte, kurz darauf
angesprochen.

»Ach, Monsieur Landes, ich würde zu gerne den
Mont Pelée besteigen« , hatte sie gesagt. «Wenn ich nur

nicht solche Angst vor den Schlangen hätte, die es hier auf der Insel geben soll! Vielleicht können Sie mir sagen, Professor, wie man mit diesem Problem am besten umgeht?« Die ältere Dame hatte ihn erwartungsvoll angesehen. Gaston Landes war unter dieser Frage förmlich aufgeblüht.

»Fer-de-Lance, die Lanzenotter, Bothrops atrox, hat ihren Namen von dem lanzenförmige Kopf und den pyramidenförmigen Dreiecken auf ihrem Rücken, deren dunkelbraune Spitzen in der Mitte des Rückens enden. Sie lebt in tropischen Wäldern, an Flussrändern und in Gräben, aber auch auf Plantagen und in bewohnten Siedlungen. Sie wird bis zu nicht ganz zweieinhalb Metern lang. Sie frisst vor allem kleine Säugetiere und Vögel. Beim Menschen ist ihr sehr schmerzhafter Biss meistens tödlich, denn er bewirkt, dass der Mensch innerlich verblutet. Viele Arbeiter in den Zuckerrohrfeldern wurden schon von ihr gebissen, aber auch hin und wieder andere Menschen.«

Auf den skeptischen Blick von Marie-Anne Hutton hin, hatte er nur beschwichtigend gemeint: »Sie müssen sich nicht fürchten, Madame. Sie jagt vorzugsweise in der Nacht, und solange Sie sie in Ruhe lassen und nicht auf sie treten, wird auch sie Sie in Ruhe lassen. Und außerdem haben wir heutzutage ganz andere, viel besser ausgebaute, breitere Wege als noch vor zwanzig Jahren. Sollte sich also eine auf diesem Weg befinden, werden Sie sie schon von weitem sehen.«

Nach dieser sie offensichtlich stark beruhigenden Information hatte sich Marie-Anne Hutton nicht mehr weiter zu diesem Thema geäußert.

Jetzt überschritten er und die Tochter jener Dame also die nördlichste Grenze der Stadt. Sie liefen über die *Pont des Pères*, die unmittelbar an der Mündung des gleichnamigen Flusses gelegen war, hinein in das *Quartier du Fort* und Gaston Landes schlug den Weg Richtung Ufer ein, zu *La Galère*, der einen halben Kilometer langen Uferstraße.

»Sagen Sie, Professor, es gibt im Botanischen Garten keine Madame Landes, nicht wahr?« wollte Angelina Hutton neugierig wissen.

Gaston sagte erst gar nichts, dann gab ihr lächelnd recht.

»Und eine Verlobte, gibt es die?«

Gaston Landes fühlte sich, als hätte ihn soeben ein warmer Vormittagswind gestreift.

»Nein, Miss Hutton, auch die gibt es nicht!«

»Gibt es denn eine Frau, der Sie sich ganz besonders zugetan fühlen?« wollte sie nun hingebungsvoll lächelnd wissen. Er verneinte auch diese Frage. Hitze durchflutete sein Innerstes.

Angelina Hutton sah ihn keck an. »Ich verstehe. Sie genießen das Nachtleben von Saint-Pierre!«

Gaston Landes war entsetzt. Sah er etwa so aus? Was dachte sie denn von ihm? Sollte er jetzt beleidigt sein? Sie war jung, zu jung, um eine erfahrene Frau zu sein, vielleicht sogar zu jung, um zu wissen, was genau sie da eben gesagt hatte. Und außerdem waren junge Leute häufig frech in ihrem Übermut.

»Genießen wir doch beide einmal das Nachtleben von Saint-Pierre!« erwiderte er in herausforderndem, aber wohlwollendem Ton. Wann darf ich Sie endlich zum Essen ausführen? In Saint-Pierre gehört das *Lamartine* zum Pflichtprogramm eines jeden Inselbesuchers!«

»Ich bin untröstlich, Professor, aber der einzig, von meiner Mutter noch nicht verplante Abend ist gleichzeitig auch unser letzter auf der Insel. Samstag in einer Woche werden wir abfahren. Sie wollte den Freitagabend nutzen, um zu packen, und im übrigen wollte sie nur leichte Kost zu sich nehmen, um einer Seekrankheit vorzubeugen und dann früh auf ihr Zimmer gehen. Sie kann es nicht lassen, immer alles vorauszuplanen. Meine Mutter legt immer allergrößten Wert darauf, dass alle Abläufe funktionieren wie die Räder eines Uhrwerkes. Sie möchte unbedingt in den Augen anderer Leute als im höchsten Grade zuverlässig gelten.« Die junge Frau lachte, doch in ihren Augen lag ein trauriger Ausdruck.

Gaston Landes fühlte, wie ihm ganz elend wurde. Komisch, er war weder übermäßig hungrig, noch zu satt und voll, auch hatte er nichts Verdorbenes gegessen, und auf einem Schiff befand er sich auch nicht. Wieso wurde ihm jetzt auf einmal so übel?

Anglina Hutton sah ihn besorgt an. »Was ist mit Ihnen? Sie sehen aus, als hätten Sie gerade aus Versehen eine Mottenkugel gelutscht!«

Gaston Landes lächelte gequält. »Mir ist vom Magen her nicht so gut. Aber es wird sicherlich gleich vergehen...«

»Wissen Sie, Professor, was Sie jetzt brauchen? Sie brauchen jetzt einen Tee! Und ich könnte jetzt auch einen vertragen!«

»Es tut mir sehr leid, Miss Hutton«, erwiderte er, »aber nur die großen Hotels haben sich den anglo-amerikanischen Gästen zuliebe auf Teebesuch eingestellt.« Zum ersten Mal fühlte er echtes Bedauern. »Alle übrigen Cafés servieren nur die üblichen Getränke der

Insel. Und selbst die – die Cafés – gibt es in diesem Teil der Stadt nicht.«

Sie waren die Uferstraße ganz hinuntergegangen und an die Mündung der *Roxelane* gelangt, wo die großen Lagerhallen des Zollamtes das Ende des *Quartier du Fort* und die andere Seite des Flusses den Beginn des *Quartier du Centre* darstellten. Jetzt standen sie auf der *Pont de Pierre*, die hinüber ins *Quartier du Centre* führte.

Die *Roxelane* war wie immer weiß von den im Flussbett ausgelegten Leinentüchern. Darüber gebeugt standen knietief im eisigen Wasser unzählige *Blanchisseuses*, die Waschfrauen der wohlhabenden Bevölkerung, und gingen ihrer Beschäftigung nach. Angelina Hutton blieb stehen und sah hinunter. »Was für eine traumhafte Arbeit bei dem Wetter!«

»Täuschen Sie sich nicht, Miss Hutton, wer diese Arbeit ausübt, muss eine überdurchschnittlich robuste Natur haben! Es gibt nur wenige, deren Kreislauf es aushält, stundenlang im eisigen Wasser zu stehen, während der Kopf ärgster Hitze ausgesetzt ist. Schon so manche hat es übertrieben und ist zusammengebrochen, so dass jede Blanchisseuse mit Erfahrung nach spätestens drei Stunden den Fluss verlässt. Diese Arbeit wird nicht umsonst nur von Mulattinnen geleistet!«

Nachdem Angelina Hutton noch einen Augenblick hinunter geschaut hatte, richtete sie ihren Blick erst auf den weiteren Flussverlauf, dann auf die übrige Umgebung.

»Wie idyllisch es hier ist!«

Die junge Dame hatte Recht. Schon wenige zig Meter nach der *Pont der Pierre* folgte eine zweite, und wiederum einige zig Meter weiter eine dritte Brücke, von denen eine jede mit ihrem verputzten, weiß gestrichenen Mauerwerk Anmut verbreitete. Das Flussufer darunter war rechts und links von jeweils einer halbhohen Mauer aus naturbelassenen Steinen begrenzt. Hinter diesen Mauern folgten schmale Uferstraßen, an denen mächtige Häuser die Szene beherrschten. In der Mitte des Flusses lag eine Landzunge, auf der ein burgähnliches Bauwerk den Herausforderungen seiner architektonischen Gegenspieler trotzte, und an deren Spitze ein großer Baum in den Himmel ragte. Ein zweiter stand unter ihnen am Flussufer und wuchs schräg über das Wasser, so dass er an eine Trauerweide erinnerte. Ein dritter spendete der Brücke den von beiden Ausflüglern lange ersehnten Schatten.

»Kommen Sie, Professor, wir machen hier eine Pause!«

Angelina sah ihn bittend an.

»Sie haben sich genau den richtigen Ort für eine Pause ausgesucht, Miss Hutton. Dort unten, mitten im Wasser, wohnt James Japp, der englische Botschafter.«

»Ja, ich weiß, wir waren dort vor einigen Tagen zum Dinner eingeladen. Und nebenbei bemerkt, Mister Landes, meine Eltern sind zwar Engländer,... werden es jedenfalls in ihrem Herzen immer bleiben, ich hingegen...« sie sah ihn triumphierend an, »ich hingegen bin Amerikanerin!« Ihre Stimme erhob sich. »In demokratischer Freiheit geboren und zur Unabhängigkeit im Denken und Handeln erzogen! Ich bin der erste Mensch meiner Familie, der frei von monarchischer Herrschaft seinen eigenen Lebensweg gehen kann und wird! Bei uns in den Vereinigten Staaten kann selbst ein gesellschaftlicher Niemand Präsident werden und absolut jedermann, selbst der übelste Verbrecher, hat ein

Anrecht auf einen fairen Prozess. Das ist bei uns so sehr Gesetz wie die Tafeln mit den zehn Geboten, die Gott Abraham gab, während er zu ihm durch einen Busch sprach!«

Sie raffte den Rock ihres hell-lavendelfarbenen Kleides mit der rechten Hand zusammen und nahm, während sie in der linken den Sonnenschirm über sich hielt wie die Freiheitsstatue ihre Fackel, schwungvoll auf dem steinernen Brückengeländer Platz. So schwungvoll, dass der Saum ihres Kleides bis zu ihrem Knie hoch rutschte. Angelina Hutton, die jetzt dasaß wie Königin Victoria im Damensattel, schien von ihrem Fauxpas nichts mitzubekommen. Gaston Landes war peinlich berührt, konnte sich aber nicht davon abhalten, sie anzuschauen. Sollte er sie auf ihr blamables Missgeschick aufmerksam machen? Sein Blick glitt von ihren in süßen Schuhen steckenden, schmalen Fesseln über ihre schlanken Unterschenkel und weiter über ihre batistumspielten Knie, wo er unweigerlich hoch zu ihrer Wespentaille wanderte. Es waren die schönsten Beine, die er jemals gesehen hatte!

Angelina Hutton spürte nichts von seinem Blick. Sie saß nur da und hatte die Hände hinter ihren langen, schlanken Hals geführt, um ihre Haare im Nacken neu zu verknoten, wobei sie ihren Oberkörper dem Wasser zugewandt hatte.

Sein Blick glitt über ihre Arme, ihren durch die Körperhaltung noch betonten Busen, über ihren Rücken hinunter zu demjenigen Punkt, wo er das Ende ihres Gesäßes und den Anfang der durch das Kleid verschleierten Mauer vermutete. Diese Frau war so schön und duftig wie eine Wolke aus Eischnee, die vom Konditor jeden Tag anders zart gefärbt wurde. Gaston Landes konnte seinen Blick nicht mehr von ihr abwenden. Er sah sie an, und mit seinen Blicken fraß er sie regelrecht auf. Sie war seit einer Minute nicht mehr nur das junge Mädchen für ihn, das große ungestüme Kind, das er ritterlich beschützen wollte, sondern die schönste junge Frau der Welt! Eine junge Frau, ohne die zweiundvierzig Jahre gelebt zu haben er sich nicht mehr vorstellen konnte. Er liebte diese Frau, liebte sie wie noch niemals einen Menschen zuvor. Er würde diese Frau niemals mehr gehen lassen. Diese Gewissheit, diese absolute Gewissheit, ließ ihn sich wie fünfundzwanzig fühlen.

Sollte er sich ihr erklären? Nach zwei Minuten des Nachdenkens machte er einen schnellen Schritt nach vorne. Dann hielt inne. Angelina saß zutiefst in den Augenblick versunken da. Heiß und schwer hing die Luft über Saint-Pierre. Es kam ihm vor, als würde hinter einer unsichtbaren Mauer aus Hitze ein schöner Traum in Regungslosigkeit verharren. Sollte er diesen Traum durch sein Auftreten jäh beenden?

Nein, nach all ihren Blicken, Worten und Berührungen würde seine Frage ohnehin nur noch eine Formalität sein. Sie würde sein Eigen werden. Das war sicher. So sicher wie das Werden eines jeden neuen Tages.

Saint-Pierre, Sonntag, 7. April

Pauline fühlt sich wie neu geboren. Es waren keine leeren Worte gewesen, als René von Heirat gesprochen hatte. Sie hielt *Les Antilles* in den Händen, die sie sich gekauft hatte, weil René eine Überraschung darin angekündigt hatte, und las unmissverständlich: »René Marcel Edmont Henry Oreste de Chevalier und Pauline geben sich die Ehre, ihre Verlobung bekanntzugeben!« Sie fühlte sich so leicht wie noch niemals in ihrem Leben, und sie wusste, das lag nicht an der Tatsache, dass sie keinen Korb auf dem Kopf hatte.

Sie konnte gar nicht abwarten, am nächsten Tag ihren Verlobten zu sehen. Aber statt Sonntagslaune zu haben, schien er eher ernst.

»Was hast Du?« fragte sie ihn. Bereust Du etwa Deine Entscheidung?«

Er legte seine Arme um ihre Taille und zog sie an sich. »Keine Sekunde!« Er sah ihr liebevoll in die Augen. »Uns steht nur eine harte Zeit bevor! Meine Tante hört nicht mehr auf zu weinen, mein Onkel, dessen einziger Erbe ich bin, hat mir mit Enterbung gedroht. Außerdem gingen bei unserer Zeitung hunderte Briefe ein, in denen die Leute sich empörten und ihr Gift versprühten, und mein Chef hat angekündigt, dass ich niemals Redakteur werden werde, wenn ich diese Ehe schließen sollte! Du wirst also mit einem Mann vorlieb nehmen müssen, der nur ein Reportergehalt heimbringt!« Seine Tonfall war von Verzweiflung in trockenen Humor übergewechselt.

Pauline störte das gar nicht. Sein Reportergehalt war für sie noch immer mehr, als sie selbst sich jemals an Verdienst hätte erhoffen können. Und was für eine Reaktion hatte er erwartet? Dies war die erste Ehe, die jemals auf der Insel zwischen einem *Bekée* und einer Mulattin geschlossen wurde.

Dann wurde Renés Tonfall trotzig und er fuhr fort: »Wir werden heiraten! Und dann ziehst du zu mir! Und dann wird es niemanden mehr geben, der sich daran stören wird!«

Saint-Pierre, Sonntag, 13. April

Gaston Landes war glücklich. Marie-Anne Hutton hatte ihm einige Tage zuvor geschrieben, sie wolle diesen Sonntag sehr früh am Morgen mit ihrer Tochter den *Mont Pelée* besteigen und erbäte seine Führung. Dabei hatte der Tenor ihres Schreibens nicht den geringsten Zweifel daran gelassen, dass ihr Wunsch ihm Befehl zu sein hatte.

Also machte er sich mit den beiden Damen pünktlich um vier Uhr in der Frühe auf den Weg. Es war ein beschwerlicher Aufstieg währenddessen sie kaum mehr als das Nötigste sprachen. Sie liefen über grüne Hügel, vorbei an tiefen Schluchten, steil abfallenden Hängen und mühten sich vier lange Stunden die immer schmaler werdenden Wege des Bergmassivs hinauf. Dabei erfuhr Angelina, dass diese Wege in spätestens 5 Wochen wegen der starken Regenfälle nicht mehr begehbar sein würden.

Eine halbe Stunde nachdem sie die Vegetationsgrenze passiert hatten, waren sie endlich auf dem Gipfel angekommen.

»Juhuu, wir stehen an der Schwelle zum Himmel!« jubelte Angelina mit weit emporgestreckten Armen in das unendliche Blau über ihr schauend. Dabei rannte sie so schnell über das saftig-grüne Ufer des *Lac des Palmistes* zum höchsten Punkt des Berges, dem *Morne de la Croix*, dass Gaston fürchtete, sie würde jeden Augenblick über die Fragmente verkrusteter Erde am Rande der Staubwüste vor ihnen stolpern. Doch sie kam wohlbehalten bei dem vier Meter hohen Eisenkreuz an. Beeindruckt von ihrer jugendlichen Begeisterung vergaß der Professor völlig, sie darüber zu belehren, dass ein Schritt in die falsche Richtung hier oben sehr schnell in entgegengesetzte Richtung als den Himmel führen konnte. Und obwohl es in der Tat nicht die Schwelle zum Himmel war, so dachte Gaston, war dieser Punkt mit seinen fast 1400 Metern Höhe doch zumindest derjenige Punkt der Insel, der dem Himmel am nächsten kam. Mrs. Hutton sah ihrer Tochter nur kopfschüttelnd nach und machte sich gemächlich auf den Weg.

»Kommen Sie endlich, Professor! Mum, die Aussicht ist einfach himmlisch! Ich will jeden Tag hier hinaufkommen!«

»Da muss ich Sie enttäuschen, Miss Hutton«, antwortete Gaston Landes. »Sie haben unfassbares Glück, die Aussicht ist für gewöhnlich angesichts der dichten Wolken nur so schön wie die Menschen, die Sie begleiten. Und ihre Mutter dürfte etwas dagegen haben, wenn Sie jeden Tag so heimkämen.« Er deutete auf Angelinas stark verstaubtes Kleid. Angelina sah an sich hinunter und machte kurz ein enttäuschtes Gesicht, vor allem, da ihre Mutter ihm lächelnd beipflichtete. Doch dann besann sie sich wieder darauf, wo sie eigentlich war und sah sich in wiedererlangter bester Laune mit den inzwischen nachgekommenen beiden anderen Bergwanderern die Aussicht aller Himmelsrichtungen an.

Weit in nördlicher Ferne konnten sie die nächste Insel der kleinen Antillen, Dominika, sehen, darüber und darunter nichts weiter als das Türkis des Meeres und das Azur des Himmels. Südöstlich des Pelée-Massivs, in Richtung Atlantik verlaufend, erstreckten sich in zwölf Kilometern Entfernung unter ihr mit dem gut erkennbaren Morne Rouge davor, die *Piton du Carbets*, eine stark zerklüftete Bergkette um einen ebenfalls alten, erloschenen Vulkan. Im Nordwesten erlaubte ihnen das strahlende Wetter den Blick auf Le Prêcheur und die zu ihm führende Küstenstraße sowie einige weitere Fischerdörfer. Im Westen fanden sie fast am Meer gelegen das wohl signifikanteste Gebäude ihres Ausblicks: die größte Zuckermühle der Insel, die Usine Guérin.

Zuletzt richteten sie ihren Blick auf den Südwesten, auf Saint-Pierre unter ihnen, das selbst aus so großer Höhe betrachtet noch einen sehr geschäftigen Eindruck machte. Viele Schiffe kreuzten in der Bucht und sie konnten sogar ein paar Dampfer sehen, die neu ankernd dazugekommen waren seitdem sie am Morgen die Stadt verlassen hatten, oder die gerade die gut erkennbare Meeresströmung ausnutzten, um ein- oder auszulaufen.

Zwischen ihnen und der Stadt lag nichts weiter als Grün: Bananenplantagen, Zuckerrohrfelder, Regenwald. Nur hin und wieder blitzte ein Häuschen aus diesem Grün hervor oder man sah eine *Habitation*.

Hinter ihnen unterhalb des Kreuzes lag der *Lac des Palmistes*, der mit hundert Metern Länge und einigen zig Metern Breite den obersten Teil des Vulkankegels dreißig Meter tief füllte. Er war der kleinere der beiden alten Krater des Berges.

Angelina hatte sich sattgesehen und war ruhiger geworden. Sie kniete vor dem Kreuz nieder und sprach ein kurzes Gebet. Dann erhob sie sich wieder und sah sich suchend um. »Das Gras und das Moos sehen wunderschön weich aus! Ich denke, ich werde mich einen Augenblick ausruhen!«

»Ich bitte Sie, Miss Hutton, tun Sie das nicht!« hielt Gaston sie von ihrem Vorhaben ab. »Hier oben ist der Boden so feucht, dass man sofort durchweichte Kleidung hätte, würde man sich setzten. Kommen Sie, dort drüben steht ein Baumstumpf, der zu diesem Zweck hier hinauf gebracht worden ist.«

Angelina begab sich zu dem ihr gedeuteten Platz, der sich gut zehn Meter weit entfernt von demjenigen befand, auf dem es sich ihre Mutter bereits bequem gemacht hatte. Nur für Gaston Landes blieb keine Sitzmöglichkeit mehr. Das kümmerte ihn aber nicht. Er machte sich auf, den beiden Damen in einer extra zu diesem Zweck mitgeführten Flasche etwas Trinkwasser aus dem See zu holen.

Das Wasser war so glatt, dass er sein Gesicht auf der Oberfläche des ansonsten leblosen Sees gut erkennen konnte. Erst jetzt fiel ihm auf, dass die Luft hier oben heute erstaunlich gut war, und er atmete tief durch.

Nachdem Gaston der älteren der beiden Damen das Wasser gereicht, und diese ihren Durst gelöscht hatte, ging er hinüber zu Angelina. Sie sah heute wieder ganz besonders reizend aus in ihrem Kleid, das hellgelb war wie in Milch gefallener Blütenstaub einer Lilie.

»Bitte sehr, Miss Hutton, Sie müssen auch sehr durstig sein!« Angelina sah zu ihm auf, und ihr von einem freundlichen Lächeln begleiteter Augenaufschlag ließ in ihm eine Woge warmer Gefühle hochkommen. So wohl in seiner Haut hatte er sich schon seit langem nicht mehr gefühlt. Wie dieses Kind ihn bewunderte!

Nachdem auch Angelina aus der Flasche getrunken und er diese wieder verstöpselt hatte, sahen sie sich einen Moment an und sagten nichts. Es war ein Moment, der das Vertrauen, das während der letzten zwei Wochen zwischen ihnen entstanden war, fast greifbar werden ließ. So hatte er sich noch nie in seinem Leben gefühlt! Sie schien seine Gegenwart selbst schweigend noch sehr zu genießen! Er wollte sich gerade wieder abwenden, als ihm doch noch etwas einfiel, das er sie fragen konnte und damit die gemeinsame Zeit ein wenig verlängern.

»Aber wenn Sie gerne noch einmal auf den Mont Pelée wollen, Miss Hutton, dann kommen Sie doch mit Ihrem Vater zurück, und es wird mir eine Ehre sein, Sie wieder zu führen!«

Angelina lachte. Es war ein wunderschönes, glöckchenhelles Lachen.

»Mein Vater würde alles tun, nur nicht verreisen. Ich glaube, er ist in seinem ganzen Leben noch nicht verreist. Er fährt am Morgen in der Kutsche zu seiner Fabrik und am Abend wieder zurück nach Hause. Das ist die größte Reise, die er unternimmt. « Sie lachte wieder.

»Ich verstehe«, entgegnete er. »Ihr Vater ist ein sehr häuslicher Mensch.«

Nun lachte sie ein drittes Mal, diesmal höchst amüsiert.

»Mein Vater hat lediglich keine Zeit, wegzufahren. Für alles hat er seine Beauftragten und Dienstboten. Oder Mutter.« Obwohl sie noch immer in einer etwas ausgelasseneren Stimmung war, wurde ihr Ton jetzt gedämpfter, und sie sah zu ihrer Mutter hinüber, ob diese von der Unterhaltung etwas mitbekommen hätte.

»Mein Vater hat bis zum heutigen Tage sein ganzes Leben nur seinem Geschäft gewidmet und lebt deshalb in der Überzeugung, dass er immer in seiner Firma sein muss, damit alles den rechten Gang der Dinge geht. Und da minderwertige Waren früher oder später aussortiert werden, hält er seine Produkte für so gut, dass sie für sich selbst sprechen können, und es deshalb genügt, einen Prokuristen auf Reisen zu schicken. Das hat er sich irgendwann bei der Gründung seiner Firma einmal einfallen lassen, und seither hat er seine Meinung nicht mehr geändert.«

»Das klingt mir nach einem sehr verantwortungsbewussten Mann!«

»Verantwortungsbewusst aber egozentrisch – im Beruf jedenfalls. Ansonsten ist er eher ein exzentrischer Querkopf, der zum Beispiel nicht zulassen konnte, dass ich einen zweiten Vornamen bekam, da er keinen Sinn darin sah, einem Kind einen Name zu geben, den man sowieso nicht nennt. Alle Argumente meiner Mutter, wegen Ehrung der Vorfahren, Tradition, Bekanntheit des Familiennamens und damit einer gewissen aristokratischen Pflichtschuldigkeit diesem gegenüber, oder auch nur besserem Aussehen auf Visitenkarten und Einladungsschreiben, schlug er in den Wind. Nur im Hinblick auf meine Heirat ist er sehr konventionell.« Sie schwieg für eine kurze Weile. »Jeder scheint mich heiraten zu wollen, aber da ich das einzige Kind bin, erlaubt Vater nur eine Verbindung mit einem Mann, der seinem Geschäft dienen kann und es später einmal übernehmen.« Angelina sah jetzt weniger glücklich aus.

»Aber wenn Sie sich nun entschließen würden, jemand anderes zu heiraten, dann würde er Ihnen Ihr Glück doch sicherlich nicht verwehren!« Gaston

Landes hatte schon lange von keiner Zweckheirat mehr gehört.

Angelina schüttelte den Kopf. »Ich dürfte es nicht wagen! Erst würde er seinen Zorn auf meinem Haupt entladen – und sein Zorn ist wie Blitz und Donner – dann würde er mich enterben! Und ich dürfte meine Mutter nie wiedersehen! Nein, daran ist nicht einmal zu denken!« Sie schauderte bereits bei dem Gedanken.

Gaston Landes wollte gerade fragen, ob sich denn schon ein geeigneter Bewerber gefunden hätte, als Marie-Anne Hutton in dem leicht verärgerten Ton einer unbeachteten Frau nach ihm und ihrer Tochter rief. Sie sagte, sie wolle gerne hinuntergehen zum *Etang Sec*, dem anderen Krater des Gipfels.

Da sie diesen nur von ihrem derzeitigen Standort aus erreichen konnten, denn der *Etang Sec* war von unten nicht zugänglich, hatte Gaston Landes dies ohnehin vorgehabt. Sie begaben sich daher alle auf den Weg die dreihundert Meter hinunter zu dem schon lange ausgetrockneten See, der seinem Namen aufgrund des ausgedörrten Bodens alle Ehre machte. Die kleine Gruppe durchschritt ihn, bis sie an der südlichen Kante an eine hohe Felswand kam, die aussah wie ein riesiges V. Die Aussicht war bombastisch. Es schien, als hätte die Natur diese Lücke nur im Felsen gelassen, um den Blick auf Saint-Pierre freizugeben.

Angelina sah hinunter. Sie schauderte. Jenseits der Wand fiel der Berg gut dreihundert Meter tief ab, und mit ihm das Quellwasser, das der Anfang des *Rivière Blanche* war, der zwischen Saint-Pierre und Le Prêcheur im Meer mündete. Er versorgte beide Städte selbst in der Trockenzeit noch mit Trinkwasser. Gaston Landes warf einen Blick auf Angelinas Mutter. Sie war sehr ruhig und eine Spur zu sehr gefasst. Etwas schien in ihrem Inneren zu arbeiten. Er musste nicht lange darauf warten, bis sie auf den Punkt brachte, was ihr Innerstes in Aufruhr versetzt hatte.

»Ich habe bemerkt, Monsieur le Professeur«, begann sie mit einem strengen Seitenblick auf ihre Tochter und auf Französisch, »wie angeregt Sie sich mit meiner Tochter unterhalten haben!«

Gaston Landes begradigte seine etwas zu bequem gewordene Körperhaltung und fühlte sich auf einmal unangenehm wach.

»Sie müssen wissen, Monsieur, meine Tochter ist seit ihrem siebzehnten Geburtstag mit einem jungen Mann von dreißig Jahren aus sehr gutem, kultivierten Hause verlobt. Er wird einmal Erbe einer großen Stahlfabrik sein. Genaugenommen der größten Stahlöfen Neuenglands. Mein Mann hat auf die Verbindung bestanden, da er beabsichtigt, mit jener Firma zu fusionieren. Der dort produzierte Stahl ist der reinste des ganzen Landes. Die Hochzeit wird am 18. Geburtstag von Angelina stattfinden!« Sie sah wieder hinunter nach Saint-Pierre, und der abschließende Tonfall ihrer Stimme sagte ihm, dass sie ihre kurze Rede beendet hatte und keinerlei Erwiderung erwartete.

Ihre Entschlossenheit ließ Gaston Landes' Körper vor Kälte erstarren. Ihm war kalt. Sehr kalt. Ihm war, als wäre seine Seele nicht mehr in der Lage, in alle Teile des Körpers vorzudringen und ihm Wärme zu spenden. Gaston Landes fröstelte so sehr, dass er sich geschüttelt hätte, wäre nicht Marie-Anne Hutton anwesend gewesen.

Auch Angelina schien sich nicht mehr ganz wohl zu fühlen, obwohl sie das Gespräch unmöglich verstanden

haben konnte, deshalb entschied er für sie alle, dass es
an der Zeit wäre, zu gehen. Sie gingen den selben Weg
zurück, den sie zuvor gekommen waren. Wieder am
Lac des Palmistes angekommen, konnte Gaston
Landes, der diesmal der letzte der Gruppe war, nicht
anders, als noch einmal an dem Baumstumpf stehenzu-
bleiben und sich des Gefühls zu erinnern, das ihn noch
vor einer halben Stunde so wohlig erfüllt hatte. Die
beiden Damen gingen indes weiter. Er sah ihnen nach,
bis sie wieder an dem Punkt angelangt waren, an dem
der Abstieg begann. Er musste jetzt eine Minute alleine
sein, dann würde er ihnen folgen. Sein Herz raste und
war ihm doch so schwer. Er konnte kaum atmen. Gott
sei Dank, die Damen merkten nicht, dass er zurückb-
lieb. Er hätte jetzt nichts erklären wollen. Dann, nach
seiner kurzen Pause waren sie seinem Blickfeld
entschwunden, und er musste sich beeilen, um noch
hinterher zu kommen. Die Schwelle zum Himmel hatte
ohnehin ihren Zauber verloren – in der Luft hatte sich
wieder der in letzter Zeit übliche Schwefelgeruch des
Sees ausgebreitet.

Fort-de-France, Donnerstag, 17. April

»Janvier, Telegramm!« Louis Mouttet hatte eigentlich
angesichts seiner Nervosität erst den langen Flur hinunter brüllen wollen, in der Hoffnung, Janvier würde ihn
eine Etage tiefer noch hören. Dann aber hatte er sich

zusammengerissen und war bis zur Treppe gelaufen, um von dort in gemäßigter Lautstärke hinabzurufen. Er konnte es nicht glauben! Diese Fahrlässigkeit! Waren die Engländer noch bei Verstand, besaßen sie überhaupt welchen? Sie mussten sich zweifelsohne völlig unvorsichtig verhalten haben! Er lief den Flur wieder zu seinem Amtszimmer zurück, um dann vor seiner Tür wieder kehrt zu machen, und wieder zurück zur Treppe zu laufen. »Janvier, nun kommen Sie schon!« Dann ging er in sein Zimmer.

Janvier erschien mit erstauntem Gesicht. »Ich bin doch sofort gekommen, Monsieur le Gouverneur! Soll ich den Doktor rufen?«

»Nein, schreiben Sie«, antwortete Louis Mouttet, der seit zweieinhalb Wochen schon keinen Anfall mehr gehabt hatte, »wegen Pockenepidemie auf Barbados Aussenden von 250 Ampullen Impfstoff an das Institut, rue Ballu 8, erbeten. Mouttet«.

Barbados war höchsten zwei Tage mit dem Schiff entfernt, sozusagen vor der Tür. Und auf gerader Linie gab es keine Insel mehr dazwischen. Die Pocken würden ihnen gerade noch fehlen. Schlimm genug, dass es keine Impfpflicht gab – noch nicht. Das neue Gesetz zum Schutz der öffentlichen Gesundheit sah sie zwar vor, aber es war erst Mitte Februar veröffentlicht worden und würde erst ein Jahr nach Veröffentlichung in Kraft treten. Die 250 Ampullen würden gerade für die Verwaltungsbeamten und deren Familien, sowie für die reiche Oberschicht Martiniques reichen. Alle andern konnten sich einen Gang zum Arzt sowieso nicht leisten. In einem Jahr würden alle zwangsgeimpft werden, auf Staatskosten vielleicht. Das nutzte ihnen heute nur leider sehr wenig. Mouttet setzte sich.

Seit Jahresanfang war es eine einzige Zitterpartie gewesen – seitdem er in seiner Amtsperiode zum ersten Mal ein Telegramm vom französischen Konsul von Panama über die dortige Pockenepidemie bekommen hatte. Und dem zwei Wochen später ein weiteres gefolgt war, dass die Krankheit noch immer epidemische Ausmaße besäße. Dann, Ende Februar, hundertzwanzig neue Fälle. Alle zum Glück noch immer dort. Und jetzt das! Was die Pocken der Bevölkerung antun konnten, hatte ja das letzte Telegramm vom 3. April gezeigt: 42 neue Fälle innerhalb von zehn Tagen und 21 Tote! Viele Menschen befanden sich in Behandlung – viele nicht, weil sie zu arm waren!

Er musste auf andere Gedanken kommen, er konnte im Augenblick sowieso nichts tun. Alles, was er tun konnte, nämlich eine ganze Reihe Schiffe, die aus Panama kamen, unter Quarantäne zu stellen, hatte er getan. Der Gouverneur sah hinab in den gepflegten Garten, der sich hinter dem *Hôtel du Gouverneur* befand, und betrachtete die Blumen.

»Schreiben Sie weiter, Janvier: Nach Überprüfung kein Ort in den Militärgebäuden groß und sicher genug, um als Unterbringung für Viehfutter genutzt zu werden.« Der Gouverneur drehte sich um und sah Janvier an. »Haben wir eigentlich schon Antwort wegen der Aufhebung des Alkoholverbots?«

»Nein, Monsieur le Gouverneur.« Janvier schrieb eifrig.

»Weiter, Janvier: Dringend abordnen wegen Mangels auf Martinique, einen Hauptmann der zweiten Artillerie, vier Artillerieleutnants. Haben Sie das, Janvier?«

Janvier nickte.

»Dekret legt Verlängerung der Legislativwahlen heute fest. Übermittelte Ihr Telegramm heute an Guadeloupe und Guyana. Bis auf Lagrossillière liegen alle Kandidaturerklärungen vor. Mouttet« Louis Mouttet atmete tief durch und setzte sich in seinen Sessel. Er fühlte sich schon besser. Morgen oder übermorgen würde auch noch die von Lagrossillière kommen, nachdem die von Nicole, Duquesnay, Clerc, Percin und Clément bereits vorlagen.

George Lhuerre trat durch die weit geöffnete Tür ein. »Es ist soeben eine Dépeche für Monsieur le Gouverneur vom Kolonialminister gekommen!« Er legte den Brief auf den Schreibtisch seines Vorgesetzten.

Louis Mouttet öffnete ihn und las. Am liebsten wäre er aus seinem Sessel hochgefahren. Aber er sagte nur möglichst ruhig: »Die Compagnie Générale Transatlantique hat formelle Beschwerde bei Décrais eingelegt. Er bittet mich, ihm die Gründe für die auferlegte Quarantäne mitzuteilen.«

»Soll ich einen Brief aufsetzen, Monsieur le Gouverneur?«

Mouttet schüttelte den Kopf. Hier wurde seine Kompetenz in Frage gestellt, weil man den Unterschied zwischen seinen Repräsentationspflichten für Frankreich und seiner Entscheidungsbefugnis im Rahmen der Inselpolitik nicht wahrnahm oder wahrnehmen wollte. Den Brief musste er schon selbst schreiben, um das Maß seiner Verantwortung ins rechte Licht zu rücken. Aber vielleicht müssten sie weniger hart zu den Schifffahrtsgesellschaften sein. Vielleicht hatte es bei ihnen finanzielle Verluste gegeben, die vermeidbar gewesen wären. Dann wäre ihr Ärger verständlich gewesen.

»Nein George, wir berufen den Conseil Sanitaire ein. Und bitte tun sie es sofort!«

Mit diesem Befehl entließ er seinen ersten Sekretär. Diesmal würde er zum ersten Mal an einer Sitzung des *Conseil Sanitaire* teilnehmen, obwohl es nicht zu seinen Aufgaben gehörte. Erst dann würde er wissen, dass alle Aspekte ganz genau geprüft worden sein würden.

Saint-Pierre, Samstag, 19. April

Es klingelte an der Tür. Béatrice Douce öffnete und draußen stand Madame Palé, die nur eine Tür weiter wohnte.

»Haben Sie gesehen, was ihre kleine Tochter draußen mit den Kindern spielt?« fragte sie, sichtbar entsetzt. »Ein paar große Jungs von ungefähr zwölf Jahren spielen mit drei oder vier kleinen Mädchen – ihre Tochter Suzanne ist auch dabei – Herr und Sklave! Eben gerade als ich aus meinem Fenster sah, musste ich erleben, wie die beiden Bengel mit Ruten, die sie von einem Busch genommen hatten, die Mädchen an die Waden schlugen. Also wirklich, ich dachte, diese Zeiten seien vorbei!«

Madame Douce sah sie mit gerunzelter Stirn an. »Ich habe auch eben aus dem Fenster gesehen und mir ist bisher nichts Außergewöhnliches aufgefallen«, antwortete sie. »Die Kinder spielen, wie sie immer spielen. Aber ich werde gleich mal nach dem Rechten sehen.« Und sie gingen gemeinsam hinunter.

Die beiden Jungen hatten ein paar Mädchen gefesselt und in eine Ecke gedrängt, wo sie sie auf das Übelste anschrien. Die Mädchen gigsten und gagsten und schienen das alles ziemlich amüsant zu finden.

»Wäre da eines meiner Kinder dabei, würde ich dazwischen gehen«, sagte Madame Palé. »Ich war stets bemüht, meine Kinder zu Menschlichkeit im Umgang miteinander und Respekt vor dem Anderen zu erziehen und auch dazu, sich bei anderen den nötigen Respekt zu verschaffen, wo dieser fehlt!«

Madame Douce starrte sie an. Worüber regte sie sich augenblicklich so auf? Die Kinder spielten doch völlig normal! Sie ging zu ihrer Tochter und sprach mit ihr. Dann kam sie zurück.

»Meine Tochter sagt, sie hätten nur mal eben die alten Zeiten nachgespielt und viel Spaß dabei gehabt. Ich weiß wirklich nicht, was hieran außergewöhnlich sein sollte! Wie kommen Sie überhaupt dazu, sich in die Angelegenheiten der Nachbarschaft einzumischen?«

Madame Douce stand da, die Arme vor dem Körper verschränkt, den Kopf ein wenig höher gehoben und einen giftigen Gesichtsausdruck aufsetzend, so dass sie noch hochnäsiger aussah als sonst. So dastehend, groß und dünn wie sie war, gab sie das Bild eines gegen den Himmel gerichteten Pfeils ab.

»Wegen so etwas möchte ich Sie bitten, mir nicht mehr meine Zeit zu stehlen!« Und sie hob die Nase noch höher und drehte sich um, ohne Madame Palé die Gelegenheit zu einer Antwort zu geben. Dann lief sie unter dem harten Klackern ihrer Absätze die zwei Etagen zurück in ihre Wohnung, schloss die Tür hinter sich so geräuschvoll, dass Madame Palé es bis auf der

Straße hören konnte, und drehte den Schlüssel im Schloss zweimal um.

Saint-Pierre, Montag, 21. April

Dies war der allerletzte Abend gewesen, den Gaston Landes zusammen mit Angelina Hutton hatte verbringen dürfen. Ein Abend, der für ihn so sehr von Wehmut überschattet gewesen war wie der vergangene Tag von dem Bewusstsein, dass das Lila von Himmel und Meer Zeichen der unaufhaltsam kommenden Nacht waren, worüber auch die glühend orangefarbene Sonne am Horizont nicht hatte hinwegtäuschen können.

Jetzt war der Abend und damit auch seine Zeit mit Angelina zu Ende gegangen, und sie waren nach einem eleganten *Dîner* im *Lamartine*, bei dem Angelina kaum etwas zu sich genommen hatte, wieder am Hotel angelangt. Er beschloss, sie noch hineinzubringen und öffnete ihr daher die große Flügeltür des Eingangs.

Obwohl er schon über zehn Jahre auf der Insel lebte, war es das erste Mal, dass Gaston Landes eines der teuren Hotels von Saint-Pierre betrat. Er war nur wenig mit den Vergnügungslokalitäten der Stadt vertraut, da er mit seinen Gedanken selten woanders als bei seinen Pflanzen war. Das Hotel war innen viel größer als es von außen den Anschein gehabt hatte. Man musste den ganzen Raum zwischen den beiden Straßen verbaut haben, dachte er. Vor ihm tat sich eine riesige Eingangshalle auf, die einen stark glänzenden Marmorfußboden hatte, dessen groß angelegtes Ocker nur noch durch

Elfenbein und Schwarz begrenzt wurde. Überall standen große, runde Vasen mit den prächtigsten Tropenblu-
men.

Nur zögernd ging er hinter Angelina Hutton in das
Gebäude, vorbei an dem geräumigen Speisesaal zu
seiner Rechten und der eleganten, türkisfarbenen Louis
XV Polstergruppe zu seiner linken, hinter der sich eine
breite, elfenbeinfarben lackierte und stuckumrandete
Fensterfront mit Flügeltüren befand. Hinter dieser
Fensterfront grünte und blühte es.

Er durchschritt, Angelina Hutton jetzt geleitend, den
Raum, so dass er nicht anders konnte als sich unter die
aus Stahl und Glas gebaute Kuppel der Eingangshalle
zu begeben, die das Hotel bereits aus der Ferne von den
umliegenden Häusern abhob. Gaston Landes hielt einen
Augenblick inne und schaute nach oben. Es war, als
gäbe es zwischen ihm und dem Himmel nichts mehr
außer architektonischer Leichtigkeit in Form unzähliger
Glasfacetten, die von verborgenen Stahlträgern gehalten
wurden. Gaston Landes wusste, wie sehr jeder nach der
Renovierung des Hotels vor einem Jahr von dieser
Konstruktion begeistert gewesen war. Jeder außer ihm.
Er lächelte still vor sich hin. Diese Kopie war ganz
exzellent, dennoch eine Kopie wie er wusste, denn er
hatte das Original im Jahr 1900 in Paris gesehen, als er
zur Weltausstellung gefahren war: Das *Grand Palais*,
speziell für die Weltausstellung zwischen den Champs-
Élysées und der Seine erbaut, stellte mit seiner fünfundvierzig Meter hohen Stahl- und Glaskuppel einen Besu-
chermagneten dar, der sogar den Petersdom in Rom an
Größe, sowie mit 8500 Tonnen den Eiffelturm an
Schwere übertraf. Er war wohl der einzige gebildete
Bewohner der Insel, der sich dieses »göttlich inspirierte

Meisterwerk« wie *Les Colonies* geschrieben hatten, noch nicht von unten angesehen hatte. Der Anblick aus der Ferne hatte ihm immer ausgereicht, denn was hatte dieses Hotel schon noch zu bieten, hatte man erst einmal Paris gesehen?

Er ging, Angelina noch immer den Arm bietend, weiter. Vor ihnen tat sich eine riesige Treppe mit einem ebenfalls riesigen Kronleuchter darüber auf, deren Geländer aus verspieltem Schmiedeeisen und Mahagoni bestand, und die sich auf halber Höhe zweiteilte, wobei sie wie zwei weit geöffnete Arme in das erste Stockwerk führte. Arme, die um zwei mächtige, helle Marmorsäulen herum gelegt waren, die – wären es echte Arme gewesen – das Zusammenführen der Hände verhindert hätten.

Bis dorthin wollte er Mademoiselle Hutton bringen und sich dann schweren Herzens in aller Form verabschieden. Er war gerade im Begriff dies zu tun, als sie ihm zuvorkam.

»Oh, bitte, Professor, dies ist unser letzter Abend! Bitte, bitte, kommen Sie doch noch mit nach oben, ich muss Ihnen unbedingt mein Zimmer zeigen! Es ist so wunderschön!«

Oh, dieses Kind! Welches Kind wollte nicht sein Zimmer zeigen? Wie konnte er so viel Unschuld widerstehen?

»Also gut«, sagte er und bot ihr wieder seinen Arm. Es würde niemand Unrechtes von ihm denken, wenn er gleich wieder herunterkäme.

Sie schritten die Treppe hinauf, wobei er bemerkte, dass die Eingangshalle hinter der Treppe weiterführte, was bei ihm den Eindruck erweckte, sich in luftige Höhen zu begeben.

Angelina Hutton führte ihn den rechten der zwei Arme hinauf, bis zu ihrem Zimmer.

»Bitte, Gaston, öffnen Sie mir die Tür, es gibt mir das Gefühl, dass ich hier mit Ihnen zuhause bin!«

»Aber ich bitte Sie, wie sieht denn das aus, wenn ich Ihre Tür aufschließe!« protestierte er mit einem Lächeln, das verriet, wie sehr er sich von ihrer Anrede und Bitte geschmeichelt fühlte. Sie hielt ihm den Schlüssel hin, und er wollte schon danach greifen, als er merkte, dass hinter ihnen auch noch andere Leute die Treppe heraufgekommen waren. Wortlos sah Gaston sie an, um dann seinen Blick mit gerunzelter Stirn auf die anderen Hotelgäste schweifen zu lassen und wieder zu ihr zurückzuschauen, woraufhin Angelina mit einem bedauernden Seufzer ihre Tür selbst öffnete. Er ließ ihr den Vortritt, dann trat auch er einen Schritt hinein.

Obwohl es Abend war, schien das Zimmer in das Licht eines warmen Maimorgens getaucht zu sein. Die Wände hatten die Farbe hellen Eidotters. Die beiden fast deckenhohen Fenster gegenüber der Tür waren zusätzlich zu den zarten, elfenbeinfarbenen Gardinen mit Vorhängen bedeckt. Diese waren farblich durch breite, eine Nuance dunklere Längsstreifen auf die Wände perfekt abgestimmt und an Mahagonistangen über dem Fenster befestigt. In der Mitte waren sie jeweils zur Hälfte durch Halterungen aus Messing gerafft, die aussahen wie das obere Ende eines Bischofsstabes, so dass die Gardinen noch immer darunter hervorblitzten und dem Raum damit eine elegante Note charmanter Sinnlichkeit verliehen.

Das Zimmer hatte eine ideale Aufteilung. Obwohl jedem Bequemlichkeitsbedürfnis durch ein großes Doppelbett, eine davorstehende schilffarbene Chaiselongue und einem zwischen beiden Fenstern stehendem bequemen, runden Rattansessel Genüge getan werden konnte, war noch immer genügend Platz, um sich frei zu bewegen. Mehrere im Zimmer verteilte Lampen, die mit naturfarbener Seide bespannt waren, verbreiteten wohlige Behaglichkeit.

Angelina war schon fast bis zu ihrem Bett gegangen, dann drehte sie sich zu ihm um und schenkte ihm ein strahlendes Lächeln. Gaston Landes fühlte, wie ihm durch und durch warm wurde, und sein Atem stockte. Für einen Augenblick waren alle seine akademischen Errungenschaften, seine gesellschaftliche Stellung und seine Familie, alles, was er bisher für die wichtigsten Dinge im Leben gehalten hatte, bedeutungslos. Konnte es ein größeres Ziel im Leben geben als ein solches Lächeln geschenkt zu bekommen, noch dazu an einem so zauberhaften Ort?

»Kommen Sie doch weiter herein, Gaston!«

Er wusste nicht, ob er ihrer Aufforderung Folge leisten sollte oder nicht. Würde er einen weiteren Schritt in ihr Zimmer setzen, und würde sie dann die Tür hinter ihm schließen, so wäre ihr Ruf ruiniert, würde es jemand bemerken. Und ihm würde man ab sofort nachsagen, er würde jungen Mädchen aus gutem Hause die Ehrbarkeit nehmen, mit der Folge, dass er sich am *Lycée* niemals mehr blicken lassen konnte.

»Lieber nicht, ich möchte Sie nicht kompromittieren, Mademoiselle!«

»Ich bitte Sie, Gaston, ein oder zwei Schritte, was macht das schon!«

Oh, dieses unschuldige Kind! Ein oder zwei Schritte sind manchmal mindestens einer zuviel, dachte er. Er fühlte, wie die sanfte Art wie sie »Gaston« gesagt hatte, seine Festigkeit schwinden ließ. Sie nahm seine Hand und zog ihn auf so zarte Weise zu sich hinein, dass er sich plötzlich fühlte wie in einem wunderschönen Traum und ihrem Begehren nachgab.

»Aber die Tür lassen wir geöffnet!« Irgendeine Grenze musste hier jetzt gesetzt werden, irgendeine gesellschaftlich akzeptable Rechtfertigungsmöglichkeit musste bereitgehalten werden, sonst wäre es um sie beide geschehen!

»Schauen Sie, ist dies hier nicht alles ganz wunderbar? So etwas Schönes wie dieses Zimmer habe ich seit meinem letzten Besuch in der Oper von Boston nicht mehr gesehen! Haben Sie schon einmal etwas so Einzigartiges zu Gesicht bekommen?«

Er sah sie an. Was sollte er ihr sagen? Sie war wohl das Einzigartigste, was er jemals zu sehen bekommen hatte. So schön, rein und wie sollte er sie beschreiben, was gäbe es auch nur annähernd Passendes, das mit ihr zu vergleichen wäre? Sein Blick fiel auf ein Fläschchen, das neben dem Bett stand und die Aufschrift *Scent of Rainbow* trug. Dies musste das Parfum sein, nach dem sie immer zart duftete.

Gaston Landes hätte sich keinen Namen vorstellen können, der passender gewesen wäre, denn das war sie: so schön und duftig zart und – wie ihm schien – transluzent wie ein Regenbogen und trotz der Berührung ihrer Hände auch so weit entfernt und ungreifbar. War es möglich, sich einem Regenbogen zu nähern?

Gaston nahm ganz vorsichtig auch noch Angelinas andere Hand, so als würde er fürchten, sie würde unter seiner Berührung vergehen und zog sie zu sich.

Sie sah zu ihm auf, und ihre blauen Augen sahen ihn so ruhig und klar an, dass er sich plötzlich fragte, wer von ihnen wohl der Jüngere sein mochte. Sie wirkte absolut selbstsicher, frei von aller Nervosität, frei von Scham oder aufkommenden Schuldgefühlen. Fürchtete sie denn gar nicht um ihren guten Ruf?

»Ich habe mich noch niemals in meinem Leben so sicher und geborgen gefühlt wie in den letzten Wochen, Gaston! Wenn ich bei Ihnen bin, weiß ich, dass mir nichts passieren kann. Ich bin noch niemals einem Mann begegnet, der so stark und verantwortungsbewusst ist, und der so viel weiß!«

Er konnte nicht anders als ihre linke Hand zu seinem Mund zu führen und zu küssen. Dann drehte er die Hand herum und küsste ihre Innenseite. Von Angelinas Handgelenk strömte der dezente Duft ihres Parfums. Sie seufzte auf. Es war kein wehmütiges Seufzen. Nein, es war der Seufzer einer höchst erregten Frau.

Ohne dass er wusste, wie es geschehen konnte, lag sie in seinen Armen mit all ihrem Seidenbatist, der sich purpurfarben um seine Beine wand und ihm schien wie ein unabwendbarer Frontalangriff sanfter, weiblicher Gewalt. Er spürte, wie ihn flammende Leidenschaft überkam. Nein, um Himmels Willen, es durfte nicht sein, diese Frau war doch noch ein halbes Kind, er konnte nicht mit ihr nach Amerika kommen, und ihr Vater würde ihr nie erlauben, bei ihm auf Martinique zu bleiben. Nicht, solange er verheiratet war. Er durfte sie nicht anrühren, dann wäre sie gesellschaftlich ein Niemand mehr, und er hätte die Liebe, die er für sie empfand mit Füßen getreten!

Doch er konnte nicht anders als sie zu küssen. Ein Kuss, nur ein einziger Kuss; ein Kuss ist doch noch nicht verwerflich! Zeige ihr deine Gefühle, lass sie mit diesem einen Kuss spüren, was du für sie empfindest!

Sei nicht zu wild, bremse deine Begierde, du darfst sie nicht ängstigen, du musst an das Kind in ihr denken!

Was für ein Glück! Sie erwiderte seinen Kuss nur sehr sanft. Sie war noch ganz und gar unberührt! Er sog den Duft ihres Parfums tiefer in sich ein, spürte, wie seine Lippen sich über ihr Gesicht zu ihrem Hals hinunter begaben, bis er neben ihrer Kehle die Abschlussspitze ihres Kleides fühlte. Ach, wer hatte nur diese hohen Kragen erfunden! Gott sei Dank hatte jemand diese hohen Kragen erfunden!

Aber Gaston Landes hatte sich in ihr getäuscht! Auf einmal war sie es, die seinen Mund suchte, und als sie ihn gefunden hatte von einer Sekunde zur anderen ganz und gar zur Frau wurde, so sehr Frau, wie er es noch niemals zuvor erlebt hatte!

Nun gab es auch für ihn kein Halten mehr. Sie wollte es, das machten ihm ihre ihn leidenschaftlich liebkosenden Hände klar. Er hätte ihr am liebsten ihr teures Kleid vom Leib gerissen, aber seine Finger tasteten stattdessen suchend nach dessen Verschluss, der irgendwo im Nacken beginnen musste. Endlich! Warum hatte das bloß so lange gedauert? Gleich würde sie so wie Gott sie geschaffen hatte in seinen Armen liegen, gleich würden sich seine starken Knie ihren Platz zwischen ihren zarten Schenkeln suchen, gleich würde er ihr beweisen, wie jung er selbst noch war und ihr seine ganze Kraft und Stärke zeigen!

Er zog ihr das Oberteil ihres Kleides zur Hälfte vom Leib und küsste sie, soweit ihre Korsage es zuließ.

Dann, für einen Augenblick, hielt er inne. Wo war nur seine Selbstbeherrschung geblieben? Er sollte sich wirklich schämen! Nein, die Liebe ist nichts, dessen man sich schämen müsste! Liebe, oh ja Liebe! Aber er ruinierte ihren Ruf, sie würde niemals einen gesell-schaftlich gleichwertigen Ehemann bekommen! Aber was wäre, wenn...? Er hielt schwer atmend inne. Tausende Gedanken schossen auf einmal durch seinen Kopf. Dann bedeckte er ihr Dekolleté mit tausend Küssen.

Durch die weit geöffnete Zimmertür drang plötzlich das laute Gerede einer Gruppe Menschen, die geräusch-voll von einer darüber liegenden Etage herunterkamen. Von einer Sekunde zur nächsten war Gaston Landes wieder bei Besinnung. Was hatte er sich nur gedacht, wie konnte er es nur gewagt haben, auch nur daran zu denken, diesem schönen Kind die Unschuld zu rauben! Was war er nur für ein verantwortungsloser, nein völlig skrupelloser Mensch! Er zog ihr Kleid mit einer Bewe-gung, die von seiner neu erlangten Festigkeit zeugte, wieder zurück auf ihre Schultern und hielt diese dann mit beiden Händen fest, wobei er sie ein wenig von sich wegschob. Dann ließ er sie los.

Er sah sie an und sagte: »Mademoiselle, ich muss Sie in aller Form für mein ungebührliches Benehmen um Entschuldigung bitten! Ich weiß nicht, was über mich gekommen ist, dass ich derart die Contenance verlieren konnte!« Und am liebsten hätte er noch gesagt, er könn-te es nur mit ihrer ihn zutiefst anrührenden Zartheit und Unschuld entschuldigen, aber dies konnte ja gerade eben nicht die Entschuldigung sein, waren diese ihre Eigenschaften doch der Grund für das Tabu seiner begangenen Verfehlungen.

Sie sah ihn zutiefst verletzt an. Tränen standen in ihren Augen. »Dies war der schönste Augenblick meines Lebens, Gaston! Es gibt nichts zu entschuldi-gen!«

Die Art, wie sie erneut »Gaston« sagte, ließ es ihm noch heißer werden. Zum ersten Mal seit Jahren fühlte er wieder eine starke Kraft in sich, eine Kraft, die nur auf eine einzige Weise erzeugt werden konnte – durch die Liebe derjenigen Frau, die für einen Mann noch wichtiger war als die Luft zum Atmen. Für einen Augenblick überlegte Gaston Landes, ob er vor ihr auf die Knie fallen sollte und ihr einen Heiratsantrag machen. Doch im Bruchteil einer Sekunde wurde ihm die Lächerlichkeit dieses Gedankens bewusst, und er entschloss sich zu etwas anderem.

»Ich muss jetzt gehen«, sagte er mit warmer Stimme, in der ein Hauch Zärtlichkeit mitschwang, aber einem Tonfall, der klarstellte, dass sein Entschluss unumstößlich war. »Ich möchte Sie auf Ihrer Reise gut versorgt wissen, und muss für Sie noch ein paar Sachen zusammenpacken.« Mit diesen von zärtlichen Blicken begleiteten Worten verabschiedete er sich und ging – nachdem er ein letztes Mal ihre Hand geküsst hatte.

Am nächsten Morgen holte Gaston Landes sie und ihre Mutter persönlich mit der Kutsche in ihrem Hotel ab. Er hatte einige Kisten bei sich und einen üppigen Blumenstrauß.

»Ich möchte, dass Sie während der langen Zeit auf See mit Frischobst versorgt sind. Das wird Sie gesund erhalten« sagte er, wie immer auf das Fürsorglichste um ihr Wohlergehen besorgt. Sie müssen sich keine Sorgen machen wegen der Haltbarkeit; ich habe für Sie Mangos, Avocados und Papayas ebenso in Eis gepackt, wie auf meiner Reise zur Weltausstellung vor zwei Jahren. Sie müssten sich also halten bis Sie mindestens in New York sind!«

Und während er ein paar Leute anwies, die Kisten auf das Schiff zu tragen, überreichte er ihr den großen Blumenstrauß, an den er einen Brief gebunden hatte.

»Sie sind noch sehr jung, Miss Hutton. In Ihrem Alter weiß man noch nicht, was man vom Leben erwartet, und wohin man gehört. Sie werden auf Ihrer sicherlich für Sie sehr aufregenden Reise nicht nur neue Städte kennenlernen, sondern auch wieder eine Vielzahl neuer Menschen. Aus diesen Gründen bitte ich Sie, liebste Angelina, lassen Sie die Zeit, die wir miteinander verbracht haben ein paar Wochen auf sich wirken! Und dann, wenn diese Wochen verstrichen sind, lesen Sie meinen Brief und schicken Sie mir die Antwort!« Seine Augen suchten die ihren, und jeder, der in jenem Augenblick hineingeschaut hätte, hätte nicht anders gekonnt, als sich der Dringlichkeit seines Anliegens bewusst zu werden. Ein seltsamer Glanz lag darin, ein Hoffen gepaart mit Bangen und einem fast flehentlichen Bitten. Sie legte ihre Hand auf die seine und versprach ihm, dass sie den Brief nicht eher als im Hafen von New York öffnen würde.

Dann überreichte er ihr noch ein kleines Kästchen. »Bitte essen Sie das hier nicht auf!« sagte er mit einem väterlichen Lächeln, aber sie leicht foppendem Ton. Und dann wieder ernster: »Wenn der Blumenstrauß schon lange verblüht sein wird, werden Sie noch immer ein Pfand meiner Liebe in ihren Händen halten«. Er wurde zum ersten Mal in seinem Leben rot. Verlegen sah er auf den Boden.

Angelina nahm das Kästchen und sah hinein. Darin lag eine erdig-hellpurpurne Knolle, etwa so lang wie die Hand eines Mannes und ungefähr jeweils so breit und hoch wie drei seiner nebeneinander gelegten

Finger. Sie war sanft gebogen und hatte ein eher stumpfes Ende auf der einen Seite, sowie ein etwas vorwitzig gen Himmel zeigendes spitzeres auf der anderen. Sie sah ihn verwundert an.

»Was ist das?« wollte sie wissen und nahm die Knolle aus dem Kästchen.

»Sie kennen das nicht?« Gaston Landes war erstaunt. »Das ist eine Süßkartoffel. Haben Sie noch niemals eine Süßkartoffel gegessen?«

»Doch, schon ganz häufig, aber ich kenne sie nur fertig zubereitet. Mein Vater will nicht, dass ich mehr Kontakt als nötig mit dem Personal habe, also bin ich niemals in die Küche gegangen. Und die schmutzigen Kellerräume aufzusuchen, wo wir unsere Vorräte lagern, und in denen die jungen Arbeiterburschen ein- und ausgehen, ist mir noch strenger verboten!« Sie schaute erneut die Süßkartoffel an und ihr war anzusehen, dass sie den Zusammenhang zwischen einer Kartoffel und seiner Liebe nur schwerlich nachvollziehen konnte. Dann packte sie sie aber in das Kästchen zurück und bedankte sich artig.

Es war Zeit für den Abschied. Das Boot, mit dem sie zum Schiff gebracht werden sollten, würde jeden Moment ablegen, und die Matrosen sahen schon ungeduldig aus.

Sie schaute ihn an, den Tränen nahe. »Was kann ich nur sagen, das nicht schon gesagt ist?«

Er griff nach ihrer Hand, aber diesmal war es nicht zärtlich, sondern angsterfüllt und heftig. Würde es ihm gelingen, sie wiederzusehen? Sie erwiderte den festen Druck seiner Hände und sah weiterhin wortlos zu ihm auf.

Gaston warf einen kurzen Blick hinüber zu Mrs. Hutton, von der er sich schon verabschiedet hatte. Sie schien mit keinerlei ungebührlichem Benehmen zu rechnen, denn sie würdigte die beiden keines Blickes und begab sich gerade zum Boot.

Er zog Angelina mit einer Heftigkeit an sich, als könnte er dadurch ihre Abfahrt verhindern oder zumindest verzögern. Dann hielt er sie so fest, dass er selbst fürchtete, er würde jeden Augenblick ihren letzten Atemzug in seinen Armen vernehmen. Er sah ihr erneut in die Augen und erlangte einen Teil seiner inneren Festigkeit zurück. Er liebte diese Frau, er liebte sie von ganzem Herzen. Was sollte passieren, das ein Wiedersehen unmöglich machte? Die Zeiten, da die Seefahrt mit hohen Risiken behaftet war, waren schon seit einigen Jahrzehnten vorbei. Piraten gab es schon lange nicht mehr. Die Karibische See war zu dieser Jahreszeit ruhig, denn die heftigen Stürme ließen noch einige Monate auf sich warten, und auch der Atlantik hatte seit Erfindung der großen Dampfschiffe weitgehend seinen Schrecken verloren. Mit diesem Gedanken wagte er, ein zweites und letztes Mal, sie zu küssen, wehmütig und voller Innigkeit. Dann geleitete er Angelina zum Boot und half ihr und ihrer Mutter beim Einsteigen.

Gaston Landes stand noch lange an der Bucht und sah dem Schiff nach. So lange, bis der bunt-pastellfarbene Sonnenschirm der an der Reling stehenden Angelina, deren Schiff mit Kurs auf die Jungferninseln nordwärts fuhr, immer kleiner geworden und irgendwann für ihn nicht mehr zu sehen war. Erst dann eilte er mit einer Geschwindigkeit nach Hause, als hoffte er, er könnte dadurch die Zeit besiegen.

Saint-Pierre, Donnerstag, 24. April

»Und dass Du mir auch richtig saubermachst, Chéchelle!« Béatrice Douce sah ihre Hausangestellten mit spitzem Gesicht an. Sie wusste genau, dass diese Mulattenweiber es mit der Sauberkeit nicht so genau nahmen! Aber ihr konnte sie nichts vormachen!

Schon nachdem sie am Vortag von drei gewaltigen Donnerschlägen mit drei nachfolgenden Erdbeben geweckt worden war, die ihr Geschirr aus dem Regal hatten fliegen lassen, hatte sich ihre Laune merklich verschlechtert. Aber seitdem man am Abend zuvor eine unterirdische Explosion hatte hören können, und sich auch noch der Vulkan geöffnet hatte, der seither ohne Unterlass nichts als Dampf, Staub und Asche von sich gab, war sie mit ihren Nerven am Ende.

»Ja, Madame!« Chéchelle wischte mit dem Staubwedel im ganzen Flur alle Möbel ab, dann nahm sie ihn und schüttelte ihn hinter einem etwas weiter von der Wand entfernt stehenden Schrank wieder aus.

Madame Douce beobachtete sie dabei. Sie würde ihr noch auftragen, auch noch die restliche Wohnung zu säubern, bevor sie sich wieder auf den Weg machte. Nachdem sie bereits am Morgen vergebens versucht hatte, wie alle in der Stadt, von *Trois Ponts* aus einen Blick auf den wolkenverschleierten Berg zu werfen, würde sie jetzt am Abend noch einmal gehen. Sie müsste sich beeilen, denn in einer Stunde würde es dunkel werden, und sie wollte nicht die einzige sein, die den schmutzig-weißen Dampf, der aus einer Flanke des Berges austrat, nicht gesehen hatte. Immerhin zog er schon seit zwei Stunden die Bevölkerung an.

Sie nahm ihren Regenschirm, dann warf sie noch einmal einen Blick auf Chéchelle. Heute war sie sehr zufrieden mit ihr. Endlich machte Chéchelle einmal richtig sauber und vergaß auch nicht, dies auch noch hinter den Möbeln zu tun!

Saint-Pierre, Freitag, 25. April

Nach einer langen Nacht, während der Pauline von unzähligen Explosionen am Schlafen gehindert worden war, hatte sie am Morgen beobachten können, wie die permanente Wolkendecke um Pelée herum aufgebrochen war und den Blick auf weiße Dampfwolken freigegeben hatte. Dann, zwanzig Minuten später, hatte es eine riesige Explosion gegeben, dort, wo der *Etang Sec* sein musste.

Jetzt um acht Uhr befand sie sich gerade kurz vor Le Prêcheur, als sie vor lauter Schreck über mehrere, gewaltige Explosionen, beinahe ihren Bäckerkorb vom Kopf fallengelassen hätte. Die Explosionen erweckten den Anschein, man würde mit Kanonen auf die Stadt schießen, und Pauline konnte sehen, wie vom Wind Staub den Westhang des Vulkans in Richtung des kleinen Fischerortes geweht wurde.

Sie hatte gerade ihre Ladung an die verschiedenen Familien verteilt, als plötzlich hellgraue, heiße, dicke Asche zu fallen begann, die den ganzen Ort so sehr in Dunkelheit tauchte, dass nur noch die Menschen in ihrer unmittelbaren Umgebung zu erkennen waren. Ein entsetzlicher Geruch lag in der Luft, der ähnlich demjenigen im Thermalwasser war, nur wesentlich stärker. Die Luft kratzte im Hals. Pauline fühlte Übelkeit in sich aufkommen.

Nach kurzer Zeit begannen die Leute herumzurennen als seien sie Hühner, die sich vor dem Schlachtermesser in Sicherheit bringen wollten. Sie schrien und beteten abwechselnd, mal zu Gott, mal zu ihrem Nächsten. Auch Pauline bekam schreckliche Angst. Vor ihren Füßen hatte sich innerhalb kürzester Zeit ein Zentimeter Asche angesammelt. Sie nahm ihren Korb, ohne ihn mit den Früchten zu beladen, die sie von einer Bekannten hatte holen wollen, und eilte zurück nach Saint-Pierre. Dort war nichts von dem massiven Ascheausstoß zu merken, lediglich ein leichter Ascheregen fiel. Aber dennoch musste sie während der ganzen Zeit an die Flüche denken, die über die Insel verhängt worden waren. Die Kariben waren nicht die letzten gewesen, die der Insel Arges gewünscht hatten. Auch Père Labat, der vor Jahrhunderten die Sklaverei eingeführt hatte und von der Insel verstoßen worden sein soll, hatte sie angeblich noch aus dem Ruderboot heraus verflucht. Was dabei heraus gekommen war, sah man seit Jahrhunderten. Obwohl es Stimmen gab, die behaupteten, er sei auf der Insel an einem Schlangenbiss gestorben, hatte ihre Urgroßtante es besser gewusst. Sie hatte sie noch gesehen, die Irrlichter, die auf unbewohnten, bewaldeten Hügeln mitten in der Nacht erschienen waren. Die Leute hatten damals geglaubt, wenn die Sklaverei abgeschafft wäre, würde er verschwinden, denn er geistere als Strafe dort herum. Aber jeder wusste, dass sie sich geirrt hatten. Auch nach 1848 konnte man ihn auf den unbegehbaren Wegen des *Morne d'Orange* spuken sehen, was erst mit dem Aufstellen der Statue der *Notre Dame de la Garde* ein Ende gehabt haben soll.

Pauline ging zu einer *Boutique-lapacotte* und kaufte sich ein warmes Mittagessen auf den Schreck. Sie sah zum Vulkan hinauf. Der Rauch, den er ausstieß, war abwechselnd schwarz und weiß. Es würde vorläufig das letzte Mal sein, dass sie an ihrer Lieblingsbude Essen gekauft hatte, dachte sie. Denn ab heute würde sie nur noch die Wege gehen, die sich im Südosten des Vulkans befanden. Dort war die Welt noch in Ordnung.

Saint-Pierre, Freitag, 25. April

Béatrice Douce saß am Frühstückstisch und fuhr zusammen. Ein sehr lautes Geräusch, das klang, als sei ein Fels aufs Dach gestürzt, hatte sie erschrocken. Sie sah auf die Uhr. Es war gerade acht Uhr. Madame Douce wollte ihren Blick gerade wieder abwenden, als die Uhr und mit ihr das gesamte Zimmer ebenso wie das ganze Gebäude zu vibrieren begann. Ein eigentümliches Zittern durchfuhr die ganze Stadt.

Langsam wurde sie nervös. So etwas hatte sie in ihrem ganzen Leben noch nicht erlebt.

Als dann zwei Stunden später auch noch feine, graublaue Asche zu fallen begann, beschloss sie, einmal mehr als gewöhnlich zur Beichte zu gehen, da sie sich Beruhigung durch den Priester erhoffte, und begab sich auf den Weg.

Sie trug ihr schwärzestes Kleid und hatte geglaubt, diese Vorkehrung sei genug, um auf dem kurzen Weg zur Kirche gegen den Schmutz der kontinuierlich fallenden grau-blauen Asche Schutz zu bieten. Anfangs spürte Madame Douce noch nichts, denn der Niederschlag war nicht zu fühlen. Dann aber, schon nach wenigen Schritten, merkte sie, dass sie sich geirrt hatte. Die äußerst feine Asche wurde auf ihrem Kleid immer schwerer und durchdrang sogar noch ihr vor den Mund gehaltenes Taschentuch.

»Bonjour, Madame Douce!«

Béatrice Douce drehte sich um. Hinter ihr lief Madame Palé in fast makellos sauberer Kleidung dank des Regenschirms über ihrem Kopf. Madame Douce wusste, dass sie ein Menschenfreund war, der immer allen zu helfen bereit war. Eine dummgute Frau wie die kam ihr gerade recht!

»Bonjour, Madame Palé! Wie geht es Ihren entzückenden Kindern? Sind alle wohlauf?« Und ehe die Gefragte antworten konnte: »Sagen Sie, Madame, wäre es wohl möglich, dass ich mit unter Ihren Schirm dürfte? Leider habe ich meinen zuhause vergessen!«

Madame Palé, der heute schon alleine das Leben ohne vulkanische Tätigkeit schwer zu fallen schien, nickte nur mit dem Kopf.

Ohne Madame Palé um Erlaubnis zu fragen, nahm Béatrice Douce ihr daraufhin den Schirm aus der Hand und hielt ihn auf eine Weise über ihren eigenen Kopf, dass Madame Palés Gesicht völlig eingestäubt wurde. So, endlich hatte sie, was sie brauchte!

Madame Palé sah zu ihr hoch. Ihr Gesicht war erst ratlos, dann fragend, bis es schließlich einen kämpferischen Ausdruck annahm. Und sie sagte: »Es ist nicht meine Verantwortung, wenn Sie Ihren Schirm nicht dabei haben, Madame. Meine Gesundheit ist ohnehin schon schwach genug, bitte geben Sie mir meinen Schirm zurück!«

Madame Douce sah sie erbost an und behielt den Schirm in der Hand. Da griff ihre Nachbarin nach dem Griff ihres Eigentums, nahm es wieder an sich und ging alleine weiter.

Béatrice Douce sah ihr giftig nach. »Und jemand, der so wenig von christlicher Nächstenliebe hält, geht auch noch zur Heiligen Messe!«

Saint-Pierre, Samstag, 26. April

Da Gaston Landes erst am Spätvormittag einige Stunden zu geben hatte, nutzte er die Zeit, um vom *Lycée* aus *La Montagne* zu beobachten. Die Explosionen kamen aus einem Krater des *Rivière Blanche*, der schätzungsweise vierhundert Meter unterhalb des *Étang Sec* liegen musste. Und auch dieser war aktiv, wie er mit wissenschaftlichem Interesse feststellte. Aber während der Krater im *Rivière Blanche* seine Wolken lediglich einen halben Kilometer in die Höhe blies, sorgte der *Étang Sec* dafür, dass sich zwei bis drei Kilometer über ihm riesige, blumenkohlförmige Wolken bildeten. Er würde die Ereignisse von nun an verfolgen, nahm sich der Professor vor.

Als er einige Stunden später seinen Unterricht beendet hatte, begab er sich deshalb auch gleich zu Paul

Borde, einem Freund, von dem er wusste, dass er auf dem Dach der Handelskammer, dessen Präsident er war, ein Teleskop aufgebaut hatte. Es hatten sich bereits einige Herren eingefunden, die alle Zeugen des Spektakels werden wollten.

Gaston Landes war begeistert. Durch das Teleskop konnte man noch wesentlich mehr sehen, als er sich zu träumen gewagt hätte. Er freute sich schon auf das Wiedersehen mit Angelina, und dass er ihr von seinen Beobachtungen erzählen konnte. Und alle paar Minuten stiegen weiße Rauchschwaden aus dem *Étang Sec* und der Vulkan ließ einige Kubikmeter große Felsbrocken in vierhundert Metern Höhe über seinem Kopf tanzen wie ein Karibe seine Axt. Ja, in der Tat – es würde unendlich vieles geben, das er Angelina zu erzählen hätte.

Saint-Pierre, Sonntag, 27. April

Als Pauline gerade die Rue Victor Hugo hinunterschlenderte, um eine Freundin zu treffen und die etwas festlichere Atmosphäre wegen des Wahltages zu genießen, wurde es auf einmal sehr laut in der Straße.

Es wäre auch zu schön gewesen, um wahr zu sein, dachte sie, wenn einmal kein Lärm gewesen wäre. Der Berg benahm sich schon den ganzen Tag viel ruhiger, obwohl die ganzen letzten Nächte lang unzählige Explosionen die Bewohner der Bergregion am Schlaf gehindert hatten. Aber nachdem das Alkoholverbot aufgehoben worden war, wunderte es sie nur wenig, dass auch schon die erste Schlägerei zu beginnen schien.

Mitten auf der Straße, die kaum breit genug für mehr als ein Pferdegespann war, hatte sich ein Kreis gebildet. In der Mitte schienen sich zwei Streithähne gegenüberzustehen. Pauline trat heran und sah einen Tagelöhner, den sie als Sylbaris kannte und einen anderen, der ihn hasserfüllt ansahen. Beide umkreisten einander. Sylbaris versuchte mit wichtigtuerischem Gesichtsausdruck, den anderen durch seine gehobene Nase und geschwollene Brust zu beeindrucken. Keiner der beiden sprach. Der andere stürzte sich auf Sylbaris, eine Machete schwingend.

Pauline hatte solche Szenen schon oft gesehen. Dies sah nach einer alten Rechnung aus. Die ersten Anfeuerungsrufe wurden laut. Die Meute schien einen spannenden Kampf zu erwarten.

Die Leute hatte sich sehr eng gestellt, auch, um die Kämpfenden gegen möglicherweise zuschauende Gendarmen abzuschirmen. Das hätte allen den Spaß verdorben. Doch sie hatten Pech. Aufgrund des Wahltags war die Polizei heute nicht zu Fuß unterwegs. Mehrere berittene Polizisten bogen gerade als es spannend wurde um die Ecke und ritten unmittelbar auf die beiden Männer zu. Dadurch abgelenkt wurde der andere unaufmerksam, und es gelang Sylbaris, der die Polizei im Rücken hatte, seinem Gegner einen gezielten Hieb gegen den rechten Oberarm und damit einen tiefen Schnitt in den Muskel zu versetzen. Der Mann würde für mehrere Wochen arbeitsunfähig sein, dachte Pauline.

Die Polizisten trieben ihre Pferde zum schnellen Trab an und ritten direkt in die Menge hinein, um sie auseinanderzutreiben. Dann ritt der erste von ihnen direkt auf Sylbaris zu. Dieser fuhr in Windeseile herum und hob reflexartig erneut die Machete, so als wolle er zum Schlag ausholen, direkt vor den Kopf des Pferdes. Das Pferd scheute, und der Polizist fiel herunter, wobei sein Kopf hart auf den Boden aufschlug. Einer der anderen Polizisten sprang vom Pferd und sah nach seinem Kollegen, doch für den schien jede Hilfe zu spät zu kommen. Dann sagte einer »Schädelfraktur«. Was auch immer das hieß. Pauline sah nur die ernsten, teils wütenden Gesichter der Männer.

In Sylbaris Haut wollte sie jetzt nicht stecken, dachte sie, denn der Spaß hatte endgültig ein Ende genommen. Man hatte ihn verhaftet.

Saint-Pierre, Quartier du Fort, Sonntag, 27. April

Er hatte eine gute Wahl getroffen, dachte Gaston Landes, als er die Treppen des Justizpalastes, wo die Legislationswahlen stattfanden, hinabstieg. Fernand Clerc war mit Sicherheit der beste Kandidat des Nordens. Der Professor blieb noch einmal auf der großen Treppe des Gebäudes stehen und überlegte, ob er sofort zurück in den Botanischen Garten gehen sollte oder noch Zeit in der Stadt verbringen. Gelegentlich fehlten ihm die Kinder. Ob Virginie den Brief schon bekommen hatte, in dem er die Scheidung forderte?

Gaston Landes betrachtete in Ruhe den *Palais de Justice*. Es war ein Gebäude von beeindruckender Schönheit und mit prachtvollen Steinmetzarbeiten verziert. Über den drei Portalen befanden sich riesige Fenster, von Säulen umrahmt, die rechts und links von jeweils einem Löwenkopf flankiert wurden, über denen die Worte *Droit* und *Loi* prangten. Unter dem großen, dreieckigen Dach hatte es sich eine sehr lasziv wirkende Justitia auf einem Löwen liegend bequem gemacht. Sie war das einzige, was ihm daran nicht gefiel.

Gaston Landes ging weiter, bis er am *Au Pied du Mur* vorbeikam. Er hatte Angelina nie etwas davon erzählt, dass er am 20. April den Berg alleine bestiegen hatte und seither der Ansicht war, dieser könnte im Begriff sein, auszubrechen, dachte er. Außerdem hatte man während der letzten vier Wochen Rauchschwaden sehen können, aber nur gelegentlich, da sich *La Montagne* so stark verschleiert hatte wie meist. Auch leichte Beben hatte es gegeben, aber interessanterweise hatten sie nie stattgefunden, wenn Angelina da gewesen war.

Er blieb vor dem Hotel stehen, das sich ihm wieder mit seiner von unzähligen Kugellampen erleuchteten, hell strahlenden Atmosphäre in Erinnerung rief und wurde von Sehnsucht ergriffen. Er würde erst einmal einen Tee trinken gehen.

Der Professor betrat die mondäne Eingangshalle, über der dank der Glaskuppel das Blau des Himmels das einzige Dach zu sein schien, und steuerte auf das Café zu, wo ihn Glasvitrinen mit zauberhaften Baiserschwänen in allen möglichen Pastellfarben und anderen Leckereien lockten. Als er die Mitte der Halle erreicht hatte, lenkte ein helles, scharfes Geräusch seine

Aufmerksamkeit auf den Boden. Neben ihm war etwas auf den Marmor aufgeschlagen. Gaston Landes bückte sich und hob es auf. Zwischen seinen Fingern hielt er einen kleinen Metallstift – ein Niet hatte sich aus der Dachkonstruktion gelöst.

Fort-de-France, Montag, 28. April

»Wahlergebnisse gestern erster Wahlbezirk: Wähler insgesamt 21620, Clément Radikalsozialist 517, Duquesnay Progressiv 4873; zweiter Wahlbezirk Wähler insgesamt 20352, Percin Radikalsozialist 4182, Clerc Progressiv 4484, Lagrossillière Sozialist 750 Stimmen. Polizist Schädelfraktur durch Sturz vom Pferd, bitte Familie benachrichtigen, die in...bitte setzten Sie den Namen und die Adresse ein...lebt. Mouttet. Janvier, Sie können gehen!«

Das die lange Treppe heraufschallende Stimmengemurmel, und die vielen Schritte, die draußen auf dem Flur zu hören waren, erinnerten Gouverneur Mouttet daran, dass es 16 Uhr sein musste. Zeit, die zwei Schritte über den Gang ins gegenübergelegene Generalsekretariat zu gehen, um dort der Sitzung des *Conseil Sanitaire*, beraten durch den Gesundheitsdirektor, beizuwohnen. Die zehn Herren, die gekommen waren, nahmen gerade geräuschvoll Platz, als Louis Mouttet den Raum betrat. George Lhuerre, hatte dafür gesorgt, dass sein sonst eher wenig bestuhltes Büro mit einer angemessenen Anzahl Sitzmöbeln bestückt worden war. Die Herren, alles nur die reputiertesten Mediziner, wie er wusste, standen wieder ebenso geräuschvoll auf, als sie ihn bemerkten und begrüßten ihn respektvoll. Dabei stellte sich heraus, dass auch der Hafenkapitän und ein Mitglied der Handelskammer anwesend waren. Die einzigen neben ihm und Lhuerre, die nicht mindestens fünfundsechzig Jahre alt waren.

Routiniert eröffnete sein Generalsekretär, der auch der Präsident des *Conseil Sanitaire* war, die Sitzung, indem er die Anwesenheitsliste vorlas.

»Wie Sie wissen, Messieurs, ist der Anlass unseres Treffens eine Reklamation der Quarantäne, die wegen der Pocken in Panama für Schiffe verhängt wurde, die unsere Häfen anlaufen. Ich bitte daher den Monsieur le Directeur de Santé, die kürzlich eingetroffene ministerielle Dépeche vorzulesen und erteile ihm das Wort.«

Doktor Vie erhob sich und las den kurzen Brief vor. Ebenso alle telegraphisch gemachten Auskünfte des Konsuls von Panama und die im Anschluss dazu geäußerten Ansichten des *Conseil Sanitaire*.

»Im übrigen, Messieurs, habe ich Monsieur Lhuerre vorhin meinen Bericht überreicht, den ich kurz zusammenzufassen gedenke!«

Er sammelte sich einen Augenblick. »Zunächst habe ich mich auf das Schärfste dagegen verwehrt, dass die Saint-Laurent mir persönlich die Schuld an ihrer Quarantäne gibt! Man scheint sich dort eine falsche Vorstellung von der Rolle des Directeur de la Santé zu machen! Ich habe keine Befehle zu geben! Ich habe klargestellt, dass der Platz des Directeur de la Santé beim Conseil Sanitaire ist! Er schlägt Maßnahmen vor, kann versuchen, dass man seine Ideen akzeptiert, aber wenn der Conseil Sanitaire erst einmal eine Entscheidung getroffen und durch lokale Festsetzung ratifiziert hat, kann der Directeur de la Santé seine Vorstellungen nicht mehr ausführen. Die entsprechenden Anweisungen werden dann vom Gouverneur gegeben!« Er hatte sich sehr ereifert und schien einen Augenblick vergessen zu haben, dass er niemanden von der Saint-Laurent vor sich hatte, sondern Männer, die das alles schon wussten. Deshalb fuhr er fort: »Das habe ich alles geschrieben.«

»Es würde mich interessieren«, ließ Louis Mouttet seine Stimme ertönen, »ob die Compagnie Générale Transatlantique wirtschaftliche Einbußen hatte, die vermeidbar waren.«

»Monsieur L'Agent Général der Reederei hatte mich gebeten, das Löschen der Ladung zu erlauben, was ich auch nicht verweigert habe«, antwortete Doktor Vie. Und zuguterletzt habe ich die sehr verspätete Labrador nach einer Sanitätsvisite, die ich selbst vorgenommen habe, freigegeben. Selbstverständlich nach Rücksprache mit dem Conseil Sanitaire. Der hiesige Vertreter bedankte sich sogar in einem Brief auf das Wärmste und Ernsthafteste für mein Wohlwollen. Auch das steht alles in meinem Bericht.«

»Und außerdem«, warf der Hafenkapitän ein, »kann ein Hafen laut Artikel 67, Titel 7 des Dekrets vom 31. März 1897 solche Maßnahmen ergreifen, die ihm notwendig erscheinen, um die öffentliche Gesundheit zu garantieren!«

»Richtig, Monsieur, ich danke Ihnen!« erwiderte Doktor Vie.

»Wäre es nicht möglich, die Bestimmungen zu lockern?« wollte Louis Mouttet an den Conseil Général gerichtet wissen, »Immerhin sind die Zahlen der Neuinfektionen rückläufig. Und wie Sie wissen, praktiziert Guadeloupe eine freiere Handhabung.«

Er ging davon aus, dass dies noch immer der Fall war, denn seit knapp einer Woche hatten sie keinen telegrafischen Kontakt mehr nach Guadeloupe. Ein kleines Erdbeben hatte nordwestlich des *Mont Pelée* einen Steinschlag verursacht, der das Telegrafenkabel zwischen Martinique und der anderen Insel zertrennt hatte.

»Mein sehr verehrter Monsieur le Gouverneur, dieser Frage entnehme ich, dass Sie die Pocken noch nicht erlebt haben! Schon allein das Wort verursacht in der Bevölkerung Angst und Schrecken, da sie in der Vergangenheit auf das Grausamste durch Epidemien geprüft wurden. Bitte glauben Sie mir, sie ist über alle Maßen empfindlich auf dem Gebiet!«

Der Gouverneur konnte dem – wie er fand glücklicherweise – nur zustimmen. Aber er war es, der hier kritisiert wurde, deshalb wollte er jede Möglichkeit geprüft haben und fuhr fort.

»Oder vielleicht könnten wir die augenblickliche Reglementierung verändern. Könnte man nicht dazu übergehen, nach dem Anlegen an den Kabinen der Passagiere, deren Ziel die Kolonie ist, eine Sanitätsvisite an Bord zu schicken?«

»Wenn Guadeloupe es sich erlauben kann, eine freiere Handhabung zu praktizieren, Monsieur le Gouverneur, dann deshalb, weil die Schiffe es erst drei Tage später anlaufen als Martinique, und sich die Menschen daher am Ende der Inkubationszeit befinden!« erwiderte Doktor Vie.

»Wie viele Pockenfälle gibt es augenblicklich in Panama?« Der Chef des Zolldienstes hatte diese Frage eingeworfen.

Es antwortete ihm Doktor Vie. »Wie schon gesagt, am 3. April waren es 66 Fälle.« Dann wandte er sich an den *Conseil Sanitaire*. »Will der Conseil Sanitaire die augenblickliche Reglementierung beibehalten?«

Einen Augenblick herrschte Schweigen. Dann äußerte Doktor L'Herminier, dass er unter Berücksichtigung der Inkubationszeit die Sanitätsvisite für genug hielte, dem Doktor Bouvier widersprach: »Es könnte nach der Visite zu einem Pockenfall kommen, insbesondere, da man hier nicht genügend geimpft ist! Ich schlage daher die Beibehaltung des Status Quo vor!«

Die Herren schwiegen erneut für einen Moment. Dann erläuterte Lhuerre noch einmal den Verlauf der Epidemie seit ihrem Ausbruch im September 1901. Anschließend stimmte der *Conseil Sanitaire* ab, während
Louis Mouttet lediglich Beobachter des Geschehens war – mit einem für ihn über alle Maßen befriedigenden Ergebnis.

Fort-de-France, Dienstag, 29. April

»...erneut einberufen, hat der Conseil Sanitaire einhellig erneut die selbe Ansicht geäußert, was Sie dem Protokoll der Sitzung vom 28. April entnehmen können, dessen Kopie Sie beiliegend vorfinden. Ich schicke Ihnen im Umschlag die von Ihnen gewünschten Akten.

Respektvoll, Ihr sehr gehorsamer Diener... Janvier, Sie können das jetzt ins Reine schreiben gehen!« Der Gouverneur hatte sein Diktat beendet.

Dies und den Bericht von Doktor Vie würde Ende Mai der Kolonialminister erhalten. Louis Mouttet war sehr zufrieden.

Man hatte beschlossen, dass die Quarantänemaßnahmen erhalten bleiben mussten, bis der französische Konsul von Panama das Verschwinden der Pocken, die immer noch zahlreich auftraten, bekanntgeben würde, so dass Martinique gefahrlos die mehr oder weniger direkte Ankunft der Schiffe aus Panama akzeptieren könnte.

Lhuerre kam herein. »Ich muss mit Ihnen über den Fall Sylbaris sprechen, Monsieur le Gouverneur.«

Louis Mouttet schaute ihn irritiert an. »Der Fall Sylbaris? Kenne ich den schon?«

»Ja, Monsieur le Gouverneur, es handelt sich dabei um einen der drei Raufbolde, die wir vor einiger Zeit erst festgenommen und dann wieder laufengelassen haben.«

»Ah, richtig, George, ich erinnere mich!«

»Die Behörden in Saint-Pierre hatten ihn kürzlich erneut festgenommen. Es war zu einem schwerwiegenden Zwischenfall gekommen. Wir hatten deswegen neulich ein Telegramm wegen der Schädelfraktur des Polizisten nach Paris schicken müssen.«

Es war Louis Mouttet gar nicht bewusst gewesen, dass es eben dieser Raufbold gewesen war, der den Tod des Gendarmes verursacht hatte.

»Und jetzt«, fuhr Lhuerre fort, »hatte man ihn zu Bauarbeiten eingesetzt, von denen er geflohen ist. Bis jetzt ist er noch flüchtig. Der Prozess wurde auf den 9.

Mai festgesetzt. Was sollen wir tun, Monsieur le Gouverneur?«

»Was wurde denn bis jetzt getan?« wollte Louis Mouttet im Gegenzug wissen.

»Die gesamte Gruppe der am Bau beteiligten Häftlinge wurde unter verschärften Arrest gestellt. Sie haben absolutes Ausgangsverbot und nur noch die halbe Menge Brot!«

Louis Mouttet überlegte. Höchstwahrscheinlich würde man es als Unfall zu den Akten legen. Denn der Mann hatte im Reflex gehandelt. Aber das konnte Sylbaris ja nicht wissen.

Würde man ihn jedoch für schuldig befinden, den Tod des Polizisten herbeigeführt zu haben, hieße das für den Angeklagten möglicherweise den Tod.

Früher hatte *Place Bertin* als Hinrichtungsstätte gedient, ob das heute noch immer so war? Louis Mouttet schüttelte sich. Das einzige, was er noch mehr hasste als Schlägertypen, war die Todesstrafe – dieses der Moderne unwürdige Relikt aus dem Mittelalter! Glücklicherweise hatte er noch niemals ein entsprechendes Urteil unterzeichnen müssen. Nur einmal wäre es fast dazu gekommen. Damals, als er im September 1895 Scheich Ahmadou Bamba, auch der *Marabou* genannt, wegen der Vorbereitung eines heiligen Krieges in die Verbannung geschickt hatte, nachdem dieser der Obrigkeit erklärt hatte, er bräuchte von der verdorbenen, niederen Welt nichts. Wie er, Mouttet, und die restlichen neun Männer des Tribunals, dessen Spitze er gewesen war, damals gefunden hatten, die humanste Lösung im Vergleich zu Gefängnis oder Hinrichtung. Man hatte dem Scheich sogar fünfzig Francs im Monat zugestanden, bevor man ihn hinaus aufs Meer entlassen hatte.

Er dachte weiter nach. Wie würde es dann weitergehen, wenn Sylbaris wieder gefasst wäre? Er konnte ihn unmöglich mit den anderen Häftlingen wieder in die selbe Zelle sperren – sie würden ihn umbringen!

In Guyana, das auch auf dem Festland im Grunde nichts anderes als eine einzige große Strafkolonie gewesen war, hatte es ein Strafhaus für im Straflager begangene Verbrechen gegeben mit der offiziellen Bezeichnung *La Redusion* – der furchteinflößendste Platz der gesamten Strafkolonie. Unter anderem wegen der Totenstille, die die Gefangenen einhalten mussten. Aber auch wegen des permanenten Dämmerzustandes, der dort aufgrund eines riesigen Daches selbst am Tage geherrscht hatte. Die wenigsten hatten bis zur Verbüßung ihrer Kerkerstrafe durchgehalten. Die meisten starben. Wer aber doch herauskam, war entweder todkrank oder wahnsinnig. Selbst für ihn, der er nach dem Besuch wieder nach Hause gehen konnte, war dieses Gebäude auf der *Ile Saint Joseph* der schrecklichste Ort seines Lebens gewesen. Die Gefangenen hatten diesen Teil des Gefängnisses auch »die Menschenfresserin« genannt. Niemals in vier Jahrzehnten war jemals jemandem die Flucht gelungen.

Hier gab es keinen derart separierten Ort, an den er jemanden als Haftverschärfung schicken konnte. Aber es gab ja noch drei kleine Häuser in und um das Gefängnis von Saint Pierre, Kerker genannt, dachte Mouttet. Er würde Sylbaris zeigen, dass er der Justiz nicht entkommen konnte!

»Wir werden ihn in verschärften Arrest nehmen!« antwortete Mouttet endlich.

»Und wenn wir ihn nicht festnehmen, weil er sich so gut versteckt, Monsieur le Gouverneur?«

Louis Mouttet schaute ihn triumphierend an. »Machen Sie sich keine Sorgen, er wird sogar freiwillig zurückkehren darauf geben ich Ihnen mein Wort!«

Fort-de-France, Mittwoch, 30. April

»Enorme Spritzer kochenden Wassers, die kleine Felsen und Baumstümpfe empor warfen, kamen begleitet von einem Untergrundgrollen, einigen leichten Erdbeben und dem Lärm eines explosiven Krachens gestern aus dem Vulkan. Seit Samstag kommt weißer Dampf aus dem Krater, der vermutlich im Tal des Rivière Blanche liegt (wir berichteten darüber), seit gestern auch noch Asche. Damit überbietet der Berg seine Aktivitäten von 1851«

Gouverneur Mouttet legte *Les Antilles*, die dritte bedeutende Zeitung der Insel, zur Seite. Eines konnte man dieser Insel jedenfalls im Gegensatz zu Guyana nicht vorwerfen: dass es hier langweilig wäre. Es gab auf Martinique alles: eine Bibliothek, Konzerte, exzellente Restaurants und jetzt sogar noch einen Vulkan, der fest entschlossen zu sein schien, das Theater von Saint-Pierre zu ersetzen.

Janvier kam herein. »Wollen Sie mit dem Diktat beginnen, Monsieur le Gouverneur?«

Mouttet, der ihn kurz zuvor gerufen hatte, nickte. »Schreiben Sie, Janvier: Hatte mit Telegramm vom 12. März um zügige Versendung der Gouverneursdruckerei gebeten. Mouttet«. Wie sollte er seine Anordnungen, die Beschlüsse von *Conseil Général* und *Conseil Sanitaire* und alles, was für die Öffentlichkeit bestimmt aus Paris kam, den Menschen zur Kenntnis geben, wenn er noch nicht einmal die Möglichkeit hatte, sein eigenes Blatt zu drucken? Und warum zum Teufel erwartete man von ihm selbständiges Handeln, verhinderte aber andererseits seine Unabhängigkeit?

Louis Mouttet lief hinüber ins *Secrétariat Général*, um mit Lhuerre über die Legislativwahlen und deren nervtötendes Ergebnis zu sprechen. Ein Ergebnis, mit dem sicherlich niemand gerechnet hatte, denn wie wahrscheinlich war ein Unentschieden? Die Insel war politisch gespalten, und das direkt in der Mitte!

Aber was dachte er da, verglichen mit der Spaltung der Nation, die die Affaire Dreyfus ausgelöst hatte, war das hier gar nichts! Damals hatte Frankreich kurz vor dem Bürgerkrieg gestanden, wie es schien! Auf der einen Seite hatten die Republikaner und Sozialisten gestanden sowie die meisten Künstler und Intellektuellen, auf der anderen der Klerus und das Militär, das schon alleine deshalb an höchst fragwürdige Beweise geglaubt hatte, die Hauptmann Dreyfus als deutschen Spion überführten, weil er Jude war. Bereits 1896, keine eineinhalb Jahre nach der Inhaftierung Alfred Dreyfus', hatte man gewusst, dass die inkriminierten Dokumente, deren Verfasser der Hauptmann gewesen sein sollte, in Wirklichkeit von Major Charles Walsin Esterhazy verfasst worden waren. Und absolut nichts unternommen, um die Wahrheit ans Licht zu bringen. In der Bevölkerung hatte es unterdessen weiter zu kochen und zu brodeln begonnen, was darin seinen Höhepunkt gefunden hatte, dass 1898 Emile Zola seine Prominenz geschickt einzusetzen gewusst hatte, indem er einen offenen Brief an Staatspräsident Félix Faure schrieb, der für weltweites Aufsehen sorgte. »J'Accuse...!« hatte eines Morgens auf dem Titelblatt der Zeitung *L'Aurore* geprangt. An jenem Morgen war nicht nur der Staatspräsident von Émile Zola öffentlich unter Anklage gestellt worden, sondern hatte auch Frankreich die schlimmste Staatskrise seit der Revolution erlebt. Es sollte noch weitere drei Jahre dauern, bis der Prozess wieder aufgerollt und Dreyfus trotz des Wissens um seine Unschuld erneut zu lebenslanger Haft verurteilt wurde.

Nein, hier lagen nicht annähernd solche Zustände vor, so verfeindet waren die Radikalsozialistische Partei von Knight und die Progressive Partei, deren Flaggschiff Clerc war, dann doch wieder nicht. Hier würde sich das Vergehenlassen der Zeit ohne Zweifel positiv auf die innenpolitische Entwicklung der Insel auswirken. Das Vergehenlassen der Zeit – und ein anschließender Neubeginn!

Fort-de-France, Freitag, 2. Mai

Janvier kam zusammen mit Louis Mouttet ins Gouverneursbüro und legte diesem, nachdem er sich an seinen Schreibtisch gesetzt hatte, den Antwortbrief auf die Quarantänereklamation zur Unterschrift vor. Louis Mouttet war am Boden zerstört, versuchte aber Normalität aufrechtzuerhalten und sagte deshalb matt: »Mein lieber Janvier, nächstes Mal bitte ich um ein etwas schnelleres Arbeiten!«

Eigentlich war es ihm völlig gleichgültig, ob seine Untergebenen heute schnell oder langsam arbeiteten – er brauchte einen Arzt, und das schnellst möglichst. Das Wasser, das er eben auf dem Abort gelassen hatte, war tief dunkelrot gewesen. Schwarz, wie die Mediziner sagten.

Lhuerre kam hereingestürzt. »Monsieur le Gouverneur, bei Saint-Pierre hat es einen Erdrutsch gegeben!«

Louis Mouttet sah von seinen Unterlagen auf. »Jetzt beruhigen Sie sich erst einmal wieder, George! Erdrutsche gehören leider zu den unschöneren Phänomenen der Natur! Für gewöhnlich finden Sie sie zur Regenzeit an Berghängen außerhalb bewohnten Landes. Angesichts der vulkanischen Aktivität nichts Besonderes.«

»Auf der Plantage Lavenière wurden zwei Reiter verschüttet, einer davon ist der Besitzer! Die Tochter Suzette musste zusehen!«

Der Gouverneur lehnte sich in seinem Stuhl zurück und sah ihn zutiefst betroffen an. »Wie alt ist Mademoiselle?«

»Neunzehn Jahre, Monsieur le Gouverneur. Sie steht unter Schock!«

Natürlich stand sie unter Schock! Obwohl man sich selbst in fortgeschrittenen Jahren kaum an den Tod gewöhnte, wie Mouttet fand, war neunzehn eindeutig zu jung, um so etwas miterleben zu müssen!

»Sorgen Sie dafür, George, dass sie hier ins Hospital gebracht wird, und lassen Sie einen der Militärärzte zu ihr schicken!« Seit einigen Tagen waren die ersten Mediziner aus Guyana zurückgekehrt.

»Gibt es sonst noch Nachrichten aus Saint-Pierre?«

»Die Asche fällt so reichlich, und der Schwefelrauch ist so intensiv, dass schon einige Tiere verendet sein sollen.«

Louis Mouttet sah aus dem Fenster. Draußen regnete es seit diesem Morgen ebenfalls dünn Asche.

»Schicken Sie ein paar Soldaten hin und lassen Sie die Tiere außerhalb der Stadt begraben!«

Er wandte sich seinen Schriftstücken auf dem Schreibtisch zu. George Lhuerre bewegte sich nicht von der Stelle. Louis Mouttet sah ihn wieder an. »Gibt es sonst noch etwas, George?«

»Ja, Monsieur le Gouverneur. Ich weiß nicht, ob es von Bedeutung ist. Der amerikanische Konsul hat ein Telegramm nach Washington gesendet. Oder besser gesagt von Saint-Pierre abgeschickt. Wir konnten es gerade noch abfangen, bevor es die Telegrafenstation von Fort-de-France verlassen hat.«

»Wie Sie wissen, George, kann Thomas Prentiss telegrafieren, wohin er will!«

»Wir dachten nur, Monsieur le Gouverneur, dass Sie der Inhalt des Telegramms interessieren dürfte!«

Lhuerre legte ihm einen Zettel auf den Tisch. Louis Mouttet nahm ihn auf und las. Sein Gesicht wurde ernst, Zornesröte stieg ihm von den Wangen bis zum Haaransatz.

»Das schicken wir natürlich nicht weg. Sie haben völlig richtig gehandelt, George. Auch mein Lob an diejenigen, die Sie informiert haben!« Sein Tonfall klang ruhig, fast gleichgültig. Louis Mouttet bemühte sich, den jüngeren Mann nicht spüren zu lassen, dass er innerlich vor Wut kochte.

Ein Telegramm, das über die Asche in Saint-Pierre sprach, als sei sie auch nur von geringstem Interesse für

Amerika! Wie oft, wie heftig und wohin sie fiel. Und dass man in Alarmbereitschaft sein müsste, da der Vulkan möglicherweise ausbrechen könnte.

Das war ja der Gipfel! Der einzige Vulkan, der kurz vor dem Ausbruch stand, war augenblicklich er selbst. Aber er hatte sich gut genug im Griff, um das verhindern zu können!

Unabhängig von der Beantwortung der Frage, ob die USA im Falle einer Eruption auch nur das Geringste tun könnten oder es überhaupt nötig sein würde, ging es hier nicht nur um ein Hilfegesuch, es ging um die Wahrung des französischen Ansehens in der ganzen Welt! Ein Ansehen, für das auch er verantwortlich war, soweit es in seiner Macht stand! Frankreich rangiert erst nach England, Deutschland und neuerdings auch noch Amerika als Wirtschaftsmacht. Und das auch noch mit Abstand! Welche Mühe war es für Frankreich gewesen, die innereuropäische Isolation, die es nach dem Krieg gegen Deutschland bis zu Bismarcks Rücktritt vor wenigen Jahren erlitten hatte, die anderen Staaten vergessen zu machen. Dies war noch nicht lange her, gerade mal zwölf Jahre. Seitdem Amerika vor wenigen Jahren zur Wirtschaftsmacht avanciert war, bildete es sich schon genug ein! Und jetzt sollte Frankreich auch noch als unfähig dastehen, seine inneren Probleme alleine zu lösen? Und er, der amtierende Gouverneur einer französischen Kolonie, derjenige Repräsentant sein, der seinem Land diesen Ruf einbrachte?

Er fühlte, wie es ihn zu schütteln begann. Die Asche draußen sah nicht nur fast aus wie Schnee, sie schien auch die Kälte mitzubringen. Man würde ihn, ihn alleine, verantwortlich machen. Man würde über ihn, Louis Mouttet sagen, er könnte die Probleme seiner Insel

nicht in den Griff bekommen, er könnte keine Verantwortung tragen, er sei unfähig! Und obwohl sein lieber
Freund und Befürworter Franck Puaux, der Delegierte
von Haiti, einst an den Kolonialminister geschrieben
hatte, er, Louis Mouttet, sei aufgrund seiner Intelligenz
und Verdienste wertvoll für das Gouvernement und man
solle ihn wegen seines Fleißes und seiner Aufopferung
wie einen Grafen behandeln, so änderte das nichts an
der Tatsache, dass er keiner war. Und niemals einem
gleichgestellt sein würde. Sich folglich auch niemals
auch nur einen Bruchteil dessen erlauben könnte, was
sich ein Mitglied eines alten Adelsgeschlechtes erlauben konnte.

»George, schließen Sie die Fenster, die Kälte ist ja
nicht auszuhalten!«

Sein ganzer Körper vibrierte. Mouttet schaffte es
gerade noch, seinen Papierkorb zu sich zu ziehen, dann
übergab er sich. Da war sie wieder, die Atemnot. Ihn
überkam Angst. Das Wasser staute sich schon längere
Zeit in seinem Körper, wenn das so weiterginge, würde
er demnächst ersticken! Ihm wurde schwindelig und er
nahm noch ein paar laute Rufe nach einem Arzt wahr,
dann wurde es um ihn herum schwarz.

Saint-Pierre, Freitag, 2. Mai

Béatrice Douce schalt sich selbst wegen der Panik, die
sie ebenso wie auch die übrige Stadt seit dem Vortag
ergriffen hatte. Aber der Donnerstag war einfach zu
schrecklich gewesen, der mit allerlautesten Explosionen

und sich den Vulkan hinunter wälzendem schwarzen Rauch begonnen hatte. Und als wäre es noch nicht genug gewesen, war dieser Rauch auch noch von Blitzen durchkreuzt worden. Schrecklich!

Sie wies Chéchelle an, die Fensterläden nicht nur zu schließen, wie sie es sonst nur im Falle eines Hurrikans tun mussten, sondern gab ihr auch noch Leinentücher und alte Säcke, die sie darüber legen sollte. Wenn sie damit fertig sein würden, würde die Wohnung hermetisch abgeriegelt sein, dachte sie. Dann würde im Fall eines erneuten Ascheregens nichts mehr hineinkommen.

Als nur noch ein Fenster offen stand – es lag unmittelbar in nordöstliche Richtung, dem Vulkan entgegen – lehnte sie sich noch einmal hinaus, und beäugte ihn. Inzwischen hatte er zwei Krater, und sie konnte auf der Straße hören, wie Leute sich stritten, ob diese sich an der Quelle des *Rivière Blanche* befänden, oder aber doch am *Etang Sec*. Madame Douce hatte eine Stunde zuvor beobachten können, wie es im Norden dunkelschwarz geworden war. Jetzt hörte sie Ankömmlinge aus Le Prêcheur berichten, es sei dort so dunkel geworden, dass man Lampen hätte anzünden müssen. Man hätte tatsächlich geglaubt, man müsse ersticken! Jeder der konnte, würde sein Hab und Gut nehmen und Zuflucht in Saint-Pierre suchen!

Das fehlte gerade noch! Am Ende würden sie noch Zuflucht suchen bei ihr! Madame Douce verschloss auch noch das letzte Fenster, dann ließ sie Chéchelle zum fünften Mal an diesem Tag die Wohnung ausfegen.

Neun Stunden später hätte der Tag für sie schon lange zu Ende sein sollen, denn Madame Douce lag bereits im

Bett, als sie und die restliche Familie von einigen Salven geweckt wurden, die wie vielfach verstärktes Artilleriefeuer klangen. Béatrice Douce fiel das Atmen schwer. Trotz der verschlossenen Fenster kam der Schwefelgeruch noch immer durch alle Ritzen.

Sie stürzte sich sofort zusammen mit ihrer Familie an das nordöstliche Fenster und riss es auf. Was sie beobachtete, ließ sie erschaudern: Riesige Wolken schwarzen Rauches, in denen wilde Blitze aufleuchteten, standen über dem Vulkan, der ohrenbetäubend brüllte. Kurze Zeit später begann wieder der Ascheregen. Und ihr war ebenso wie der restliche Stadt klar: Der Vulkan befand sich in vollem Ausbruch.

Morne Rouge, Freitag, 2. Mai

Paulines Urgroßtante sagte immer, Morne Rouge läge auf eine Art am Vulkan wie ein Baby an der Brust seiner Mutter. Doch, dachte Pauline nun, trotz seiner Nähe zum Vulkan hatte es nur wenig gelitten.

Sie war erstaunt, als sie am Spätnachmittag René angeritten kommen sah. Er käme direkt aus Saint-Pierre, erzählte er, und er wäre schon am Mittag dort mit der Fähre und seinem Pferd gelandet.

»Ich habe Dich gesucht!« sagte er dann und stieg ab. »Ich war bis in Prêcheur, aber dort habe ich nur einen Alptraum erlebt! Eine riesige, pechschwarze Wolke kam von Süden...«

»So eine, wie die, die den Regen bringen?« warf Pauline ein.

»Ja, aber es war keine Regenwolke!« erwiderte René. »Keine Regenwolke verdunkelt derart schnell den Himmel! Kaum war sie da, begann Asche zu fallen, erst ein wenig, dann immer mehr. Man konnte sie zu Anfang kaum spüren und auch nicht hören. Aber je länger sie fiel, desto lauter und schwerer wurde sie! Innerhalb von zehn Minuten war es so heiß, dass wir beide«, er klopfte sein Pferd, »völlig durchnässt waren. Die Leute rannten alle schnell in ihre Häuser – Herren und Diener, Grundbesitzer und Pflanzerinnen gleichermaßen – ich gab meinem Pferd die Sporen. Nur weg, dachte ich!«

Pauline gab ihm erst einmal ein Glas Wasser, dann brachte sie ihm eine ganze Schüssel davon, damit er sich ein wenig den Staub aus dem Gesicht waschen konnte. Anschließend reichte sie ihm die letzten *Christophines*, die sie hatte auftreiben können. Sie wusste, wie sehr er diese mit Béchamelsauce und Käse überbackenen Kürbisse liebte.

»Die Bauern an den Hängen des Vulkans berichten Ähnliches«, antwortete sie. Einige haben heute morgen fluchtartig ihre Felder verlassen, als der Berg zu grollen anfing, und sich eine immer dichter werdende Wolke aus Dreck und Gas auf sie niedergesenkt hat, die durch die Luft wirbelte und voller Blitze war!«

»Durch Saint-Pierre war kaum ein Durchkommen. Mein Pferd wollte kaum gehen, so nervös war es. Wer kann es ihm verübeln? Es ist nicht daran gewöhnt, dass seine Hufe in Asche versinken und die Luft kaum zu atmen geht.« Er lachte bitter. »Die Perle der Antillen hat aufgehört, zu glänzen!« Dann nach einer kurzen Pause: »Pauline, Du musst hier weg! Die Zweige der

Bäume biegen sich schon unter dem Gewicht der Asche; ich habe manchen Zweig brechen sehen...«

»...und es gibt keine Vögel mehr, die singen!« ergänzte sie seinen Satz. Sie hatte es immer geliebt, wenn sie im Mai den Kolibris beim Eintauchen in die Wasserkastanienblüten zusehen konnte. Aber es gab dieses Jahr weder die Kolibris, noch die Blüten. Auch sie hatte das dringende Bedürfnis, die Gegend zu verlassen.

»Und hast Du gesehen: der Rivière Blanche ist, wie ich gehört habe, aus unerfindlichen Gründen vollständig ausgetrocknet, René!«

René schüttelte den Kopf. »Das habe ich die Leute in Prêcheur auch erzählen hören, aber als ich ihn auf dem Hinweg passiert habe, hatte er schon auf halber Höhe Hochwasser, und auf dem Rückweg begann er gerade, über die Ufer zu treten.«

Die beiden konnten in der Ferne Ochsen brüllen hören, die sich über den Wassermangel beschwerten. »Es sind schon einige gestorben«, bemerkte Pauline dazu. »Und gestern erst fiel mir ein toter Vogel vor die Füße!«

»Ich will, dass Du zu mir kommst, Pauline! Kein Mensch, der bei Verstand ist, bleibt freiwillig in einer solchen Gefahr! Wer weiß, wie das noch weitergehen wird! Ich werde uns bis Himmelfahrt eine kleine Wohnung in Fort-de-France gesucht haben! Vorher wird mich unser Redakteur nicht mehr weglassen, aber mach' Dich bereit, am Donnerstagmorgen, an Himmelfahrt, werde ich Dich holen kommen!« Dann gab er der überglücklichen Pauline einen Abschiedskuss und ritt zurück zur Fähre.

Wenn Pauline noch am Abend geglaubt hatte, sie würde in erster Linie wegen René nach Fort-de-France gehen wollen, aber in Morne Rouge, das südöstlich am Vulkan lag, wäre die Situation im Grunde noch ganz annehmbar, so wurde sie spät am Abend eines Besseren belehrt.

Die Einwohner des kleinen Bergdorfes stürmten kurz vor Mitternacht alle aus ihren Häusern, nachdem erst ein Erdbeben, dann Donnerschläge gefolgt von unheimlichem Brüllen, das aus dem Rachen des Kraters kam, die Leute aus dem Schlaf gerissen hatte.

Pauline und ihre Familie sahen wie alle anderen auch hinauf zum Krater, der tausende Blitze herausschoss, die ihn auf unheimliche Weise erleuchteten. Der ganze Ort stank inzwischen so sehr nach Schwefel, dass die Leute nicht nur Brechreiz, sondern auch einen rauen Hals bekamen. Dann, wenig später, fiel auch auf Paulines Haupt Asche, und sie tat, was alle taten – sie stürmte voller Panik in die Kirche des *Convent de Délivrande*, um sich die letzte Ölung zu holen.

Aber statt des üblichen Friedens, den sie hier finden konnte, erwartete sie eine Kirche, die vollgestopft war mit streitenden, sich um die Beichtstühle prügelnden Leuten. Ein Wettstreit hatte begonnen, wer der größte Sünder wäre und infolgedessen als erster ein Anrecht auf Beichte hätte. Und in gewisser Weise bekamen letztlich auch die größten Sünder die Beichtstühle als erstes, dachte sie mit makaberem Amüsement, denn die Brutalsten waren wie auch sonst im Leben am erfolgreichsten. Erst nach Stunden konnte Pater Mary die Kontrolle wiedererlangen. Anschließend wurde bis in die Morgenstunden gebetet, gebeichtet und auf den Tod gewartet.

Als Pauline am frühen Morgen die Kirche mit allen anderen wieder verließ, hatte sich der Anblick ihres Dorfes verändert. Die Asche musste ohne Unterlass seit dem Vortag gefallen sein. Morne Rouge unterschied sich kaum noch von Saint-Pierre.

Fort-de-France, Samstag, 3. Mai

Als Gouverneur Mouttet um sechs Uhr früh das Militärhospital Fort-de-Frances wieder verließ, lag eine hauchdünne grau-weiße Ascheschicht auf der ganzen Stadt. Wenn das so weiterginge, würde an Himmelfahrt die ganze Insel eher weihnachtlich aussehen, dachte er.

Louis Mouttet war in der Tat fast festlich zumute. Es hatte für ihn auf Messers Schneide gestanden, er hatte schon geglaubt, sein Ende sei gekommen. Stattdessen waren er und das lang ersehnte Chinin fast zur selben Zeit im Hospital eingetroffen, so dass ein Arzt sofort durch eine intravenöse Gabe Besserung herbeiführen konnte. Anschließend hatte man ihm erklärt, er müsse jetzt eine Chininkur durchführen, mit täglich einem Gramm Chinin ab sofort, und am Himmelfahrtstag sei er dann soweit geheilt, dass er mehr als leichte Anfälle nicht mehr zu befürchten hätte.

Sein Kutscher erwartete ihn schon treu ergeben, aber statt sich ins *Hôtel du Gouverneur* bringen zu lassen, wies Mouttet ihn an, zur Fähre nach Saint-Pierre zu fahren, für die er sich bereits am Vortag mit Colonel Gerbault, dem Kommandanten der Truppen, verabredet hatte.

Die Rubis kam kurz nach neun Uhr in Saint-Pierre an und wurde von ohrenbetäubenden Kanonenschlägen des Vulkans begrüßt, der undurchdringliche schwarze Wolken ausstieß.

Der Gouverneur wollte sofort weiterfahren, um sich die Zustände in Le Prêcheur selbst anzusehen, deshalb lehnte er sich an die Reling, während die Fähre bis zur Weiterfahrt in der Bucht lag, und betrachtete das Treiben in der Stadt. Auch Generalvikar Parel, der beschlossen hatte, dem Gemeindepfarrer des Fischerortes Mut zuzusprechen, wie Mouttet erfuhr, war an Bord geblieben.

Saint-Pierre bot einen erbärmlichen Anblick. Asche, wohin man sah. Die Stadt war sichtbar schon wesentlich längere Zeit mit Asche beregnet worden als Fort-de-France. Sie sah aus, als wären Millionen schmutziger Schneeflocken gefallen, die nun eine dichte Decke auf ihr bildeten. An den einst strahlend schönen Häusern hatte man alle Fensterläden geschlossen und die venezianischen Blenden mit Leinentüchern verhängt, um das Eindringen des grau-schwarzen Staubes zu verhindern.

Die Plätze, die vom Wasser aus zu sehen waren, waren voller Menschen, die mit Wägen und manchmal sogar einem Esel davor für ein großes Durcheinander sorgten, weil jeder in eine andere Richtung zu wollen schien.

Nach einer viertelstündigen Wartezeit, während derer Passagiere Gelegenheit hatten, an Bord zu kommen, legte das Boot wieder ab.

Während der ganzen letzten Stunden hatte der Vulkan gebrüllt und gedonnert – es war bis Fort-de-France zu hören gewesen. Doch jetzt konnte Louis

Mouttet kaum noch sein eigenes Wort verstehen, wenn er mit dem Priester sprach. Wenn er bis jetzt geglaubt hatte, das Brüllen der Druckerpressen im Pariser Verlagshaus von *La Patrie* sei das lauteste gewesen, was er je gehört hatte, dann wurde er heute eines besseren belehrt.

Die Fähre fuhr vorbei am Flussbett des *Rivière Blanche*, der sich zu einem reißenden Strom entwickelt hatte.

In Le Prêcheur sah die Lage noch düsterer aus. Nicht genug, dass Asche überall lag, sie fiel auch dicht herab als die Fähre anlegte. Das Donnern klang hier noch beängstigender, denn das Dorf war nur halb so weit vom Vulkan entfernt wie Saint-Pierre. Ein starker Schwefelgeruch lag in der Luft. Dennoch schienen auch hier auf den Straßen mehr Menschen zu sein als die kleine Stadt Einwohner haben konnte. Louis Mouttet ging von Bord und blieb einige Stunden, die er nutzte, um mit Bürgermeister Grelet und Abbé Desprez, dem örtlichen Priester, zu reden und auch sonst die Lage genau zu begutachten. Am Nachmittag, unter einem Ascheeinfall, der die Nacht mit sich zu bringen schien, verließ er wieder den Fischerort.

Auch von Saint-Pierre konnte sich Gouverneur Mouttet ein genaueres Bild machen, als er sich unter den noch lauter gewordenen Explosionen des Vulkans auf den Weg zu Bürgermeister Fouché begab.

Leute, die mit Gepäck auf dem Rücken, auf einem Esel oder auf einem Karren sitzend in die Stadt hinein oder aus ihr heraus wollten, füllten die Straßen. Bei den meisten schien es sich um Familien zu handeln.

Jeder Schritt fühlte sich weich an, und die ganze Stadt war noch unerträglicher schmutzig als eine, auf die der Wind Saharastaub getragen hatte. Hoffentlich müsste er sich hier nicht lange aufhalten, dachte er. Louis Mouttet ging zusammen mit Colonel Gerbault sofort zum *Hôtel de Ville*, wo er Bürgermeister Fouché aufsuchte. Nach einer kurzen Begrüßung kam der Gouverneur sofort auf das Wesentliche zu sprechen.

»Die Straßen sind voller Menschen, aber sie scheinen alle in eine andere Richtung zu gehen.«

Bürgermeister Fouché nickte.

»Mein Koch konnte bei diesem unglaublichen Durcheinander gar nicht pünktlich alles für das Déjeuner einkaufen. Ist es nicht tragisch, Monsieur le Gouverneur! Die einen kommen von den Plantationen an den Hängen des Vulkans...,«

»Ja, ich weiß, ich habe diese Flüchtlinge auch in Prêcheur gesehen!« warf Louis Mouttet ein, »...und aus Le Prêcheur«, fuhr Fouché fort, ohne auf die Bemerkung des Gouverneurs einzugehen, »weil sie Zuflucht in der Stadt suchen. Die anderen verlassen sie in – wenn Sie mich fragen – unangemessener Panik, um über La Trace oder die Fähren zu Verwandten im Süden der Insel zu kommen.«

»Hätten denn die Leute aus dem Umland nicht in ihrem Zuhause bleiben können?« Louis Mouttet sah ihn fragend an.

»Völlig unmöglich, Monsieur le Gouverneur, die Menschen erzählen, man hätte vor lauter Asche nicht mehr die Hand vor Augen sehen können.«

»Eine schreckliche Sache, ich habe sie auch gerade erlebt, Monsieur le Maire!«

»Sie haben auch nichts mehr zu trinken, die Wasserleitungen führen fast nur noch schmutziges Wasser. Das

Vieh verendet, obwohl es schlau genug ist, die Asche von den Gräsern zu blasen. Und die Ernte verdorrt.«

»Das ist ja entsetzlich!« Gouverneur Mouttet war zutiefst betroffen. »Wir müssen den Menschen Obdach und etwas zu essen geben. Sie sind sicherlich hungrig!« Und er dachte, wie gut Saint-Pierre dran war im Gegensatz zu denjenigen Gebieten, die dem Berg noch näher gelegen waren.

»Wenn Sie wissen, wie Sie das tun wollen, Monsieur le Gouverneur ich sehe im Augenblick keine Möglichkeiten«, erwiderte Fouché.

»Denken Sie nicht, Monsieur le Maire, dass man sich ordentlich um die Leute kümmern sollte? Es gibt vielleicht sogar öffentliche Gebäude, die für den Augenblick als Unterkunft dienen könnten!«

Fouché schaute abweisend, ohne zu antworten. Louis Mouttet wollte sich aber nicht so schnell abweisen lassen. »Seitdem die Infanterie hier abgezogen wurden, gibt es meines Wissens leerstehende Baracken!«

»Für die Baracken bin ich leider nicht zuständig, Monsieur le Gouverneur.«

Das hatte er von ihm auch gar nicht wissen wollen. Deshalb hatte er ja den Colonel mitgebracht. Und an diesen gewandt: »Stehen Sie leer?«

Dieser bejahte diese Frage.

»Wie viele Personen können darin aufgenommen werden?«

»Die Kasernen wurden für sechshundert Soldaten konzipiert, Monsieur le Gouverneur!«

»Dann vermitteln Sie mir bitte ein Telefonat mit Bürgermeister Grelet!« sagte Mouttet an Fouché gewandt. Er musste ihn davon in Kenntnis setzen.

Fouché schaute noch abweisender. Er schien nicht gewillt zu sein, Mouttets Sekretär zu ersetzen. Louis Mouttets Haltung wurde unmerklich ein wenig gerader, sein Kinn hob sich ein wenig, und auch er sah abweisend aus, wobei er niemanden ansah, sondern insbesondere am Bürgermeister eher desinteressiert schien. Endlich tat Fouché wie geheißen.

Wenige Minuten nachdem alles organisiert worden war, war Louis Mouttet schon ein wenig erleichterter. Es würde kein Problem sein, die meisten Flüchtlinge aus Prêcheur und noch eine große Anzahl von den Hängen des Vulkans in den Baracken unterzubringen. Mehr würden es jedenfalls aus Prêcheur nicht werden.

»Welche Möglichkeiten haben wir, um die Ernährung der Leute zu gewährleisten?«

»Die Geschäfte sind noch alle geöffnet, Monsieur le Gouverneur.«

Dieser Mann war aber überhaupt keine Hilfe! Was nützte es den Leuten, wenn sie nicht genug Geld hatten, um Nahrungsmittel zu kaufen? Nahrungsmittel, die sie sonst auf ihren eigenen Feldern und Bäumen ernten konnten!

»Wir müssen also in eines der großen Lagerhäuser gehen«, wenn es sich nicht vermeiden ließ, sogar in eines von Clerc oder Knight, dachte er, »und dort genügend Säcke weiße Bohnen und Kisten voller Stockfisch kaufen, um die Menschen am Leben zu erhalten.«

»Und wenn wir«, antwortete der Bürgermeister, das Wort »Wir« betonend, »ein paar hundert Francs dafür ausgeben, aus wessen Kasse werden wir«, er betonte es erneut, »das Geld denn dann nehmen, Monsieur le Gouverneur?«

Bis eben hatte Louis Mouttet noch angenommen, dass die Stadtkasse die Kosten übernehmen würde. Dies wäre jedenfalls mit weniger bürokratischem Aufwand verbunden, als die Staatskasse zu bemühen. Die Staatskasse, die zum einen weit weg war, und zum anderen diese Ausgaben erst einmal genehmigen musste. Aber der Bürgermeister war eindeutig nicht in der Stimmung dazu.

»Das Gouvernement wäre Ihnen über alle Maßen verpflichtet, Monsieur le Maire, wenn die Stadtkasse die Kosten vorstrecken würde. Es stünde dann über alle Maßen in Ihrer Schuld, Monsieur le Maire, und ich würde Ihren Einsatz beim nächsten sinnvollen Anlass lobend gegenüber Paris erwähnen«, flötete er in der Hoffnung, die Eitelkeit Fouchés geweckt zu haben.

Der Gesichtsausdruck des Bürgermeisters wurde ein wenig offener.

»Wie viel glauben Sie, Monsieur le Gouverneur, wird das alles kosten?«

»Fünfhundert Francs ich denke für den Augenblick müsste das genug sein!« Weiße Bohnen waren billig. Und lediglich ein Happen Stockfisch pro Person sollte ausreichen.

»Gut, ich erkläre mich dazu bereit, aber nur, weil seit gestern Abend Stimmen laut werden«, begann Fouché ein anderes Thema, »dass die Stadt am besten evakuiert werden sollte.«

»Wer in aller Welt denkt sich so etwas aus?« warf Artillerieleutnant Gerbault ein.

Auch Louis Mouttet konnte sich beim besten Willen nicht vorstellen, wer auf die Idee kam, an die dreißigtausend Menschen evakuieren zu wollen. Alleine in Saint-Pierre. Rechnete man alle Betroffenen um den

Vulkan herum zusammen, kam man sicherlich noch einmal auf die gleiche Anzahl. Wo in aller Welt sollten die hin?

»Fernand Clerc rief mich gestern Abend an, er hielte den Vulkan für äußerst bedrohlich. Er befürchtet einen Ausbruch, und er hätte das Gefühl, dass sich die Stadt in ernsthafter Gefahr befände.«

Mouttets Gesichtsausdruck wurde eisig. »Nun, mein lieber Fouché, wenn Sie die Stadt evakuieren wollen, dann können Sie das tun. Soweit ich weiß, unterliegt das Wohl der Stadt der Zuständigkeit des Bürgermeisters!«

Fouché machte eine abwehrende Handbewegung. »Hier handelt es sich um einen kriegsähnlichen Zustand, Monsieur le Gouverneur. Dafür ist das Gouvernement zuständig.«

Louis Mouttet konnte dies weder bestätigen noch dementieren. Nach den Gouverneursstatuten von 1827 waren ihm das allgemeine Kommando ebenso wie die allgemeine Verwaltung der Insel anvertraut. Im Hinblick auf das Kommando der Truppen und die Organisation des Militärdienstes unter Assistenz eines Militärkommandanten. Ganz genau deshalb hatte er Gerbault auch mitgebracht.

Ob ein Vulkanausbruch juristisch mit Krieg gleichzusetzen wäre, war ihm nicht bekannt. Hier ging es auch gar nicht mehr um die allgemeine Verwaltung, sondern um die Verwaltung einer einzelnen Stadt. Und die oblag dem Bürgermeister!

Und selbst, wenn er tatsächlich zuständig sein sollte, es war die erste Naturkatastrophe diesen Ausmaßes, die er in seinem Leben miterlebte. Bis jetzt sah er jedenfalls noch keinen Grund, die größte Stadt der Insel zu einer leblosen werden zu lassen. Deshalb sagte er lediglich und unter beifälligem Nicken Gerbaults: »Ich werde mich mit meinem Generalsekretär darüber beraten. Aber heute dazu soviel, Monsieur le Maire – es will alles gut durchdacht sein! «

Dann kehrten der Gouverneur und Colonel Gerbault auf einer völlig überfüllten Fähre um 16 Uhr nach Hause zurück.

Nach seiner Ankunft in Fort-de-France stieg Louis Mouttet in seine Kutsche, die dort wie immer den ganzen Tag auf ihn gewartet hatte.

»Wohin, Monsieur le Gouverneur?«

»Nach Bel Air, Gustave!« Gustave setzte die Pferde in Gang.

Louis Mouttet lehnte sich auf seinem Sitz zurück und legte den Kopf gegen die Außenwand der Kutsche. Die letzten Tage hatten ihn bis aufs Äußerste erschöpft. In Saint-Pierre hatte es bei seiner Abfahrt keinen Ascheregen mehr gegeben und der Berg war ein wenig ruhiger geworden. Jetzt konnte auch er sich erlauben, zu pausieren. Er musste dringend nach Paris telegrafieren, dachte er, aber das hatte noch ein paar Stunden Zeit, die Telegrafenstation hatte ohnehin schon geschlossen. Er wollte erst einmal seine Familie sehen – zum ersten Mal seit dem Morgen des vorherigen Tages.

Nachdem er die Haustür der Gouverneursvilla in Bel Air geöffnet hatte, kam ihm unter Jubel Petite-Hélène entgegen. Lucie konnte er im Kinderzimmer spielen hören.

»Papa, ich habe Hunger!«

Louis Mouttet lächelte sie schon fast mütterlich an. »Soll ich Dir ein Butterbrot machen?«

Klein Hélène schüttelte den Kopf. »Du brauchst immer so lange!«

Louis Mouttet hätte es sich schon denken können. »Wann bist du endlich fertig?« hatte sie die letzten Male gefragt, als er ihr ein Brot geschmiert hatte, wobei er die Butter erst von dem einen Ende des Brotes zum anderen, dann wieder zurück gestrichen hatte, und diese Prozedur mehrmals wiederholte, in der Absicht, sorgsamst jede Unebenheit zu glätten. »Wenn es schön gleichmäßig ist!« hatte er ihr geantwortet.

»Von Dir lass ich mir nie wieder ein Brot machen, vorher stirbt man ja!« hatte sie erwidert, und heute schien sie diese Drohung wahrzumachen.

Louis Mouttet lächelte müde und hob seine Tochter hoch. Dann gab er ihr einen Kuss und fragte: »Wo ist denn Mama?«

»Die ist gerade zum Schönmachen, hat sie gesagt!«

Lina kam aus dem Kinderzimmer. Sie sah ihn mit großen Augen an, wagte aber nicht, etwas zu sagen. »Madame lässt Ihnen ausrichten, Monsieur le Gouverneur, dass sie einen leider nicht verschiebbaren Termin bei ihrer Schneiderin hat. Madame sagt, sie sei spätestens zum Dîner wieder zurück!«

»Papa, warum bist du so schmutzig?« Petite-Hélène griff ihm ins stark angestaubte Haar. Mouttet antwortete ihr nicht.

»Danke, Lina.« Louis Mouttet, dem erst jetzt bewusst wurde, wie sehr er voller Asche sein musste, setzte seine Tochter wieder auf den Boden. »Ich war an einem ganz schrecklich unreinen Ort, mein Kind!«

Und zu Lina gewandt fuhr er fort: »Und könnten Sie bitte meiner Tochter ein Butterbrot machen, ich glaube, sie ist gerade am Wachsen!«

»Das geht jetzt leider nicht, Monsieur le Gouverneur, ich bade gerade Félix!«

Ja, das war jetzt wichtiger, nicht dass sein Sohn noch im Badewasser ertrinken würde!

Obwohl er sich so erschöpft fühlte, schmunzelte er das Kindermädchen an.

»Dann wirst du wohl doch mit meinen Butterbroten vorlieb nehmen müssen, meine kleine Hélène!«

Nachdem Petite-Hélène dann satt geworden war, begab sich Louis Mouttet in sein Schlafzimmer und wies Aubin an, ihm Wasser zu bringen, damit er sich frischmachen könnte.

Eine Stunde nachdem Louis Mouttet seine staubige Kleidung gegen neue ausgetauscht hatte, rief ihn Aubin ans Telefon. Lhuerre war am Apparat. Er berichtete ihm, die Kabelverbindung nach Saint-Roseau, Dominika, sei abgerissen. Aber glücklicherweise war sie nicht die einzige dorthin. Dann wurde er von Lhuerre nach seinen Erlebnissen des hinter ihm liegenden Tages gefragt. Gouverneur Mouttet berichtete kurz über die Zustände in der Stadt und das Leid der Menschen.

»Ich weiß, George, es ist nicht Ihre Aufgabe, aber dürfte ich Sie bitten, ein Telegramm für mich aufzunehmen und sofort morgen früh aufs Telegrafenamt bringen zu lassen? Es muss unverzüglich nach Paris geschickt werden!«

Sein Generalsekretär erklärte sich dazu bereit.

Also diktierte Louis Mouttet: »Vulkan Montagne Pelée brach aus diese Nacht (Freitag auf Samstag). Große Mengen Asche auf benachbartes Land geworfen; dessen Bewohner mussten hastig Wohnsitz aufgeben, um nach Prêcheur, St Philomène und Saint Pierre zu fliehen. Ich habe mich dorthin begeben und erste Hilfe gewährt. Ich werde Ihnen besonders verpflichtet sein für eine finanzielle Hilfe in Höhe von 5000 F. Die Bevölkerung würde in dieser Intervention sofortig gezeigte Fürsorglichkeit der Verwaltung sehen, von der sie sehr berührt und wieder aufgerichtet werden würde. Mouttet. Haben Sie alles, George?«

Dieser bejahte die Frage.

»Fernand Clerc soll übrigens dafür sein, die Stadt zu evakuieren«, teilte Louis Mouttet seinem Stellvertreter neugierig auf dessen Reaktion mit.

»Die Stadt evakuieren? Wozu soll denn das gut sein, Monsieur le Gouverneur? Erdbeben haben wir auch hier, sogar die Asche kommt schon. Man müsste die Menschen noch weiter nach Süden schicken, und ich wüsste nicht, wie man sie dorthin bekommen sollte! Darf ich fragen, wie Monsieur le Gouverneur dazu stehen?« Lhuerre schien die Idee auch nicht besonders gut zu finden.

»Ich sehe das ganz genauso, mein lieber George! Ich verstehe gar nicht, wovor die Leute sich fürchten sollen! Lava, sofern vorhanden, fließt gemächlich den Berg hinab und zwischen dem Vulkan und Saint-Pierre liegen mehrere Hügel, die die Lava wohl kaum wieder bergauf fließen lassen würden. Damals, in meinen Ferien am Mont Blanc, da mussten die Menschen sich fürchten! Völlig wie aus dem Nichts konnten in Sturmgeschwindigkeit Schneelawinen über die Dörfer hinweg rasen, die den weißen Tod mit sich brachten, der alles unter sich begrub. Dazu kommt noch, dass die Erdbeben für Fort-de-France – wohin sonst sollten die Leute evakuiert werden – viel gefährlicher sind, als für Saint-Pierre. Bedenken Sie nur die letzte Brandkatastrophe!«

»Welche letzte Brandkatastrophe?« Lhuerre schien von nichts zu wissen. Richtig, als Bürgermeister Sévère seine Willkommensrede gehalten hatte, war George Lhuerre noch nicht im Dienst und somit vor Ort gewesen.

»Die Brandkatastrophe von vor zehn Jahren, die fast ganz Fort-de-France zerstörte, weil die Holzhäuser wie Zunder brannten. Nebenbei bemerkt, erst ein Jahr nach einem verheerenden Wirbelsturm, der die Stadt auch schon schwer getroffen hatte. Unser Bürgermeister hat dies etwas pathetisch in etwa so gesagt: 'Diese Stadt, die heute so hervorsticht, war gestern nichts anderes als ein Stück Asche. Unsere Ruinen verlassend, proklamiert sie heute unsere Lebendigkeit! Aber immer war unser Mut so groß wie unsere Unglücksfälle!« Der Gouverneur hielt inne. »Lassen Sie uns hoffen, George, dass die Erdbeben diese phönixgleiche Stadt nicht wieder völlig ruinieren! Saint-Pierre hat mit seinen Steinhäusern wenig zu befürchten, und sollte doch irgendwo ein Brand ausbrechen, dann sind die Straßen zum Glück voller Wasser, mit dem man ihn löschen kann!«

»Haben Sie über die Evakuierung auch schon mit Monsieur Sévère gesprochen, Monsieur le Gouverneur?«

»Nein«, antwortete der Gouverneur, »ich habe auch nur sehr wenig Verlangen danach, seinen pessimistischen Zukunftsprognosen Recht zu geben!«

Lhuerre wusste wieder nicht, was Mouttet damit meinte.

»Wie der Bürgermeister in seiner Rede meinte, hätte unser teures Martinique seit einigen Jahren harte Prüfungen hinnehmen müssen – und dass sie noch nicht vorbei seien! Dazu möchte ich, mein lieber George, nur eines sagen, wobei ich Madame Mouttet zitieren möchte, die wie Sie wissen Protestantin ist: Man soll den Teufel nicht an die Wand malen!« Und damit war das Telefonat beendet.

Fort-de-France, Bel Air,
Nacht vom 3. auf den 4. Mai

In der Nacht konnte Louis Mouttet keinen Schlaf finden und wälzte sich im Bett. Wenn nun aber Fernand Clerc – wie sehr er diesen Namen hasste – Recht hatte, und sie alle auf eine Katastrophe zusteuerten? Gab es dort wirklich etwas zu befürchten? Die ganze Stadt stank zum Gotterbarmen nach Schwefel. Er drehte sich auf die andere Seite. Ohne Frage war das unangenehm, aber Unangenehmes hatte noch keinen getötet.

Damals in Afrika, da war es etwas anderes gewesen! Der Geruch verwesender Mangrovensümpfe konnte wirklich nicht anders als der Geruch des Todes genannt werden, wenn er kurz vor Einbruch der Dämmerung seinen malariabringenden Atem aus den Seitenarmen der Flüsse und den Wurzeln der Mangroven hauchte, von wo er sich über das Wasser bis hin zu den Schiffen rollte, um nach diesen zu greifen wie die von Sehnsucht nach menschlicher Nähe geführte Hand eines Aussätzigen. Und wenn der Gestank dann langsam über die Schiffswände gekrochen war, hatte es geschienen, als würde er dies nur tun, um an Bord alles in seinen feuchten Odem zu tauchen, bis kurze Zeit später jeder Zentimeter mit grünem Schimmel überzogen war. Die Chancen hatten damals nicht sehr gut gestanden, den nächsten Tag noch zu überleben!

Louis Mouttet drehte sich wieder herum, diesmal wechselte auch seine Frau die Schlafposition.

Sollten die Leute sich doch freuen! Statt einzelne Zimmer mit Schwefel auszuräuchern, um die Moskitos zu töten, wurde hier eine ganze Stadt von der Plage befreit! Die Malariafälle waren sicherlich rückläufig, aber darüber redete keiner. Und vor dem Hintergrund, dass die Flüsse alle mehr Wasser führten, es auf Pelée also heftige Regenfälle gegeben haben musste, die wiederum ein Explodieren der Mückenplage zur Folge haben würden, war dieser Aspekt nicht zu verachten.

Und warum flüchteten nach all den Regenfällen und angesichts der dadurch verursachten Erdrutschgefahr nur so viele über Land? Waren sie sich des Risikos nicht bewusst? Nicht nur desjenigen der Erdrutsche – man hatte ihn informiert, dass die Schlangen zur Regenzeit, die außerdem bald beginnen würde, weitaus aktiver sein würden als im übrigen Jahr.

Und selbst, wenn man wirklich eine große Zahl Menschen über Land evakuieren wollte – zum einen bedeutete dies für sie zunächst eine größere Nähe zum Vulkan, zum anderen flüchteten die Menschen letztlich nicht umsonst vom Land in die Stadt. Würde man sie tatsächlich bis nach Fort-de-France evakuieren, gäbe es für sie dort weniger Nahrung als in Saint-Pierre, der Stadt der großen Lagerhäuser. Und keine Unterkunft. Sie hatten nichts mehr zu essen, wie also sollte man die vielen Leute auf ihrem Weg ernähren? Louis Mouttet dreht sich erneut auf die andere Seite, und Hélène knurrte ihn an.

Die Menschen in der Stadt hatten Hunger, das verstand er, aber zum einen hatte er für das Allernötigste gesorgt, zum anderen erinnerte er sich noch sehr gut daran, wie es war, als er selbst bis spät in die Nacht ohne Abendessen bei *La Patrie* gearbeitet hatte, um vorwärtszukommen. Während einer Zeit in seinem Leben, als er sich beim besten Willen kein Abendessen hatte leisten können. Harte Zeiten musste man ertragen und an die Zukunft denken!

Was glaubten die Leute, das es in Saint-Pierre zu befürchten gab? So weit konnte niemand fliehen, um den Erdbeben zu entkommen, da hatte George ganz recht. Und selbst, wenn er dies alles außer acht ließe und sich entschließen würde, alle Leute mit Schiffen aus der Stadt zu holen – welch wahnwitzige Idee! Eine völlig überfüllte Fähre fasste circa hundertzwanzig Personen – ohne deren Hab und Gut, ohne Karren oder gar Tiere! Er fragte sich, wie viele Liegeplätze es für die Krankenhauspatienten geben konnte.

Würden alle Fähren zur selben Zeit in Saint-Pierre anlegen und abfahren, könnte man bei maximal vier Touren höchstens 1500 Personen pro Tag evakuieren. Würde er den Direktor der Kabelgesellschaft bitten, ihm die *Puyer Quertier* zur Verfügung zu stellen und dieser seiner Bitte nachkommen, was er nur entgeltlich tun dürfte, würde man bestenfalls zwei Transporte à etwas mehr als vierhundert Personen schaffen. Und würde ihm der Marineminister ein Kriegsschiff zur Verfügung stellen, kämen einmalige zwölfhundert dazu, denn es würde den halben Tag dauern, bis man die Menschen mit Ruderbooten hinaus gebracht hätte.

Die Suchet war seines Wissens gerade irgendwo zwischen Martinique und Guadeloupe und könnte daher in spätestens drei Tagen vor Ort sein.

Das machte dann alles zusammen keine 4000 Personen am Tag, vielleicht nur 3500, die man aus der Stadt bekommen könnte. Stehende Personen! Oder dachte Clerc nur an jene 7000 Einwohner, die weiß waren? Er kannte ihn zu wenig, um diese Frage beurteilen zu können, aber falls ja, würde er ihm diesen Gefallen ohnehin nicht tun!

Die Evakuierung würde also über den Daumen gepeilt eine Woche dauern, je nachdem, wie viele Menschen noch aus dem Umland mitgenommen werden müssten und stark abhängig vom Zustand dieser Menschen und ihrer Menge an mitgebrachten Habseligkeiten. Den Ärmsten der Armen konnte er nicht gut verbieten, auch noch ihre allerletzten Vermögenswerte mitzunehmen. Selbst dann nicht, wenn diese Vermögenswerte gackerten.

Und zuguterletzt hinge eine solche Aktion auch von der Willigkeit der Menschen ab, sich zu beeilen. Dass man Saint-Pierre auch *Petit-Paris* nannte, war lachhaft! Ein paar von Elektrogeneratoren betriebene Lampenbögen machten noch kein Paris! Saint-Pierre, das war tiefste Provinz! Und angesichts der langsamen Mentalität der Menschen dieser Insel, würde man vermutlich deshalb auch wesentlich mehr Zeit benötigen, als in der schwungvollen Hauptstadt. Die Leute hier waren sehr stark emotional veranlagt, entweder zu langsam, weil sie nicht einsahen, weswegen sie sich beeilen sollten, oder aber panisch, so dass die Vernunft von außen kommen musste.

Jetzt war der Vulkan endlich einmal den ganzen Tag ruhig gewesen – wäre ein solcher Aufwand wirklich gerechtfertigt?

Louis Mouttet setzte sich auf. Hélène fuhr in an: »Kannst Du denn nicht endlich ruhig liegen! Da kann ja kein Mensch schlafen!« Hélène schien schon halb wach. Also drehte sich Louis Mouttet zur Bettkante und stellte seine Füße auf den Boden.

Clerc hatte das Gefühl, dass sich die Stadt in ernsthafter Gefahr befände! Seit wann regierte das Gefühl? Gefühle waren wie Wasser – wenn man sich hineinbegab, dann versank man. Er müsste sich wahrscheinlich die Einmischung Fernands Clercs in seine Amtsgeschäfte erst expressis verbis verbitten, damit dieser aufhörte, sich Gedanken über die Arbeit des Gouverneurs zu machen, und Raum für die Vernunft entstand, die hier so dringend benötigt wurde.

Eine derart schwerwiegende Entscheidung durfte man nicht leichtfertig treffen, sie musste reiflich überlegt werden. Und man stelle sich vor, die ganze Stadt hätte auf einmal das Gefühl, sie verlassen zu müssen! Straßen wären verstopft, Menschen würden vielleicht totgetrampelt, kleine Schiffe versenkt, auf großen würde man Menschen über Bord werfen und ertrinken lassen, um selbst noch mitgenommen zu werden – eine solche Panik würde er solange er Gouverneur war unter allen Umständen zu verhindern wissen! Würde er andererseits durch die Evakuierungsanordnung eine solche Panik auch noch verursachen, wären die Folgen nicht nur Aufregung und Durcheinander in der Stadt, sondern auch riesiger Ärger im Nachhinein bei den Kaufleuten. Die Händler würden vermutlich den einen oder anderen ihrer geschäftlichen Kontakte verlieren und ebenso wie

Privatpersonen mit dem Auseinandernehmen ihrer gesamten Habe durch Plünderer rechnen müssen. Das wirtschaftliche Zentrum der Insel zu evakuieren, würde bedeuten, es zu vernichten. Und anschließend kämen hunderte von Beschwerden über ihn und Schadenersatzforderungen an den Französischen Staat, sollten sich die getroffenen Maßnahmen als unnötig erweisen!

Der Gouverneur stand auf und ging ans Fenster.

Saint-Pierre, das hieß weiße Oberschicht und damit derjenige Teil der Bevölkerung, der mit Sicherheit zur Wahl gehen würde. Oder anders ausgedrückt: der Großteil der Hälfte von denjenigen Einwohnern, die im nördlichen Bezirk überhaupt zur Wahl gegangen waren, zehn Prozent der Bevölkerung, lebten in und um Saint-Pierre.

Clerc hatten das ungeheure Glück, die wählende Bevölkerung hinter sich zu haben, er war keinem Minister, erst recht keinem Staatschef Rechenschaft schuldig, er war auch bis weit über seine Kindeskinder finanziell abgesichert, wenn er sich eines Tages aus der Politik zurückziehen müsste. Eine vorschnelle Evakuierung würde ihm keinerlei Nachteile bringen, da die Männer – als die zuletzt zu evakuierenden – am Tag der Wahlwiederholung, dem 11. Mai, noch da sein würden.

Und Clerc würde die Einwohner der Stadt ganz sicher nicht in einem Anflug christlicher Nächstenliebe auf seinen riesigen Landgütern unterbringen.

Ein voreiliges Evakuieren der Stadt hätte für ihn, den Gouverneur von Martinique, hingegen fatale Folgen. Er würde in den Ruf gelangen, in Krisenzeiten auf seine Kolonie nicht stabilisierend, sondern panisch zu wirken, mit der Folge, dass man ihn – dann sicherlich nicht als Gouverneur erster Klasse und vielleicht noch nicht

einmal als einen zweiter Klasse – an einen Ort versetzen würde, der außer einer Bedrohung seines Lebens
und dessen seiner Familie nichts zu bieten hätte. Falls
man ihn nicht mit Schimpf und Schande aus dem diplomatischen Dienst entlassen würde!

Seitdem Félix Faure gestorben, und sein lieber
Freund Gabriel Hanotaux, der es bis zum Außenminister gebracht hatte, aus der Politik ausgeschieden
war, führte er das Leben eines Politikers, der beruflich
auf dünnem Boden ging. Es würde niemand mehr da
sein, der sein Fürsprecher sein würde. Kolonialminister
Decrais war ihm seit kurzem wenigstens wohlgesonnen,
aber auch nicht mehr. Dies konnte sich schnell ändern.
Und wie man am Fall Dreyfus hatte sehen können, war
die Schuld völlig skrupellos dorthin verlegt worden, wo
es der hohen Politik opportun erschienen war. Oder wie
Kriegsminister Mercier kurz vor dem zweiten Prozess
gesagt haben soll: »Im Fall Dreyfus kann es nur einen
Schuldigen geben – entweder ihn oder mich, und ich
bin es gewiss nicht!« Anschließend hatte er mit der
Aussage, die Schuld sei absolut erwiesen, im Oktober
1894 maßgeblich zu Hauptmann Dreyfuß' erneuter
Verurteilung beigetragen. Dagegen hatten die Verteidi-
ger Alfred Dreyfus', die *Maîtres* Demange und Labori,
auch nichts mehr zu tun gewusst.

Louis Mouttet starrte mit schwarzen, verärgerten
Augen hinaus in die Dunkelheit. Mit einem Blick hart
und kalt und ohne Gnade dorthin, wo weit hinter den
nachtschwarzen Hügeln Saint-Pierre zu vermuten war.
Ein brutaler Ausdruck legte sich auf sein Gesicht. Sein
Urteil stand fest. Er, im Alleingang eine ganze Stadt
evakuieren? Einen Teufel würde er tun! Zur Hölle mit
Clerc! Zur Hölle mit der ganzen Stadt!

Das dreimalige Schlagen eines Kirchturms riss Louis Mouttet aus seinen düsteren Gedanken, und er legte sich zurück ins Bett.

Und wenn Clercs Idee doch vernünftig war? Wenn die Stadt in ernsthafter Gefahr wäre? Und sich Pelée verhalten würde wie einst der Vesuv?

Wie hatte Goethe über Pompeji geschrieben: »Bedenkt man die Entfernung dieses Ortes vom Vesuv, so kann die bedeckende vulkanische Masse weder durch ein Schleudern noch durch einen Windstoß hierher getrieben worden sein; man muss sich vielmehr vorstellen, dass diese Steine und Asche eine Zeitlang wolkenartig in der Luft geschwebt waren, bis sie endlich über diesem unglücklichen Orte niedergingen.«
Louis Mouttet drehte sich zu seiner Frau um.

War dies auch die Erklärung dafür, dass damals, als er sechsundzwanzig Jahre alt war, der Ausbruch des Krakatau selbst fünfzig Kilometer weiter auf See noch für schwere Verbrennungen gesorgt hatte? Die Presse war damals in höchster Aufregung gewesen. Fünfzig Kilometer! Ganz Martinique war bloß sechzig lang! Vielleicht war die Stadt schon verloren, vielleicht waren sie alle schon verloren! Er schmiegte sich an seine Frau. »Wir sind alle verloren!« flüsterte er vor sich hin.

»Schlaf weiter, Liebster, das ist nur Dein Spleen!« Er spürte nicht, wie Hélène ihren Arm um ihn legte. Was könnte er alleine schon tun?

Ja, so war es, er wusste es, wusste es jetzt ganz genau, alle Bemühungen waren völlig sinnlos, sie würden alle sterben! Der Untergang Martiniques stand kurz bevor!

Saint-Pierre, Sonntag, 4. Mai

Béatrice Douce pustete in ihre Tasse, die sie gleich mit Kaffee füllen wollte, aber sie wusste genau, dass dies eigentlich eine leere Geste war. Nichts, absolut nichts, konnte das blau-graue Zeug aus ihrem Haus halten. Die ganze Wohnung war davon bis in die letzte Ritze durchdrungen –Zimmer, Schränke, Bücher, Geschirr. Man konnte sich nicht setzen, ohne zuvor den Staub wegzuwischen. Und zu erleben, dass die Hälfte davon gleich wieder da war.

Obwohl alle Fenster noch immer vollständig abgedichtet waren, war das erste, was man am Morgen zu sehen bekam, Asche. Man aß sie, man trank sie, und man roch sie. Durchdringend!

Aimée hatte am Vortag in der Schule von ihrem Lehrer, Professor Landes, gesagt bekommen, die Wolken stiegen inzwischen bis zu sechs Kilometer in die Höhe. Deshalb habe der Wind auch die Asche über die ganze Insel tragen können. Und der Geschichtslehrer hatte erzählt, dies sei zum ersten Mal seit Beginn der Inselgeschichte so gewesen. Das waren dann vorerst die letzten Nachrichten aus der Schule gewesen, denn sie würde ab Montag geschlossen sein. Nachher würde sie noch einmal in die Kirche gehen; seit kurzem waren alle Kirchen den ganzen Tag und die ganze Nacht geöffnet.

Sie nahm eine Kerze in die Hand und öffnete das Nordost-Fenster, in der Hoffnung, hinaussehen zu können. Alles, was sie wahrnehmen konnte, war ihr eigener Schatten auf der Aschewolke vor dem Fenster. Und wie die Feuerwehr die Straßen ausspritzte. Sie konnte die stark gedämpften Stimmen der Leute hören. Kutschen, die vorbeifuhren, taten dies neuerdings geräuschlos. Die Menschen auf den Straßen waren zahlreicher als zuvor, aber ihre Unterhaltungen hatten einen schwerfälligen Charakter angenommen. Die unbeschwerte Art, die so typisch für die Stadt gewesen war, war jetzt verloren gegangen. Warum sollte es den anderen nicht wenigstens unter diesen Umständen ebenso ergehen, wie es ihr schon ein ganzes Leben lang ergangen war, dachte Béatrice Douce. Sie nestelte an ihrem hochgeschlossenen Kragen. Die Hitze wurde immer unerträglicher. Dann verschloss sie das Fenster wieder. Ihr war die Lust auf einen Kaffee vergangen. Stattdessen drückte sie im Hals ein Brechreiz. An die nicht enden wollenden Erdbeben konnte man sich ja noch gewöhnen, dachte sie, aber an diese fortwährende Übelkeit?

Die Leute sprachen schon davon, die Stadt zu verlassen.

Heute hatte doch tatsächlich Madame Palé die Frechheit besessen, sie zu fragen, ob sie Angst hätte. Natürlich hatte sie es verneint! Was sollte ihr schon passieren, solange sie bei sich zuhause war? Eine Stunde später hatte sie sie beobachten können, wie sie mit ihren Kindern und ihrem halben Hausstand auf einem Eselskarren über Land nach Trinité zu Verwandten gezogen war. Gegen Dummheit war wirklich kein Kraut gewachsen!

Nicht, dass sie selbst nicht auch ein wenig nervös gewesen wäre. Aber fürchtete Madame Palé denn gar nicht um den Rest ihrer Habe? Hätte sie es wenigstens gemacht wie andere, die in die leerstehenden Wochenendhäuser in die Hügel über der Stadt gezogen waren.

Dann hätte sie wenigstens noch ein Auge auf ihren Besitz haben können, hin und wieder.

Béatrice Douce musste wieder an die Predigt vom Morgen denken: Jeremia 1, Vers 13: *Und es geschah des Herrn Wort zum zweiten Mal zu mir: Was siehst Du? Ich sprach: ich sehe einen siedenden Kessel überkochen von Norden her. Und der Herr sprach zu mir: Von Norden her wird das Unheil losbrechen über alle, die im Lande wohnen.*

Und zum ersten Mal in ihrem Leben hatte sie nicht den Eindruck, dass die Bibel hilfreich war, um ihre Nerven zu beruhigen.

Fort-de-France, Sonntag, 4. Mai

Louis Mouttet sah früh am Morgen aus seinem Fenster des *Hôtel du Gouverneur* hinaus auf eine der Palmen im Garten. Sie war noch immer leicht von Asche eingestaubt, aber seit dem Vortag war keine neue mehr dazu gekommen.

Die Ängste der vergangenen Nacht waren vergessen. *Ich habe meinem Vaterland meine ganze Kraft, meine ganze Intelligenz gewidmet, was sollte ich da fürchten?* Nach dem Aufwachen war es ihm wieder traumartig eingefallen, was Hélène gesagt hatte. »Das ist nur Dein Spleen!«

»Spleen«, das war der englische Ausdruck für seine Krankheit, die Übersetzung für »Milz«, jenes Organ, das bei Malariapatienten grundsätzlich auffällig vergrößert war. Und der in Mode gekommene Ausdruck für die mit der Malaria einher kommenden eigentümlichen Verstimmungszustände, die als Weltschmerz mit Vorahung des baldigen Niedergangs, als Bedrückung ob der Sinnlosigkeit des Lebens und als Schwermut angesichts eigener begrenzter Möglichkeiten interpretiert wurden.

Der Gouverneur wandte sich an seinen Generalsekretär, den er gerade gerufen hatte.

»Haben wir endlich Antwort wegen des Offiziersmangels?«

Lhuerre schüttelte den Kopf.

»Habe ich Ihnen schon gesagt, dass der Friedensrichter von Saint-Pierre gestern kurz vor Ihrem Eintreffen in Saint-Pierre ein Telegramm geschickt hatte, in dem er um Geld oder Transportmittel bat, um die Stadt zu evakuieren?«

Diesmal schüttelte Mouttet den Kopf, wobei sein Kopfschütteln eher aussah, als wollte er sein Unverständnis über das Telegramm bekunden.

»Was haben Sie geantwortet, George?«

»Eine Antwort war nicht nötig, Monsieur le Gouverneur. Kurze Zeit später rief er an und widerrief seine Bitte, nachdem er gehört hatte, dass Sie in die Stadt kommen würden.«

»Dass aber Paris wieder nicht geantwortet hat, ist einfach zu ärgerlich. Wir brauchen jetzt jeden Mann! Haben wir sonst irgendwelche Neuigkeiten, George?«

»Der Rivière Blanche ist so sehr angeschwollen, dass man ihn nicht mehr überqueren kann.«

»Ja, ich hörte bereits gestern davon«, antwortete Mouttet.

»Pelée ist ruhig heute morgen, aber das wissen Sie ja selbst, Monsieur le Gouverneur«, fuhr Lhuerre fort.

»Saint-Pierre versinkt laut telefonischer Nachricht Fouchés noch immer in Asche, aber in der der letzten Tage. Es soll keine neue mehr dazugekommen sein. Die Menschen sollen weniger über die Atemnot klagen. Auf La Trace soll es zu Kämpfen gekommen sein, weil die Straße teilweise zu eng ist, um das Chaos aufzunehmen, das sich während der letzten Tage ausgebreitet hat. Menschen, die aus dem Umland in die Stadt fliehen, kommen häufig nicht an jenen vorbei, die aus ihr hinaus wollen.«

Das alles klang schon viel besser. Die Leute waren noch sehr aufgeregt, aber das würde sich bald legen. Sie müssten spüren, dass die Verwaltung sie nicht alleine ließe, dann wäre der größte Teil des Problems bereits gelöst. Der nicht, wie die nervös gewordene Bevölkerung annahm, im Augenblick der Vulkan war. Louis Mouttet sah auf die Uhr. Es war halb acht. In einer halben Stunde würde das Telegrafenamt öffnen.

»George, ich möchte, dass Sie noch eine Ergänzung in mein gestriges Telegramm einfügen! Wenn ich Sie noch einmal bitten dürfte...!«

Sein Generalsekretär griff in dem Bewusstsein, dass Janvier und alle übrigen aus dem Sekretariat ohnehin noch nicht gekommen sein würden, zum nächstgelegenen Papier, nur einen Stift suchte er vergebens.

Louis Mouttet öffnete eine seiner Schreibtischschubladen und holte einen Bleistift hervor, den er Lhuerre gab. Dieser beäugte den Bleistift kritisch. Er schien etwas anderes erwartet zu haben.

»Was ist das, Monsieur le Gouverneur?«

Louis Mouttet schmunzelte. »Ein Koh-I-Noor-Stift, George!«

»Was in aller Welt ist das, Monsieur le Gouverneur?«

»Ein ganz gewöhnlicher Bleistift, mein lieber George! Es ist nur kein französisches Produkt, aber ich
hoffe, Sie verraten es keinem!« Der Gouverneur schaute ihn noch immer amüsiert an. »Er unterscheidet sich
ja auch nur in der Aufschrift von unseren Bleistiften.
Und in der Farbe des Äußeren. Ich verspreche Ihnen, er
schreibt vorzüglich!«

»Koh-I-Noor?« Lhuerre schien noch immer skeptisch.

»Warum nicht, mein lieber George? Auch ein Stift,
der nicht die Aufschrift 'Zu jeder Tageszeit bereit, ein
Stift für jede Gelegenheit' trägt, kann exzellent sein.
'Berg von Licht', so heißt es aus dem Persischen über-
setzt, ist mal etwas anderes und zur Zeit äußerst
ermunternd, finden Sie nicht auch? Vielleicht haben wir
Glück, und unser Berg wird auch noch einmal wieder
licht.«

Lhuerre gab ihm höflich recht, dann zeigte er sich für
das Diktat bereit.

»Bitte fügen Sie folgendes in das Telegramm ein,
George: Die Eruption scheint abzuklingen. Bevölkerung zunächst sehr erregt, jetzt beruhigt. Man muss
dennoch in der Umgebung des Pelée Verluste von
Anpflanzungen und Vieh vorhersehen, die noch nicht
abgeschätzt werden können.«

Saint-Pierre, Montag, 5. Mai

Béatrice Douce klopfte sich die Asche aus der Kleidung. Zu dumm, dass der Schwefel so viele Löcher in

ihren Schirm gefressen hatte, dass sie ihn zum Schirm-
macher bringen musste. Aber das war immer noch billiger, als sich einen neuen zu kaufen. Sie fragte sich,
weswegen sie eigentlich noch vor die Tür ging. Der
Zustand draußen war während der letzten Tage absolut
unerträglich geworden. Nur während der letzten Stunden hatte der Vulkan zwar kräftig gerumpelt, doch der
Ascheniederfall hatte aufgehört. Aber auch so war noch
genügend davon in den Straßen und auf den Häusern
gewesen, um vom Wind auf sie geweht zu werden.
Madame Douce begriff gar nicht, worüber sich die
Leute so aufregten. Auf den Straßen wurde über nichts
anderes mehr gesprochen als die Frage, ob man durch
Lavafluss, Steineregen oder doch Ersticken sterben
würde. So ein Quatsch! Wie sollte sechs Kilometer
entfernte Lava hier einen Menschen töten? Woher in
aller Welt sollten Steine kommen? Man brauchte zu Fuß
fast einen halben Tag, um *Pelée* zu besteigen, wie sollten Steine derart weit fliegen? Und dann dieser Unsinn
mit dem Ersticken! Sie hatte neulich den Apotheker
gefragt, ob Schwefel giftig sei. Er hatte ihr eine ganze
Reihe Krankheiten aufgezählt, die damit geheilt werden
konnten.

Sie lief ins Zimmer ihrer Ältesten. »Aimée, lies
Deiner Schwester vor! Ich möchte jetzt nicht gestört
werden!«

Béatrice Douce tauschte ihre Kleidung gegen neue
aus, dann ging sie in die Küche, um das Mittagessen
zuzubereiten. Schlag halb zwei sollte es auf dem Tisch
stehen, so wie jeden Tag.

»Du kannst jetzt anfangen, zu bügeln, Chéchelle!«

Chéchelle, die gerade alles zum dritten Mal seit Beginn des Tages von der Asche befreit hatte, zog einen Fluntsch.

»Jetzt, Madame?!«

»Ja, Chéchelle! Jetzt!« Die Steigerung der Mittagshitze durch die vulkanischen Aktivitäten waren genau das richtige Mittel, um diesem Weibsstück zu zeigen, dass man über die Herrin besser nicht lästern sollte!

Chéchelle verließ die Küche.

Madame Douce griff zu ihrem Küchenmesser und begann ein Rinderherz in viele kleine Stücke zu schneiden, wobei sie über die Begegnungen des Vormittages nachdachte.

Eine Bekannte hatte berichtet, ihr Mann würde sie und die Kinder morgen früh mit dem ersten Postschiff nach *Saint-Lucia* bringen. Er selbst würde dann wieder zurück in die Stadt kommen, weil er als Geschäftsmann eine Position aufrechtzuerhalten hatte. Wie Recht er hatte! Die Geschäfte gingen immer vor! Aber warum ließ sich seine Frau wegbringen? Sicherlich wollte sie sich nur vor dem ununterbrochenen Staubwischen drücken!

Béatrice Douce war gerade mit dem Herz fertig geworden, als eine so gewaltige Explosion vom Vulkan ausging, dass sie vor Schreck ihr Messer fallen ließ und sich in die Speisekammer flüchtete, wobei sie sich in Windeseile unter ein Regal kauerte und die Tür hinter sich zuzog.

Als sie nach einer Viertelstunde aufgehört hatte, zu zittern und wieder herauskam, war gerade noch eine halbe Stunde Zeit, um unter dem Tosen des heute eigenartig lauten Meeres, wie sie fand, das Essen auf den

Tisch zu bringen. Dennoch hatte sie es pünktlich fertig, und sie und die beiden Mädchen begaben sich zu Tisch. Kaum hatten sie sich gesetzt, wurden auf der Straße Stimmen laut. »Schreckliches Unglück bei Guérin....Menschen ertrunken...Flutwelle... ach was...Vulkan entladen...wie Fass Rum, dem der Stöpsel entfernt wurde...« Die Rufe interessierten sie nicht. Ihre Welt war bei ihr drin. Madame Douce sah auf die Uhr. Wo blieb nur ihr Mann? Immer war er unpünktlich! Immer waren ihm seine Backwaren wichtiger als sie! Sollte er doch an ihnen ersticken!

Sie setzte sich an den Tisch, an dem ihre Töchter bereits Platz genommen hatten und begann zu essen. Ihr Älteste hatte heute aber wirklich unmögliche Manieren!

»Aimée, man stochert nicht im Essen herum!« Und was hatte nur die Kleine heute? Sie schob den Bissen in ihrem Mund von einer Seite auf die andere, während sie darauf herumkaute.

Aimée sah sie an. »Es tut mir leid, Maman, ich habe heute keinen Appetit!«

Blass war sie heute, eigentlich schon eine ganze Weile. Sicherlich war ihr nur übel wegen des Schwefelgeruchs. Das ging vielen augenblicklich so. Madame Douce nahm einen Bissen Fleisch, kaute dreimal darauf herum, dann schluckte sie ihn herunter. Aber warum hatte sie sich in letzte Zeit derart oft übergeben müssen? Von anderen hatte sie dies noch nicht gehört. Sie nahm erneut einen Bissen. Es sei denn..., ging es ihr durch den Kopf. Sie musterte ihre Tochter scharf. Ihr Körper hatte sich verändert. Sie hatte mehr Busen und auch ein Minimum mehr Bauch bekommen. Béatrice Douce ließ vor Entsetzen die Gabel klirrend auf den Teller fallen.

Jetzt hatte auch sie keinen Appetit mehr – dies war der schwärzeste Tag in ihrem Leben!

Aimée stand verzweifelt in ihrem Zimmer. »Bitte, Maman, bitte schicken Sie mich nicht weg!« Aimée Douce lief ihrer Mutter nach, die gerade dabei war, die Sachen ihrer Tochter aus dem Schrank in einen Koffer zu packen.

»In meinem Haus ist kein Platz für einen Bastard! Du gehst!«

Aimée brach weinend auf dem Bett zusammen.

Chéchelle, die nicht anders gekonnt hatte, als alles mitanzuhören, kam ins Zimmer.

»Bitte, Madame, ich flehe Sie an, schicken Sie sie nicht weg! Die ganze Insel ist voller Kinder, die keinen Vater haben!«

»Ja, vielleicht Mulatten-Kinder! Und wie kannst Du es wagen, meine Entscheidung in Frage zu stellen, Chéchelle!« Bloß, weil sie nur wenige Jahre älter war als Aimée und sich mit dieser immer glänzend verstanden hatte?

Aimée würde die Insel schon morgen mit der nächsten Möglichkeit, die sich Richtung Guadeloupe ergäbe, verlassen. Was sollte Sie ihren Verwandten sagen? Sie hatte ihre viel zu tolerante und mitfühlende Cousine nie leiden können, aber solche Leute hatten hin und wieder ihre Vorzüge.

Chéchelle zog trotzig ihre Schürze aus und warf sie ihr vor die Füße.

»Wenn Aimée geht, dann gehe ich auch!«

So eine hysterische Ziege! Glaubte die, sie könnte sie damit erpressen?

»Bitte«, antwortete die Hausherrin spitz, »es steht Dir frei! Ich finde jederzeit eine Neue!«

Chéchelle verließ das Haus, wobei sie lauthals verkündete, sie würde es Monsieur erzählen.

Zwei Stunden später kam sie wieder. Sie weinte, was Béatrice Douce ein zutiefst befriedigendes Gefühl verschaffte. Ja, das gehörte sich auch so, sollte sie sich reumütig zeigen für ihre Unverschämtheit!

»Madame!«

Béatrice Douce tat so, als würde sie sie nicht hören.

»Madame! Ich muss Ihnen etwas sagen!«

Sollte sie nur noch länger zu Kreuze kriechen!

»Madame, etwas Entsetzliches ist geschehen!«

Das konnte gar nicht sein, das Entsetzlichste von heute war schon geschehen! Madame Douce drehte ihren Kopf zu Chéchelle. Etwas Neugier hatte diese doch bei ihr geweckt. »Es wird schon nicht die Welt untergegangen sein, Chéchelle!«

Chéchelle fing an zu schluchzen. »Eine Flutwelle hat Place Bertin überschwemmt! Die Rue Bouillé wurde auch getroffen! Das Wasser soll in fünf Sekunden von knöchelhoch auf Brusthöhe gewesen sein! Die schwere Eisentür der Bank...quer in der Mitte eingedrückt! Viele Bäume wurden durch die Wucht der Welle umgebrochen!«

Sie sah ihre Herrin flehentlich an, als würde sie hoffen, sie würde von alleine verstehen, was sie damit meinte. Aber Madame Douce betrachtete sie lediglich mit langgezogenem, gleichgültigem Gesicht.

»Madame, ihr Mann ist in seinem Backofen ertrunken!«

Béatrice Douce sah sie an, ihr Gesichtsausdruck hatte sich nicht verändert. Das war die Lösung, dachte sie. Ja, das war die Lösung. Der Mann ihrer Tochter war bei einem Unglück ertrunken!

Fort-de-France, Montag, 5. Mai

Beim Mittagessen mit einigen anderen höheren Verwaltungsbeamten hatte Gouverneur Mouttet gerade im Garten des Restaurants *La Lumière tropicale* den letzten Löffel seines Kokosnusspuddings, von den Einheimischen *Blanc Manger* genannt, zu sich genommen, als Generalvikar Parel die Straße hinuntergelaufen kam. Der alte Herr hatte sich so sehr beeilt, dass sein ganzer Oberkörper schweißnass war, und er vor Aufregung kaum sprechen konnte.

»Monsieur le Gouverneur! Gut, dass ich Sie treffe... nein, wie entsetzlich! Ich muss Ihnen erzählen...Sie müssen wissen... ich habe vor wenigen Minuten mit dem Konvent in Saint-Pierre telefoniert, die Stadt wurde von einer Flutwelle getroffen... Place Bertin überschwemmt... kurz nachdem eine Schlammlawine die Raffinerie Guérin überrollt hat!«

Louis Mouttet legte seinen Löffel hin und nahm seine Serviette vom Schoß. Seit dem Morgen war zwar schon die Kabelverbindung nach Puerto-Plata unterbrochen, womit der direkteste Draht nach Frankreich abgerissen war. Aber andererseits hatte man den Berg schon seit fünf Uhr in der Früh nicht mehr gehört, seitdem ihn und das restliche Fort-de-France ein heftiger Knall geweckt hatten.

Der Gouverneur zog aus seiner Tasche eine goldene Taschenuhr. Es war viertel vor zwei. Er erhob sich auf eine Weise, die auf ein Davonstürmen schließen lassen konnte.

Gabriel Parel sah ihn erleichtert an. »Ja, genau, lassen Sie uns gehen, Monsieur le Gouverneur!«

Das Inseloberhaupt lächelte den Generalvikar freundlich-distanziert an. Er und ein Zweiergespann mit einem Pfaffen? Bei Pfarrer Décoppé war das etwas anderes gewesen, er hatte viele seiner weltlichen Ideale geteilt. Aber mit diesem hier?

Davon abgesehen gab es noch einen anderen Aspekt.

»Ich befürchte, die Menschen stehen augenblicklich unter einem schweren Schock«, antwortete er höflich. »Unter einem so schweren, dass sie sich seelsorgerische Hilfe erhoffen dürften. Sie werden verstehen, dass Sie, ein so hoher kirchlicher Würdenträger, sich unmöglich jetzt dort präsentieren dürfen. Man könnte es als Zeichen sehen, dass der Weltuntergang nahe ist! Und die ohnehin nur schwer zu bezwingende Panik, würde noch zunehmen! Ich muss Sie daher dringend ersuchen, von einem Besuch der Stadt abzusehen!«

Parel schaute leicht konsterniert. »Wie Monsieur le Gouverneur wünschen!« Er ließ sich auf einen der freien Stühle fallen und griff wie ein Verdurstender nach einem Glas Wasser, das einem der anderen am Tisch sitzenden Beamten gehörte.

Louis Mouttet sah wieder auf seine Uhr. Es war kurz vor zwei Uhr, er hatte Glück, in wenigen Minuten würde die Fähre nach Saint-Pierre ablegen. Er verabschiedete sich zügig und begab sich dann sofort in den nahegelegenen Hafen.

Dort angelangt suchte Louis Mouttet vergebens an der üblichen Mole nach der *Diamant*, die um zwei Uhr auslaufen sollte. Nachdem er mit anderen Passagieren zusammen ein paar Minuten gewartet hatte, da Verspätungen bis zu einer Viertelstunde an der Tagesordnung waren, lief die *Rubis* ein, von deren Kapitän die Wartenden erfuhren, dass die *Diamant* vor Saint-Pierre wegen einer Flutwelle auf Grund gelaufen, und daher erst einmal manövrierunfähig sei.

Wie kam er jetzt hinüber? Sollte er noch eine Stunde warten, um dann mit der *Rubis* abzufahren? Es überkam ihn ein ungutes Gefühl. Eine riesige Welle hatte die *Diamant* von einer Minute zur nächsten aus dem Verkehr gezogen. Was, wenn dies wieder passieren würde, was, wenn eine Welle das kleine Schiff – die Fähren wogen keine hundert Tonnen – überrollen würde und zum Kentern bringen? Ihn schauderte. »Gouverneur Mouttet in Ausübung seiner Pflichten aus dem Leben geschieden«. Er hatte immer davon geträumt, als Gouverneur in Champagner unterzugehen, aber bestimmt nicht in Seewasser!

Er ließ seinen Blick an der gewaltigen Festungsanlage vorbei über die Bucht von Fort-de-France schweifen. Weit draußen konnte er die *Suchet* liegen sehen. Das Kriegsschiff könnte mit seinen knapp einhundert Metern Länge die Lösung des Problems sein.

Gouverneur Mouttet ging zum nahegelegenen Telegrafenamt und ließ den Kapitän der *Suchet* benachrichtigen, er solle ihm das Schiff zur Verfügung stellen. Der Tonfall der Antwort entsprach einem Eimer Tiefseewasser über seinen Kopf. »Suchet untersteht ausschließlich Kriegsministerium. Habe von Gouverneur keine Anweisungen entgegenzunehmen. Le Bris«.

Louis Mouttet ließ ein zweites Telegramm hinschicken, in dem er kurz die dringende Notwendigkeit seiner Anwesenheit in Saint-Pierre darlegte und die Tatsache, dass leider nur die *Suchet* eventuell Menschenleben retten könnte. Auch ein Fregattenkapitän musste vernünftigen Argumenten zugänglich sein. Danach war erst einmal Funkstille. Nach einer Viertelstunde kam das Antworttelegramm – das Schiff sei in zwei Stunden fertig zum Ablegen.

Kurz nach fünf Uhr gelangte Louis Mouttet endlich an sein Ziel.

Kapitän Le Bris gab Anweisung, alle Maschinen zu stoppen, und nachdem die *Suchet* ruhig im Wasser lag, konnte man von *Place Bertin* ein kleines Boot ablegen sehen. Nachdem erst Bürgermeister Fouché kurz an Bord gekommen war, um dem Gouverneur detailliert Bericht zu erstatten, legte erneut ein Ruderboot an der *Suchet* an, und Senator Knight kam die Leiter emporgeklettert, wie Louis Mouttet aus größerer Entfernung bemerken konnte. Glücklicherweise begnügte sich der Senator mit einem Platz am Bug des Schiffes, während er selbst sich auf der Brücke bei Kapitän Le Bris aufhielt. Dann entschied der Kapitän, dass es Zeit wäre, weiterzufahren.

Gouverneur Mouttet hatte darum gebeten, als erstes Ziel die Raffinerie Guérin anzusteuern, was sich angesichts der unübersichtlichen Situation an Land als schwierigeres Unterfangen herausstellte. Kapitän Le Bris versuchte, möglichst dicht an die Mündung des *Rivière Blanche* heranzufahren. Einhundert Meter vor der Küste gab er erneut Befehl, alle Maschinen stoppen zu lassen.

»Dürfte ich Sie bitten, näher ans Ufer zu fahren, Monsieur le Capitaine? Von hier aus kann ich noch nichts erkennen.«

Le Bris schüttelte seinen hageren Kopf, den ein zerzauster, rot-blonder Spitzbart schmückte, und presste seine Lippen auf die Pfeife dazwischen.

»Sehen Sie die Landzunge vor uns, Monsieur le Gouverneur?«

Louis Mouttet sah hinüber zum Land. Dicht neben einem kleinen Rinnsal, ragte ungefähr dreißig Meter tief eine dampfende Landzunge ins Meer. Er nickte.

»Die gab es gestern noch nicht, Monsieur le Gouverneur, und ich weiß nicht, wie weit sich die neue Untiefe noch bis ins Meer hinein erstreckt. Die Suchet ist aufgrund ihres Tiefgangs leider nicht in der Lage so dicht ans Ufer zu fahren wie eine der Fähren!«

Louis Mouttet musste sich also mit der Aussicht aus dieser Entfernung zufrieden geben. Letztlich gab es auch nicht viel zu sehen, und er fragte sich, weswegen er denn eigentlich gekommen war. Er kannte diesen Landstrich wie auch den Rest der Insel viel zu wenig, um einen Unterschied zu vorher feststellen zu können.

»Wo ist denn das Tal des Rivière Blanche, Monsieur le Capitaine?«

»Es gibt kein Tal mehr, Monsieur le Gouverneur. Das Tal war dort!« Kapitän Le Bris nahm seine Pfeife aus dem Mund und deutete damit auf die Landzunge. Sie türmte sich dort, wo sie sich mit dem übrigen Land verband, zu einer mehreren hundert Meter breiten Wand aus dampfendem Matsch auf, als wäre sie schon immer dagewesen. Linker Hand auf der nördlichen Seite dessen, was einst das Tal gewesen war, donnerte mit beängstigender Intensität dampfend und schmutzig der *Rivière Blanche* ins Meer.

In der Ferne konnte man etwas sehen, das Louis Mouttet für einen schräg im Schlamm steckenden Baumstamm hielt. Darüber hinaus gab es nichts, was die Besichtigung auch nur geringfügig zu einer spektakulären hätte werden lassen können. Der Gouverneur war schon fast enttäuscht. Er teilte dem Kapitän mit, dass er genug gesehen hätte, und Le Bris gab Order, weiter nach Le Prêcheur zu fahren.

Der kleine Fischerort war in heller Aufruhr, woran die vielen Versuche Bürgermeister Grelets und Abbé Desprez', die Menschen zu beruhigen, ebenso wenig etwas ändern konnten wie die Anwesenheit Louis Mouttets. Auch Senator Knight, der sich die Lage aus nächster Nähe betrachtete, und mit dem sich Mouttet notgedrungen gemeinsam zu der Menschenmenge hatte begeben müssen, erreichte nichts. Schließlich versprach Gouverneur Mouttet den Menschen, sie im Falle einer ernstzunehmenden Bedrohung aus der ascheverwüsteten Stadt zu evakuieren und kehrte mit Knight unter Aufrechterhaltung eisigen Schweigens zur *Suchet* zurück.

Nach einer halben Stunde erreichten sie wieder die Bucht von Saint-Pierre. Im Schein der die fallende Asche anstrahlenden Lampenbögen sah es aus der Ferne fast so reizvoll aus, wie ein verschneites, europäisches Städtchen, das vom Rauch der Kamine eingefärbt worden war.

Kapitän Le Bris sah skeptisch auf das immer dunkler werdende Grau, in das die *Suchet* vordrang. Als kaum noch Sicht vorhanden war, gab er plötzlich die Order, alle Maschinen zu stoppen und volle Kraft zurückzu-fahren. Louis Mouttet sah ihn verständnislos an.

»Was in aller Welt hat das zu bedeuten, Monsieur le Capitaine?«

»Ich fahre sofort weiter nach Fort-de-France, Monsieur le Gouverneur! Bei dieser Sicht kann man das Schiff nicht sicher durch die Bucht bringen!«

»Aber ich muss nach Saint-Pierre – noch heute!«

»Ich bedaure, aber Sie werden Ihren Besuch auf einen anderen Tag verschieben müssen!« Le Bris klang eindeutig.

»Ich wünsche augenblicklich an das vereinbarte Ziel gebracht zu werden, Monsieur le Capitaine!«

Kapitän Le Bris sah ihn bärbeißig an. »An welches Ziel die Passagiere gebracht werden, und an welches nicht, Monsieur le Gouverneur, entscheidet auf See einzig und alleine einer, nämlich der Kapitän! Und das bin hier ich! Ich werde nicht riskieren, dass das Schiff auf Grund läuft oder mit anderen Schiffen kollidiert!«

Gouverneur Mouttet wusste darauf nichts mehr zu antworten. Gewitterwolken legten sich auf seine Stirn.

Nach einigen Minuten, während derer sie in die ande-re Richtung gefahren waren, konnte man auf einmal wieder sehr klar die Lichter der Stadt erkennen.

»Ich bitte Sie, Monsieur le Capitaine, sehen Sie doch, die Sicht ist wieder vortrefflich!«

Kapitän Le Bris sah zurück und verzog keine Mine. Dennoch gab er erneut Order, diesmal, das Schiff zu wenden und zurück in die Bucht zu fahren. Und ließ endlich den Gouverneur und Senator Knight ausbooten.

Gouverneur Mouttet und Amédée Knight saßen einander schweigend in dem kleinen Ruderboot gegen-über, das außer ihnen nur noch die zwei rudernden

Matrosen an Bord hatte. Knight, der mit dem Gesicht in Fahrtrichtung saß, hatte den Blick feste auf Saint-Pierre gerichtet, obwohl der Ausdruck in seinen eher kleinen, wachsamen Augen einen Mann vermuten ließ, der keine Scheu hatte, einem Gegner auch direkt in die Augen zu sehen. Mit seiner geraden Statur, seiner fast aristokratischen Körperhaltung und seinem gepflegten Ziegenbart, der über der Oberlippe einen starken Schwung nach oben hatte, strahlte der Senator auf sehr natürliche Weise Autorität aus, wie Louis Mouttet mit gemischten Gefühlen wahrnahm. Alles in allem war ihm der ganze Mann nicht annähernd so unsympathisch wie er es sich ursprünglich vorgestellt, vielleicht sogar gewünscht hatte. An diesem Mann erschien absolut gar nichts lauwarm, ein Umstand, der ihm als Politiker Respekt abverlangte. Die politische Szene war auf der von ihnen beiden erreichten Stufe alles andere als ein Kampf, der mit Glacéhandschuhen ausgetragen wurde, und er hatte es schon vor langer Zeit als seine persönliche Herausforderung angesehen, überall dort zu vermitteln, wo seine politischen Kollegen die grundsätzlichen Regeln der Diplomatie nicht beherrschten oder beherrschen wollten.

Das kleine Ruderboot, das Gouverneur Mouttet und Senator Knight trug, legte an *Place Bertin* an. Louis Mouttet stieg aus und entschied, als erstes das Telegrafenamt wenige Ecken weiter aufzusuchen, denn es würde bald schließen. Er dachte darüber nach, was er telegrafieren würde. Genaue Nachforschungen waren heute wider Erwarten nicht möglich gewesen. Er würde sich erst ein weiteres Mal die Unglücksstelle ansehen müssen dieses Mal wirklich aus der Nähe, um präzise Angaben machen zu können. »Der Ausbruch des

Montagne Pelée scheint sich zu verschlimmern, habe mich an die betreffenden Orte begeben, ich werde Sie auf dem Laufenden halten«, würde am sinnvollsten sein.

Als Gouverneur Mouttet wieder aus dem Telegrafenamt herauskam, hatte sich seine Stimmung stark gehoben, denn er hatte das erste Amüsement des Tages, vielleicht sogar der ganzen Woche hinter sich. Der Gesichtsausdruck des diensthabenden Beamten war einfach zu komisch gewesen, als er den Gouverneur persönlich ein Telegramm hatte aufgeben sehen. Dann überlegte er, was er jetzt tun könnte. Es war noch zu früh, um Fouché aufzusuchen, denn Louis Mouttet wollte ihn nicht beim Abendessen stören. Aber in sein Zimmer im *Au Pied du Mur* gehen, konnte er auch nicht. Er sah noch immer die Gesichter der sich verzweifelt um ihn scharenden Menschen Prêcheurs, die übermüdeten Gesichter der Mütter und die vor Hunger schreienden Kinder. Glücklicherweise gab es aus einigen wenigen Wasserleitungen noch sauberes Wasser zu trinken.

Der Gouverneur lief die Rue Bouillé hinunter in Richtung des *Quartier du Centre*, in der Hoffnung, noch irgendwo ein offenes Lebensmittelgeschäft zu finden, in dem er Nahrung für die von den wesentlichen Versorgungskanälen abgeschnittenen Menschen organisieren könnte. Seine Hoffnung wurde enttäuscht.

Nach einiger Zeit fiel ihm auf, dass Senator Knight ihm mit einigen Metern Entfernung folgte. Wie Louis Mouttet am Rande mitbekommen hatte, wollte auch er die Zustände in der Stadt begutachten und Bürgermeister Fouché aufsuchen.

Über kurz oder lang würden sie zusammenarbeiten müssen, dachte Louis Mouttet, es hatte ja keinen Sinn, ein Arbeitsleben in Feindschaft zu führen. Er wartete deshalb, ein Schaufenster mit Damenmode inspizierend, auf den Senator. Als dieser dann auf seiner Höhe angelangt war, drehte er sich um und sprach ihn an.

»Was halten Sie davon, Monsieur, wenn wir bis zum Besuch bei Maire Fouché die Infanteriebaracken besuchen und uns ansehen, ob die Flüchtlinge gut untergebracht sind?«

Amédée Knight blieb stehen. »Diese Absicht hatte ich ohnehin, Monsieur! Sie dürfen sich mir gerne anschließen!«

Oh, là là! Dieser Mann war vielleicht die größte politische Herausforderung seines Lebens!

Die beiden Männer machten sich schweigend auf den Weg zum *Quartier du Fort*, wo sich die Baracken befanden. Nachdem sie *Trois Ponts* überquert hatten, durchliefen sie eine größere Anzahl von Lagerhäusern. Eines davon hatte trotz der widrigen Umstände seine großen Tore geöffnet und heraus drangen Stimmen und das Geräusch geworfener Säcke. Ganz tot schien die Stadt noch nicht zu sein.

Louis Mouttet betrat das Lagerhaus, gefolgt von Senator Knight.

»Bonsoir!« Er hatte sich an den einzigen Arbeiter in der Lagerhalle gewandt.

Lethargisch sah dieser Mouttet an.

»Bonsoir, Missié!«

»Ich hätte gerne den Lagerverwalter gesprochen, bitte!«

»Sofort, Missié!« Der Arbeiter stützte sich mit dem Ellenbogen auf einen Stapel Säcke. Er sah aus der Tür und ließ seinen Blick einer Gruppe junger Mädchen folgen, die draußen zufällig vorbeigingen.

Louis Mouttet grinste. Der reiche Bauer, bei dem sein Vater einst gearbeitet hatte, hätte diesem Burschen Beine gemacht!

»Können Sie ihn bitte rufen!«

Der Bursche nickte. Er schien bereits das Unterlassen seiner Arbeit als Nachkommen der Bitte zu verstehen. Dann steckte er sich eine Zigarette an und grüßte einen jungen Mann seines Alters, der vor dem Tor vorbeilief. Der Arbeiter nahm einen tiefen Zug. Dass jemand in dieser Luft noch ans Rauchen denken konnte!

»Bist du schon fertig?« Aus dem hinteren Teil des Lagers erschien ein Mann, dessen befehlender Tonfall den Schluss zuließ, dass er der Vorgesetzte des Burschen sein könnte.

»Sind Sie der Lagerverwalter?« fragte ihn Louis Mouttet.

»Ja Monsieur, was kann ich für Sie tun?«

»Sagen Sie, Monsieur, wie heißen Sie?« wollte Mouttet von dem Verwalter wissen.

»Henri Dupont, Monsieur«, antwortete der Gefragte.

»Können Sie mir 6000 Kilogramm Stockfisch und ungefähr die gleiche Menge an Trockenfleisch und weißen Bohnen verkaufen, Monsieur? Und noch heute zur nächsten Fähre nach Prêcheur liefern?«

»Mon Dieu, was wollen Sie denn um diese Tageszeit mit so viel Ware, Monsieur?« Er sah Louis Mouttet skeptisch an, so als würde er ihm nicht ganz trauen. Dann schweifte sein Blick zu Senator Knight, und sein Gesicht wurde auf einmal ganz freundlich.

»Senator Knight, welch eine Ehre! Sie brauchen noch heute eine Warenlieferung?«

Knight schüttelte den Kopf. Er deutete mit einer würdevollen Handbewegung auf Mouttet.

»Monsieur le Gouverneur braucht sie!«

»Der Gouverneur!« Auf einmal wurde es lebhaft in der Halle.

»Selbstverständlich können wir noch heute liefern! Für sagen wir alles zusammen 700 Francs und einen Eilzuschlag von 50 Francs? Immerhin muss ich heute Abend extra Arbeiter dafür abstellen!«

Dieses Schlitzohr! Eilzuschläge waren nicht üblich, und auf dieser Insel gab es sowieso nur zwei Varianten: es wurde geliefert oder nicht. Beschleunigen ließ sich kaum jemand. Davon abgesehen war der Preis hoffnungslos überteuert wie er an Knights spöttischamüsierter Mimik erkennen konnte. Senator Knight sollte sich wundern! Er würde ihm den Triumph nicht gönnen, sich übervorteilen zu lassen!

»Ich bin überzeugt, da es sich um eine Hilfslieferung für Le Prêcheur handelt, werden sie die Lieferung auch ohne zusätzlichen Lohn ausliefern! Sicherlich werden sich diese Händler glücklich schätzen, ihren Landsleuten in der Not beizustehen! Ein Eilzuschlag wird daher kaum nötig sein! Davon abgesehen stehen mir leider nicht mehr als 350 Francs zur Verfügung!«

Der Lagerverwalter schaute drein wie ein Hund, der vergebens versucht hatte, etwas vom Tisch seines Herrn zu stehlen.

»Monsieur le Gouverneur, ich habe die Lieferung eigentlich schon für 600 Francs einigen Händlern in Le Marin zugesagt!

Louis Mouttet hasste es, zu feilschen, aber es schien ja nicht anders zu gehen. Wenigstens hatte er es einst jede Woche miterlebt, wenn sein Vater mit ihm zusammen die örtliche Gerberei aufgesucht hatte.

»Ich habe heute eine sehr bedauernswerte Frau in Le Prêcheur gesehen, die der Pfarrer mit Madame Dupont ansprach; sie hatte fünf oder sechs Kinder bei sich, alle schienen Hunger zu leiden. Sie schien ein ähnliches Problem zu haben, mit wenig Geld viele Leute ernähren zu müssen, aber viel zu wenig kaufen zu können, wie auch ein Gouverneur es hat. Eine Verwandte von Ihnen, Monsieur?«

Der Lagerverwalter schaute betreten drein. Der Trick hatte gezogen.

Fast jeder aus Saint-Pierre hatte vermutlich Verwandte in Le Prêcheur, so nahe wie die beiden Orte beieinander lagen. Und fast jeder auf der Insel hatte eine Verwandte, die fünf oder sechs Kinder besaß.

»Also gut, Monsieur le Gouverneur, Sie bekommen die Ware, aber ich muss wenigstens noch 550 Francs dafür bekommen! Der absolute Tiefstpreis! Ein Verlustgeschäft, das ich nur wegen meiner Pflichten als Christenmensch auf mich nehme!«

Louis Mouttet hätte beinahe laut aufgelacht.

»Mehr als 500 Francs kann ich nun aber beim besten Willen nicht vor den Finanzinspektoren rechtfertigen, Monsieur! Obwohl...doch, da fällt mir noch ein ich könnte das Geld aus dem Fond für die Witwen und Waisen nehmen. Dann bekommen die Kinder in den Waisenhäuser von Fort-de-France eben nur noch Zuckerrohrsaft zu zwei Mahlzeiten.«

Der Lagerverwalter sah den Gouverneur teils erbost und teils zerknirscht an.

»Also gut, Monsieur le Gouverneur, Sie bekommen die Ware für 500 Francs inklusive Lieferung. Vorausgesetzt, Sie zahlen sofort!«

Als die beiden Herren das Lagerhaus wieder verließen, spiegelte sich ein hohes Maß an Zufriedenheit auf Mouttets Antlitz wider, während sich ein anerkennender Zug auf des Senators Gesicht gelegt hatte, der Louis Mouttet nicht verborgen blieb.

Amédée Knight führte den Gouverneur zu den Infanteriebaracken. Es kam Louis Mouttet so vor, als gingen sie den Weg auf einmal zusammen, denn Knight lief mit weniger Abstand neben ihm her. Nach einer Viertelstunde Fußweg hatten die beiden Politiker dann ihr Ziel erreicht.

Auf dem großen Vorplatz der Kaserne standen – so schätzte Mouttet – etwa einhundert Menschen, die sich an der Tür aufgereiht hatten, um noch für die Nacht aufgenommen zu werden.

Als sie sich den Baracken näherten, hörten sie aus dem Inneren laute Stimmen.

»Missié, diese Ungerechtigkeit lasse ich mir nicht bieten! Wir haben das Jahr 1902, nicht 1847! Wir sind seit heute morgen unterwegs. Seit vierzehn Stunden!« Er legte seinen Arm um eine Frau, die zu ihm zu gehören schien.

»Aber Monsieur«, erklang eine weitere männliche Stimme, »wir sind gerade erst aus Le Havre hier eingetroffen! Stellen Sie sich vor – vom Schiff in das Haus von Le Prêcheur und sofort wieder fliehen müssen!«

Mouttet und Knight betraten das Gebäude. Innen standen zwei Soldaten, die die Verteilung der Betten regelten – der letzten zwei Betten, wie der Unterhaltung zu entnehmen war.

Die Soldaten erblickten den Gouverneur und den Senator und salutierten. Die Streitenden drehten sich herum, um den Grund dafür herauszufinden.

Mouttet wandte sich an einen der beiden Soldaten. »Wie ist Ihr Name?«

»Sergent Jourdain, Monsieur le Gouverneur!« Er blieb stocksteif stehen.

»Was ist hier los, Sergent?«

»Wir sind gerade dabei, dieses Ehepaar unterzubringen, Monsieur le Gouverneur!« Er sah auf ein französisch aussehendes Paar.

»Missié – Sie sind der Gouverneur?«

Mouttet nickte. »Ich bin Gouverneur Mouttet.«

»Dann sorgen Sie für Gerechtigkeit, Missié!« Der Mann sah ihn bittend an. Seine Frau stimmte ein. »Ja, Missié, Sie sehen aus wie jemand, der gerechte Entscheidungen trifft. Bitte helfen Sie uns!«

Mouttet wandte sich an den Sergeanten. »Warum werden diese Menschen nicht aufgenommen, Sergent?«

»Weil wir keine Betten mehr haben, Monsieur le Gouverneur!«

»Und warum regt sich der Mann dann so auf, Sergent? Er scheint zu glauben, er hätte einen Anspruch auf eine Unterbringung!«

Der Sergeant schaute ein wenig betreten. Dann begann er in einem sich rechtfertigenden Tonfall: »Die anderen Herrschaften kommen direkt aus Frankreich, Monsieur le Gouverneur.«

»Waren sie denn zuerst da?« wollte der Gouverneur daraufhin wissen.

»Nein, Monsieur le Gouverneur!« Der Sergeant wurde noch stocksteifer.

»Nun, warum bekommen sie dann die Betten?«
Mouttets Stimme klang entrüstet.

»Ich dachte... ich wollte... man muss doch seinesglei-
chen helfen, dachte ich, Monsieur le Gouverneur!«

Mouttets Gesicht wurde so hart und glatt wie ein
Grabstein.

»Sie werden jetzt sofort diesen Leuten hier«, und er
deutete auf das einheimische Paar, »die freien Unter-
künfte zeigen!« Und an das andere Paar gewandt: »Es
tut mir sehr leid, ich werde mein Möglichstes tun, um
schnellstmöglichst für mehr Raum zu sorgen. Ich habe
schon Paris um finanzielle Unterstützung ersucht. Ich
verspreche Ihnen, das Leiden wird spätestens an
Himmelfahrt ein Ende haben! Bis dahin muss ich Sie
bitten, sich selbst um eine Lösung für Ihre Unbequem-
lichkeiten zu bemühen! Oder mit dem Platz vor der Tür
vorlieb zu nehmen!«

Gouverneur Mouttet erkundigte sich noch nach der
Verpflegung der Leute, dann inspizierte er zusammen
mit Senator Knight einige Zimmer.

Als sie schließlich die alten Kasernen verließen,
schlug die Glocke der *Église du Fort* gerade zehn.

Es war spät geworden. Er würde Fouché doch nicht
mehr aufsuchen, dachte er müde.

Mouttet und Knight liefen gemeinsam schweigend
zurück, bis sie in der Rue Victor Hugo angelangt waren.
Dort blieb der Senator abrupt vor einem großen,
gepflegten Haus stehen.

Mouttet erkannte es als eines der Geschäftshäuser
Knights. Er nickte diesem freundlich zu und hob einen
Spaltbreit seinen Hut.

»Gute Nacht, Monsieur!«

Amédée Knight hob seinen ebenfalls empor. So weit, wie es auch alle anderen taten, die einen Gouverneur grüßen wollten. »Gute Nacht, Monsieur le Gouverneur!« Ein friedvoller Ausdruck lag auf des Senators Gesicht. Dies war das letzte, was Louis Mouttet bis zu seinem Eintreffen im Hotel sah. Eine Sekunde später erloschen auf einmal alle Lampenbögen der Stadt und verdunkelte ihm die Sicht vollständig – das Schwarz der Asche hatte sich endgültig Saint-Pierres bemächtigt.

Saint-Pierre, Dienstag, 6. Mai

Lärm weckte Louis Mouttet auf. Er musste sofort wieder an des Senators Gesichtsausdruck denken und fühlte sich glücklich. Draußen war es noch nicht hell, aber von den Straßen drang allgemeines Stimmengewirr herein und Rufe von Menschen, die vorbeizurennen schienen. Es krachte donnernd. Ein Krachen und Donnern, das den Himmel zu zerreißen schien. Louis Mouttet fuhr zusammen. Ein Gewitter? Er kannte keinen, der augenblicklich etwas gegen ein kräftiges Unwetter und die damit verbundenen Regenfälle gehabt hätte.

Louis Mouttet stand auf und trat ans Fenster, wobei er darauf verzichtete, über sein Leinen-Nachthemd noch etwas darüber zu ziehen. Er befreite um einen Spalt breit das Fenster von dem darüber hängenden Tuch. Sein Blick glitt zum gegenüberliegenden Kirchturm. Nur die Tatsache, dass dieser so nahe stand, und der Ascheregen minimal nachgelassen hatte, ließ ihn erkennen, dass es gegen zwei Uhr war.

Die Straße unter ihm war voller Menschen, die Laternen tragend wild durcheinander rannten. Er hob sein Nachthemd hoch und presste einen Teil davon gegen seine Nase. Er war nicht empfindlich, aber der Schwefelgeruch hatte sich derart intensiviert, dass es kaum mehr zu ertragen war.

Louis Mouttet zog das Tuch noch ein wenig weiter vom Fenster, woraufhin er gut eingestaubt wurde. Es war gar nicht mehr nötig, dass er absichtlich irgendwohin sah – seine Augen wurden wie die aller anderer magnetisch zum Berg hingezogen. Einem Berg, der nicht länger nur ein von schmutzigen Wolken verhangener Riese war, sondern ein Gigant, der eine Schale mit glühendem Erz über seinem Kopf zu halten schien.

Waren die Wolken über dem Vulkan bisher dunkelgrau gewesen, so waren sie jetzt schwarz. So schwarz wie die Sicht auf alles übrige, das sich zwischen Berg und Stadt befand, was ganz besonders dadurch hervorgehoben wurde, dass die dichten Wolken vom Schein der rotglühenden Lava beleuchtet wurden. Es hatte den Anschein, dort wo man früher bei gutem Wetter *Morne Lacroix* erkennen konnte, würde jetzt eine ganz andere Macht am Himmel ihre Präsenz beweisen. Eine Macht, die ihr Kommen mit Blitzen ankündigte, die wie geworfene Speere horizontal und vertikal durch die Wolken schossen. Es krachte wieder, begleitet von tiefstem Donnergrollen. Louis Mouttet war höchst fasziniert. Was für ein Glück, dass er nicht abergläubisch war!

Der Gouverneur sah wieder hinunter auf die Straße. Gegenüber kam aus einem Loch, das offensichtlich gewaltsam in einen Fensterverschlag hineingeschlagen worden war, ein Mann gestiegen, der etwas unter dem Arm trug. Plötzlich begann in Louis Mouttets Innerem ohnmächtige Wut zu brodeln, aus der Zorn wurde, so dass ihm bis unter seinem Haaransatz ganz heiß wurde. Er konnte sich noch gut daran erinnern, wie es die Leute kaum hatten abwarten können, bis nach dem Tod seiner Mutter das Haus ausgeräumt worden war. Und sie die letzten Habseligkeiten seiner Mutter, die nicht mitgenommen werden konnten, unmittelbar nach dem Abschließen des Hauses geplündert hatten.

Gouverneur Mouttet verschloss wieder das Fenster und legte sich zurück ins Bett. Dies war augenblicklich der beste Ort für ihn. Was würde es nützen, wenn er sich den vielen Menschen da unten, die beschlossen hatten, wie gejagte Hühner umherzulaufen, anschließen würde?

Seine Gedanken schweiften zurück zu dem Einbruch. Bürgermeister Fouché hatte ihn schon darauf angesprochen, dass solche Ereignisse in den letzten Tagen Überhand genommen hätten. Er würde ihm nach dem Frühstück sofort eine Zusage machen, Soldaten zur Patrouille in die Stadt zu schicken.

Als Louis Mouttet am Morgen um neun Uhr mit der *Topaz*, die ihm heute alleine zur Verfügung stand, erneut Richtung Le Prêcheur ablegte, war er gespannt, was ihn dort erwarten würde. In Saint-Pierre war wieder weitgehend Normalität eingetreten, oder jedenfalls soweit dies unter diesen Umständen möglich war, und es hatten auch wieder die Geschäfte geöffnet, sofern sie von den Meeresfluten des Vortages unbehelligt geblieben waren. Für Prêcheur schien dies nicht zu gelten. Man hatte ihm zugetragen, dass die Fähre, die

die Hilfsgüter gebracht hatte, von den Menschen gestürmt worden wäre.

Als die *Topaz* auf die Mündung des *Rivière Blanche* zusteuerte, erschien es aus der Ferne, als führen mehrere Lokomotiven hintereinander das Tal hinunter. Aus dem reißenden Fluss war rauchender Schlamm geworden, der trotz seiner Trägheit alles mitgerissen zu haben schien, was sich ihm in den Weg gestellt hatte, gleichgültig, ob Rinder, entwurzelte Bäume oder ganze Felsbrocken.

Auch in Le Prêcheur hatte sich die Situation inzwischen noch weiter zugespitzt. Louis Mouttet schätzte die Ascheschicht an Land inzwischen auf zehn Zentimeter Höhe, die stetig zunahmen. Als die Fähre versuchte, anzulegen, warteten die Menschen gar nicht ab, bis sie ruhig im Wasser lag, sondern versuchten gewaltsam, auf das kleine Schiff zu gelangen. Sie sprangen an Bord, kletterten über die Reling oder rissen andere hinunter, um selbst einen Platz zu ergattern. Louis Mouttet wurde Angst und Bange. Das Schiff neigte sich bedenklich auf eine Seite, so weit, dass auch der Kapitän ein Kentern zu befürchten schien, denn statt endgültig anzuhalten und die *Topaz* in Position zu bringen, steuerte er die Fähre sofort wieder rückwärts aus der schreienden und tobenden Menschenmasse heraus und nahm Kurs auf Saint-Pierre.

Louis Mouttet war frustriert und erleichtert zur selben Zeit. Dann kam ihm ein neuer Gedanke. Er konnte den Kapitän überzeugen, ihn nach Fond Corré zu fahren, das sich etwas südlich vom Grab der Kariben befand, und von wo aus er die Möglichkeit hatte, in wenigen Minuten Fußweg zum Tal des *Rivière Blanche* zu gelangen.

Der Gouverneur ging an Land und überquerte über eine Brücke einen schwärzlichen Rinnsal, der einst der *Rivière Sèche* gewesen war. Ein heftiger Wind blies von Südwesten kommend die Asche auf und ließ ihn einen Augenblick lang würgen. Dann war er nach weiteren Schritten an dem Tal angelangt, das sich einst zwischen *Rivière Sèche* und *Rivière Blanche* befunden hatte, und in dem sich die Raffinerie Guérin befinden musste. Seltsam, dass er noch keine Richtung ausmachen konnte, er musste noch zu weit weg sein. Vielleicht würden ihm die anderen Leute, die dort standen, Auskunft geben können, dachte er.

Louis Mouttet lief noch weitere zwanzig Meter weiter, dann blieb er bei den übrigen Menschen stehen. Es war völlig unnötig, ihnen Fragen zu stellen. Ihr leerer Gesichtsausdruck sagte ihm bereits alles, was er wissen musste. In einiger Entfernung lag ein riesiges Feld aus bewegungslosem, ebenem Schlamm, aus dem gelegentlich ein Blubbern gefolgt von kleinen Dampfwölkchen aufstieg. Erst jetzt konnte Louis Mouttet entdecken, dass das, was er am Vortag für einen Baumstamm gehalten hatte, in Wirklichkeit der schräg im Schlamm steckende Schornstein der Fabrik war – das einzige Stück der Fabrik, mit der die Schlammlawine Erbarmen gehabt zu haben schien.

Der Gouverneur und noch ein paar andere Leute liefen weiter in Richtung des Feldes, bis sie an eine Linie von Gendarmen kamen, die den Durchgang verweigerten.

Louis Mouttet gab sich zu erkennen und durfte in der ihm alt-vertraut vorkommenden Begleitung einiger Presseleute passieren. Sie waren vermutlich die einzigen, für die ein solches Unglück Vorteile brachte.

Die kleine Gruppe lief in Richtung Meer und schafften es, hölzerne Arbeiterunterkünfte von hinten zu passieren. Sie waren die einzigen Gebäude in der Nähe der Fabrik, die vollständig verschont geblieben waren. Hinter den hölzernen Häusern gelangten sie zu einer kleinen Mauer, über die sie hinwegsehen konnten.

Es war schon vorher kaum ein Wort gefallen, aber jetzt war unter den Betrachtern keiner, der nicht vor trauernder Ehrfurcht stumm geworden wäre. Die gesamte Fabrik mit all ihren Nebengebäuden war vollständig begraben worden, nur noch das obere Skalenende einer Waage schaute hier abgesehen vom Schornstein hervor. Einer der Reporter hatte Tränen in den Augen. Vielleicht hatte er Angehörige verloren, dachte Mouttet. Keiner machte sich Notizen. Die einzigen Laute, die zu vernehmen waren, waren das Blubbern des Schlamms und die Brandung der Wellen.

An der Küste lagen kreuz und quer einige schwere Lastenkähne, die teils gekentert, teils übereinander geworfen ein Spielzeug der Wellen geworden waren, die das letzte noch in den Kähnen befindliche Zuckerrohr mit sich trugen. Louis Mouttet wurde plötzlich von einer ungeheuren Sehnsucht befallen, wie sie nur entstehen kann, wenn die unauffällige Existenz des Todes nicht mehr länger aufgrund der schillernden Präsenz des Lebens verdrängt werden kann. Er wollte nach Hause, nur noch nach Hause. Nach Hause zu Hélène.

Fort-de-France, Montag, 5. Mai

Gouverneur Mouttet saß am frühen Nachmittag in seinem Lieblingssessel in *Bel Air* und nahm noch einen Kaffee zu sich, bevor er sich wieder ins *Hôtel du Gouverneur* fahren ließ. Seine täglich erneut enttäuschte Hoffnung auf Antwort aus Paris, und seine nutzlosen Anstrengungen, dies zu ändern, ließen ihn sich leer und innerlich ausgebrannt fühlen. Er war auf dem besten Wege, sich alles egal sein zu lassen, dachte er. Louis Mouttet saß hier zum ersten Mal in seinem Leben auf einer Insel, isoliert von der restlichen zivilisierten Welt und von seinen Vorgesetzten alleine gelassen. Und er sollte nun eine größere Meute panischer Menschen bändigen, die hungrig und verzweifelt waren, ohne zu wissen, wovon er es bezahlen sollte. Die Leute hatten Glück, dass in Saint-Pierre eine Kommission alleine zur finanziellen Unterstützung der Leidtragenden gegründet worden war, die dem Bürgermeister neben seinen fünf-hundert weitere vierhundert Francs hatte zur Verfügung stellen können.

Louis Mouttet erhob sich aus seinem Sessel. Er kam kaum aus ihm heraus, denn es schien ihm, als hätte sich während der letzten Stunden sein Gewicht verdoppelt. Wenn es die Zeit erlauben würde, würde er heute Abend noch schwimmen gehen, dachte er, das würde ihm guttun.

Er schleppte sich zur Kutsche und wies den Kutscher an, ins *Hôtel du Gouverneur* zu fahren. Dort angekom-men, rief er sofort Janvier zu sich.

»Monsieur le Gouverneur wünschen?«

»Ein Telegramm, Janvier!« Er machte sich nicht die Mühe, hinaufzugehen, denn mehr als ein Telegramm aufgeben und noch ein paar dringende Dokumente unterzeichnen wollte er nicht. Er diktierte daher das Telegramm sofort unten im Schreibbüro.

»Schreiben Sie, Janvier: Am 5. Mai um ein Uhr mittags kam reißender, kochender Schlamm den Berg durch das Tal des Rivière Blanche herunter, trug einen Teil der Fabrik Isnard mit sich und verschlang vollständig die Fabrik Guérin, die am Meer gelegen war. 23 Personen sind verschwunden, darunter der Sohn Guérin und seine Frau. Schlammiges Wasser fließt ständig das Flussbett des Rivière Blanche hinunter, aber mit viel weniger Intensität. Ich bestehe ganz besonders darauf, dass die Hilfe von 5000 Francs oder mehr, falls es möglich ist, schnellst möglichst verschickt wird. Mouttet«

Generalsekretär Lhuerre kam zur Tür herein. »Ah, Monsieur le Gouverneur! Man hat mir gemeldet, dass Sie da sind! Wie gut, dass ich Sie heute noch einmal sehe! Ich habe eine Überraschung für Sie!«

Louis Mouttet sah ihn entgeistert an. Dies war nicht der Augenblick für Geschenke. Und so positiv wie Lhuerre gestimmt war, konnte es nichts Schlechtes sein. Die Nachricht, dass das Kabel nach Saint Lucia gerissen war, hatte er außerdem schon bekommen.

»Hier sehen Sie!« Lhuerre legte ihm einen Zettel vor.

Louis Mouttet nahm den Zettel und las: »Vulkanische Eruption ruinierte Bevölkerung von Prêcheur, die ausschließlich aus kleinen Besitztümern bestand. Anbau und Vieh zerstört. Ich schließe mich dem Gouverneur an, um dringende Hilfe in Geld zu erbitten, 5000 Francs. Abgesehen vom humanitären Akt, wird die Hilfe ein gutes Ergebnis bei der republikanischen Bevölkerung produzieren. Ich bitte Sie, gerne im Antworttelegramm meine Intervention zu erwähnen. Knight«

Der Gouverneur wusste nicht, ob er sich ärgern oder freuen sollte. Dies war eine höchst berechnende Sorte Einmischung, und außerdem... »Woher weiß er, dass es 5000 Francs sind, George?«

Lhuerre grinste. »Sie wissen doch, Monsieur le Gouverneur, Freunde von Freunden, die Freunde haben, die hier oder auf dem Telegrafenamt arbeiten!« Vermutlich war dieses Telegramm auch auf ähnlichem Weg zu ihm gelangt.

Knight unterstützte ihn! Nicht ganz uneigennützig, aber immerhin. Und er wollte, dass er, der Gouverneur, davon erfuhr! Louis Mouttet fühlte sich plötzlich wieder wohl. Es war doch ganz egal, ob Knight seine eigenen Interessen wahren wollte oder nicht, wer konnte es ihm verdenken. Tatsache war, dass er ihm neuerdings wohlgesonnen war und sogar seine Anerkennung suchte. Dies genügte ihm für heute, dachte Mouttet.

Die Tür ging auf, und ein Zeitungsjunge lieferte *Les Colonies*. Louis Mouttet nahm sie an sich und bestieg damit seine Kutsche. Auf dem Nachhauseweg schlug er sie auf und las darin, nach dem Unglück vom Vortag suchend. Ob die Reporter von heute morgen ihre Arbeit schon hatten in Druck geben können? Er musste nicht lange suchen, bis er fündig wurde.

»Monsieur L. Guérin«, konnte er lesen, »der mit seiner Frau erst am Morgen um halb sechs Uhr gekommen war, war niedergeschlagen und ein wenig nervös, als man ihn bat, die bereits am Freitag wegen des Ascheniederfalls geschlossenen Werke zu verlassen. Er protestierte und sagte, er glaube nicht, dass irgendeine Gefahr bestünde. Dennoch ließ er seiner Yacht Carbet einheizen, um beim ersten Anzeichen einer Gefahr Richtung Fort-de-France in See stechen zu können. Einige Teile der Werke schienen bedroht aufgrund der Gefahr, dass die Ufer des Rivière Blanche den Wassermassen nicht länger standhalten würde, aber ein solcher Schaden war nicht sehr wahrscheinlich erschienen. Niemand konnte eine so schreckliche Tragödie vorhersehen.«

Saint-Pierre, Dienstag, 6. Mai

Pauline stand noch immer von den Ereignissen des Vortages unter Schock. Einige ihrer besten Bekannten und liebsten Kolleginnen waren von der Schlammlawine überrollt worden. Sie hatte sich zwar vorgenommen, nicht wieder in die Stadt zu gehen, aber sie machte sich Sorgen um eine ihrer besten Freundinnen. Chéchelle schien es ohnehin nicht sehr gut zu gehen, seitdem sie bei Bäcker Douce arbeitete. Pauline entschied sich, ihrem Vorsatz noch einmal untreu zu werden und vor dem Himmelfahrtstag, an dem sie mit René auf der Fähre die Stadt verlassen würde, nach Saint-Pierre zu gehen.

Als sie dort ankam, fand sie eine eigentümliche Atmosphäre vor. Alles schien aus einer einzigen Substanz gemacht zu sein, Tiere, Pflanzen, Häuser,

Straßen und sogar die Menschen. Es ließ sich von Weitem nicht mehr sagen, wer welcher Herkunft war. Hautfarbe und Kleiderordnung waren von keinerlei Bedeutung mehr. Wohin sie auch sah, war alles zementfarben.

Die Stimmung der Leute in den Straßen war alles andere als gut. Die meisten der Flüchtlinge saßen oder lagen lethargisch herum, sie wirkten resigniert und traurig, an allem desinteressiert und völlig antriebslos. Unausgesprochene Furcht lag in der Luft. Einige wenige rannten noch mit Gepäck durch die Gegend; wer in Saint-Pierre wohnte, war nicht ohne Laterne unterwegs. Laternen überall, wohin sie auch sah. Die Leute tuschelten, schrien plötzlich Warnungen oder machten unangebrachte Witze über die Situation. Pauline beobachtete auch noch ein Grüppchen mit Anhängern der Sozialistischen Partei, die grobe, gotteslästerliche Sprüche schrien. Die einzigen, die an dem Tag noch in der Laune waren, zu schreien. »Schickt die Jungfrau zurück in den Stall!« erklang es. Pauline hätte aus der Haut fahren können. Das ließ sich nur noch überbieten durch die Frechheit von vermutlich den selben Leuten, die an Karneval der Mutter Maria in der Kathedrale unter den Rock geschaut hatten.

Auf dem Weg zum Haus ihrer Freundin begegnete Pauline Männern, die zusammengerollte Plakate unter den Armen trugen, die sie überall aufhingen. Es würde nicht mehr viel nützen, jetzt noch Wahlwerbung zu machen, dachte sie. Pauline ging zu einem der frisch aufgehängten Plakate hin und las. Fouché versicherte, dass für die Bürger von Saint-Pierre keinerlei Gefahr bestünde. Darauf wollte sie sich lieber nicht verlassen, dachte Pauline und ging weiter. Saint-Pierre kam ihr vor wie eine dieser *Trous pièges*, dieser schräg in den Boden gegrabenen Fallen, in die man den ganzen Tag lang die Moskitos fliegen ließ, so dass sie sich darin sammelten, bis man sie dann am Abend abfackelte. Aber Moskitos waren augenblicklich nicht das Problem. Eine gute Bekannte hatte ihr erzählt, auf einer *Habitation* seien die Wände schwarz gewesen vor Ameisen, die vom Berg geflüchtet waren. Und eine andere, dass Tausendfüßler so zahlreich aufgetreten seien, dass ein Weg unpassierbar geworden wäre.

Als sie dann bei Chéchelle ankam, war sie überrascht von deren Reaktion. Ein trauriger Ernst schien von ihr Besitz ergriffen zu haben. Pauline erzählte ihr, die Leute auf der Straße würden schon sagen, ein Unglück würde mit Sicherheit geschehen – der Vulkan koche immer mehr und würde sie alle bestimmt bald töten. Sie solle doch mit ihr kommen, sie würde sie bei sich wohnen lassen. Daraufhin antwortete ihr Chéchelle sehr gefasst, aber mit bitterem Lächeln: »Nein, lass gut sein, ich möchte hier bei meiner Familie sterben!«

Saint-Pierre, Dienstag 6. Mai

Gaston Landes musste husten. Seitdem die ganze Stadt begonnen hatte, aufgrund der Schwefeldämpfe immer mehr nach faulen Eiern zu riechen, hatte sich bei ihm eine Bronchitis entwickelt, die mit Atemnot, brennender Nase und entzündeten Augen einherging. Aber er durfte nicht jammern, dachte er, der halben Stadt ging es inzwischen so.

Er stand auf dem Dach der Handelskammer, wo er seit einigen Tagen regelmäßig seine wissenschaftlich interessierten Freunde traf, um *La Montagne* genauer zu studieren. Über den Tag konnte man dieses Mal allerdings nicht sehr viele Phänomene beobachten. Lediglich einige kleinere Explosionen, die zu weniger bedeutenden Schlammlawinen führten, sowie kleiner werdende Rauchwolken waren zu sehen. Am späten Abend gab der Berg dann noch eine Vorstellung der besonderen Art: riesige Brocken glühender Felsen, die sogar mit bloßem Auge sichtbar waren, wurden aus dem Krater in die Höhe geschleudert. Und nachdem Gaston Landes dann zuhause angekommen war, wurde der Berg sogar richtig ruhig. Die Aschewolken stiegen in der zweiten Hälfte der Nacht nicht mehr ganz so weit in die Höhe. In dem Bewusstsein, *La Montagne* hätte ihre übellaunigen Allüren aufgegeben, legte sich der Professor daher schlafen. Doch dies erwies sich als eine Fehlanalyse der Situation. Um vier Uhr früh fiel der Professor fast vor Schreck aus dem Bett, als unzählige Kanonaden zur selben Zeit dem Schlund des Vulkans entwichen, was den Berg nicht davon abhielt, weiterhin zu brüllen und zu grollen. Gaston Landes fand das ganze Naturspektakel wirklich hochinteressant. Zwei rote Krater spuckten Flammen wie zwei konkurrierende Feuerschlucker. Dann folgten Blitze nach, und diesen wiederum ohrenbetäubende Donnerschläge. Plötzlich das tosende Geräusch von Wasser, als würden die Flüsse aller Schluchten ihr Wasser gemeinsam ins Tal hinunterstürzen.

Beim ersten Sonnenstrahl ging Gaston Landes in die Stadt hinunter. Die meisten Bürger Saint-Pierres hatten sich an der Küste eingefunden. Man war perplex. Die ganze Bucht war übervoll von mitgerissenen Pflanzenteilen jeder Größe, die im Wasser schwammen. Und er dachte, Angelina würde sagen, das Wasser sei so schwarz wie die Seele eines sündigen Menschen. Und ebenso voller Trümmerteile.

Auf See: Mittwoch, 07. Mai

Gaston hatte Recht behalten. Die Vielzahl neuer Eindrücke war für Angelina wirklich überwältigend gewesen. Die Jungferninseln, die Bahamas, Jacksonville und Norfolk – all diese Häfen hatte das Schiff angesteuert und dort jeweils ein bis zwei Tage vor Anker gelegen, um Passagiere von Bord gehen zu lassen oder neue aufzunehmen. Diese kurzen Zeiträume hatten dann für eine willkommene Abwechslung auf ihrer dreiwöchigen Reise gesorgt, die Angelina außerdem gemäß dem Willen ihrer Mutter nutzen sollte, um ihren Horizont zu erweitern. Doch so weit ihr Horizont auch zu werden schien, dachte Angelina manchmal etwas wehmütig, Gaston vergessen konnte sie nicht. Hatte er wirklich angenommen, ihre neuen Erfahrungen könnten ihre Gefühle für ihn beeinflussen?

New York war nur noch wenige Tage weit weg, und sie entschied sich, seinen Brief endlich, endlich zu öffnen. Sie musste ein wenig lächeln, denn der Brief roch ebenso wie Gaston es getan hatte nach dem Zedernholz, aus dem das halbe Lyzeum gearbeitet war, und nach dem auch immer seine Anzüge durchdringend gerochen hatten. Er musste den Brief über Nacht in seiner Jackentasche verwahrt haben, so dass er jetzt noch diesen Duft aussandte. Angelina liebte ihn, so gewöhnungsbedürftig er auch war, und sog ihn aus dem dicht an ihre Nase gehaltenen Brief – wie bisher fast täglich seitdem sie auf dem Schiff war – tief in sich ein. Dann öffnete sie diesen rasch und las:

»Meine liebe, sehr verehrte Miss Hutton!

Nach unserem Abschied vorhin im Hotel, ist es mir ein Bedürfnis, Ihnen einen von mir gefassten Entschluss mitzuteilen.

Wie sehr habe ich während unserer ganzen gemeinsamen Zeit ihren Vater um die Pflicht beneidet, ihnen den Schutz und die Obhut zu gewähren, die Ihnen angesichts Ihrer Jugend und Unerfahrenheit zukommen!

Nach all den Jahren als Botaniker und den unzähligen Centifolien, die ich früher stets auf der Suche nach der Schönsten und Anmutigsten der Welt selbst vergebens zu züchten versucht hatte, fand ich nun, nach all den Jahren, was ich mir immer erträumt hatte.

Meine liebste Angelina, Sie sind so anmutig und schön wie eine Tau benetzte, rosa Rose, die sich erst halb geöffnet hat. Eine Rose, die man noch eine Weile hüten muss, damit sich ihr Duft und ihre Schönheit voll entfalten können. Ein Mann kann nicht anders, als tiefe Gefühle für Sie zu hegen, und es betrübt mich zutiefst, Sie aufgrund des hohen Maßes an Pflichten, die ich in Saint-Pierre habe, nicht begleiten zu können.

Darum bitte ich Sie, nachdem Sie nunmehr drei Wochen Zeit hatten, über alles nachzudenken, um ein Zeichen, ob sie meine tiefen Gefühle für Sie erwidern und setze Sie davon in Kenntnis, dass ich mich und meine über alle Maßen ehrenvollen Absichten zu einem späteren Zeitpunkt Ihrem Vater zu erklären gedenke. Denn ich bin fest entschlossen, seine Nachfolge anzutreten und diese Rose mit meinen Händen sachte zu umschließen, um ihre zarten Blütenblätter bis in alle Ewigkeit vor allen Stürmen des Lebens zu schützen.

In hoffnungsvoller Erwartung,

Ihr treu ergebener

Gaston Theodore Landes«

»Oh Mum, Gaston Landes liebt mich und möchte mich heiraten! Ist das nicht wunderbar?« rief sie aus.

Ihre Mutter sah sie an. Ihr Blick war ernst. »Du weißt, dass Du nächstes Frühjahr Richard Wellington heiraten wirst! Du selbst hast ihm dies versprochen!«

»Aber Mum, eine Verlobung ist noch keine endgültige Bindung, es gibt viele Leute, die ihre Verlobung wieder lösen!«

»Was für andere gilt, das gilt noch lange nicht für uns! Die Huttons halten ein einmal gegebenes Versprechen; dies gilt sogar für die kleinen scheinbar unbedeutenden Versprechen des Alltags und erst recht für die großen gesellschaftlichen!«

»Aber Mum, Gaston Landes ist ein Mann von allergrößter Bedeutung für die Insel, für Frankreich und angesichts seiner weitreichenden Forschungen vielleicht für die ganze Welt. Er ist im allerhöchsten Maße angesehen, hat Vermögen – zugegeben, er ist nicht so reich wie die Wellingtons – und lebt in einem wunderschönen Garten, der täglich ein wenig mehr wächst und gedeiht, seitdem er ihn verwaltet.«

»Kind, Du weißt, welche großartige Zukunft Dich an der Seite deines Verlobten erwarten wird, sowohl gesellschaftlich als auch familiär; er hat viele Geschwister, Deine Kinder werden also viele Spielgefährten bekommen, und seine Mutter wird Dir eine liebevolle Schwiegermutter sein. Soweit ich informiert bin, lebt der Professor völlig alleine, er hat keinerlei Familie am Ort, und Du würdest dort, fernab des Lebens, irgendwann vor Einsamkeit in Melancholie verfallen.«

»Ich liebe Gaston, Mutter!«

»Gaston!« Marie-Anne Hutton lachte hart auf. »Du weißt doch noch gar nicht, was Liebe ist! Dir kommt ein wenig Blütenstaub von seinem Blumenstrauß in die

Nase, rutscht in die Magengrube, und Du hältst es für Liebe! Mein Kind, alles, was Du, wenn überhaupt, sein kannst, ist ver-liebt und – das kannst Du mir glauben – Verliebtheit kommt und geht wie eine Influenza, man darf sie nicht allzu ernst nehmen!«

Angelina sah sie gekränkt an. »Aber natürlich weiß ich, was Liebe ist! Dich und Daddy habe ich doch auch lieb!«

»Aber das ist doch etwas ganz anderes! Nein wirklich, Du bist noch viel zu jung, um so etwas schon beurteilen zu können. Dass man sich nicht bereits nach derart wenigen Treffen für einen Mann entschieden haben kann, sollte Dir Dein Verstand eigentlich sagen! Was glaubst Du, weswegen wir eine so lange Verlobungszeit anberaumt haben? Ihr werdet genügend Zeit haben, Euch in aller Ruhe näher zu kommen! Und selbst wenn Du den Professor wirklich lieben würdest, würde für diese Liebe in Deinem Leben kein Platz sein. Das wirst Du spätestens merken, wenn wir wieder zuhause sind! Nein, mein Kind, Du brauchst eine lebendige Zukunft. Keinen alten Junggesellen, dessen bester Freund ein unkontrollierbarer Hund und dessen einziges Interesse die Perfektionierung von Überseekühlboxen zum Renommieren mit seinen »französischen« Neuzüchtungen ist.«

Angelina Hutton sagte einen Augenblick lang nichts. Sie bemühte sich, alle ihre Kräfte innerlich zusammenzuziehen, und ihre Stirn legte sich in einige steile Falten über ihrer Nase, was ein äußerst seltenes Ereignis war. Ihre Wangen waren stark gerötet und ihre Augen waren schwarz wie die aufgewühlte Tiefsee, wenn ein Hurrikane darüber hinweggefegt war.

»Mutter, wenn Du mich für in der Lage hältst, zu beurteilen, ob ich Richard Wellington liebe und ihn heiraten möchte, dann muss dies auch für alle anderen Männer auf der Welt gelten!« Sie hielt einen Augenblick inne und sammelte sich erneut.

Dann fuhr sie fort: »Mutter, Gaston tut mir so gut! Er versteht es, mir die Welt aus einem Blickwinkel zu zeigen, der bis jetzt für mich neu war. An seiner Seite erwartet mich vielleicht nicht die Großfamilie, aber dafür ein intellektuell hochinteressantes Leben! Du weißt, wie sehr mich schon immer alles begeistert hat, was Naturwissenschaften heißt! Wenn ich schon nicht auf die Universität gehen darf....«, sie stockte und sah ihre Mutter flehentlich an, damit sie endlich verstehen sollte, » ...Gaston ist ein international anerkannter Wissenschaftler, der auf der Insel hohes Ansehen genießt. ER wäre meine Universität! Und es ist mir auch ganz egal, ob er ein alter Junggeselle ist oder nicht. Er findet immer die rechten Worte, wenn ich nervös oder aufgeregt bin, und er liebt meinen Gesang und würde gerne Auftritte für mich organisieren. In seiner Gegenwart kann ich mich völlig frei fühlen, denn ich müsste mir sicherlich niemals Sorgen um irgendetwas machen. Und außerdem...«, ihr Blick bekam etwas schwärmerisches, »ich habe ihn einmal heimlich beobachtet – er sieht so männlich aus, wenn er mit hochgekrempelten Ärmeln in seinem Garten gräbt, und er ist so attraktiv, wenn er seinen Anzug trägt. Und ich kann nicht sagen, was besser für mich riecht: er selbst, sein Haus oder sein Garten. Selbst den Geruch seines von dir so verachteten »besten Freundes« liebe ich. Und außerdem hätte ich gar nicht das Gefühl so weit von euch beiden fort zu sein, denn er nimmt auf noch liebenswertere Weise Anteil an meinem Leben als du, Mutter, und ist dabei so sehr voller Festigkeit wie Vater manchmal etwas zu sehr voller gerechter Härte.«

»Aber ich bitte dich, Angelina, du kannst doch einen anderen Menschen nicht mit uns messen!«

»Doch das kann ich, denn ich werde mich nie wieder bei irgendeinem Menschen so sehr zuhause fühlen wie bei ihm, und wenn ich ihn nicht haben kann, dann will ich gar keinen Mann, dann werde ich Opernsängerin! Diesen Stahlfabrikanten heiraten werde ich jedenfalls nicht!«

Die Mutter schaute ihre Tochter mit großen Augen an. So eine feurige Rede und so eine in sich ruhende, angriffslustige Körperhaltung mit so hochroten Wangen schien sie bei ihrer sonst so pflegeleichten Tochter noch nie erlebt zu haben. Angelinas Augen spiegelten ihre neu erlangte Willenskraft wider, ihre ganze Gestalt gab Zeugnis der Unumstößlichkeit ihres Entschlusses.

Marie-Anne Hutton schien auf einmal zu begreifen, wie alt ihr Kind wirklich war, und dass dieses Mädchen inzwischen eine junge Frau war, die niemanden mehr brauchte, der sie an die Hand nahm. Ihre Gesichtszüge wurden weicher.

»Du liebst ihn, ich sehe es«, sagte sie mit wohlwollender Resignation in der Stimme und strich ihrer Tochter eine Haarsträhne aus dem heißen Gesicht. »Du wirst also Wellington Junior nicht heiraten.« Sie atmete tief durch und seufzte. »Dann müssen wir jetzt nur noch deinen Vater davon überzeugen.«

Und sie wussten beide, dass damit noch der größte Berg vor ihnen lag, den es zu versetzen galt.

»Aber wenn ich ehrlich bin, Kind ich freue mich für Dich! Ich habe noch nie viel von arrangierten Ehen gehalten. Weißt Du denn schon, was Du Deinem Gaston schreiben willst bis wir übermorgen in New York einlaufen?«

»Ob ich das weiß?! Aber natürlich weiß ich es, ich wusste es schon immer, schon seit unserem Abschied in Saint-Pierre! Wie könnte ich es denn nicht wissen – das viele Obst und die wunderschönen Blumen ... bedurfte es denn da noch eines Briefes?!«

Die Mutter war verblüfft. »Aber Du hast die Antwort noch nicht fertig, oder?« fragte sie lachend.

»Nein«, erwiderte Angelina ebenfalls mit einem Lachen »aber ich schreibe sie gleich, dann kann ich sie sofort Samstag abschicken!«

Fort-de-France, Mittwoch, 7. Mai, Vormittag

Louis Mouttet saß in seinem Amtssessel im *Hôtel du Gouverneur* und zündete sich eine Pfeife an, denn so konnte er am besten nachdenken. Er lehnte sich zurück und zog an ihr. Ein Schaudern überkam ihn noch immer, wenn er an die Leute in Le Prêcheur dachte. Keiner von ihnen hatte darüber nachgedacht, welche Konsequenzen das Stürmen des Schiffes hätte haben können. Solche Menschen besaßen keine Zurückhaltung, keine Vernunft, kein bisschen Rücksicht anderen gegenüber. Was er am Landungssteg des kleinen Fischerortes erlebt hatte, war vermutlich das, was in Saint-Pierre noch bevorstehen würde, kämen immer mehr Menschen in die Stadt, die nicht wussten wohin, und die möglicherweise auf die Idee kämen, jene Häuser zu besetzen, die verlassen worden waren.

Der Gouverneur zog erneut an seiner Pfeife. Es war die einzige Betätigung, die ihm im Augenblick ein Gefühl von Geborgenheit vermitteln konnte.

Janvier kam durch die offenstehende Tür herein. Da heute keine diskreten Gespräche stattfanden, waren alle Türen weit geöffnet, um die Hitze ein wenig durch den entstehenden Durchzug zu vertreiben.

»Sie haben endlich den Riss im Kabel bei Puerto Plata lokalisiert!« meldete er.

»Wurde er schon behoben?« wollte der Gouverneur wissen.

»Nein, Monsieur le Gouverneur. Man hat die Puyer Quertier erst vor einer halben Stunde ausgeschickt, das Kabel zu reparieren.«

Mouttet nahm erneut einen Zug.

Es gab auch Gerüchte, dass in Basse-Pointe aufgrund der seit gestern stark angestiegenen Fluten des *Rivière de Basse-Pointe* alle Telegrafenmaste niedergerissen, und einige Häuser weggespült worden wären. Und die Mündung des *Rivière Capot*, einem verhältnismäßig breiten Fluss im äußersten Nordosten, war heute angeblich voller toter oder bis zur Erstarrung betäubter Fische. Clerc hatte gut Reden mit seiner Idee der Evakuierung.

Lhuerre hatte ihm zugetragen, dass seit dem Vortag im ganzen Norden ein feiner, schwarzer Regen niedergehen würde, der so sehr voller Asche wäre, dass das Tragen von Regenschirmen eine Last sei. Wenn das so weiterginge, würden alle Menschen, die um den Vulkan herum lebten, irgendwann Zuflucht in Saint-Pierre suchen. Sollten sie die etwa alle nach Fort-de-France holen?

Mouttet dachte weiter nach. Die Spendengelder aus der Bevölkerung waren zwar inzwischen bei knapp 1000 Francs angelangt. Aber auch darüber hinaus musste etwas geschehen. Etwas, das ihm den Rücken nach oben freihalten würde, auf die selbe Weise wie es der *Conseil Sanitaire* getan hatte, und das sowohl vom unbelesensten Bürger verstanden, als auch vom belesensten akzeptiert wurde.

Der *Conseil Sanitaire* konnte ihm im Augenblick nur leider nicht helfen, ging es Louis Mouttet durch den Kopf. Was war es genau, das er wollte? Grundsätzlich waren die Leute in Saint-Pierre in größerer Sicherheit als an jedem anderen Ort der Insel. Die Stadt galt als unbrennbar, ein Erdbeben konnte ihr also kaum schaden. Sie lag auch so stark umgrenzt von den *Mornes*, dass Sturzfluten ihr nichts anhaben konnte. Außerdem hatte man den Leuten schon empfohlen, sich möglichst auf höhere Ebenen zu flüchten. Und vom Meer aus betrachtet, war bereits die Stadt selbst eine höhere Ebene, denn aufgrund ihrer Schräglage hatte die Flutwelle lediglich die Rue Bouillé getroffen, bevor sie wieder abgeebbt war. Er musste es unbedingt schaffen, die Leute zu beruhigen. Sie mussten wissen, dass sie an einem sicheren Ort waren. Aber ihm würde man dies nicht glauben, ebenso wenig, wie damals bei der Quarantäneverhängung. Trotz der Überzeugung, dass es richtig gewesen war, hatte er nicht einfach alleine die Quarantäne über die Schiffe verhängen können. Er bräuchte also eine Kommission! Eine wissenschaftliche Kommission! Eine Kommission, die aus lauter Männern bestand, deren Meinung von jedem auf der

Insel akzeptiert wurde. Männer, die ihm eine Rückversicherung geben würden, dass seine Politik die richtige
war. Nicht nur eine moralische Rückversicherung den
Einwohnern Martiniques gegenüber, sondern vor allem
auch eine juristische im Hinblick auf Paris.

Das Telefon läutete und Mouttet nahm ab. Es war
Bürgermeister Fouché.

»Monsieur le Gouverneur, Sie hatten mir Ihre Unterstützung zugesagt! Ich brauche dringend mehr Polizisten, die für Ruhe und Ordnung in der Stadt sorgen und
die Ausgabe der Nahrungsmittel überwachen! Die
Polizei ist fast nicht mehr in der Lage, sich gegen die
Menschenmassen durchzusetzen!« Er klang ungehalten.
»Und das ist noch nicht alles, Monsieur le Gouverneur,
heute morgen brach in der Stadt die absolute Panik aus,
als hunderte von Lanzenottern in die Stadt einfielen. Es
wurden viele Menschen gebissen, einige sind bereits
gestorben!«

»Ich verstehe das nicht«, antwortete Mouttet. »Ich
dachte immer, Lanzenottern seien nachtaktive Tiere?«

»Die Natur steht schon eine ganze Weile lang auf
dem Kopf, Monsieur le Gouverneur! Die Schlangen
wurden vermutlich durch die Beben von den Hängen
der Mornes vertrieben. Und sie lieben das Flachland
ohnehin mehr als die Berge!«

Louis Mouttet schüttelte sich. Er hasste Schlangen!
»Sind sie denn inzwischen beseitigt?« wollte er von
Fouché wissen.

»Ich denke schon, Monsieur le Gouverneur! Die
wenigen vorhandenen Soldaten haben ihr Bestes getan
– unter Einsatz ihres Lebens! Aber auch ohne Schlangen hat sich die Situation verschlimmert. Viele Explo-

sionen, unaufhörliches Grollen und eine große Rauchwolke, Monsieur le Gouverneur!«

Mouttet musste unweigerlich an einen Zeitungsarti-
kel denken. Darin hatte man sich einst darüber lustig
gemacht, dass eine Gesellschaft, die wie der *Cercle
Saint-Simon* vorgab, im Ganzen unparteiisch und unre-
ligiös zu sein, ein Gebäude gewählt hatte, an dessen
Fassade der ultraklerikale Satz eingraviert war: »Wenn
Gott nicht selbst unser Haus bewacht, ist es umsonst,
dass sein Wächter es beaufsichtigt!«

»Die einzige Gefahr, die also nach wie vor ganz
besonders zu bekämpfen ist, Monsieur le Maire, ist
diejenige, die von den Menschen selbst ausgeht!«
antwortete Mouttet daraufhin. Von denen, dachte er
sich, die aus Panik unbedachte Dinge taten, und von
denen, die die Notlage ihrer Mitmenschen ausnutzten.
Wer wollte, konnte gehen, aber wenn viele von denen,
die blieben, sich benahmen wie Verbrecher, dann mussten sie auch damit rechnen, dass in den Straßen
patrouilliert wurde wie in den Gängen von Gefängnis-
sen. Und die anderen, die breite Masse, müsste er beruhigen.

»Leider habe ich keine Polizisten übrig, die ich Ihnen
zur Verfügung stellen könnte«, fuhr er fort. Aber ich
werde Order geben, dass sofort morgen früh dreißig
Soldaten und ein Leutnant in die Stadt kommen
werden! Außerdem werde ich mit Artillerieleutnant
Gerbault und anderen, die ich als wissenschaftliche
Kommission einsetzen werde, persönlich noch heute
vorbeikommen. Ich werde auch Madame Mouttet
mitbringen und die anderen Herren ebenfalls bitten, ihre
Gattinnen mitzubringen! Das dürfte die Panik der Leute
schon ein wenig beschwichtigen! Ich denke, wir werden

bereits am mittleren Nachmittag hier loskommen! Und noch eines, Monsieur le Maire – bitte informieren Sie die Professoren Landes und Doze, dass ich sie um siebzehn Uhr in der Intendanz erwarte!«

»Dann kommen wir wenigstens nicht in zeitliche Bedrängnis wegen des Banketts!« freute sich Fouché.

Ach so, das jährliche Bankett Fouchés! Seitdem Saint-Pierre völlig voller Asche begraben lag war Mouttet stillschweigend davon ausgegangen, dass es entfiele.

»Ich bezweifle, Monsieur le Maire, dass es der richtige Zeitpunkt für ein Festessen ist!«

»Aber es ist ein traditionelles Bankett, das mir zu Ehren jedes Jahr abgehalten wurde, seitdem ich Bürgermeister bin! Es kann nicht einfach abgesagt werden! Ganz besonders nicht, weil der Gemeinderat extra ein Orchester aus Guadeloupe hat kommen lassen, das schon angekommen ist, und das wegen des morgigen Feiertages sogar bis Freitag morgen bleiben wird!« Fouché war außer sich.

»Ich fürchte, wir werden darauf keine Rücksicht nehmen können«, antwortete der Gouverneur.

»Und bedenken Sie nur, Monsieur le Gouverneur, alle eingeladenen Damen werden sich ebenso wie meine Frau schon darauf gefreut haben, ihre glänzendsten Toiletten zu tragen! Das Hotel hat schon die besten und teuersten Lebensmittel aus dem Süden liefern lassen, und Sie wissen, wie exzellent die Küche des Au Pied du Mur ist!«

Es ekelte Mouttet bereits die Vorstellung, inmitten dieses Drecks essen zu müssen. Und das, obwohl er leidenschaftlich gerne aß. Und Fouché glaubte doch wohl nicht im Ernst, er würde seinen besten Frack ausgerechnet in Saint-Pierre tragen!

Fouché fuhr fort: »Und zuguterletzt habe ich überall im Speisesaal große Fächer anbringen lassen und Personal besorgt, das ausschließlich dazu da ist, diese Fächer zu bedienen und den Staub von den Tischtüchern zu kehren!« Fouchés Stimme war durchzogen von dem dringlichen Versuch, Mouttets Meinung zu ändern.

»Ich muss zugeben, Monsieur le Maire, auch ich habe mich schon seit einiger Zeit auf diesen Tag gefreut! Sie wissen sicherlich, wie sehr ich Musik, Tanz und ganz besonders ein üppiges Bankett liebe! Aber es ist eindeutig zu früh dafür! Und ich denke, dass es außerdem auch noch gefährlich werden könnte! Es könnte leicht passieren, dass die Menschen, die hungrig auf den Straßen herumsitzen, aus Neid aggressiv werden. Nein, glauben Sie mir, Monsieur, es gibt einen besseren Zeitpunkt für Ihr Fest als den gegenwärtigen! Vielleicht wird die Zusage über die 5.000 Francs noch heute kommen, dann könnten wir den Leuten morgen zum Feiertag Extrarationen ausgeben. Zusammen mit den patrouillierenden Soldaten würden diese Umstände dann eine gute Voraussetzung darstellen, um Ihr Bankett vielleicht schon am Himmelfahrtstag stattfinden zu lassen!« Mit diesem Angebot, an das er selbst nicht so ganz glauben konnte, beendete Mouttet das Telefonat.

»Janvier!« Louis Mouttet lief zur Treppe und rief hinunter. Er hatte schon mit Fouché viel zu viel Zeit verloren. »Janvier, Diktat!« Mouttet ging zurück in sein Büro.

Janvier trat kurz darauf ein und begab sich zum Pult.

»An den Marineminister, Janvier! Schreiben Sie: Situation immer noch beunruhigend. Ich habe die Ehre, Sie zu bitten, mir dringend die Suchet zur Verfügung zu stellen, zur Zeit an der Reede, um mich an die gefährdeten und bedrohten Orte zu bringen. Mouttet. Wenn Sie das haben, Janvier, sorgen Sie dafür, dass das Telegramm unverzüglich«, seine Stimme wurde ein wenig lauter und er sagte erneut, jede Silbe betonend, »unverzüglich aufgegeben wird. Auch, wenn Sie dafür Ihre Mittagspause opfern müssen!«

Janvier spritzte aus dem Zimmer.

Dann holte sich Gouverneur Mouttet ein – abgesehen von den Vordrucken – unbeschriebenes Blatt aus der Schreibtischschublade. Er steckte es in die Schreibmaschine, ohne die er noch nie hatte sein wollen, und schrieb zum ersten Mal seit Jahren wieder selbst. Dann betrachtete er das von ihm erstellte Schriftstück.

Gouvernement

de

LA MARTINIQUE

RÉPUBLIQUE
FRANCAISE
LIBERTÉ
ÉGALITÉ FRATERNITÉ

Der Gouverneur von Martinique, der sich nach Saint-Pierre und in den Norden der Insel begibt,
DELEGIERT
seine Unterzeichnungsbefugnis an
Monsieur le Secrétaire Général
LHUERRE,
um Nachforschungen anzustellen.

Fort-de-France, 7. Mai 1902   Gezeichnet...

Anschließend unterschrieb Gouverneur Louis Mouttet das Dokument. Seine Unterschrift bestand aus einem sehr großen, steifen, alles überragenden »L«, gefolgt von einem dreiviertelgroßen »M«, dessen schwungvoller Ausläufer die kommenden, wesentlich kleineren Buchstaben unterstrich. Eine Unterschrift, die derart schlecht auf eine Linie gepasst hätte, dass Hélène ihn einmal damit aufgezogen hatte, seine Unterschrift würde auf der Erde beginnen und im Himmel enden.

So, dies war das Letzte gewesen, was es für ihn in Fort-de-France zu tun gegeben hatte. Die Kopie für Paris könnten die jungen Angestellten im Büro machen und vom Kabinettschef beglaubigen lassen.

Gouverneur Mouttet lehnte sich zurück. Zweimal hatte er schon seine Unterschriftsbefugnis delegiert, erinnerte er sich. An der Elfenbeinküste im April 1898 und in Cayenne im April 1901, wobei er jedes Mal sogar den Generalsekretär als Interim eingesetzt hatte, weil er sich aus gesundheitlichen Gründen kurz darauf Richtung Frankreich eingeschifft hatte. Er fühlte wie es in seinem Kopf ganz schwarz wurde. Er hatte riesigen Hunger. Jetzt würde er erst einmal das dunkle Loch in sich mit den Freuden kulinarischer Genüsse auffüllen gehen.

Fort-de-France, 7. Mai, Mittag

Das Mittagessen, das Gouverneur Mouttet ausnahmsweise in *Bel Air* eingenommen hatte, war beendet. Nachdem die Kinder davon gestürmt waren, befanden sich jetzt nur noch er und Hélène im Esszimmer. Es war ein kurzer Moment der Entspannung gewesen, und er fühlte, wie ihn das gute Essen gestärkt hatte. Er war in letzter Zeit kaum noch zuhause gewesen, fiel ihm auf, und wenn, dann hatte er keine Zeit für seine Frau gehabt oder war zu erschöpft gewesen. Wer weiß, ob es nicht noch Wochen dauern würde, bis wieder normale Zustände auf der Insel eintreten würden. Louis Mouttet sah auf die Uhr. Es war noch Zeit. Dann ging er zur Tür, schloss sie ab, drehte sich um und sah Hélène an.

Sein Gesichtsausdruck änderte sich von einer Sekunde auf die andere – er wurde ernst und sah sie offensichtlich zu irgendetwas anderem inspiriert an.

Seine Frau stellte die letzten Geschirrteile ihres kostbaren, wunderschönen Services – ein Hochzeitsgeschenk voller Clematisblüten aus einer berühmten Manufakturen, die sich in einem Ort zwischen Paris und Orléon befand – wieder auf den Tisch und ging mit schwingenden Hüften auf ihn zu, das Kleid mit beiden Händen ein wenig angehoben. Dann blieb sie in ungefähr zwei Metern Abstand zu ihm stehen und sah ihm mit einem Blick in die Augen, wie es nicht einmal Sarah Bernard tiefer und magnetischer hätte tun können.

Er lächelte sie lustvoll-ernst an. Ihrer beider Leidenschaft flammte urplötzlich auf, und ihre Hüften zogen sich unwillkürlich zu ihm hin, so dass sie wie an unsichtbaren Seilen hängend zu ihm hin getragen wurden. Er nahm sie in den Arm und musste lachen.

»Wieso lachst du?« flüsterte sie stockend.

Hélène hatte es ihm ins Ohr geflüstert, wobei ihre linke Hand zärtlich seinen Nacken streichelte, während sie die rechte langsam tiefer gleiten ließ. Dann leckte sie zärtlich sein Ohrläppchen und knabberte daran, wobei sie eigentlich gar keine Lust zu haben schien, auf eine Antwort zu warten.

»Du schmeckst heute ganz besonders gut!« flüsterte Louis Mouttet ihr lachend ins Ohr und dachte daran, wie frivol sich diese seine Gefährtin in einer ungezwungenen Atmosphäre verhalten konnte. »Nach Blanc Manger!«

Er legte seine Arme mit einer Festigkeit eines starken Bandes um sie, dem sie nur gewaltsam hätte entrinnen können, und zog sie an sich. Dann bewegten sie sich wieder in die Raummitte hinein, und seine Hüften drückten die ihren gegen den großen Esstisch, der hinter ihr stand. Sie stöhnte lustvoll auf. Er genoss das Bewusstsein, dass er es noch immer schaffte, ihr nach all den vielen Ehejahren den Atem zu rauben.

»Hat das Personal heute Ausgang?« flüsterte er zärtlich und atmete schwer, während er mit einer Hand den Rock ihres Kleides hob, wobei er seine Hand über ihr Bein nach oben gleiten ließ.

»Sie arbeiten um diese Zeit nicht mehr auf dieser Etage«, entgegnete sie, ebenfalls flüsternd.

Louis Mouttet hob seine Frau hoch, setzte sie auf den Tisch und fuhr ihr liebkosend über den Hinterkopf.

Dann schob er mit der einen Hand die wenigen allerletzten Geschirrteile zur Seite und hob mit der anderen ihre Röcke – um endlich seinen immensen Appetit auf sie stillen zu können.

Eine Stunde später hatte Gouverneur Mouttet seine blaue, goldverbrämte Gouverneursuniform, die er für dunkel genug hielt, um dem blau-grauen Vulkanstaub standzuhalten und für gut genug, um jedem Anlass gerecht zu werden, gerade angezogen, als von Süden kommend ein gewaltiges Donnerhallen zu hören war. Die Hausangestellten rannten aus dem Gebäude, ebenso wie er und Hélène, um zu sehen, was los war. Alle waren ratlos, denn der Vulkan konnte es nicht gewesen sein, da er sich im Norden befand.

Zwanzig Minuten später kam ein Anruf von Lhuerre. Der Soufrière auf St. Vincent war über hundert Kilometer entfernt ausgebrochen.

Saint-Pierre, 7. Mai, Nachmittag

Schlag vier Uhr hatten sich Gouverneur Mouttet und seine Frau Hélène mit einigen der von ihm ernannten Mitgliedern der Kommission am Hafen von Fort-de-France getroffen. Ingenieur Léonce und Artillerieleutnant Gerbault, der der Bitte Mouttets nachgekommen war, seine Frau mitzubringen, waren gekommen. Major Mirville, Apotheker bei den Kolonialtruppen, hatte sich entschuldigen lassen, was Mouttet noch immer sehr verärgerte. Er hätte zu gerne mit Mirville die Wirkung stark schwefelhaltiger Luft auf die menschliche Gesundheit diskutiert. Aber wenigstens waren sein Privatrat Jules Husson, der Direktor der Kabelgesellschaft Jallabert und der Direktor des Steuerbüros Dubois seiner Aufforderung nachgekommen und nun bei ihm in Saint-Pierre.

Bei ihrer Ankunft um siebzehn Uhr sah die Stadt noch dunkler aus als die Tage zuvor. Die Plätze an der Küste waren schwarz von Regenschirmen, die Straßen schwarz von Menschen.

Sie wurden schon von Bürgermeister Fouché erwartet. Auch er trug – wie inzwischen auch die ganze ankommende Gruppe – einen Regenschirm, was ihm allerdings nur wenig nützte. Sein ganzer Anzug war von den Schultern abwärts schmutzig. Er war noch immer etwas verschnupft wegen des abgesagten Banketts, aber angesichts der Stimmung in der Stadt fiel dies nicht weiter auf. Innerhalb eines Tages hatte sie von Panik zu tranceartiger Lethargie gewechselt.

Die Gruppe war die Rue Bouillé nach Norden Richtung Intendanz gegangen und im Begriff die breite Verbindungstreppe zur Rue Victor Hugo hinaufzugehen, als sie die Schreie vieler Menschen vom Ufer her kommen hörten. Das Ehepaar Mouttet und die anderen drehten sich um und sahen die Leute vom Ufer weg und aus der Rue Bouillé heraus fliehen. Eine zweite, ebenso mächtige Flutwelle wie die erste zwei Tage zuvor, rollte von Süden kommend die Küstenlinie hinauf. Das Wasser blieb einige Minuten, dann zog es sich wieder zurück. Nachdem das Spektakel vorbei war, begab sich die Gruppe weiter zur Intendanz, wo Gouverneur Mouttet die restlichen beiden Herren der Kommission erwartete.

Nachdem diese unter dem Vorsitz des Gouverneurs drei Stunden beraten hatte, während derer kaum ein neuer Blickwinkel erörtert worden war, trennten sich wieder ihre Wege. Man hatte ausgiebig die topographischen Karten studiert, die Professor Landes aus dem *Lycée* mitgebracht hatte, und war zu der Erkenntnis gekommen, dass die Lava wegen der Lage der Täler Saint-Pierre unmöglich bedrohen könnte. Artillerieleutnant Gerbault hatte keinerlei Gefahr darin gesehen, dass riesige Felsbrocken mit immenser Geschwindigkeit aus dem Vulkan geschleudert wurden, denn sie flogen letztlich niemals horizontal, und Ingenieur Léonce hatte bestätigt, dass die Dächer die stabilsten der Insel waren, aber die kleinen Brücken nicht unbedingt einem Exodus von knapp dreißigtausend Menschen standhalten würden.

Im Grunde war es das perfekte Treffen gewesen, um die Menschen in der Stadt zu beruhigen. Louis Mouttet war sehr zufrieden. Der Gouverneur blieb noch eine Weile in der Intendanz, von wo aus er noch einmal Generalsekretär Lhuerre anrief.

»Um fünf Uhr traf eine gewaltige Flutwelle unsere Stadt, Monsieur le Gouverneur!« Lhuerre schien noch immer etwas durcheinander. »Die ganze Stadt wurde überflutet, die Leute standen hüfthoch im Wasser, wenn sie nicht sogar ertrunken sind. Das Wasser blieb fünf Minuten, dann hat es sich wieder zurückgezogen. Das wäre das Unglaublichste gewesen, was Sie jemals gesehen hätten, Monsieur le Gouverneur!«

»Ich habe es gesehen, mein lieber George! Die Welle kam auch bei uns an, wenn auch nicht mit so verheerenden Folgen wie in Fort-de-France. Saint-Pierres Erbauern sei Dank!«

Und zum Glück hatte es in den Straßen der Verwaltungshauptstadt keine herum sitzenden Flüchtlinge gegeben!

»Die Leute hier sind fast erleichtert über den Vulkanausbruch, obwohl vermutlich kaum einer keine nassen Füße bekommen hat«, erzählte Lhuerre.

Louis Mouttet gab ihm Recht. »Man sagt auch hier, durch die unterirdische Verbindung der beiden Vulkane hätte sich wahrscheinlich der Druck in Pelée abgebaut. Professor Landes ist sich da noch nicht so sicher, er meint, die nächsten Tage würden es erst zeigen. Ich kann es mir jedenfalls gut vorstellen!« Er hielt eine Sekunde inne. Dann fuhr er fort: »Haben wir endlich etwas aus Paris gehört, George?«

»Nichts, Monsieur le Gouverneur!«

»Dann werde ich mir überlegen müssen, ob ich mich wieder anders behelfe. Es ist wirklich ein Skandal, dass man nicht die Suchet in meinen Dienst stellt!«

Sie verabredeten, dass Mouttet sofort am nächsten Morgen ein Telegramm mit dem offiziellen Kommissionsergebnis schicken würde. Man hatte dafür gesorgt, dass die Telegrafenämter eine Stunde früher öffnen würden als gewöhnlich.

Als Gouverneur Mouttet die Intendanz dann endlich verließ, schlug die *Eglise du Centre* gerade neun. Er war sehr müde, aber glücklicherweise musste er nur schräg über die Straße ins *Au Pied du Mur* gehen. Louis Mouttet hatte gerade die Straßenseite gewechselt, als ihm vor dem Justizpalast der Polizeipräsident begegnete. Sie plauderten ein wenig vor der breiten, zu drei großen Portalen führenden Treppe, und Gouverneur Mouttet wollte sich gerade wieder verabschieden, als zwei Polizisten ankamen. Sie berichteten, Sylbaris habe sich gestellt. Louis Mouttet vernahm diese Nachricht nicht ohne eine gewisse Genugtuung. Seine Taktik, verbreiten zu lassen, man würde Sylbaris unter Mordanklage stellen, falls er nicht zurückkäme, hatte ihre Wirkung nicht verfehlt!

»Er hat kalt-nasse Hände«, sagte einer der Polizisten, an den Polizeipräsidenten gerichtet.

»Malaria?« wollte Mouttet daraufhin wissen.

»Nein, Monsieur le Gouverneur, nur stark überhöhter Rumkonsum.« Der Polizeipräsident grinste.

»Was sollen wir jetzt mit dem Mann machen, Monsieur le Président?« wollte der Polizist wieder wissen. »Sie hatten um Rücksprache gebeten!«

»Was meinen Sie, Monsieur le Gouverneur?« gab der Präsident die Frage weiter.

»Eine Alkoholvergiftung erfordert einerseits Aufsicht, aber andererseits können wir ihn nicht zu den übrigen Gefangenen stecken – sie würden an ihm Rache nehmen.« Louis Mouttet dachte nach. Der Innenhof des Gefängnisses war ein abgeschiedener, sicherer Ort, von vielen dicken Mauern umgeben, überdacht und durch Stacheldraht – die Stacheln waren zehn Zentimeter lang – zusätzlich gesichert.

»Bringen Sie ihn in den Kerker im Innenhof des Gefängnisses!« Es gab noch zwei weitere dieser kleinen, aus mittelalterlich anmutenden Steinen gebauten Isolationszellen. »Und postieren Sie eine Wache vor seine Tür! Sie soll regelmäßig nach ihm sehen, aber ich denke, er wird ohnehin bis Freitag brauchen, um seinen Rausch auszuschlafen!«

Dann musste Louis Mouttet lachen, und auch die anderen fielen in sein Lachen mit ein, als er ihnen seine Gedanken offenbarte: Sylbaris würde voraussichtlich der einzige sein, der Himmelfahrt nicht miterleben würde.

Saint-Pierre, Donnerstag, 8. Mai, Himmelfahrtstag, am frühen Morgen

Louis Mouttet hatte tief und fest geschlafen, obwohl um 4 Uhr ein Gewitter die Stadt geweckt hatte, und heftigste Regengüsse auf ihr niedergegangen waren. Als er gegen sechs Uhr erwachte, wagte Hélène es sogar, ein Fenster wieder von seiner Notverschleierung zu befreien und Luft hereinzulassen. Das Wetter machte dem Himmelfahrtstag alle Ehre. Strahlender Sonnenschein begrüßte die festlich gekleidete Stadt, der Himmel war zum ersten Mal seit langem wieder sichtbar, und der Staub zumindest für den Augenblick aus der Atmosphäre und von den Häusern und Palmen gespült.

Aus seinem Hotelzimmer konnte Gouverneur Mouttet sehen, wie die ersten Menschenmassen in Richtung der Kirchen strömten, um den Frühmessen beizuwohnen. Während Hélène sich noch für die Achtuhrmesse zurechtmachen wollte und im Hotel blieb, begab sich Louis Mouttet nach einem gemeinsamen Kaffee zum Telegrafenamt, wo ihn auch noch einmal Gerbault erwartete. Auf dem Weg dorthin begegnete er den ersten Ankömmlingen der Fähre aus Le Prêcheur. Er konnte im Vorbeigehen die Nachricht aufschnappen, dass eine Schlammlawine den südlichen Teil des Ortes getroffen hätte. Er müsste sich heute unbedingt noch einmal die Gegend dort ansehen.

Es war kurz nach sieben, als Gouverneur Louis Mouttet dem Beamten auf dem Telegrafenamt das Ergebnis des vorherigen Abend diktieren konnte:

»Nach Überprüfung der vorliegenden Fakten, die sich seit Beginn der Eruption sukzessive ergeben hatten, ist die Kommission zu folgendem Schluss gekommen:

1. Alle Phänomene, die bis zum heutigen Tage produziert wurden, haben nichts anomales. Im Gegenteil sind sie Anzeichen von Phänomenen, wie sie bei allen Vulkanen zu beobachten sind.

2. Der Vulkankrater hat sich weit geöffnet, der Ausstoß von Dampf und Schlamm wird weitergehen wie bisher, ohne Erdbeben oder den Auswurf von Felsbrocken hervorzurufen.

3. Die zahlreichen Detonationen, die ständig zu hören sind, werden durch Dampfexplosionen verursacht, die im Krater lokalisiert wurden, und die nicht im geringsten Schuld am Einsturz des Gebietes sind.

4. Die Lawinen aus Schlamm und heißem Wasser wurden im Tal des Rivière Blanche lokalisiert.

5. Die Lage der Krater hinsichtlich der Täler, die zum Meer verlaufen, erlaubt die Versicherung, dass Saint-Pierre völlig sicher ist.

6. Das schwarze Wasser, das durch den Rivière des Pères und andere fließt, hat seine gewöhnliche Temperatur behalten und muss seine anormale Farbe von der mitgeführten Asche haben.

Die Kommission wird weiterhin aufmerksam alle weiteren Phänomene beobachten, und sie hält die Bevölkerung auf dem Laufenden über die kleinsten gemachten Beobachtungen.«

Als Gouverneur Louis Mouttet mit Leutnant Gerbault das Telegrafenamt wieder verließ, war er sehr erleichtert. Sein bürokratisches Pflichtprogramm hatte er für heute beendet. Der schlimmste Teil der Verantwortung war von seinen Schultern genommen. Den restlichen Feiertag würde er möglichst genießen. Nach dem Mittagessen mit dem Bürgermeister würden er und Hélène noch einmal segeln gehen. Fouché hatte stolz verkündet, es würde *Homard aux feux éternels* geben und *Cuisses de nymphe à l'aurore*, zwei Gerichte, die sein Koch vom berühmten Auguste Escoffier nach-kochen würde. Louis Mouttet sah über die Bucht, in die gerade die *Roddam* einlief, hinaus aufs Meer. Am west-lichen Horizont stand ein Regenbogen. Er freute sich. Die Luft dort draußen musste so klar und rein sein, dass er sie förmlich riechen konnte. Sie würden einen weiten Bogen segeln, bevor sie sich wieder ins unvermeidbare Dunkel begaben.

Saint-Pierre, 8. Mai, gegen 8 Uhr

Als Béatrice Douce am Morgen des Himmelfahrtstages mit Arsène aus ihrer Tür trat, wurde sie von weichem, weißen Licht begrüßt, das eine saubergewaschene Stadt durchflutete. Zur Achtuhrmesse in der *Eglise du Centre* würde sie gerade richtig komme. Diese Kirche war ihr heute lieber als diejenige vor ihrer Tür, da es dort mehr bedeutende Leute zu sehen geben würde. Suzanne hatte sie erlaubt, spielen zu gehen, sie war noch zu klein für die Kirche.

Madame Douce fühlte sich so wohl in ihrer Haut wie schon lange nicht mehr. Zugegeben, die Nacht war unruhig gewesen, dachte sie, aber lieber ein schnarchender Vulkan als ein schnarchender Ehemann. Eine Nacht, die schon gut begonnen hatte, denn sie hatte zum ersten Mal in ihrem Leben *Les Colonies* am Abend lesen können! Wie sehr sie das fühlte, was gestern Abend darin gestanden hatte! Warum verlassen so viele die Stadt? Gibt es einen besseren Platz als Saint-Pierre? Und wo war es besser als bei ihr zuhause!

Und auch Aimées widerspenstiges Gesicht musste sie heute nicht mehr ansehen, dachte sie voller Zufriedenheit. Sie hatte sie wie beschlossen mit einem Brief an ihre Cousine im Gepäck nach Guadeloupe eingeschifft.

Die Stadt war heute voller fein gekleideter Leute, die ihren teuersten Schmuck trugen, und es kamen sogar noch von auswärts Menschen in die Stadt, nur um den Feiertag in Saint-Pierre zu begehen. Es würde ohne Zweifel ein wundervoller Tag werden.

Madame Douce dachte wieder an den Kirchgang, der vor ihr lag, denn die Glocken hatten zu läuten begonnen. Irgendwie hatte sich ihr Klang verändert, fand sie. Statt hell und freundlich wie früher, klangen sie jetzt dumpf und dröhnend, als wollten sie den Jüngsten Tag einläuten. Dummes Zeug, schalt sie sich. Sie waren bloß schmutzig.

Béatrice Douce war sich sicher, es würde heute eine erfreulichere Predigt geben als die der letzten Tage. Immerhin war heute Christi Himmelfahrt! Welche Worte hatte der Pfarrer bei ihrem letzten Kirchgang zitiert? Jeremia 30, 23: *Siehe, es wird ein Wetter des Herrn kommen voller Grimm, ein schreckliches Unwetter wird auf dem Kopf der Gottlosen niedergehen. Des*

Herrn grimmiger Zorn wird nicht ablassen, bis er tue und ausrichte, was er im Sinn hat; zur letzten Zeit werdet ihr es erkennen.

Auch Doktor Fleurisson hatte diese Predigt gehört und sofort seine Familie weggebracht. Als wenn die Bibel sich auf die Gegenwart bezöge!

Béatrice Douce war gerade dabei, mit ihrem Sohn die Rue Victor Hugo zu verlassen, um in Richtung *Eglise du Centre* abzubiegen, als drei ohrenbetäubend scharfe Explosionen sie herumfahren ließen. Eine riesige grau-gelb-violette Wolke wälzte sich *La Montagne* herunter. Kaum hatte Madame Douce sie gesehen, war sie in einem Tal verschwunden, um sofort wieder auf dem Hügel zu erscheinen. Diese Wolke besaß das Tempo eines Hurrikans!

Béatrice Douce bekam Angst. Die Menschen auf den Straßen begannen zu rufen: »Der Berg kommt! Der Berg kommt! Lauft um Euer Leben!« Auch die anderen Leute hatten das Ereignis beobachtet und ein Aufschrei des Entsetzens erschütterte die ganze Stadt.

Madame Douce stand noch immer da und konnte sich nicht rühren. Die Wolke hatte den zweiten Hügel erreicht – jetzt war sie an der Stadt angelangt. Sie hörte das Bersten der Gebäude, die ratternd umfielen als seien sie nur architektonische Modellbauten, die ein spielendes Kind umpustete, begleitet vom schneidend-scharfen Klirren der Fenster und dem ohrenbetäuben-den Explodieren der Rumraffinerien.

Während die ganze Stadt zu laufen begonnen hatte, war ihr lediglich vor Erstaunen der Mund offen stehen geblieben. Solange, bis sich nur einen Moment später glühend heiße Luft mit todbringender Wirkung ihren Weg in ihr Lungen bahnte.

Morne Étoile, 8. Mai, gegen 8 Uhr

Pauline hatte sich entschieden, heute einen anderen Weg in die Stadt zu gehen. Sie hatte nicht nur Gepäck dabei, sondern auch noch ihre Kinder und wollte diesen nicht zumuten, durch Berge von Asche zu laufen. Daher bog sie nach einigen hundert Metern, die sie von Morne Rouge in Richtung Saint-Pierres gegangen war, nach Süden ab. Sie würde mit ihren Kindern über Parnasse und den Morne Etoile in die Stadt kommen.

René hatte ihr Nachricht zukommen lassen, er würde mit der selben Fähre nach Saint-Pierre kommen, die auch die vom Gouverneur gesandten Truppen nehmen würden, und sie solle mit ihrem Gepäck zu ihm an die Anlegestelle kommen. Eine genaue Zeit hatte er ihr noch nicht sagen können, aber er wusste, er würde um acht Uhr herum ankommen. Erst einmal wollte er sich ein paar Aufzeichnungen über das festliche Saint-Pierre machen, dann könnten sie alle gemeinsam nach Fort-de-France zurückfahren. Es war also von geringer Bedeutung, ob sie eine halbe Stunde früher oder später in Saint-Pierre eintreffen würde.

Pauline war am Morgen so nervös gewesen, dass sie kaum fähig gewesen war, sich vor der Frühmesse zurechtzumachen. Schmuck besaß sie nur wenig, nichts außer einem breiten goldenen Armreif und ein paar Kreolen. Und dazu eine Kette mit einem Anhänger in Form eines Sonnengeflechts. Aber die Entscheidung, welches ihrer zwei Festtagskleider sie anziehen und welches zusammenpacken sollte, fiel ihr wirklich nicht leicht. Sollte sie einen weißen, volantverzierten Rock mit einer ebensolchen Bluse tragen, über die dann noch ein großes Tuch aus rot-gestreiftem Madras käme, das sie sich als Dreieck über die Schultern legen würde, und ein Rock über den Unterrock aus dem selben Stoff? Oder doch lieber einen langen, gelben, glänzenden Unterrock mit einem Kleid aus veilchenblauem Stoff darüber, das mit lila Rosen bedruckt war und einem zum Unterrock passenden Tuch über die Schultern?

Pauline hatte daran denken müssen, wie René ihr einmal Veilchengelee mitgebracht hatte, und dass er dies mit den Worten tat, Veilchen seien das Liebessymbol zwischen Napoleon und Joséphine gewesen. Und sie, Pauline, sei seine Königin. Sie musste nicht mehr lange überlegen und entschied sich für das »Veilchenkleid«. Wenig später hatte sie sich einen *Tête chaudière* auf den Kopf gewunden, die knotenlose Kopfbedeckung, die an Feiertagen angemessen war, und war endlich fertig gewesen.

Nachdem sie mit ihren Kindern eine dreiviertel Stunde gelaufen war und gerade das Wohnhaus Fernand Clercs passiert und die Anhöhe des Morne Etoile erreicht hatte, lenkten plötzlich drei gewaltige Explosionen ihre ganze Aufmerksamkeit auf den Vulkan. Pauline schätzte, dass es kurz vor acht Uhr sein musste. Weit oben aus Pelées Südwesthang kam eine grau-weiße Aschewolke hinab gerast, unmittelbar auf Saint-Pierre zu. Es sah aus, als hätte jemand aus einer riesigen Schießscharte eine Kanone in gerader Linie auf die Stadt abgefeuert.

Sich in sicherer Entfernung wähnend, stellte Pauline ihr Gepäck ab und nahm ihre Kinder an die Hand.

Die Wolke raste über die Hügel, die die zwei Täler zwischen Pelée und Saint-Pierre umgaben, und ließ dann unter dem brüllenden Lärm einer sich öffnenden

Hölle eine Häuserreihe der Stadt nach der anderen unter
ihrer weißglühenden Decke verschwinden, um anschließend noch einen halben Kilometer lang vom Meer
Besitz zu ergreifen.

Pauline hatte kaum Zeit, angesichts der Schnelligkeit
des Geschehens, Angst zu entwickeln.

Die Menschen, die Pauline von ihrem Standort aus
sehen konnte, fielen sofort tödlich getroffen um.

Überall, wo die Wolke die Stadt überrollt hatte, zog
sie eine Schleppe aus Feuer hinter sich her. Alle Häuser
standen in Flammen, es schien keinen Ort zu geben, der
nicht vom Feuer ergriffen wurde. Dann, jedesmal kurz
nachdem die Feuerschleppe ein Gebiet gestreift hatte,
begann ein regelrechtes Feuerwerk an Explosionen.
Pauline konnte in der Ferne riesige Becken in Flammen
aufgehen sehen – die Rumdestillerie Dépaz wie sie
wusste. Alle am Strand lagernden Rumfässer barsten,
ebenso wie diejenigen in den Lagern, und auslaufender
Rum ließ die Straßen zu einem fließenden Inferno
werden. Am südlichen Ende Saint-Pierres – im Mouillage-Viertel bei einer anderen Destillerie – gab es plötzlich eine riesige Feuersäule, die mehrere hundert Meter
in den Himmel stieg.

Aber nicht nur die Stadt hatte es getroffen. Die Wolke
hatte fast alle in der Bucht liegenden Schiffe vollständig
überrollt und in Flammen aufgehen lassen. Pauline
konnte sehen, wie Männer von Bord sprangen, hinein in
die heiß-brodelnde See. Die ersten Schiffe begannen
bereits zu sinken. Jetzt überkam Pauline Angst.
Schreckliche Angst. Sie fing an zu schluchzen. René,
dachte sie verzweifelt. Mein René!

Dann konnte sie sehen, wie eine riesige Wolke aus
Staub und Asche die Hügel hoch raste und auf sie und

ihre Kinder zukam. Ein schrecklicher Sturm brach los, der die Blätter von den Bäumen riss, und Pauline konnte hören wie die Äste der Bäume brachen. Einige Sekunden später war sie umfangen von tiefster Nacht. Anschließend begann ein Regen aus heißem Schlamm und kleinen Steinen auf sie niederzuprasseln, gegen den sie sich und ihre Kinder kaum zu schützen wusste. Die Luft war so heiß, dass es ihnen fast nicht mehr möglich war, zu atmen. Diese hässlich-graue Staubwolke hatte ihr die Dunkelheit gebracht, dachte Pauline. Würde sie ihnen gleich ebenso wie der ganzen Stadt unter ihnen das Ende bringen? Würde auch für sie die rot-glühende Schönheit der Feuergöttin den Tod bedeuten? Seitdem es wenige Tage zuvor in der Kirche von Morne-Rouge eine Herz-Jesu-Sichtung gegeben haben sollte, für die es hunderte von Zeugen gab, war sie sich sicher gewesen, dass der kleine Ort verschont werden würde. Aber hier war sie nicht mehr in Morne Rouge. Würde Gott sie erretten? Pauline legte ihre Arme um ihre weinenden Kinder und zog sie an sich – sehen konnte sie sie nicht mehr.

Nach einer halben Stunde, während der sie jede Sekunde angstvoll den Tod erwartet hatte, lichtete sich das Dunkel und die Sonne brach langsam durch die Finsternis. Sie waren alle abgesehen von leichten Verletzungen unversehrt. Paulines Angst schwand und wandelte sich in einen unbändigen Überlebenswillen. Sie würde erst einmal ihre Kinder zu Freunden in Parnasse in Sicherheit bringen, dachte sie. Und dann würde sie nach René suchen gehen. Und kein Höllenfeuer der Welt könnte sie davon abhalten, ihn zu finden!

Saint-Pierre, 8. Mai 1902, zehn Uhr

Ein Mann kam dort, wo er *Place Bertin* aufgrund des vor sich hinplätschernden Brunnens erkennen konnte, aus dem noch immer fast unerträglich heißen Wasser und richtete sich auf. Er streifte seine nasse Jacke ab, die schwer und heiß an ihm hing. Dann sah er sich um.

Das, was einst Saint-Pierre gewesen war, erinnerte ihn an einen von brandschatzenden Räubern heimgesuchten Wüstenort, von dem nichts weiter übrig war, als geschwärzter Sand und brennende Mauerfragmente. Wohin er auch sah, lagen Menschen, aus denen jedes Leben gewichen war, und die nichts Menschliches mehr hatten. Die Leichen vor ihm lagen zum Teil so willkürlich hingeworfen da, als hätte sie der Berg zusammen mit der Feuerwolke ausgespien. Ihre Kleider waren ihnen vom Leib gerissen worden, die Gedärme mancher aufgeplatzt.

Dann sah er in Richtung dessen, was einst die Kathedrale gewesen war. Von ihr stand nur noch die vordere Fassade, die Eingangspforte war ausgebrannt, die Fenster weggesprengt, ansonsten war zwischen ihr und ihm fast nichts mehr von den zwei Straßenzügen übrig, die einst die Rue Victor Hugo und die Rue Bouillé gewesen waren.

Er sah *Place Bertin* in südliche Richtung hinunter. Dort lagen die Toten schon fast geordnet mit den Köpfen nach Süden und dem Gesicht zu Boden. Der tödliche Schlag musste sie noch während ihrer Flucht von hinten erwischt haben. Ihre Kleider waren verbrannt. Über allem hing ein beißender, ekelerregender Geruch – der Geruch von Rauch und verbranntem Fleisch.

Er wollte nach Hause, nur noch nach Hause. Der Mann sah sich um. Irgendwo musste doch noch sein, was er suchte. Ein brennender Schmerz breitete sich in seiner Brust aus, der noch weitaus heftiger zu sein schien, als der Schmerz seines linken Beines, das beim Verlassen des Wassers von schwelenden Trümmern gestreift worden war. Nur die glühende Hitze unter seinen Füßen, die sich langsam durch seine durchweichten Schuhe fraß, hielt ihn davon ab, sich schluchzend in den schwarzen Sand zu werfen. Er hatte noch einmal Glück gehabt. Ein Glück, das sich anfühlte, als würde es ihn umbringen: Sein Zuhause war nicht mehr.

Saint-Pierre, 8. Mai, Spätvormittag

Gaston Landes wusste, dass es Stunden gewesen sein mussten, die er im Brunnen des Botanischen Gartens gelegen hatte. Wenn er noch in der Lage gewesen wäre, zu schreien, dann hätte er dies getan. Ohne Unterlass. So aber lag er einfach im Wasser, in das er sich gestürzt hatte, und lies es über sich hinweggleiten.

Stunden zuvor hatte plötzlich nach drei lauten Explosionen der ganze Berg zu beben begonnen, und er hatte gewusst, dass sich etwas zusammenbrauen würde. Das ganze Gebiet hatte unter seinen Füßen gezittert – etwas schien aus *La Montagne* herauszuwollen.

Dann hatte es ausgesehen, als würde die halbe Bergflanke auf ihn zukommen. Eine riesige, rasende Wolke war auf ihn zugerollt, und kurz darauf war er inmitten einer stürmischen Winternacht gewesen. Einer glühend heißen, stürmischen Winternacht, die bis zum Einschlagen von Blitzen in die Königspalmen alles für die Dauer von einer Minute in Schwärze getaucht hatte.

Voller Schmerz hatte sich Gaston Landes dann, nachdem der Feuersturm über ihn hinweg gerast war, und er wieder hatte sehen können, in den Brunnen geworfen, aus dem noch immer kühles Nass plätscherte.

Er hörte Schritte auf sich zukommen. Ein Wunder, jemand konnte noch laufen!

»Monsieur Landes, sind Sie es? Mein Gott, Sie sind es!«

Gaston Landes nahm alle seine Kräfte zusammen und stand auf. Dann verließ er den Brunnen. Seine Kleidung hing in Fetzen von ihm, sein ganzer Körper war verbrannt.

»Ah, Montferrier, Sie sind es!« flüsterte er. Jede Silbe war eine Tortur, denn sein Hals schien bis hinunter zu den Lungen verbrannt zu sein. Sein Hausmeisterpaar hingegen, das einige hundert Meter weiter östlich lebte, stand weitgehend unversehrt vor ihm.

»Um Himmels Willen, wie sehen denn Sie aus, Monsieur le Professeur?«

Gaston Landes wusste darauf keine Antwort. Er wusste aber, dass er ganz entsetzlich aussehen musste, denn er hatte Mühe, über seine Wangen zu schauen, so sehr waren sie angeschwollen, und mit ihnen wahrscheinlich das ganze restliche Gesicht.

»Wasser!« War das wirklich seine Stimme? Er brach wieder zusammen und wälzte sich auf dem Boden vor Schmerz. Wenn doch diese Qualen ein Ende hätten!

Madame Montferrier holte ihm sofort das ersehnte Nass, doch er konnte es kaum schlucken. Das meiste floss wieder aus seinem Mund heraus.

»Was in aller Welt war das, Montferrier?« hauchte er. Traurig schloss er seine Augen. Er würde Angelina nie wieder sehen. Denn er fühlte, die Schwärze, die ihn zu umhüllen begann, würde diesmal eine endgültige sein.

Fonds-Saint-Denis, 8. Mai, Spätvormittag

Der Mann lief so schnell es sein verwundetes linkes Bein und sein schmerzender Körper erlaubten die Straße entlang, die von Saint-Pierre ins sechs Kilometer südöstlich gelegene Fonds-Saint-Denis führte. Er hatte auf dem gesamten Weg keine einzige Menschenseele zu Gesicht bekommen. Erst jetzt, wo er im Begriff war, die Stadtgrenze des kleinen Ortes zu passieren, änderte sich das, denn er stieß auf einige Soldaten, die losgeschickt worden waren, um in der Umgebung der Stadt nach Überlebenden zu suchen. Endlich, endlich würde sich jemand um ihn kümmern! Die Soldaten kamen auf ihn zugeritten, dann hielten sie ihre Pferde an.

»Wer bist Du? Was ist Dein Beruf?« wollte einer von ihnen von ihm wissen.

Der Mann überlegte, so als wüsste er es nicht genau.

»Lass' ihn in Ruhe, er steht bestimmt unter Schock. Er soll erst 'mal aufsitzen!« sagte ein anderer.

»Oder weißt Du nicht mehr, wer Du bist?« fragte ihn der erste Soldat wieder, mit wohlmeinend-mitfühlender Stimme.

Doch, er wusste ganz genau, wer er war, dachte er. Er war ein toter Mann.

Fort-de-France, 8. Mai, Spätnachmittag

Dies war der heißeste, dunkelste und entsetzlichste Tag im Leben von George Lhuerre gewesen. Die Fähre, die die von Mouttet ausgesandten Truppen nach Saint-Pierre hatte bringen sollen, war am Morgen auf halber Strecke wieder umgekehrt, nachdem ihre Besatzung durch fliehende Schiffe von dem Inferno gehört hatte. Er wartete seither auf ein Zeichen von seinem Gouverneur. Bis jetzt wusste niemand, was aus ihm geworden war. Diejenigen, die schon aufgebrochen waren, um sich selbst ein Bild von der Katastrophe zu machen – unter ihnen befand sich auch Senator Knight, dessen Familie in der Stadt lebte – waren mit der Nachricht zurückgekommen, dass es keine Überlebenden zu geben schien.

Janvier kam zu Lhuerre ins Büro. Langsamer als sonst, nicht nur wegen der geschätzten fünfzig Grad, die heute draußen herrschten. Wie der gesamte restliche Verwaltungsapparat, und vermutlich jeder andere auf der Insel, stand auch er unter Schock.

»Hier sind zwei Telegramme aus Paris, Monsieur le Sécretaire Genéral!« Er legte sie vor Lhuerre auf den Tisch. Dieser nahm sie lethargisch auf und las. »Antwort auf Nr. 40...« Das war das Telegramm, das Mouttet am Dienstag wegen des Guérin-Unglücks geschickt hatte. »Halten Sie mich hinsichtlich der Eruption auf dem Laufenden und teilen Sie mir die Namen der Opfer mit, deren Familie in Frankreich lebt. Ich werde Ihnen Mitteilung machen, sobald sich eine Lösung hinsichtlich Ihrer Bitte und derjenigen Senator Knights ergeben hat, und ich bitte Sie, der Bevölkerung das tiefe Mitgefühl der Regierung auszudrücken. Antwort auf Nr. 41: Ich habe den Marineminister darum ersucht, Ihnen die Suchet zur Verfügung zu stellen.« Dann nahm Lhuerre das zweite Blatt zur Hand. »Aus Gründen des Urlaubs des Parlaments kein Kredit zur Verfügung. Habe versucht, eine Intervention des Inneren und Agrikultur zu bewirken für das Katastrophengebiet und habe ganz besonders bei meinen Kollegen auf eine Beihilfe bestanden. Werde getroffene Entscheidung telegrafieren.« Lhuerre legte das Blatt Papier ebenso lethargisch wieder hin wie er es aufgehoben hatte. Er sah stumpfsinnig vor sich hin. Janvier ergriff wieder das Wort, ohne auf eine Aufforderung seitens des Generalsekretärs zu warten.

»Soldaten haben einen Mann aufgegriffen, der in Fonds-Saint-Denis herumirrte. Der Mann hat nur leicht Verbrennungen, außer am linken Bein und sagt, er sei ein Überlebender aus Saint-Pierre.«

Lhuerre sah ihn apathisch an. »Ein Europäer?«

»Man weiß es nicht genau, Monsieur«, antwortete Janvier. »Die Soldaten waren sich nicht einig. Man hat ihn auch nicht danach gefragt. Der eine meinte, er sei

Europäer, der andere, er käme aus Indien. Ein Dritter meint, er sei Mulatte. Seine Haut schient dunkel zu sein, ohne es wirklich zu sein.«

»Verbrannt?« Der Generalsekretär zuckte mit den Schultern. »Was spielt das auch für eine Rolle, woher er kommt«, antwortete Lhuerre gedehnt. »Wäre er der Gouverneur, würde er es sagen, nicht wahr?« Er sah aus dem Fenster. Auf dem gegenüberliegenden Dach lagen dreißig Zentimeter Asche seit diesem Morgen. Auch hier war nun die Ernte vernichtet, aber wenigstens nur die Ernte.

»Sein Name?« Lhuerres Stimme klang desinteressiert.

»Léon«, antwortete Janvier. »Léon Compère Léander. Der Mann sagt, er sei Schuhmacher.«

New York, Samstag, 10. Mai 1902

Als Angelina und ihre Mutter am Morgen im Hafen von New York anlegten, nahm die Mutter den Antwortbrief und brachte ihn zum Postdienst des Schiffes, um ihn aufzugeben, während Angelina in der Kabine alleine blieb, weil sie sich vor dem Landgang noch einmal ihre Haare zurechtmachen wollte. Als sie nach zehn Minuten damit fertig war, nahm sie das Kästchen, das ihr Gaston Landes gegeben hatte, mit dem bestimmten Gefühl, es sei nun an der Zeit, dieses zu öffnen, setzte sich einen Moment in einen der schweren Erster-Klasse-Sessel und schob den Deckel des Kästchens zurück.

In diesem Moment hörte sie, wie ihre Mutter die Tür öffnete.

»Oh Mum, schau doch mal, wie wunderhübsch!« Sie rief es aus, ohne einen Blick auf ihre zur Tür hereingekommene Mutter geworfen zu haben.

»Gaston schickt mir noch einmal ein Zeichen seiner Liebe!«

Angelina streckte ihrer Mutter das Kästchen entgegen, aus dem viele kleine grüne Herzchen hervorquollen. Die Knolle hatte steil in die Höhe sprießende Keime gebildet, an denen sich an anmutig geschwungenen Stielen viele kleine herzförmige Blätter entwickelt hatten.

Mrs Hutton zeigte keine Reaktion. Angelina sah zu ihr auf, weil sie endlich eine ihrer eigenen Begeisterung ähnliche Antwort erwartete. Doch der Ausdruck im Gesicht ihrer Mutter ließ sie das in ihrer Hand liegende Naturphänomen völlig vergessen.

»Was ist los mit Dir, Mum?«

Im Gesicht ihrer Mutter stand das blanke Entsetzen. Sie war kreidebleich, der Ohnmacht nahe. Man sah ihr an, dass sie nur unter größter Anstrengung die Tränen zurückhalten konnte. Ihre Stimme war schwach und zitterte als sie sprach.

»Vorgestern morgen kurz vor Acht wurde ganz Saint-Pierre und weite Teile seiner Umgebung durch den Vulkan zerstört. Es gibt keine Überlebenden.«

Saint-Pierre, Sonntag, 11. Mai

Seitdem die Stadt wieder begehbar war, hatten sich eine Vielzahl dubioser Gestalten daran gemacht, in den Trümmern und an den noch immer feiertagsgeschmückten Leichen nach etwas Verwertbarem zu suchen.

Drei Männer, die auf der Suche nach Gold gemeinsam losgezogen waren, hatten sich zerstreut und riefen einander zu, was sie gefunden hatten. Plötzlich hob einer von ihnen, der inmitten der Theaterruine stand, die Hand und deutete den anderen zwei, zu schweigen.

Aus dem Inneren dessen, was einst der Kerker gewesen war – der einzige Teil des Gefängnisses, der noch stand – drangen unklare Töne. Sie schienen menschlichen Ursprungs zu sein. Die drei Plünderer traten näher an das kleine Häuschen heran und lauschten. Aus einem kleinen Fenster, das sich über der Tür befand, konnten sie jetzt deutlich die schwache Stimme eines Mannes hören.

»Missié, Missié, bitte, ich flehe Euch an, im Namen Jesu, rettet mich! Kommt und rettet einen armen Gefangenen!«

Die Männer stürzten sich auf die stabile Eisentür, die den Kerker verschloss, doch vergebens. Erst nach mehrmaligen Versuchen, die Tür unter Zuhilfenahme großer Steine zu öffnen, gelang es ihnen. Der Mann, den sie aus dem Gefängnis erretteten, war die bedauernswerteste Kreatur, die ihnen je begegnet war. Sein ganzer Rücken und die Hinterseite der Arme bestand nur noch aus rot-blutiger Haut, von schwarzen Verästelungen durchzogen, einem Netzwerk ähnlich. Der restliche Mann war unversehrt.

»Wasser, gebt mir Wasser!« Er konnte nur noch flüstern. Einer der Plünderer ging zu einem Brunnen, aus dem noch klares Wasser floss, und ließ seinen Strohhut volllaufen. Dann lief er so schnell er konnte zu dem Verwundeten hin und gab ihm Wasser, so gut es möglich war. Er fragte ihn nach seinem Namen.

»Ich heiße...«, hauchte der Gefragte, dann sagte er noch etwas, das aber keiner der Anwesenden richtig verstehen konnte.

»Cyparis, glaube ich«, sagte einer der Männer. »Ich denke, er hat Cyparis gesagt!«

Cyparis nickte, dann schloss er seine Augen.

Fort-de-France, Sonntag, 11. Mai

Nach Tagen voller innerer wie äußerer Stagnation fühlte sich George Lhuerre endlich wieder ein wenig besser. Drei volle Tage hatte es gedauert, bis die Öffentlichkeit den allerersten, schrecklichsten Schock überwunden hatte. Währenddessen waren aus Paris weitere Telegramme eingetroffen. Schon Freitag hatte man um detaillierte Auskünfte hinsichtlich der Katastrophe gebeten und nach den Namen der Familien gefragt. Einige Stunden später war dann auch noch eine Zusage über 500.000 Francs gekommen. Dann, Samstag, der Aberwitz. Decrais hatte wissen wollen, ob man die Wahlen in Saint-Pierre aufgeschoben hätte! Emotionslos hatte Lhuerre die Antwort diktiert: Dass die Stadt innerhalb einer Viertelstunde verschwunden wäre, und keine Seele mehr am Leben sei.

Das Telefon läutete. George Lhuerre nahm den Telefonhörer ab. Es war Pater Mary, der Gemeindepfarrer von Morne Rouge. Er erzählte ihm, man hätte einen weiteren Überlebenden in den Ruinen von Saint-Pierre gefunden, einen gewissen Cyparis, den ihm seine drei Retter gebracht hätten, damit er ihn gesundpflegen solle. Er hätte die Feuerwolke überlebt, weil zwischen ihm und dem Feuer nicht nur die dicke Kerkerwand gewesen sei, sondern auch noch die meterdicke Wand des Gefängnisses, sowie noch ein wenig Schutz durch den Abhang des Morne Abel. Was dann an Feuer durchgekommen wäre, hätte er durch Herumwälzen abwenden können.

Lhuerre war enttäuscht. Dies war dann also der dritte, der mitten in der Stadt überlebt hatte. Erst am Vortag war eine Frau gefunden worden, die mit schwersten Verbrennungen in das Hospital von Fort-de-France gebracht worden war, um dann nach wenigen Stunden zu versterben. Nun also wieder keine Lebenszeichen von Mouttet.

Janvier trat ins Zimmer und brachte die neuesten Zeitungen von den britischen Nachbarinseln. Er hörte noch einige zwischen Lhuerre und dem Pfarrer gewechselten Worte mit an, dann beendete der Generalsekretär das Gespräch.

»Hat es noch mehr Überlebende gegeben?« fragte er gespannt.

Lhuerre antwortete ihm mit gleichgültiger Miene und einem wagen Kopfschütteln. »Nur einen, Janvier. Einen Schwarzen.«

Fort-de-France, Monate nach der Katastrophe

Léon Compère Léander saß auf einer Bank vor dem Schuhmachergeschäft, in dem er trotz seiner fehlenden Referenzen einige Monate zuvor eine Anstellung gefunden hatte. Er hielt ein teures Paar neuer Schuhe in seiner Hand. Sie waren vom neuen Gouverneur bestellt worden. Nachdenklich besah er sie im letzten Licht des Tages, dann zog er ein Taschentuch aus seiner Hose und beseitigte ein letztes Stäubchen.

Nachdem Gouverneur Mouttet monatelang von den Zeitungen als Hauptschuldiger am Tod von 30.000 Menschen abgeurteilt worden war, konnte nun sein offizieller Nachfolger ganz unbelastet sein Amt beginnen, dachte er bei sich. Wie lautete ein altes Sprichwort? Die Abwesenden sind immer im Unrecht. Und Léon Compère Léander wusste, dass hier auch Anwesenheit kein Vorteil gewesen wäre. Doch wenigstens einen Vorteil hatte der Tod des Gouverneurs: Er war allen Angriffen entkommen.

Und mit einem fast mütterlichen Lächeln packte er die jetzt perfekt glänzenden Schuhe in eine Schachtel und schloss den Deckel.

Nachwort

Fast ein Jahrhundert lang wurde vieles in den Geschichtsbüchern Frankreichs geschrieben, das Louis Mouttet eine sehr unrühmliche Rolle zuwies. Er hätte die anderen Kolonialmächte in der Region um Hilfe bitten müssen, warf man ihm vor. Er hätte evakuieren müssen. Er hätte eine ganze Stadt erst durch Unterlassen, dann durch Festsetzen ermordet.

Man brauchte einen Sündenbock, und man hatte ihn in einem Gouverneur, der bereits zu Lebzeiten nur ein kleines Licht in der französischen Kolonialverwaltung gewesen war. Und den auch nach seinem Tode am 8. Mai 1902 (davon geht man aus, obwohl seine Leiche niemals gefunden wurde) niemand mehr beschützte, ansonsten hätte man seinen Ruf sicherlich nicht so ungeniert ruiniert.

Tatsache ist, dass erst mit dem Ausbruch des Mont Pelée die Geburtsstunde der Vulkanologie geschlagen hatte. Mit anderen Worten, zuvor hatte es keinerlei wissenschaftliche Erforschung von Vulkanausbrüchen gegeben.

Doch selbst Jahrzehnte nach der verheerenden Katastrophe von Saint-Pierre stehen Wissenschaftler immer wieder vor der schwierigen Frage, ob sie evakuieren müssen, welche Flächen konkret zu räumen sind, und zu welchem Zeitpunkt dies stattfinden soll. Und auch heute noch kämpfen sie nach erfolgter Evakuierungsanordnung gegen die Uneinsichtigkeit der Leute im entsprechenden Gebiet. So konnte man im Jahr 2006 lesen, Menschen am Fuße des brodelnden Merapi ließen sich nicht evakuieren, weil sie noch an die zu besänftigenden Geister glaubten. Oder manche Männer gingen nicht weg, da sie sich um ihr Vieh kümmern wollten. Ihnen würde nichts geschehen, glaubten sie, da sie viel schneller rennen könnten als die Frauen...Was erwarten wir also von einem Menschen im Jahr 1902?

Ich habe mir alle Mühe gegeben, Louis Mouttet zu rehabilitieren. Dazu habe ich mich akribisch genau an alle Originaltexte seiner gesendeten und empfangenen Telegramme gehalten. Nur Unbedeutendes ließ ich weg. Eine Bestätigung für den Vorwurf, Louis Mouttet hätte Saint-Pierre von Soldaten abriegeln lassen und das Verlassen der Stadt vorsätzlich verhindert, war nicht aufzufinden. Ich bin überzeugt, er hätte dies in einem Telegramm zum Ausdruck gebracht, denn er erstattete über jede seiner Bewegungen Bericht.

Gouverneur Louis Mouttet war seinem Ruf nach ein Mann, der materiellen Wohltaten etwas zu sehr zugetan gewesen sein soll. Aber auch jemand, der in jeder Hinsicht »farbenblind« genannt wurde und damit frei von Rassismus. Er war ein Mann mit vielen Fehlern und Schwächen neben vielen Qualitäten, die ihn so weit hatten kommen lassen. Letztlich muss man sich nur sein Telegramm mit Bitte um Fürsorglichkeit ansehen, um zu begreifen: Eines war Louis Mouttet mit Sicherheit nicht. Ein skrupelloser Mensch, der den Tod so vieler Menschen auch nur billigend in Kauf genommen hätte.

Wer die frevelhafte Stadt besser kannte, hatte ohnehin seine eigene Theorie. Stimmen wurden damals laut, es sei ein Gottesurteil gewesen...

Wen das Thema interessiert, dem kann ich die (englischsprachigen) Sachbücher dazu empfehlen, die die Autoren Alanya Scarth (La Catastrophe, Mount Pelée and the Destruction of Saint-Pierre, Martinique),

Ernest Zebrowki Jr. (The Last Days of Saint-Pierre), und Peter Morgan (Fire Mountain) geschrieben haben.

Sie möchten anderen Ihre Gedanken zum Buch mitteilen? Schreiben Sie eine Rezension! Ich würde mich sehr freuen!

Mein herzlichster Dank gilt folgenden Personen:

Deutschland

Professor Schirmer, Universität Heidelberg, der mich in Sachen Malaria beriet

Dr.Géneviève Roche, Universität Mainz, der ich häufiger zum Thema französische Geschichte «Löcher in den Bauch fragte

Dr. Gerhard Bauer, Militärhistorisches Museum der Bundeswehr, Dresden, der mich hinsichtlich der früheren Uniformen beriet

Den Mitarbeitern der Universitätsbibliothek Freiburg, die mich stets freundlich betreuten und der Institution als solcher (und damit dem Land Baden-Württemberg), ohne die ich niemals teils sehr exotische Bücher aus dem Ausland bekommen hätte

Meinem Bruder Markus Sachs für die unermüdliche Unterstützung in allen PC-Angelegenheiten

Meiner Tochter Anna-Charlotte, die mir nach gescheitertem Jurastudium im zarten Alter von 10 Jahren ein Schild malte, auf dem stand *Mama, Du schaffst das!* Sie war damit der erste Mensch, der an mich glaubte.

Frankreich

Donatienne Drap, Grenoble, die mir einiges über das Leben in Französisch-Guyana erzählte

Den Mitarbeitern des *Archiv d'Outre Mer* in Aix-en-Provence für ihr freundliches Entgegenkommen eine ganze Woche lang (meinen ganz besonderen Dank!)

und ganz allgemein den Menschen in Frankreich, deren freundliche Art für eine unvergessliche und erfolgreiche Zeit sorgte!

Martinique

Yves Désiré, der mir das eine oder andere über Saint-Pierre erzählte, was in keinem Buch steht

Pfarrer Bruno Tantini, Morne Rouge, der mir Unterlagen zur Vergangenheit des Städtchens zur Verfügung stellte (nach dem schönsten Gottesdienst meines Lebens!), und
Hilaire Marie-José André, die hochschwanger trotz sengender Hitze viel Zeit investierte, diese Unterlagen zu kopieren (meinen ganz besonderen Dank!)

Monsieur Yerro von der Bibliotheque Schoelcher für seine Hilfsbereitschaft

und ganz allgemein den Menschen auf Martinique für ihre Unkompliziertheit, die mir vieles erleichterte!

Großbritanniern und USA

Den Autoren der genannten Sachliteratur (Scarth, Zebrowski und Morgan).

Autorin

Katharina Emilie Sachs, geboren 1968, Maria-Ward-Schülerin, kam aufgrund des viel zu trockenen Jurastudiums zum Schreiben. Nach einem Kinderbuch (Veröffentlichung folgt zu einem noch ungewissen Zeitpunkt), das als Ausgleich zum Studium gedacht war, erlernte sie die Grundlagen des Schreibens autodidaktisch sowie in Kursen der Universität Freiburg, wo sie lebt. Außerdem ist sie auch journalistisch tätig.

Auch im Vibrant Books Verlag erschienen:

Calypso Germaine, Zivilprozess in Fußfesseln – Auswandern USA in die Hände der Homeland Security, ISBN 978-3946399001, Großdruck ISBN 978-3946399018
Ein lebenslang gültiges Visum „expired" und die unverbindlich gemeinte Anfrage nach Asyl ein Grund, dass das „visa waiver program" als verletzt angesehen wird. Die Aufforderung, eine Entscheidung zu treffen, gegenteilig beschieden: statt Heimflug eine Freifahrt in einen Detention Center. „Authorities", bei denen die einen nicht wissen, was die andern tun, taten oder tun werden und kaum Ahnung von rechtlichen Strukturen haben. Und nicht zu vergessen das „Verpacken" eines harmlosen Menschen frei von Vorstrafen, offiziell nun zum illegalen Einwanderer geworden, zum Zivilprozess wie einen Serienkiller, bewacht von bewaffneten Officern. Heimflug erst nach vielen Monaten trotz mehrmaliger vorheriger Bitte um Deportation auf eigene Rechnung – ohne die fast eintausend Euros, die einst mit dabei waren. Willkommen im Land der „unlimited impossibilities"!

Monate, die wahrscheinlich das spannendsten Abenteuer im Leben der Autorin waren, und die von ihr - von Haus aus Schriftstellerin - nach Verkraftens des ersten Schocks zur unfreiwilligen Undercover-Recherche zum Thema Asylprozess in den USA umgewandelt wurden.

Katharina Emilie Sachs

Vibrant **Books**

www.vibrantbooks.de

www.ingramcontent.com/pod-product-compliance
Lightning Source LLC
Chambersburg PA
CBHW020637030726
47498CB00002B/250